Scarlet
스칼렛

www.bbulmedia.com

Scarlet

스칼렛

www.bbulmedia.com

그
남자

그
남자

단영
장편 소설

SCARLET ROMANCE STORY

Contents

프롤로그

국군 아저씨께.

안녕하세요, 저는 ○○초등학교 6학년 5반 노혜주라고 합니다. 아저씨, 오늘도 나라를 지키느라 많이 힘드시겠지만 제 얘기를 들어 주셨으면 좋겠어요. 중요한 일이거든요.

혹시, 그런 생각 해 본 적 있으세요?

사실 나는 어느 부잣집에서 잃어버린 귀한 외동딸이라 언젠가는 진짜 부모님이 찾으러 올지도 모른다는 생각.

우리 선생님이 그러셨는데요, 사는 게 유난히 힘든 날이었다거나, 하고 싶은 일이 있는데 돈 때문에 포기해야 할 때, 혹은 너무너무 외로워서 정말로 누군가가 곁에 있었으면 하는 마음이 생길 때는 누구나 한 번쯤 그런 상상을 한대요.

7

사실은, 저도 그랬어요. 주로 엄마가 보고 싶을 때 그랬는데 오늘은 사촌 언니한테 물려받은 옷 말고 예쁘고 깨끗한 새 옷을 입고 싶어서 저도 모르게 그런 상상을 했어요. 동준이한테(아, 동준이는 저랑 동갑이에요. 삼촌 아들이지요.) 만날 맞는 것도 싫고 외숙모 눈치 안 보고 맛있는 것도 마음껏 먹고 싶었거든요.

물론, 정말로 이루어질 거라고 믿은 건 아니에요. 저도 이제 다 커서 곧 초등학교를 졸업할 나이잖아요. 산타 할아버지가 없다는 것은 벌써부터 알고 있었고, 나는 아빠가 없다는 거랑 또 우리 엄마가 돌아가셨다는 것도 아는걸요.

근데요, 아저씨.

궁금한 게 있는데요, 그냥 상상만 했는데 그 일이 진짜 이루어졌을 땐 어떻게 해야 해요? 사실은, 어저께 처음 보는 아저씨가 우리 집에 찾아왔어요. 그러고는 저를 한참이나 빤히 바라보더니 같이 가자고 했어요. 왜 그러는지 몰랐는데 아무래도 그 아저씨가 우리 아빠인 것 같아요. 훔쳐 들은 거라 확실하지는 않지만요. 그러니까 제가 들은 이야기는 이래요.

'쟨 내 딸이야!'

'조카겠지. 정혜가 낳은 내 딸이니까. 유전자 검사는 이미 마쳤어. 법원에도 서류를 제출할 예정이야. 순순히 내놓는 게 좋을 거다. 유괴범이 되고 싶지 않다면.'

'유괴범이라고? 너, 지금 말 다했어!'

처음에는 비밀 얘기 하는 것처럼 초그맣게 속삭이고 있었는데 갑자기 삼촌 목소리가 확 커졌어요. 저도 엄마 이름이 나와서 깜짝 놀라 하마터면 방문을 열 뻔했는데 언니가 잡아서 가만히 있었어요.

'나쁜 자식! 칠 년이었어. 칠 년 동안 사귄 여자 버리고 갈 때도 넌 그렇게 냉정했었지. 그런데 이제 와서 뭐? 정혜가 살아 있을 땐 왜 안 찾았는데?'

'남녀가 사귀다 헤어지는 일은 흔한 거야. 우리, 서로 합의하에 헤어졌어. 하지만 그때도 애를 가졌다는 소리는 못 들었지. 누가 피해자인지 아직도 구분이 안 돼?'

'피해자? 해고 통보하듯이 일방적으로 통보하고 버렸잖아. 그러곤 한 달 만에 다른 여자랑 결혼한 놈이 피해자?'

'마음은 변하는 거야. 정혜는 다 납득하고 받아들였어. 우린 각자의 길을 간 것뿐이야. 아이 일도 미리 알렸으면 방법을 취했겠지.'

'바, 방법? 너, 너……'

'왜 놀라지? 뭐, 다른 말이라도 듣길 원했어? 미안하지만 난 그럴 이유가 없어.'

근데 '방법'이라는 게 무슨 말이에요?

그 말을 듣고 삼촌은 무척 화가 난 것 같았어요. 외숙모랑 싸울 때도 안 그랬는데 두 분이 소리를 지르면서 막 싸워서 저도 엄청 무서웠어요. 그래서 이불 속에 숨어 엉엉 울었는데 이상하게 그 아저씨 목소리는 귀에 쏙쏙 들어왔어요.

'더 이상 길게 얘기하고 싶지 않으니 어서 아이나 내놔.'

'닥쳐! 누가 내주기나 한다고?'

'흥! 내주지 않으면? 쓸데없는 고집부리지 마. 이 거지 같은 곳에 살면서 자네가 저 애에게 해 줄 수 있는 게 뭔데? 보나마나, 대학을 보내기도 힘들겠지. 듣자니, 친자식이 둘이나 더 있다지? 그 애들은 어쩌고? 키우는 동안 그 애들이랑 차별을 두지 않았다고? 웃기는 소리. 그래서 오늘이 생일인데도 아무도 신경 써 주지 않은 건가?'

'그, 그건……'

'우선 떨지 말고 이거나 받아. 네 아내가 요구한 거야. 일면식도 없는 나를 찾아와 아이에 대해 알리면서 10억을 요구하더군. 너도 결국 이런 걸 바랐잖아. 안 그래?'

언니는 그 아저씨가 엄청난 부자라고 했어요. 그러면서 이제 불행 끝 행복 시작이라고 했는데 제 생각엔 그건 아닌 것 같아요. 왜냐하면 저는 그 아저씨가 엄청 무서웠거든요. 진짜 제 아빠 같지도 않아요. 처음 보는 사람이니까요.

그리고 저랑 별로 닮지 않은 것 같아요. 삼촌은 제가 엄마랑 많이 닮았다고 했고 저도 그렇다고 생각하거든요. 근데 언니는 제가 그 아저씨랑도 닮았다고 해요. 그래서 저는 한참이나 거울을 봤어요. 아무래도 언니가 또 거짓말을 하고 있는 것 같아서요.

언니는 다 좋은데 가끔 거짓말을 해요. 학원 간다고 해 놓고 사실은 친구들이랑 놀러 간다거나, 참고서 산다고 하고는 화장품을 사기도 했어요. 가끔 저한테 과자를 사 줘서 삼촌이나 외숙모한테는 비밀로 해 주고 있긴 하지만요.

'네가 사람이야? 어떻게 애를 팔 생각을 해. 너, 올케이기 이전에 정혜랑 친구였어. 정혜가 누구를 믿고 눈을 감았는데!'

'알아. 하지만 나도 힘들었어! 내 새끼들 제대로 먹이고 입히지도 못하는데 쟤까지 떠맡아야 했던 내 심정을 당신이 알아? 잘해 주고 싶어도 형편 때문에 할 수 없는 심정을 아냐고!'

'뭐어?'

'그리고 쟤도 이제 지 아빠에 대해서 알아야지. 언제까지 아비 없는 자식으로 살게 할 건데?'

그 사람이 간 뒤에 삼촌은 이번엔 외숙모하고 싸우기 시작하셨어요. 전에는 안 그랬는데 그 사람이 다녀가고 나서부터는 매일 매일 술을 드셨어요. 저를 안고 막 울면서 '정혜야, 미안하다. 미안하다'고도 하셨어요. 뭐가 미안하다는 건지 모르겠지만 삼촌이 우니까 왠지 슬퍼서 저도 삼촌이랑 같이 울었어요.

그러고 나서 얼마 뒤에 그 아저씨가 다시 왔어요. 이제는 그 아저씨랑 같이 살아야 한대요. 언니가 결국은 이렇게 될 거라고 말했을 때만 해도 그럴 리가 없다며 안 믿은 게 후회돼요. 미리 알았으면 제 아지트에 숨었을 텐데.

사실, 지금 이 편지를 다 쓰면 가야 하는데 따라가고 싶지 않아요. 식구들이랑 떨어지는 것도 무섭고요.

아저씨, 아저씨는 나라를 지키는 국군 아저씨죠? 혹시 나라 말고 어린이도 지켜 주실 수 있나요? 안 될지도 모르지만 혹시 된다면 저를 좀 도와주셨으면 좋겠어요. 앞으로는 공부도 열심히 하고 말도 잘 들을게요. 밥도 조금만 먹고 언니 옷만 물려받아 입어도 괜찮으니까 계속 여기서 살게 해 달라고 저 대신 삼촌이 랑 외숙모에게 말해 주세요. 꼭 부탁드립니다.

—○○ 초등학교 6학년 5반 노혜주 올림.

1

그 여자, 그 남자

등 뒤로 단정하게 늘어뜨린 긴 생머리, 한 듯 만 듯 한 느낌을 주는 엷은 화장, 깨끗하게 다듬은 맨손톱, 그리고 높지도 낮지도 않은 굽의 구두와 심플하지만 고급스러운 느낌을 주는 원피스 정장.

"좋아, 완벽해."

인형처럼 서 있는 그녀를 두고 스타일리스트가 짐짓 자신만만하게 외쳤다.

"모든 것이 정말 완벽하게 그분의 취향이에요."

"그래?"

"네, 사모님. 원래 그분이 과하게 꾸미는 걸 싫어하셔서 주로 단정한 이미지를 가진 분들하고만 만나 오셨거든요. 믿으세요. 이번엔 반드시 통할 거예요."

말도 안 된다.

별을 따려면 하늘을 보아야 하고 통하고 싶으면 일단 눈빛이 마주쳐야 하는 게 인지상정인데, 그게 지금 같은 사람에게 두 번이나 바람맞은 사람에게 할 소리인가?

생글생글 웃고 있는 두 여인을 거울 너머로 바라보며 혜주는 속으로 쓰린 한숨을 삼켰다. 차마 소리 내어 말은 못 하지만 상황이 점점 더 참담하게 변해 가고 있었다.

'휴우, 오늘은 꼭 결론이 났으면 좋겠는데.'

마음은 굴뚝같은데 그러면 뭣할까. 아무리 목을 빼고 기다려도 상대가 워낙 비싸고 고귀한 양반이라 얼굴 한 번을 제대로 보여 주지 않고 있는 것을.

내심 씁쓸하게 중얼거리며 혜주는 지난 시간들을 차례차례 반추했다.

첫날은 가볍게 2시간 정도 기다렸던 것 같다.

뭣도 모르고 잔뜩 차리고 나간 자리였다. 그랬는데 아무리 기다려도 사람은 코빼기도 보이지 않고 시간은 착착 지나고……. 결국 기다리다 지쳐서 그냥 돌아왔는데 나중에 들으니 그 남자는 아예 나올 생각이 없었다더라. 그쪽 누군가가 그의 바쁜 스케줄을 고려하지 않은 채 이쪽의 말만 듣고 대강 잡은 약속이었다나?

두 번째는 반나절을 기다리다 바람맞았다.

이번에는 꼭 나올 거라는 말을 철석같이 믿었다가 독박을 쓴 케이스였다. 주말에 출근을 했다는 사실도 어이없어 죽겠는데 회의만 끝내고 온다던 사람이 그놈의 회의가 자꾸자꾸 길어지는 바

람에 결국은 회사에서 밤을 지새울 줄을 누가 알았겠는가. 회사의
명운이 갈리는 비상 상황이었단다. 너무 설득력 있는 이유라 차마
화를 낼 생각도 못 했던 기억이 난다.

아무튼지 간에, 그렇게 두 번이나 연속으로 바람을 맞아 놓으
면 누구라도 화가 나서 이런 선 따위는 당장 집어치우려고 드는
것이 마땅할 것이다. 물론, 할 수만 있다면 혜주도 그러고만 싶었
다. 선을 보고 다니기엔 아직 어린 나이인 데다 결혼에 대해서도
구체적으로 생각을 해 본 적이 없는 입장이라 더더욱.

그러나 모든 일이 그렇게 마음먹은 대로 착착 잘만 돌아가 주
면 세상에 억울한 사람이 왜 생기겠나.

"잘 해."

약속 장소로 가는 차 안에서 사모님이 말했다.

"그깟 바람 몇 번 맞았다고 버릇없이 굴어선 안 돼. 이건 단순
한 맞선이 아니라 사업이니까."

"네."

"너에게도 그리 나쁜 자리는 아니야. 아니, 잘만 된다면 정말
최고로 좋은 자리가 될 수도 있겠지. 누가 뭐래도 그 남자는 '후
계자'니까."

시기 어린 표정을 감추지도 않고 그녀는 그렇게 말했다.

마치 자신은 갖지 못한 것을 그 남자는 다 가지고 있다고 말하
고 싶은 듯한 얼굴이었다. 아니, 아니다. 그녀가 질투하는 대상은
아마도 그 남자를 낳은 여자 쪽일 것이다. '후계자'를 낳은 어머
니. 그것은 바로 그녀의 오랜 이상형이 아니었던가.

"믿지 않겠지만, 많이 고르고 고른 자리야. 조건도 그렇고 사람도 그렇고 별 볼 일 없는 너에 비하면 과분할 정도로 괜찮아. 그러니까 혹시라도 억울하다는 생각은 하지 마. 나로서는 최선을 다했어."

"……."

"약속은 잊지 않았겠지?"

"네."

"……그래."

경멸인가, 혐오인가.

골격이 선명한, 화려한 이목구비 위로 빠르게 스쳐 가는 미묘한 표정의 변화를 눈치채고도 혜주는 짐짓 모른 척 외면했다. 그런 그녀의 옆모습을 날카로운 시선이 스윽 훑고 지나갔다. '흥' 하는 나직한 비웃음 한 조각이 짧은 순간 얼굴을 달아오르게 만들었지만 이번에도 그녀는 잘 견뎌 냈다.

"다 왔구나. 가 봐."

"그럼 먼저 들어가세요, 사모님."

꾸벅 고개까지 숙여 보이고 혜주는 잽싸게 차에서 내렸다. 그러곤 마침 나와 있던 사람의 안내를 받아 뒤도 돌아보지 않고 그대로 약속 장소로 돌진했다.

그녀도 안다. 지금 자신이 흡사 쇼생크에서 탈출하는 죄수처럼 굴고 있다는 사실을. 하지만 이러지 않으면 또 뭘 어쩔 것인가. 매번 봐도 매번 어색한 사람과 이 마당에 맞선을 빙자한 사업을 주제로 수다를 떨 수도 없지 않나. 서로에게 별로 즐거운 일도 아닌데 말이다.

"하긴, 틀린 말도 아니지. 원래부터 정략결혼은 그냥 결혼이 아니라 비즈니스라고들 하더라."

세 번째라서 그런지 이제는 익숙하게까지 느껴지는 카페로 들어서면서 그녀는 혼잣말처럼 중얼거렸다.

"심지어 그 남자는 갑, 나는 을이잖아."

그래서 구석구석 그 남자의 취향대로 꾸미고 나선 길이었다. 간택될지도 모른다는 희망을 품고 나선 여러 세자빈 후보 중 하나처럼 말이다. 아니, 세자빈은 차라리 낫다. 세자와의 나이 차이가 아무리 많아도 7살 이상은 안 날 테니.

"나보다 여덟 살이나 많은 아저씨에게 간택되길 기다려야 하는 심정을 누가 알까?"

혜주의 얼굴이 어쩔 수 없이 시무룩해졌다.

결혼에 대해서 자세히 생각해 본 적은 없지만 그녀에게도 일단은 꿈이라는 게 있었다. 그리고 그 꿈 어디에도 여덟 살 연상의 아저씨와 결혼한다는 대목은 절대로 없었다. 사모님과의 거래는 둘째 치고 얼굴 한 번 본 적 없는 남자와의 정략결혼이라든지, 갑과 을이라든지 하는 부분도 물론 마찬가지였다.

"도망이라도 칠 수 있다면 참 좋을 텐데."

편안한 소파에 주저앉아 한 손으로 턱을 괴고 그녀는 진지하게 고민을 해 봤다.

눈칫밥 인생 어언 15년. 그녀는 누구보다 예민한 눈치로 이미 짐작하고 있었다. 아직 누군지는 모르겠지만, 사소한 이유로 계속 바람을 맞히는 것으로 보아 상대도 이 결혼을 그다지 원치 않고 있다는 사실을 말이다.

즉, 당사자들을 뺀 나머지 관계자들만 예의 비즈니스를 하고 싶어 하는 중인 것이다.

"멍청한 자식, 제대로 된 남자라면 확 엎어 버릴 줄 아는 강단도 있어야지. 바보처럼 계속 바람만 맞힐 게 아니라 당당하게 의견을 밝히란 말이야. 나는 '을'이라서 흔한 거부권도 없는데."

누가 들을세라 나직한 목소리로 울분을 토하며 그녀는 남몰래 이를 갈았다. 계속 바람만 맞아 가며 마음을 졸이느니 차라리 하루라도 빨리 퇴짜를 맞는 것이 백번 나을 것 같았다. 그러면 이 불공정 계약과도 같은 사모님과의 약속을 뒤로하고 상처받은 영혼인 척 눈물을 뿌리며 떠나 버릴 수 있을 테니까 말이다.

"후우, 언제쯤 이 일이 끝날까?"

그녀의 얼굴이 더욱더 어두워졌다.

자의든 타의든 결혼이 파투 나 버리면 사모님에게는 더 이상 신세를 질 수 없었다. 하지만 그것도 상관없다. 이제 곧 졸업이니까.

처음부터 학교만 졸업하면 서로 다시 볼 일이 없는 사이라는 사실을 그녀는 잘 알고 있었다. 시기가 딱 정해진 것은 아니지만 대강 혼자서 벌어먹고 살 만한 나이가 되면 사모님 가족의 후원도 바로 끊어지게 될 터였다. 그래서 그동안 틈틈이 아르바이트를 해 야무지게 돈을 모아 둔 것이 아닌가.

"좋아. 기숙사에서 나오면 지낼 방을 먼저 구해 보자."

방 구할 생각을 하려니 마침 사모님이 '아무리 꾸며도 없는 티가 난다' 며 구입해 넌지시 옆구리에 끼워 준 가방이 눈에 들어왔다. 묵직하고 반질반질한 것이 '나 원래 좀 비싼 가방' 이라고 쓰여 있는 것만 같았다.

　사실이 그랬다. 이 작은 가방은 그녀가 평생 동안 야무지게 모은 전 재산보다 더 비쌌다. 그래서 혹시 흠집이라도 날까 봐 지금도 가장 안전한 자리에 곱게 모셔 두고 있는 중이었다.

　"하나도 부럽지 않아. 전 재산을 팔아도 이런 가방 하나 못 사는 인생이지만 마음 편히 살 수만 있다면 이제까지보다는 괜찮을 거야."

　스스로 한 말에 깊은 동감을 표하듯 혜주는 가만히 고개를 끄덕였다.

　원치 않는 결혼을 해 비싼 집에서 비싼 가방 들고 누군가가 부리는 인형처럼 사는 인생보다, 가진 것이 아무것도 없어도 하고 싶은 일을 하며 자유롭게 살 수 있다면 참 좋겠다는 생각을 했다. 남의 집에 얹혀사는 것 말고, 내 것도 네 것도 아닌 기숙사 방에서 다른 친구들과 뒤엉켜 사는 것 말고, 자신만의 공간을 가지고 싶다는 생각도 꽤 간절하다.

　작지만 아담한 자신만의 공간에서 만들고 싶은 옷을 마음껏 만들면서 사는 것이 그녀의 오랜 꿈이었다. 그래서 이 당치도 않은 정략결혼 얘기가 부디 저쪽의 거절로 끝났으면 하고 바라는 것이었다.

　"오늘도 나오지 마라, 제발 나오지 마라. 후우, 이번 일만 잘 끝나면……. 에이, 쓸데없는 생각하지 말고 일이나 하자."

차를 골라 한 잔 시켜 놓은 후 혜주는 주섬주섬 가방을 뒤져 곱게 천을 걸어 놓은 수틀과 바늘을 꺼내 잡았다.

시기가 시기인지라 요즘 그녀는 졸업 작품을 준비하느라 바빴다. 그동안 배운 천연옷감 만들기와 염색기법으로 한복을 응용한 이브닝드레스를 준비하고 있었는데 이것은 그 밑단에 들어갈 꽃자수였다.

작업한 시일이 꽤 되어서 드레스는 어느 정도 모양이 완성되었지만 모델에게 입혀 놓고 이곳저곳 다시 사이즈를 맞춘 다음 무대에 올려야 하기 때문에 생각보다 시간이 넉넉하진 않았다. 그래서 요즘엔 그저 앉기만 하면 바늘을 드는 것이 일상이 되어 버렸다. 그 사실을 증명하듯 그녀는 곧 익숙한 동작으로 바늘귀에 실을 걸고 차분한 시선으로 수틀을 살피기 시작했다.

"좋아. 이대로 하루만 더 하면 다 끝나겠어. 역시 시간을 보내기엔 일이 최고지."

스스로의 준비성에 만족하며 혜주는 한껏 미소 지었다.

지난번, 반나절 만에 바람맞았을 때를 거울 삼아 이번엔 아예 일거리를 준비해 왔으니 이제는 한나절도 끄떡없이 버틸 수 있을 것 같았다. 그 사실에 나름 뿌듯해하면서 그녀는 잘 세팅해 빗어 내린 머리까지 대강 틀어 올리고 바로 일에 빠져들어 갔다.

빨간 실, 파란 실, 노란 실을 차례로 걸고 한 땀 한 땀 수를 놓는다. 모르는 사람이 보면 그냥 같은 동작의 무한반복에 지나지 않겠지만 그녀는 지겨운 줄도 모르고 부지런히 손을 놀려 댔다.

그 결과, 바늘이 지날 때마다 직접 물을 들인 풀색 천 위에 예쁜 꽃이 한 송이씩 피어나고 있었다.

핸드폰을 내려다보는 태경의 얼굴에 문득 짜증 어린 기색이 떠올랐다.

"누군데?"

"태하."

"그 녀석이 왜?"

"어딜 좀 대신 가 달라는데?"

"와아, 간도 큰 새끼. 저보다 더 바쁜 형님에게 잘도 그런 부탁을 하는구나."

"그러게 넌 왜 쓸모없는 남동생을 그리도 오냐오냐 키운 거냐? 몽둥이는 뒀다가 뭣하고?"

형제 많은 집안의 장남다운 동휘의 발언에 약속이나 한 듯 모두들 고개를 끄덕였다. 장남이라는 입장은 다들 비슷해서 남의 동생은 물론이고 제 동생들의 안녕 따위에도 전혀 관심이 없다고 말하는 듯한 태도였다.

안타깝게도, 그리고 동시에 당연하게도 태경 또한 그들과 별다르지 않은 심정이었다. 다만, 놈들과는 사정이 조금, 아주 조금 다를 뿐.

"글쎄, 몽둥이 정도로 말을 들을 놈 같았으면 써도 벌써 쓰지 않았을까?"

"하긴, 네 동생은 태하지."

"태하 같은 놈이 동생이면…… 하는 수 없는 거지, 뭐."

"동구보다 더 불쌍한 자식."

"젠장."

회의 어린 시선이 잠시 친구 놈들 쪽으로 향했다가 다시 돌아왔다. 막 끊어진 핸드폰을 노려봤지만 아무 소용이 없었다.

버르장머리 없는 동생 녀석은 평소 버릇대로 또 제 할 말만 하고는 전화를 딱 끊어 버린 뒤였다. 더구나 오늘은 아프다는 핑계까지 있으니 다시 걸어 봤자 전화를 받을 것 같지도 않았다. 결국은 도로 일어서는 쪽으로 가닥을 잡을 수밖에 없었다.

"후우, 먼저 일어난다."

"어? 가게?"

"응. 어쨌거나 일은 벌어졌으니 수습을 해야지."

"야, 그래도 밥은 먹고 가라. 조금 늦게 간다고 세상이 멸망하는 것도 아닌데 뭐 그리 중요한 일이라고 굶고 다니냐?"

"세상이 멸망하면 차라리 다행이지. 세상은 아직 멀쩡하고 동생은 사고를 쳤으니 문제인 거야."

그 말과 함께 벗어 두었던 재킷을 도로 걸치고 간다는 말도 없이 돌아서는 순간이었다.

"여어! 다들 모여 있었구나."

결혼 준비를 한답시고 한동안 코빼기도 보이지 않던 승후가 오늘은 무슨 바람이 불었는지 센티한 가을바람까지 거느린 채 싱글거리는 얼굴로 들어서고 있었다. 순간, 마치 약속이나 한 것처럼 멤버들의 얼굴 위로 깊은 짜증이 어리기 시작했다.

"저 자식, 좋아 죽는 거 봐라. 그사이 얼굴이 아주 확 피었구면."

"아, 입맛 떨어졌어."

"난 갑자기 배가 아파 오는 것 같다."

"왜 왔냐? 장가간다고 자랑하러 왔냐?"

시기 어린 모두의 반응에도 불구하고 강한 놈답게 승후는 눈 하나 까딱하지 않았다. 다만, 어깨를 한 번 으쓱해 보이고는 마치 혼잣말처럼 중얼거렸을 뿐.

"우리 재아한테 결혼 안 한 친구들이 제법 된다지, 아마?"

"……!"

"……!"

"다들 예쁘다던데. 다리를 놔줘, 말아?"

그 순간, 마치 얼어붙은 것처럼 모두의 움직임이 딱 멈추었다. 언제 와자하게 떠들었었냐고 말하듯 그 넓은 홀에 흡사 죽음 같은 막막한 침묵마저 감돌았다.

그러나 그도 잠시. 갑자기 동휘가 벌떡 일어나더니 두 팔까지 벌리고 미친 소처럼 놈에게로 달려드는 거다. 그러곤 격하게 꽉 끌어안으면서 소리쳤다.

"보고 싶었다, 친구!"

"잘 왔네, 동지."

"안 그래도 연락을 해 보려고 했어. 난 예전부터 네 결혼식에는 꼭 가고 싶었던 거 있지?"

"난 출장도 미루고 휴가를 내서라도 간다."

간사한 자여, 그대 이름은 남자라더니.

"쯧, 저 자식들은 어째 변하지를 않냐."

허탈한 한마디와 함께 재경이 긴 한숨을 내쉬었다. 그러고는 잠시 머뭇거리는 듯하더니 곧 다다다 달려가 모두를 밀어내고 저도 승후의 등짝에 넙죽 매달리는 게 아닌가. 하여간에, 이놈이나 저놈이나.

"어째서 이 클럽엔 정상적인 놈이 없는 걸까."

절레절레 고개를 저으며 태경은 두 손을 들어 보였다. 그런 그를 향해 승후가 넌지시 눈인사를 보냈다.

"벌써 가는 거냐?"

"그렇게 됐다."

"밥 먹을 시간도 없고?"

"태하가 사고를 쳐서."

"아아."

나직한 한숨과 함께 승후는 가볍게 고개를 끄덕였다. 하긴, 저 자식 동생은 그 이름도 유명한 사고뭉치 최태하였지.

역시 하늘은 공평하다. 언제나 부러움을 불러일으키는 귀족적인 외모부터 시작해 빈틈없는 성격과 인품, 유난히 끈끈한 정이 넘치는 완벽한 가족, 그리고 거대 그룹의 후계자라는 신분까지, 무엇 하나 부족함이 없는 놈에게 이 동네의 재앙 같은 녀석을 동생으로 주셨으니 말이다.

"그래, 왕후장상이면 뭣하겠냐. 딸린 혹 건사하느라 등골이 휠 지경인데."

남 말 할 처지도 아니면서 승후는 태경을 향해 치미는 진득한 감정의 파도를 억누를 수가 없었다. 이를테면, 동정이라거나, 동정심 같은 것들 말이다. 그래서였다, 이 장남클럽의 불온한(?) 무리들을 위해 준비해 온 물건을 통째로 덜컥 내민 것은.

"이거라도 가져가라."

"뭔데?"

"초콜릿. 우리 호텔 파티쉐들의 교육을 맡은 파리의 제과 장인인 장이 하나하나 공을 들여 만든 작품들이지."

정말이다. 장이 얼마나 공을 들였는지는 그가 미리 경험해 봐서 잘 안다. 무심히 받아 온 초콜릿 속에 69도가 넘는 압생트가 들어가 있는 줄을 누가 알았을까마는, 덕분에 그는 재아에게 덮쳐지는 아주 끝내주는 경험을 했다. 얼마나 좋았는지 지금도 가끔 그때 생각을 하면 저도 모르게 두 볼이 붉어지면서 몸뚱이가 후끈 달아오를 정도였다.

그러니 이번 작품도 아주 환상적일 게 틀림없었다. 결혼 선물이라고만 해서 속에 뭐가 들어 있는지는 그도 정확히 모르고 있긴 하지만 말이다.

'먹고 죽을 물건은 아니겠지. 장이 그렇게까지 독한 인간은 아닐 거야. ……아마도.'

무책임하기 이를 데 없는 생각이었지만 어쨌거나 승후는 웃었다. 이건 분명히 인간 최태경의 인생사에 큰 보탬이 되는 일이라고 생각하면서.

그의 속을 아는지 모르는지 태경이 상자를 내려다보며 가볍게 눈살을 찌푸렸다.

"안 좋아하는 거 알면서."

"그래도 빈속으로 가는 것보단 낫잖아. 가뜩이나 냉정한 면상을 한 놈이 배고프다고 더 살벌하게 굴면 상대가 얼마나 무서워하겠냐."

아니, 그렇게까지 예의 없는 인간성은 아닌데.

부인하고 싶은 강한 충동을 느끼면서도 태경은 결국 상자를 받아 들고 말았다. 할 수만 있다면 그냥 거부하고 싶었으나 그러기엔 상대가 너무 나빴다. 강승후라는 놈은 일단 성격이 나쁘고 그못지않게 고집도 셌던 것이다.

"몸에 좋은 거니까 남 주지 말고 혼자 먹어라. 꼭꼭 씹어 먹어."

돌아서는 그의 뒤통수에 대고 승후가 길게 소리쳤다.

"몸에 좋다고?"

고작 초콜릿이 몸에 좋으면 얼마나 좋다고 저런 소리일까.

"아무래도 수상한데."

갑자기 불길한 예감이 몰려왔다. 그냥 대수롭지 않게 넘길 수도 있는 말이었지만 그 말을 한 사람이 강승후라는 이유만으로 까닭 없이 등골이 오싹해졌다. 원래 성격 더러운 놈치고 친절한 놈 없는 법인데 문득 돌아보니 오늘따라 놈이 지나치게 친절했다는 생각이 든 것이다.

"절대로 먹지 말아야겠군."

어쩌면 독이 들어 있을지도 모르니까.

무심히 중얼거리며 그는 걸음을 조금 빨리했다. 살롱(salon)의 눈치 빠른 집사가 미리 연락을 해 두었는지 정문 앞에 그의 차가 얌전히 대기해 있었다. 마침 일이 일찍 끝난 날이었다. 그에, 모처럼 직접 차를 끌고 나왔는데 가는 날이 장날이라더니 뜻하지 않게 이런 귀찮은 일이 찾아오고 말았다. 운전석에 올라타면서 태경은 사이드미러 속의 저를 향해 나직하게 중얼거렸다.

"오냐오냐하기는 누가. 하필이면 동생이라고는 그놈 하나뿐이어서 차마 죽이지 못하는 것뿐이지."

깎아 만든 듯 반듯하고 잘생긴 얼굴이 슬쩍 일그러졌다.

누구처럼 동생이 여럿이라 하나쯤 없어도 별로 티가 나지 않는 상황이라면 태경은 아마도 진즉에 태하 놈을 지구 끝으로 보내 버렸을 것이었다. 혹은, 정말로 때려죽였거나. 심심하면 사고를 쳐 대는 놈 때문에 그 뒷수습을 하느라 정말로 피곤했기 때문이다.

"하다하다 이젠 맞선 퇴짜라."

가지고 나온 초콜릿을 보조 좌석 쪽으로 대강 던져둔 채 약속 장소랍시고 놈이 일러 준 곳으로 가면서 그는 조금 곤란한 표정을 지었다. 그도 아직 맞선이란 건 본 적이 없어서 거절은 어떻게 해야 하는지 도무지 감이 잡히지 않았기 때문이다.

"감 비서를 대신 보낼 걸 그랬나?"

아, 안사람이 둘째를 낳았다고 했지, 참.

떠올리는 순간 한숨이 쏟아졌다.

그와 동갑인 감 비서는 벌써 결혼을 해 둘째를 낳았다. 그런데 그런 감 비서보다 어느 모로 보아도 더 나은 그는 아직 혼자였다. 왜? 너무 바빠서. 그리고 아직 눈에 차는 여자를 못 만난 탓이었다. 조건이 아니라 말 그대로 눈과 마음에 들어오는 여자를 여태 만나 보지 못한 것이다.

게다가, 그의 집안 남자들은 원래 좀 유별난 구석이 있었다.

무슨 이유인지 다들 첫눈에 반한 여자와 결혼해 한평생 그 여자만 바라보고 살았다. 그래서 제가 좋다는 여자를 데려오면 집안에서는 감히 반대할 생각도 못 했다. 반대니 뭐니 해도 애초에 들어 먹을 만큼 얌전한 놈들이 아닌 데다 워낙 사고 치는 스케일이 커 어떤 독한 선택을 할지 견적도 제대로 잡히지 않았기 때문이다.

그런 점에서 보면 이번 태하의 맞선은 지극히 이례적인 경우라 할 수 있었다.

적어도 이제까지 그의 집안엔 선을 봐서 결혼한 놈이 아무도 없었다. 그런 것을 모르지 않을 텐데도 놈은 무슨 생각인지 결혼을 하고 싶다며 한동안 이 여자 저 여자 만나 보다가 최근 할아버지를 통해 들어온, 어쩐지 수상하기 짝이 없는 맞선 이야기를 듣더니 그 제안을 넙죽 받아들였다. '형은 너무 걱정이 많아 탈이야. 마음에 안 차면 까짓 그만두면 되는 거지.'라고 하면서 말이다.

"그래 놓고는 두 번씩이나 바람을 맞혔단 말이지? 대책 없는 자식, 상대는 대산그룹 장 회장의 하나뿐인 손녀딸이란 말이다."

태경은 짧게 혀를 찼다.

이런 놈이 나올 줄 알았으면 애초에 어머니에게 동생을 만들어 달라는 헛소리를 하지도 않았을 거였다. 아닌 게 아니라, 친구 놈들에게 방긋거리는 깜찍한 여동생이나 혹은 부하처럼 졸졸 따라다니는 얌전한 남동생이 다들 하나씩은 있다는 사실을 알고 조금 부러운 마음에 '나도 동생이 가지고 싶어.' 라는 소리를 지껄인 일이 몹시도 후회가 되었다. 그 한마디 덕분에 인생 세 번째 생일 선물로 사고뭉치 남동생을 선물 받게 되었으니까.

"돌아가서 보자."

으드득 이를 갈면서도 그는 부지런히 속도를 높였다.

시계를 보니 만나기로 약속했다는 시간까지 얼마 남지 않았다. 부탁을 하려거든 좀 더 일찍 했어야 했는데 내내 까맣게 잊고 있었는지 놈은 약속 시간 30분 전에야 겨우 그에게 연락을 한 것이다.

보나마나 제 행동이 어떤 결과를 불러올지 전혀 생각을 안 한 것이 분명했다. 아무 생각이 없는 놈답게 그들 세계에서의 맞선은 그냥 단순한 맞선이 아니라는 사실조차 모르고 있을 확률이 높았다. 뭐, 그의 손에 흠씬 맞다 보면 오늘 중으로 확실하게 깨닫게 되긴 하겠지만.

"브람스(Brahms)."

내비게이터를 통해 약속 장소를 확인한 다음 태경은 주차장에 차를 세웠다. 직접 와 본 것은 처음이지만 요즘 맞선 장소로 인기가 높은 곳이라는 소리는 들어 알고 있었다. 철저한 예약제에 독립된 룸을 제공하는 곳이라며 클럽 멤버들이 몇 번 거론했던 것으로 기억한다.

"평생 와 볼 일은 없을 줄 알았는데."

한숨을 내쉬며 태경은 차에서 내렸다.

가까이에서 보니 금색의 필기체로 휘갈긴 카페 이름이 유독 휘황찬란해 보였다. 저 '브람스'라는 이름을 두고 친구인 재경은 언젠가 '평생 플라토닉 한 사랑만 하다가 뒈지라는 뜻일까?'라고 말한 적이 있었다.

그래서일까? 카페의 문을 밀면서도 무언가 미지의 세계로 들어가는 것처럼 기분이 조금 묘했다. 진짜 맞선을 보는 것도 아닌데 평소답지 않게 어쩐지 약간 들뜨는 듯한 느낌도 들고.

"어서 오십시오."

안으로 들어서자 기다리고 있던 카페 직원이 다가와 예약을 확인했다. 다행히 태하의 이름으로 예약이 되어 있어 자리로 안내를 받을 수 있었다. 그제야, 태경은 자신이 상대의 이름도 모르고 왔다는 사실을 깨달았다. 태하에게 받은 것이라곤 핸드폰으로 전송된 사진 한 장이 전부였던 것이다.

'상관없으려나? 일을 배우고 있다는 소리는 못 들었으니 어차피 오늘 이후 다시 볼 일은 없을 듯한데.'

무심히 생각하며 태경은 여자가 기다리고 있다는 별실로 들어섰다. 꽤 그럴듯하게 만들어진, 카페의 후원이 한눈에 내려다보이는 자리였다.

오래된 유럽의 정원을 떠올리게 하는 후원과 생각보다 잘 꾸며

진 엔틱풍의 별실을 둘러보다가 태경은 마침내 넓은 창가에 자리한 테이블 쪽으로 시선을 던졌다. 까만 머리칼을 가진 가늘고 아담한 체구의 여자가 푹신한 소파 한쪽에 가방을 놓고 앉아 있었다.

오후의 긴 햇살이 별실 가득 스며들고 있는 때였다. 여자는 그 환한 햇볕 속에 혼자 앉아 있었다. 손을 대면 금방이라도 사라져 버릴 것만 같은, 한낮에 꾸는 꿈인 듯 환상인 듯 그렇게 아련한 모습이었다.

문득, 눈이 부셨다. 태경은 저도 모르게 눈을 가늘게 내리떴다.

'아들아, 첫눈에 반하는 사랑을 믿어라.'

언젠가 아버지는 그렇게 말씀하셨다.

때마침 질풍노도의 시기를 맞이한 장남에게 앞으로 인생을 어찌 살라거나, 후계자로서의 위치에 대한 새로운 조언을 해 주는 것이 아니라 뜬금없이 그렇게 말했을 때, 태경은 너무나 어이가 없어 저도 모르게 물었었다.

'그게 사랑인 줄은 어떻게 아는데요?'
'딱 보면 다 알아, 인마.'

말도 안 된다고 생각했다.

사람이 사람을 보고 첫눈에 반할 수 있다는 사실은 물론이고,

그저 딱 보면 다 안다는 말도 그는 도무지 이해할 수가 없었더랬다. 그 지경쯤 되면 어딘가에 문제가 생긴 것일 테니 그냥 알아서 병원으로 가야 하는 것 아니냐고도 생각했다. 그랬는데…….

'그게 이런 거라는 말씀은 안 해 주셨잖아요.'

어쩐지 속은 듯한 기분마저 느끼며 태경은 마치 홀린 듯 조용히 다가가 그녀의 앞에 마주 앉았다.

햇살 속에서 투명하게 반짝이는 여린 피부와 가녀린 목덜미가 아프게 눈을 찔렀다. 윤기 흐르는 까만 머리칼과 대비되는 하얀 살결이 스스로 빛을 내고 있는 듯 환하게 반짝인다. 동그랗게 솟은 이마 아래 까맣고 긴 속눈썹이 도톰한 뺨 위로 흐릿한 그늘을 만들고 있었다. 아직 다 빠지지 않은 젖살이며 완만한 콧날 아래의 선홍빛 입술이 못 견디게 탐스러웠다.

태경은 문득 오래된 흑백 영화를 떠올렸다. 로미오와 줄리엣.

선명하게 빛나는 하얀 가르마를 내려다보며 그는 그 오래된 영화 속의 배우들에 대해 생각했다. 이렇게 마주 앉아 있으려니 별로 왕래가 없는 서로의 집안이 더 선명하게 깨달아진 까닭이었다.

두근!

참 이상하기도 하지? 원수는 아니지만 그렇다고 친분이 있는 것도 아닌, 대놓고 무심한 관계와는 아무 상관 없이 갑자기 심장이 뛰기 시작했다. 이제까지 살아 움직인 것을 보면 계속 뛰고 있었을 텐데 마치 이제 막 뛰기 시작한 것처럼 사정없이 두근거리는 소리가 귀를 울리고 있었다.

그물에 걸린 느낌이었다. 이대로 더 앉아 있으면 안 된다는 강한 위기감이 몰려왔다. 더 있다가 그녀가 고개를 들고, 그리고 눈이 마주치기라도 하면 영영 벗어날 수 없을 것만 같은 불길한 예감이 엄습했다. 이쯤에서 일어나고 싶다는 생각과 그녀의 눈동자를 보고 싶다는 생각이 그의 안에서부터 격렬하게 부딪치고 있었다.

'일어나, 최태경. 일어나.'

저를 향해 소리치며 태경은 짐짓 눈에 힘을 주었다. 그러나 어찌 된 영문인지 몸이 꿈쩍을 하지 않았다. 그녀를 향한 시선을 거둘 수가 없었다. 그나마 다행이라면 그녀가 아직 그를 발견하지 못했다는 사실 정도일까?

일을 하는 중인지 그녀는 고개 한 번 돌리는 법 없이 계속해서 손을 움직이고 있었다. 뽀얗고 가녀린 손끝이 스칠 때마다 꽃이 피고 나비가 날았다.

그 완벽한 집중을 방해하지 않기 위해 태경은 어느새 숨을 죽이고 있는 저를 발견했다. 그러고는 자리에서 일어나는 대신 조용히 기다리기 시작했다. 그녀가 마침내 고개를 들고 자신을 발견해 줄 때까지.

혜주가 고개를 든 것은, 천의 한쪽 가득 모두 일곱 송이의 꽃과 나비를 수놓은 직후였다. 한 자세를 너무 오랫동안 고집했더니 목이 뻐근했다. 그리하여 길게 기지개를 켜고 목을 두어 번쯤 꺾으면서 고개를 드는데…….

"어라?"

너무 오래 수를 놓아서 안구에 문제가 생긴 걸까?

문득, 이상한 풍경이 눈에 들어왔다.

그린 듯 선명한 이목구비를 가진 30대 초반쯤 되어 보이는 남자가 마치 신사복 모델처럼 반듯하게 마주 앉아 그녀를 바라보고 있었다.

깜빡깜빡.

잠시 동안 무슨 상황인지 깨닫지 못한 채 그녀는 눈만 끔뻑였다. 그러다가 자신이 선을 보러 나왔으며 눈앞의 남자는 그녀를 두 번이나 바람맞히고도 끝까지 연락이 없었던 바로 그 사람이라는 사실을 깨달았다. 오늘도 제발 나오지 말았으면 했던 문제의 맞선남이 마침내 모습을 드러낸 것이다. 충격으로 입이 벌어졌다.

"어, 저기…… 오래 기다리셨어요?"

머루처럼 유독 까맣게 빛나는 눈망울을 깜빡이면서 여자가 그렇게 물었을 때, 태경은 저도 모르게 이를 악물었다. 경계심 반, 호기심 반. 그 끝에서 한껏 주저하며 조심스럽게 다가오는 여린 시선이 느껴지고 있었다. 어쩐지 목이 멨다.

"조금."

"아, 네. 죄, 죄송합니다."

아직 통통한 두 볼을 발갛게 물들인 채 그녀가 꾸벅 고개를 숙였다. 뽀얗고 가녀린 목덜미가 짧은 순간 눈으로 파고들었다. 바람이 들이치는 곳도 아닌데 어디선가 여린 풀꽃 냄새가 날아와 코끝을 슬쩍 건드리고 지나갔다. 이유도 없이 가슴 아래가 다시 희미하게 간질거리고 있었다.

'나 아파서 죽을 지경이니까 형이 대신 좀 나가 주라.'

다 죽어 가던 태하 놈의 목소리가 뒤늦게 귓가에서 쟁쟁거리다 잦아들었다.

석연치 않은 제안에 모두들 떨떠름해할 때 제가 먼저 나서서 선을 본다고 했다가 바쁘다는 핑계로 앞서 두 번이나 바람을 맞혀 놓은 주제에 이번엔 아예 감기 몸살에 걸려 드러누운 그 몹쓸 놈. 놈의 치사하면서도 눈물겨운 애원이 아니었다면 애초에 신경도 쓰지 않았을 일이었다. 그만큼 그에겐 이번 일이 귀찮기만 했었다. 분명히 처음엔 그랬는데…….

자의든 타의든 동생이 약속을 지키지 못한 것에 대해 직접 사과를 하러 어렵사리 발걸음을 하면서도 속으로는 얼마나 성을 냈는지 모른다. 적어도, 오후의 긴 햇살 속에 앉아 고요한 모습으로 수를 놓고 있는 여자를 발견하기 전까지는 분명히 그랬던 것 같다.

'여자라니, 무슨……!'

스스로의 생각에 당황하며 그는 이제 입술까지 깨물었다.

아직 솜털이 보송한 귓불로 다시 시선이 갔다. 여자라고 하기엔 분명히 한참이나 어린 사람이었다. 처음, 나이를 듣고 실소를 했을 정도로 그녀는 많이 어렸다.

뿐만 아니라, 직접 보니 작고 섬세한 이목구비와 여려 보이는 인상 탓에 짐작했던 것보다 더 어려 보이기까지 했다. 그런 '아이'를 순간 '여자'로 인식해 버린 스스로가 당황스럽다 못해 황당할 지경이었다.

'스물셋? 그런 어린애랑 뭘 하려고?'

대학 졸업반이라는 말에 그는 틀림없이 그렇게 말했었다.

놈이 핸드폰으로 보내온 사진을 제대로 볼 겨를도 없이 무심히 외면한 채.

그것을 나오기 직전에야 찾아 잠깐 들여다보았는데 도대체 사진에 무슨 짓을 한 건지, 직접 마주한 상대의 이미지는 하늘과 땅만큼이나 달랐다. 다른 건 몰라도, 그 사진엔 볼펜을 꽂아 대강 틀어 올린 머리 따윈 들어가 있지도 않았다. 여린 목덜미와 핑크빛으로 조심스럽게 물드는 볼, 그리고 저 물을 머금은 듯 말갛게 반짝이는 눈망울도.

'쓸데없는 생각하지 마, 최태경. 이러면 골치 아파져.'

골치가 아프다.

일이 꼬이면 하나를 얻고 세 개 이상의 귀찮음을 떠안아야 한다. 손해 보는 장사가 되는 것이다. 눈앞에 앉은 이 어린 여자를 얻는 일은 어쩌면 그의 예상보다 더 큰 수고로움과 손실을 동반하게 될지도 몰랐다. 그것은 결코 만만치 않은 대가일 터였다.

더구나 아직 맞선 단계일지언정 그녀는 동생의 상대로 예정되어 있는 상태가 아닌가. 그것도 장 회장이 직접 선택한.

그즈음에서 태경은 대산그룹의 장 회장을 떠올렸다.

단단한 인상에 노년임에도 불구하고 그 인상만큼이나 단단한 체구를 가진 노회한 늙은이. 선대로부터 물려받은 가업을 무섭게 키워 내어 작금에 이르러서는 재계에서 열 손가락 안에 든다는 부를 만들어 낸 그에게 동생 태하는 지금 간택을 받은 상황이었다.

무슨 속셈인지는 알 수 없으나 대뜸 할아버지에게 연락을 해 와서는 '시간이 되면 밥이나 한번 먹자'고 했단다. 그러고는 바로 자신의 손녀딸을 동생에게 들이밀었다. 그것이 지금 눈앞에 앉아 있는 이 어린 여자였다. 덕분에 그가 이런 예상 밖의 상황을 마주하게 된 것이고.

'안 닮아서 다행이군.'

태경은 진심으로 그렇게 생각했다.

그 백 년 묵은 여우 같은 늙은이에게서 이런 토끼 같은 손녀딸이 나오다니. 정말이지 이렇게 어울리지 않는 조합이 세상에 또 어디 있단 말인가.

친손녀가 아닌 외손녀라는 사실을 어렵사리 기억해 냈지만 사실 별 차이는 없었다. 어차피 장 회장에게 자식이라고는 딸 하나뿐이었고 그 딸은 또 딸만 하나를 낳았을 뿐이라니까. 얼마나 물고 빨았을지 짐작이 가고도 남는 일이었다.

'아무리 그래도 그렇지. 장 회장이 드디어 미쳤나? 손녀딸을 왜 이리 얌전하게 키워 놨지? 달랑 하나뿐인 손녀에게 사업 대신 바느질을 가르쳐 놓았을 줄이야.'

한편으로는 이해가 가기도 하지만 다른 한편으로는 혹시 노망이 나진 않았는지 슬쩍 의심이 들었다.

하나뿐인 딸이 딸만 하나를 낳고 말았다는 것. 그것은 곧 장 회장의 대산그룹엔 사위인 서 사장의 뒤를 이을 후계자가 없다는 뜻이나 마찬가지가 아닌가 말이다. 그래서 그럭저럭 안정적인 운영에도 불구하고 주주들이 때때로 불안을 느끼고 있는 것이다.

상황이 이런데 무슨 생각인지 장 회장은 하나뿐인 손녀를 암사자도 아니고 한 입에 딱 잡아먹기 좋은 토끼로 키워 놨다. 그 부분에서 진한 의심을 품다가 그는 곧 다른 생각을 했다. 어쩌면 그 일을 만회하고자 장 회장이 직접 나선 것인지도 모르겠다고. 아닌 게 아니라, 재계엔 벌써 그가 손녀사위 구하기를 빙자한, 차대의 후계자를 찾아 나섰다는 소문이 은밀하게 퍼지고 있었다.

'그렇군. 데릴사위를 찾고 있는 거였어. 그래서 내가 아닌 태하를 선택한 거야. 장 회장의 손녀. 서 사장의 무남독녀 외동딸. 누군지 정말 골치 아픈 처가살이를 하게 되겠는걸.'

자신과 애꿎은 동생까지 슬그머니 후보에서 제외하면서 그는 내심 그렇게 생각했다.

태하가 손녀사위 후보 1순위에 올라 있다는 사실 같은 건 이미 안중에도 없었다. 그 녀석은 벌써 오래전부터 그룹의 모태가 된 계열사에 눈독을 들이고 할아버지 밑에서 열심히 후계자 수업을 받고 있는 데다 원래부터 스스로에 대한 근거 없는 자신감이 하늘을 찌르는 녀석이라 떡이 아무리 커도 애초에 남의 집 데릴사위가 되겠다는 로망 따윌 키울 놈이 아니라는 걸 잘 알고 있으니까.

'일만 생각하자, 일만. 저쪽의 의도를 안 이상, 장 회장과 더 엮여 봐야 골치만 아파져. 운이 나쁘면 서 사장처럼 가업을 빼앗기고 충견 노릇이나 하게 될지도 모르지.'

거기까지 생각했을 때였다.

똘망똘망 눈을 빛내며 그를 바라보고 있던 여자가 문득 '아!' 하고 놀라더니 한 손을 들어 머리 위에 꽂아 두고 있던 볼펜을 쑥 잡아 뽑았다. 까만 명주실 같은 머리카락이 반짝이며 여린 어깨 위로 한꺼번에 쏟아져 내렸다. 그리고 숨이 멎었다.

꿀꺽!

갑자기 갈증이 느껴지기 시작했다.

차를 마시고 있는 중임에도 불구하고 입술이 바짝바짝 마르는 듯하더니 딱히 어디라고 할 수 없는 곳에서부터 희미한 열기가 피어나 전신 곳곳을 향해 숨 가쁘게 내달리고 있었다. 처음 겪는 일이었지만 남자인 이상 그것이 의미하는 바를 모를 리가 없는 그였다. 충격으로 심장이 다 떨려 왔다.

'미치겠군.'

정말이다. 왜 하필이면…….

'왜 하필이면…….'

어색한 동작으로 머리칼을 정리하며 혜주는 살며시 그의 눈치를 살피고 있었다. 하필이면, 다른 때 다 놔두고 오늘처럼 꼭 바람맞혀 주기를 바란 날, 거기에 만반의 일거리까지 준비한 날 약속을 지켜 주시다니. 이래서 인생사 삼세번이라고 하는 거였던가.

'제갈공명도 아닌 주제에 세 번째라고 기어 나온 겐가? 하긴,

사람이 양심이 있어야지.'

내심 고개를 끄덕이며 그녀는 조심스러운 동작으로 찻잔을 집어 들었다. 턱 끝까지 치미는 긴장도 긴장이지만 한참이나 일에 몰두했더니 목이 조금 탔다.

"어? 따뜻하네."

차갑게 식은 차를 마시게 될 줄 알고 무심코 찻잔을 감싸 쥐었다가 깜짝 놀랐다. 어찌 된 영문인지 일하는 동안 내내 방치해 두었던 찻잔이 여태껏 따뜻했다.

"방금 전에 다시 주문한 겁니다."

이게 웬 미친 찻잔이냐며 뜨악하게 바라보는 걸 봤는지 그가 지나치게 진지한 어조로 오해를 풀어 주었다. 이유도 없이 볼이 또 화끈 달아올랐다.

"아! 가, 감사합니다."

당황해서 저도 모르게 90도로 고개를 숙였다. 방석이 깔려 있는 자리였다면 아예 절을 했을지도 모른다. 그만큼이나 제정신이 아니어서 열심히 허둥대고 있는 중이었다.

절에 가까운 인사를 하고도 모자라 차를 한 모금 마시다 사례가 걸려서 지저분하게 쿨럭대고 거기에 더해 탁자 위의 수틀을 치운답시고 한바탕 부산을 떨고 나서야 비로소 그를 살필 만큼의 정신이 돌아왔다. 그 끝에서 그녀는 또 잔뜩 긴장한 꼴로 말했다.

"죄, 죄송해요. 제가 첫 경험이라."

음? 어째 어감이 좀 이상한 것 같은데…… 착각인가?

스스로 말해 놓고도 무언가가 이상하다는 생각을 하면서 혜주는 조심스러운 시선으로 그의 눈치를 살피기 시작했다.

하도 당황해서 그런지, 눈앞에 마주 앉아 있으면서도 어쩐지 남자의 얼굴을 똑바로 바라볼 수가 없었다. 죄를 지은 것도 아닌데 눈이라도 마주칠까 봐 공연히 심장이 다 떨렸다. 이대로라면, 사모님이 '어떻디?' 라고 물었을 때 뭐라고 대답할 말이 없게 될지도 몰랐다. 말마따나, 뭐 본 게 있어야지.

아무래도 전할 말 정도는 만들어야겠다는 생각이 들어 안간힘을 다해 자꾸만 꺾이려는 고개에 힘을 좀 줬다. 그제야 간신히 상대의 얼굴이 눈에 들어왔다.

눈부시게 하얀 와이셔츠 자락에 휘감긴 굵직한 목선부터 단단한 턱을 타고 그녀의 시선이 마치 더듬듯 서서히 위로 올라갔다.

'와아! 끝내준다.'

혜주는 진심으로 감탄했다.

남성 잡지 같은 거 보면 표지에 정장 입은 훈남들이 그럴듯한 포즈를 취하고 있는데 이 남자도 딱 그렇게 생겼다. 도자기처럼 깨끗한 얼굴에 시원시원한 사이즈의 눈코 입이 꼭 있어야 할 자리에 제대로 잘 자리를 잡고 있었다. 거기에, 어깨가 넓고 자세가 반듯하며 단정해서 입고 있는 검정색 양복이 참 잘 어울렸다. 한마디로, 어느 이국의 백작님처럼 품위가 넘치는 모습이었다.

유난히 짙은 눈썹이라든지, 깊고도 날카로운 눈빛, 그리고 조금 고집스러워 보이는 입매 정도가 인상을 강렬하게 만들고 있기는 했지만 그리 과하지 않아서 오히려 매력적인 편이었다.

'명품이구나.'

혜주는 어느 명품 매장에 전시되어 있던 다이아몬드를 떠올렸다.

척 보기에도 어마어마해서 차마 보여 달라고 말하기도 무서운, 그런 고가의 다이아몬드. 딱 그런 이미지를 가진 남자였다. 그래서 보고 있기만 해도 왠지 황송한 것이 감히 손을 대 볼 생각 같은 것은 더더욱 할 수가 없었다.

'저 미끈한 몸에 내가 만든 옷을 입혀 볼 수 있다면 얼마나 좋을까. 걸레를 입혀 놓아도 끝내줄 텐데.'

스스로의 생각에 깊은 동의를 표하며 그녀는 내심 고개까지 끄덕였다. 그러고 나자 마치 물꼬가 트인 듯 숱한 의문들이 줄줄이 이어지는 거다.

'이런 남자가 왜 아직도 홀몸인 걸까? 아까 들어 보니깐 목소리도 끝내주게 좋던데. 애인은 없나? 그래도 연애는 많이 해 봤겠지? 어른이니까.'

남자 나이 서른이면 어지간한 연애는 다 해 보고도 남았을 나이다. 긴 연애, 짧은 연애, 좋은 연애, 나쁜 연애, 찢어진 연애 등등.

더구나 그는 잘생겼고 몸매도 좋고 목소리도 좋은데 거기에 더해─정확히 어딘지는 모르겠지만─ 꽤 잘사는 집안의 후계자씩이나 된단다. 이만하면 매년 여자를 한 다스씩 갈아 치우면서 살 법한 스펙이 아닌가. 그런 남자가 정략결혼 시장에 나왔다니. 그것도 별 볼 일 없는 자신의 상대로 말이다. 이건 거의 국가적인 음모나 마찬가지였다.

"제가……."

"저기……."

"아, 말씀하시죠."

"아, 아니에요. 먼저 말씀하세요."

혹시 애인이 있냐고 물으려다가 혜주는 황급히 입을 다물었다.

선을 보는 건 처음이다 보니 입을 떼고서야 뒤늦게 '이런 걸 물어도 되는 건가?' 하는 생각이 들었던 것이다.

"우선, 죄송하다는 말씀을 드리려고 했습니다."

"네?"

"본의 아니게, 두 번이나 약속을 어기는 바람에……."

"아! 괘, 괜찮아요. 안 그래도 요즘 일이 많이 바쁘시다고 들어서 오히려 제가 죄송했어요."

마음에도 없는 말을 지절지절 떠들며 혜주는 속으로 토악질을 했다. 사모님이 시켜서 하는 말이긴 했지만 스스로 생각하기에도 너무 가식적이어서. 사실은, 이 카페 구석에 구겨져 이게 웬 갑질이냐며 혼자서 생 지랄을 했었다. 물론, 욕은 더 많이 했고. 아, 생각을 했더니 또 눈물이 나려고 한다.

그때의 서럽고도 비참한 심정이 다시 살아나는 것만 같아 괜히 코를 한 번 훌쩍인 다음 그녀는 또 잽싸게 덧붙였다.

"그리고 여기 밥도 먹을 만했어요. 런치 메뉴도 괜찮고, 저녁도 좋던데요."

"점심, 저녁을 여기서?"

태경의 눈이 조금 커졌다.

반나절이다. 그냥 바람을 맞힌 게 아니라 그의 동생이라는 놈은 상대에게 연락도 없이 아예 반나절이나 시간을 허비하게 만들었나 보다.

'최태하, 이 꼴통 자식!'

끙끙 앓고 있을 동생을 향해 태경은 으드득 이를 갈았다.

'바빠서 못 나갔다.'고만 해서 일방적으로 약속을 취소했다고 생각했더니 사실은 그게 아니었던 것이다.

'연락도 없이 그냥 바람을 맞힌 거냐? 그래 놓고 뭘 잘했다고 감기 몸살에 걸려? 돌아가는 대로 아예 밟아 죽여 주마, 이 덜떨어진 자식아.'

지나친 분노로 인해 입꼬리가 바르르 떨렸다.

부글부글 끓는 속을 가까스로 달래고 나자 이번엔 그녀를 향한 진한 안타까움이 밀려왔다. 그렇게 바람을 맞은 사람에게 이제는 아예 다른 사람이 나왔다는 사실을 알려야 했다. 더구나 최태하든 최태경이든 간에, 두 놈 모두 그녀와는 더 만날 생각이 없다는 사실까지도.

'갑자기 기분이 안 좋아졌나? 말은 안 하고 왜 저렇게 심각하게 바라만 본대? 사람 무안하게.'

집요하게 다가오는 그의 시선을 받으며 혜주는 조금 떨고 있었다.

고개를 숙이거나 기울이거나 아예 다른 쪽으로 돌려 버려도 놓치지 않고 줄곧 따라오는 강렬한 시선이 느껴졌다. 냉탕과 온탕을 오갈 때처럼 뜨거운 것도 같고 얼음처럼 찬 것도 같은 이상한 시선이었다. 너무 곧고 강렬해서 지은 죄도 없는데 괜히 몸을 움찔거리게 만들고 왠지 모르게 안절부절못하게 만드는 그런 눈빛.

'나 무서운데. 무서워서 없는 죄라도 만들어 냉큼 이실직고를 해야 할 것만 같은 기분에 사로잡힐까 말까 합니다마는!'

무언가를 찾아 헤매는 듯한 그 갈망 어린 시선 속에서 혜주는 이리저리 몸을 뒤틀다 조심스럽게 그를 바라보았다. 뭘 어쩌라는 건지는 모르겠지만 아무튼 가만히 마주 보고 있자니 괜히 무서운 생각이 들었다. 그의 눈빛에서 어쩐지 강한 '허기' 같은 것이 느껴졌기 때문이다. 그런 때에 문득 그가 말했다.

"으음, 죄송합니다. 그런 줄은 미처 몰라서. 다행히 오늘은 같이 식사할 시간이 있습니다. 그럼, 식사부터 할까요?"

후우, 다행이다. 그녀를 잡아먹고 싶은 게 아니라 그냥 배가 고픈 거였나 보다.

저도 모르게 안도의 한숨을 내쉬며 혜주는 공연히 헤죽 웃었다. 그러곤 말했다.

"아, 그게…… 여기도 괜찮긴 하지만 사실은 이 근처에 정말 맛있는 떡볶이집이 있거든요."

"음?"

"제가 자주 가는 집인데요, 혹시 떡볶이 좋아하시면……."

아, 이 바보 같은 혜주 씨야.

아무리 당황했어도 그렇지. 이 상황에서 그런 멍청한 제안을 하면 도대체 어쩌자는 것이냐.

같은 과의 친구들에게 하듯 아무 생각 없이 지절거리다 상황을 깨닫고 그녀는 퍼뜩 입을 다물었다. 또래의 친구도 아니고 선배도 아닌데 저 다이아몬드처럼 반질반질한 남자에게 빨간 국물을 뒤집어쓴 떡볶이를 먹으려 들다니.

어이구, 우리 혜주 씨는 쓸데없이 간도 크지. 더구나, 자신 또한 오늘은 스타일리스트가 코디한 명품 정장에 비싸디비싼 가방을 들고 나온 주제에 말이다.

이 꼴로 떡볶이집에 가서 나란히 앞치마를 두르고 앉으면 얼마나 무서우면서도 웃길까. 이 비싼 옷들에 국물이라도 한 방울 튈까 봐 신경을 온통 곤두세우고 있어야 하는 것은 둘째 치고, 그가 보는 앞에서 감히 입을 짝짝 벌려 가며 떡볶이를 먹어야 할 테니까.

생각할수록 너무 바보 같아서 할 수만 있다면 스스로 머리통이라도 쥐어박고 싶어졌다.

"죄, 죄송해요. 제가 생각이 짧았어요. 습관이 되어서 그만……."

"습관?"

"네. 요즘 좀 바빠서 늦게까지 일하다가 시장기가 돌면 김밥이랑 떡볶이 사다 먹고 쉬다가 다시 일하고 그랬거든요. 졸업 작품전이 얼마 안 남아서."

"아아."

'아아.' 하고 한숨처럼 말했을 때 혜주는 그가 슬쩍 내비치는 미묘한 감정의 변화를 눈치챘다. 마치 그제야 무언가를 깨달았다는 듯 어깨를 한 치쯤 내려앉히는 모습에서 그것이 거의 '실망'에 가까운 감정임도 본능적으로 알 수 있었다.

'나한테 실망한 거야. 어쩌지?'

짧은 순간, 눈앞이 까맣게 물드는 느낌이 들었다.

왜 이런 감정이 엄습하는지는 모르겠으나 그에게 실망을 줬다는 사실 하나만으로도 부지불식간에 왈칵 겁이 나고 근저를 알 수 없는 두려움까지 파도치듯 한꺼번에 닥쳐왔다. 어쩐지 나쁜 짓을 한 것 같은 기분도 들었다. 애초부터 이런 결혼 따윈 파투나 났으면 좋겠다고 생각하고 있었던 주제에 한 순간이나마 '큰일 났다'고 생각할 뻔했다.

'변덕스럽기도 하지. 졸업 시험에 떨어진 것도 아니고, 지금 이 결혼을 안 한다고 해서 살아가는 데 심각한 문제가 발생하는 것도 아닌데 왜 이렇게 찝찝한 기분이 드는 거야? 역시 첫 경험이라서 그런가?'

덕지덕지 달라붙으려 드는 혼란스러운 감정들을 털어 내듯 그녀는 거칠게 고개를 저어 버렸다.

괜찮다. 사람이 살다 보면 어린 나이에 맞선을 볼 수도 있는 것처럼, 살다 보면 처음 본 사람에게 거절을 당할 수도 있는 거다. 거절하는 것이 꼭 여자의 몫으로 정해진 것도 아니니 누군가는 남자에게 차이는 경험을 할 수도 있는 게 아닌가. 더구나 이것은 오히려 잘된 일이라고 할 수 있었다.

사모님은 결혼이 이미 결정된 것처럼 말씀하셨지만 갑이나 다름없는 남자 쪽에서 거절을 한다는데 뭘 어쩔 것인가.

본래, 정략결혼이라고 하는 것은 서로 간에 거래의 조건이 맞아야만 하는 것이라고 했다. 그러니 남자 쪽에서 그녀가 마음에 들지 않는다는 이유로 거절을 한다면 아무리 사모님이라고 해도 더는 밀어붙일 수 없게 되는 것이다.

거기까지 생각하자 조금이나마 용기가 샘솟는 것 같았다.

그래, 세상만사 다 마음먹기 나름이다. 이 잘생겼지만 시간개념이 없어서 바람맞히기를 즐기는 아저씨에게 실망을 좀 줬다고 해서 뭐가 문제 될까.

결혼을 안 하게 되면 더 좋기만 하다. 원래 잘생긴 사람은 다 얼굴값을 하게 마련이라고 했으니 미래의 우환을 미리 잘라 냈다고 생각하면 만족스럽기까지 했다. 아닌 게 아니라, 사실은 애인이 있을지도 모르는 일이 아니던가.

"괜찮아요."

생각을 정리한 끝에 혜주는 빙긋 웃으며 그렇게 운을 떼었다. 그러자 뜬금없다고 생각했는지 그가 한쪽 눈썹을 멋지게 슥 올리면서 그녀를 바라보았다. 그에, 더더욱 환하게 미소 지으면서 그녀는 밝은 투로 덧붙였다.

"오늘, 거절하러 나오셨죠?"

"……."

"괜찮아요. 아시다시피, 제가 결혼을 생각하기엔 많이 어리잖아요. 아직 학교 졸업도 안 했고. 걱정 마세요. 사모님, 아니 어른들껜 제가 잘 말씀드릴게요."

이런 말 하긴 좀 그렇지만, 그녀는 자신만만했다.

두 번 바람맞고 세 번째엔 차였으니 이 정도면 불쌍해서라도 그만두자고 할 상황이었다. 물론, 사모님은 '네가 얼마나 모자라

보였으면!' 하고 닦달을 할 수도 있지만 듣지 않으면 그만이라 아예 처음부터 안 들은 것으로 치련다.

그때였다.

어느 나라 백작님처럼 시종일관 여유롭게 차를 마시며 가만히 듣고만 있던 남자가 마침내 찻잔을 내려놓으면서 말했다.

"떡볶이 좋아하는 것 맞습니다만."

"네?"

"어딥니까, 그 정말 맛있다는 떡볶이집이?"

"……!"

어라, 이게 대체 무슨 일이지?

그냥 생각 없이 한번 질러 본 말인데 정말로 떡볶이를 먹으러 가겠다는 것인가, 지금?

'저, 정말 가는 거야?'

당황해서 멀뚱히 바라보는 사이 남자는 정말로 떡볶이를 먹으러 갈 것처럼 벌떡 일어서서는 마치 재촉하듯 그녀를 바라보았다. 어찌나 단호하신지 이 자리에서 이의를 제기하면 '허허' 웃으면서 한 대 칠 것만 같은 씩씩한 기상이 느껴졌다. 그런 이유로, 이번에야말로 혜주는 정말로 눈앞이 캄캄해지고 말았다.

2
그들의 사정

"하긴, 그 집 남자들이 고집이 세긴 하지."

늘어앉은 사람들을 둘러보며 장 회장은 그렇게 운을 뗴었다.

"기본적으로 멍청하다는 생각이 들 때가 더 많긴 하지만 일단 하겠다고 마음을 먹으면 고집대로 끝까지 밀고 나가는 추진력 하나만큼은 확실히 봐줄 만해. 그러니 첫눈에 반한 여자 하나에 목숨을 거는 가풍 따위도 만드는 거겠지."

"휴우, 그럼 이제라도 다른 곳을 알아봐야 하지 않겠어요? 아무 말도 없이 그저 밥만 먹고 헤어졌다고 하는데 말이에요."

"글쎄다. 급한 일은 아니니 좀 더 생각을 해 보자꾸나."

드물게 결정을 미루며 장 회장은 창문 너머로 시선을 던졌다.

정원 한쪽에 서서 딱히 어디라고 할 수 없는 곳을 멀거니 바라보고 있는 여린 그림자 하나가 눈에 들어왔다. 불렀기에 따라왔지만 사실은 그리 내키지는 않는다고 말하듯 짧은 인사 한마디 건 넨 것을 끝으로 저리도 데면데면하게 굴고 있는 이는 다름 아닌 서 사장, 즉 사위의 딸이었다.

사위의 딸이면 딸의 딸인 동시에 자신의 손녀여야 마땅하겠으 나 안타깝게도 그렇지는 않았다. 그의 아내는 결혼한 지 10년 만 에 딸을 하나 낳았고 그 딸은 결혼하고도 20여 년이 지나도록 소 식이 없는 상황이었다. 그래서 애초에 희망이 없다고 여긴 것인 지, 10년 전 그의 사위는 한마디 상의도 없이 홀로 수소문한 끝에 결혼 전에 만나던 여자와의 사이에서 태어난 아이를 찾아 데리고 들어왔다. 그것이 바로 그의 손녀라고 소문이 난 저 아이에 대한 진실이었다.

"잘 지내고 있는 게냐?"

눈짓으로 혜주를 가리키며 그가 딸 일화에게 물었다.

"웬만하면 이제 그만 인정하고 잘 지내 보라고 했잖아."

"알아요. 노력하고 있어요."

"쯧, 아무래도 노력이 부족한 것 같구나. 요즘도 여전히 기숙사 를 전전하고 있다는 소식을 들었다. 남 보기에 과히 좋지 않은 일 이야. 여자아이가 아니냐."

"제가 쫓아낸 게 아니잖아요. 스스로 나간걸요. 고등학교도, 대 학교도 지가 직접 기숙사가 있는 곳을 고른 아이예요."

"말렸어야지. 어린아이였다. 처음부터 잘 품었다면 네 자식 노 릇을 해 줄 수 있는 아이였어. 싫어도, 어쨌거나 서 사장 핏줄이면 네 딸이나 마찬가지인데 여태껏 '사모님'이라고 불리는 건 뭐야?"

꾸지람 같은 한마디에 일화는 조금 우울한 얼굴로 고개를 숙였다.

전이라면 서운하다는 생각부터 들었을 테지만 세월이 흐른 탓인지, 아니면 제 마음이 변한 것인지 지금은 서운함보다 후회하는 마음이 더 컸다. 아버지나 남편이 바라는 것처럼 살갑게 대하지는 못해도 말마따나, 적어도 의붓자식에게 '사모님'이라고 불리는 상황까지는 치닫지 말았어야 했다는 생각이 부쩍 드는 것이다.

"너도 나이가 들었다. 언제까지 네게 자식이 생길 날만을 기다리면서 살 수는 없어."

"아버지!"

"그냥 들어. 네 나이가 벌써 쉰이야. 기대하기가 힘든 건 당연한 것 아니냐. 서 사장을 생각해서라도 저 아이 결혼시켜 들어앉히자는 아비 제안을 받아 준 것은 고맙다만, 그것으로는 부족해. 저 모습을 보면 모르겠니? 이 집안에 마음이 없는 아이잖아. 그런 아이 잡아 두려면 네가 더 노력을 해야지."

"알아요. 그래서 저도 노력하고 있어요. 하고는 있는데……."

도대체 어디에서부터 풀어 가야 할지 모르겠다.

그 생각을 하는 순간 일화는 거의 절망적인 기분에 빠져 버리고 말았다. 10년이었다. 저 아이가 나타난 것이 올해로 꼬박 10년인데 그녀들의 사이엔 아직도 10년만큼의 거리가 나 있었다. 그만큼 서로가 낯설고 어색하고 멀었다.

'그렇게 더러운 것을 보듯 바라보지 마. 결혼 전의 일이었어. 당

신도 알고 있었잖아, 내게 연인이 있었다는 건.'

그의 말이 맞다.

확실히 그녀는 알고 있었다. 하지만 상관없었다. 그와 결혼을
약속한 여자는 아무것도 가진 것 없는 집안의 둘째였다. 집안이나
학력은 물론 외모까지도, 건실한 중소기업을 운영하던 남편의 집
안에서 반대하는 것이 당연할 만큼 형편없었다. 그래서 아무런 죄
책감도 없이 그 자리를 빼앗을 수 있었던 것이다.

실수라면 그녀가 임신 중이었다는 사실을 몰랐다는 사실 하나
뿐이었다. 뒤늦게 그녀가 딸 하나를 남기고 죽었다는 소식을 들은
그가 망설임 없이 나설 줄도 몰랐다. 그래서 상의 한 번 없이 아
이를 데려왔을 때 그녀가 그토록 분노했던 것이다.

마치 속은 것만 같아서, 철저히 배신당했다는 생각이 들어서.

"결혼을 다시 생각해 보라고 했을 때 막무가내로 고집을 피운
건 너야. 남의 남자 빼앗아 결혼했을 때는 이런 결과도 각오를 했
어야지. 솔직한 말로, 아이가 무슨 죄야?"

"왜 죄가 없어요?"

"뭐?"

놀란 얼굴로 돌아보는 늙은 아버지에게 일화는 울 듯한 얼굴로
말했다.

"제 아이가 아니잖아요. 제 자식으로 태어나 주지 않았잖아요."

"일화야."

"아버지도 아시잖아요. 저, 할 수 있는 건 다 했어요. 약도 먹

고 기도도 하고 돌하르방 코에도 집착해 봤어요. 뿐이에요? 인공
수정도 시도했고 대리모도 구해 봤고 이제는 이 나이에 새파랗게
어린 새댁들 사이에 앉아 불임 요가도 해요."

"……."

"평생소원이라고 했어요. 그렇게 간절히 원하고 바랐는데 어째
서 제가 아니에요? 왜 하필이면 그 여자예요?"

애처롭다 못해 비통함마저 느껴지는 말에 장 회장은 그만 할
말을 잃었다.

그 또한 한때는 간절하게 자식을 바라고, 또 아들을 바란 적이
있었기에 그녀의 심정을 모르는 바가 아니었다. 그러나 하나라도
가진 사람과 아예 가져 본 적이 없는 사람의 마음은 또 완전히 다
른 것이 아니던가.

"이 바보 같은 것아."

딸의 딱하고 측은한 꼴을 보며 장 회장은 자조적인 어조로 중
얼거렸다.

"그렇게 간절했으면 거부할 게 아니라 차라리 네 것으로 만들
지 그랬니? 남자는 잘도 빼앗았으면서 왜 자식은 빼앗지 못해."

"그 이유를 정말 몰라서 물으세요? 닮았잖아요. 저 애는 그 여
자를 닮았어요. 판박이라고요. 아버지, 부탁이에요. 그만하세요.
저 지금도 힘들어요. 아버지 뜻대로 적당한 남자랑 결혼시켜서 같
이 데리고 살아 준다잖아요. 그러니 제발 이 이상 더 많은 것을
요구하지 마세요."

"후우, 그래. 여기까지만 하자꾸나. 너도 언젠가는 내 결정을

이해할 날이 오겠지."

그전에 죽도록 후회하는, 가슴 아픈 나날들이 먼저 찾아오겠지만.

그 말을 홀로 삼키고 장 회장은 일화에게 이만 가 보라는 의미의 손짓을 한 다음 다시 한 번 더 창밖으로 시선을 던졌다.

아이는 아직도 그 자리에 서 있었다. 미동 없이 서 있는 모습이 마치 정물처럼 보여 안 그러려고 해도 가슴 한쪽이 씁쓸하게 내려앉았다.

"딱한 것. 너도 안됐구나. 하지만 나는 내 자식이 더 아파. 결국 자식을 지키는 건 부모 몫이야. 하긴, 누가 뭐라 한들 무슨 상관이겠나. 내 자식 내가 지키겠다는데."

주름 가득한 그의 얼굴 위로 문득 단호한 결심 하나가 떠올랐다.

세상천지에 하나뿐인 핏줄이었다. 오직 하나뿐인지라 이제까지 금이야 옥이야 키워 왔지만 그런 딸도 어느덧 중년을 맞이한 지 오래였다. 해 줄 수 있는 것은 다 해 줬음에도 불구하고 자식 하나 없이, 일에만 빠져 사는 남편의 등을 바라보면서 혼자 몸부림을 치고 있는 불쌍한 인생이 되고 말았다. 그런 딸의 뒷배는 세상에 오직 자신 하나뿐이었다. 당장 내일을 장담할 수 없을 정도로 늙은 아비 하나뿐이란 말이다.

"본래, 시간이 많지 않은 사람은 무슨 짓이든 망설이지 않게 되는 법이지. 그래, 이렇게라도 하는 것이 혼자 남겨 두고 가는 것보단 나아."

오늘따라 유독 진한 피곤을 느끼면서 그는 자조적으로 중얼거렸다. 그러는 사이 먼저 자리를 털고 나간 일화가 조금 느린 걸음으로 정원을 가로지르는 모습이 눈에 들어왔다. 느리지만 한 걸음 한 걸음 내디디며 홀로 선 혜주에게 다가가는 모습이 어쩐지 짠했다. 그 모습을 가만히 보다가 장 회장은 마침내 결심을 굳히고 사람을 불렀다.

"최 회장에게 전화 좀 넣어라. 지금."

"예, 회장님."

결국은 최태하를 잡기로 결심했다.

세 번을 기다려 간신히 만났고 상대의 반응이 영 시원찮았다는 말을 듣기는 했지만 아무래도 좋았다. 징조 하나 없음에도 불구하고 늘 예민하기 이를 데 없는 그의 감이 자꾸만 그쪽을 가리키고 있었으니까.

혹자들이 그의 성공을 두고 종종 궁금해하는 것을 알고 있었다.

작은 기업을 물려받아 이만큼이나 키워 낸 것을 기적이라고 부르며 그 특별한 비법에 대해 알고 싶어 한다는 것을 말이다. 그러나 고백하건대, 그가 여기까지 올 수 있었던 것은 물려받은 재산이 많아서도, 남보다 좋은 운을 타고나서도 아니었다. 그저 남보다 조금 더 예민한 감을 타고났고 누구보다 그런 자신을 신뢰했기에 가능한 일이었다.

그 예민한 감각이 지금은 최태하 쪽을 가리키고 있었다.

희망을 주는 징조 하나 없었지만 이상하게도 '아무 말도 없이'

그저 밥만 먹고 헤어졌다는 말이 걸렸다.

"아무 말이 없었다? 그 말은, 즉 좋다는 말도 없었지만 싫다는 말을 한 것도 아니라는 뜻이잖아. 그럼 반쯤은 가능성이 있다는 소리지."

그는 크게 고개를 끄덕였다.

확률이 자그마치 50%나 되는 일이었다. 그 정도의 확률이면 충분하고도 넘친다. 사업하는 놈치고 그런 상황에서 일단 저질러 보지 않을 놈이 누가 있을까.

"하면 다 되는 거지, 안 되는 일이 어디 있나. 어떤 일이든 일단 해 보고 나서 포기해도 늦지 않아. 암, 그렇고말고."

쓸데없이 고집이 세긴 하지만 최씨네 남자들은 하나같이 인물들이었다. 유난히 뛰어난 제 형의 그림자에 가려 있어서 그렇지 최가의 가업이나 마찬가지인, 태경유업을 노리고 있다는 최태하도 보통 놈은 아니었다. 그의 귀에도 벌써부터 '꼴통이지만 멋진 놈', '건방지지만 이상하게 웃긴 놈'이라는 소문이 닿고 있는 중이니까 말이다. 그런 놈을 낚을 수 있다면 뒷일에 대한 걱정을 더는 것은 물론이고 죽는 날까지 심심할 일도 없지 싶었다.

"이거, 잘하면 송사리로 잉어를 낚겠는걸. 허허허."

최태하를 생각하며 그는 처음으로 편하게 웃을 수 있었다.

그 웃음 너머에서 두 여자가 마주 섰다.

열심히 관리한 탓에 어느 모로 보아도 50대처럼은 보이지 않는 중년의 여자와 귓불에 아직 솜털이 보송한 어린 여자. 일화와 혜주는 그렇게 대치하듯 마주 서 있었다.

"들어와 있지, 여기서 계속 이러고 서 있을 건 뭐니?"

일화가 짜증스러운 표정을 감추지 않은 채 투덜거렸다.

아무래도 한바탕 꾸지람을 듣고 나온 터라 말이 곱게 나가지 않았다. 보는 눈들도 있는데 굳이 이렇게 데면데면하게 구는 티를 내어서 사람을 곤란하게 만들 건 뭐냐 말이다.

정말이지 마음에 들지 않았다. 부르랬다고 이제까지 고집스럽게 '사모님'이라고 부르는 것 하며, 이렇게 눈치 없이 구는 것까지 모두 다.

"사람들이 뭐라고 생각하겠어?"

뭐라고 생각하긴. 그냥 남이라고 생각하겠지.

이 집안에 그 사실을 모르는 사람이 어디 있다고 새삼스럽게 잔소리인가 싶어 혜주는 조금 뜨악한 시선으로 그녀를 바라보았다. 그러다 예의 고상한 잔소리가 더 이어지기 전에 무심히 말했다.

"특별히 부르기 전까지는 그냥 밖에 있으라고 하셨던 게 기억나서요."

"뭐?"

"구조도 잘 모르고요."

말문이 막혔는지 그녀가 입을 딱 다물었다.

처음, 영문도 모르고 이 집에 온 날, 무섭게 생긴 할아버지에게 인사를 하자마자 그 말과 함께 밖으로 내몰려졌다. 부르기 전까지 꼼짝 말고 있으라는 말에 지금처럼 이 자리에 서서 한참을 맴돌았던 기억이 난다. 날이 조금 쌀쌀했던 때였는데 추운 것보다 낯선 곳에 혼자 떨어졌다는 사실 때문에 무서운 마음이 더 컸었다. 갑자기 나타난 아버지 덕분에 그때까지 함께 지내던 삼촌 가족과 떨어진 직후였으니까.

아무튼 그날 이후, 그녀가 이곳에 올 일은 거의 없었다.

부르는 일도 없었지만 와야 할 일도 딱히 없었기 때문에 당연히 구조도 몰랐다. 오늘을 포함하여 집 안까지 들어가 인사를 한 것도 겨우 다섯 손가락에 꼽힐 정도니 더 말해 무엇하랴.

"인사를 드렸으니까 저는 이만 가 볼게요. 할 일이 많이 밀려서. 그럼……."

"잠깐!"

"네?"

"잠깐 할 말이 있어."

당황스러운 마음을 가까스로 추스르고 일화가 잽싸게 돌아서는 혜주를 잡았다. 그러자 못 이긴 듯 돌아선 그녀가 여전히 무슨 생각을 하는지 알 수 없는 표정으로 일화를 멀거니 바라보는 거다. 누가 부녀지간 아니랄까 봐, 웃지도 찡그리지도 않고 바라보는 무덤덤한 표정이 마치 '당신 마음대로 해.' 하고 돌아서는 남편의 뒷모습을 연상시키고 있었다. 그에, 잘해 보려던 마음과는 달리 기분만 더 막막해지고 말았다.

"곧 합가를 할 예정이야."

마치 쫓기듯 그녀는 빠르게 말했다.

"아버지도 이제 연세가 많으셔서 예전 같지 않으셔. 해서, 살림 정리하고 들어와 같이 살기로 했어."

"네에."

"그리고 너도 곧 졸업이니까, 앞으로를 위해서라도 이제 그만 그런 생활은 정리를 해야지."

"네, 알고 있어요. 사실은, 그래서 저도 나름대로 준비를 하고 있었어요."

"준비?"

"네. 곧 졸업이니까 이젠 혼자 알아서 살아야죠. 안 그래도, 마침 좋은 방이 나와서 그쪽으로 들어가기로 이야기가 되어 있었어요. 걱정 마세요. 앞으로는 사모님께 폐를 끼치는 일이 없게 하겠습니다. 학비도 대 주시고 그동안 도움을 많이 주셨는데 제대로 인사도 못 드렸어요. 정말 감사했습니다."

허리를 90도로 숙이고 그녀는 그렇게 예의 바르게 인사를 했다.

정신이 멍해졌다. 약간의 실랑이 정도는 있겠지만 결혼 문제가 그랬듯 곧 수긍하고 이쪽의 뜻대로 따라 주리라 예상을 했는데 설마하니 이런 말을 듣게 될 줄은 꿈에도 몰랐다. 너무 의외의 말이라 잘못 들은 게 아닌지 의심이 들 정도였다. 이건 숫제 결별을 말하는 것 같지 않은가.

"시, 시키는 대로 이쪽에서 정해 주는 사람이랑 결혼하기로 약속했잖아."

다급한 마음에 무어라 떠드는지 알지도 못하고 일화는 무작정 내질렀다.

"저쪽에서 연락이 오면 곧 날짜를 잡게 될지도 몰라."

"아, 그게…… 아마도 연락이 오는 일은 없을 것 같아요. 말씀은 안 하셨지만 저한테 많이 실망하신 것 같았거든요. 그리고 한 번만 만나 보면 된다고 하셨으니까."

"그건, 그 집 남자들이 다들 첫눈에 반하는 여자랑 결혼을 했다고 해서."

"네에. 그럼 정말로 연락이 올 일은 없겠어요."

연락 올 일이 없다.

되새김질을 하듯 중얼거리며 혜주는 슬쩍 입술을 깨물었다. 처음부터 그럴 거라고 예상을 하긴 했지만 이런 식으로나마 확인 사살을 당하고 나니 기분이 괜히 이상했다.

'정략결혼 같은 거 안 하게 되어서 좋은데……. 아, 왜 이렇게 허탈하지.'

그냥 한 번만 만나 보라고 했었다.

정확히 정략결혼이며, 그녀의 마음과는 상관없이 그쪽에서 마음에 들어 하면 결혼을 하게 되겠지만 아니면 마는 거라는 말을 듣고 나간 자리였다. 애초에, 사모님과의 약속이 그런 것이었다. 지난 10년 세월 동안 사모님께 진 빚을 결혼이든 뭐든 필요할 때 돕는 것으로 계산하자고 했었다. 물론, 그런 계획은 자신이 모자라서 보기 좋게 물 건너가긴 했지만.

'나 정말 차였구나.'

인정을 하고 나니 안 그래도 허탈하던 마음이 이번엔 푹 가라앉았다.

하긴, 어쩐지 이상하긴 했었다. 애인이 있어도 열은 있게 생긴 남자가 정략결혼 시장에 나온 것부터, 그 상대로 하필이면 별 볼 일 없는 사생아를 고른 것까지. 뭐 하는 사람인지는 모르겠지만 '후계자'라니 그래도 귀한 집 자식인 게 분명한 것 같은데 아무리 정략결혼이라고 해도 그렇지 제정신이 아니고서야 어떤 집에서 그런 결혼을 권장하겠는가.

'이름이 최태하라고 했었지?'

그저 말없이 앉아 그녀를 바라만 보던 남자를 떠올리고 혜주는 저도 모르게 슬쩍 얼굴을 붉혔다.

사모님에게 듣긴 했지만 거의 잊어 가고 있던 이름이었는데 그를 만난 이후엔 마치 각인이 된 듯 기억 속에서 아주 선명하게 살아났다. 혀끝으로 가만히 이름을 불러 보았다. 그랬더니 어쩐지 부끄러운 마음이 들면서 공연히 뺨에 열이 올랐다.

그날, 그들은 정말로 떡볶이를 먹으러 갔었다.

그녀가 말하던 정말 맛있는 떡볶이집이었는데, 도착하고 나서야 사람들로 북적이는 그 작고 허름한 가게가 정말이지 그와 끔찍하게도 어울리지 않는다는 사실을 깨달았다. 와다그르르한 돌멩이 무리 속에 다이아몬드가 떨어진 격이었다. 가게 안으로 들어선 순간 사람들이 하던 일도 잊고 멈추어 서서 그만 바라보았다. 꼬질꼬질한 앞치마를 건네던 주인의 손이 조금 떨렸던 것도 같았다.

하여간에, 그 속에서 앞치마를 두르고 앉아 그들은 떡볶이를 먹었다. 아니, 주로 그녀가 먹고 그는 가끔 거들기만 했다.

그런데…… 그런데 말이다. 왠지 모를 부끄러움에 고개를 푹 숙이고 먹다가 가끔 고개를 들 때면 매번 지그시 자신을 바라보고 있는 그의 시선과 마주치곤 하는 거다. 그저 하염없이 바라보는, 그 흔들림 없는 깊은 시선이 자꾸만 그녀를 따라오는 것 같았다.

그것을 느낄 때마다 아닌 척하려 해도 그녀의 마음은 지진을 맞은 것처럼 크게 흔들렸다.

어쩌면 그래서였을지도 모르겠다, 자신도 모르게 그를 향한 작은 호기심을 품게 된 것은. 그리고 오늘 이곳에 온 것 또한 확실히 그런 이유가 컸다. 사모님에게 연락을 받은 순간 혜주는 저도 모르게 여기 오면 혹시 그에 대한 소식을 들을 수 있지 않을까 하는 기대를 먼저 했더랬다. 결혼을 하네 마네 하는 것보다 그의 소식이 더 궁금했던 것이다. 만나는 동안 무언가 말이 오간 것도 아닌데, 또 그런 이유로 더 신경이 쓰였다.

'뭐 하는 사람일까? 후계자라고 했으니까 회사에서 일하는 사람이겠지? 그럼 다른 사람이랑 또 선을 보려나? 아, 그럴 거면서 왜 그렇게 집요하게 바라보고 그랬대. 사람 헷갈리게.'

마음이 자꾸만 오락가락했다.

다행이다 싶다가도 허탈하고, 허탈하다가도 무언가가 아쉬운 것이 온통 심란해서 견딜 수가 없을 지경이었다. 그래서 그녀는 아직 할 말이 더 남은 것처럼 보이는 사모님을 향해 꾸벅 고개를 숙여 보인 다음 마치 탈출하듯 빠른 걸음으로 그곳을 벗어나고 말았다.

"어? 다녀가십니까?"

무념무상.

땅만 보면서 터벅터벅 걷다가 누군가의 말소리에 놀라 번쩍 고개를 들었다. 그러자 막 대문을 열고 들어오던 삼십 대 후반의 남자가 조금 뜻밖이라는 시선으로 그녀를 바라보고 있었다.

그를 발견하고서야 혜주는 자신이 어느새 대문 앞까지 왔다는 사실을 깨달았다. 그리고 곧 별로 보고 싶지 않은 사람과 조우하게 되리라는 것도. 손끝이 조금 식으면서 희미한 긴장감이 찾아왔다.

거의 가로막고 있다시피 하던 대문 앞에서 그가 한쪽으로 슬쩍 비켜섰다. 동시에, 그 너머에서 머리가 희끗희끗한 중년의 남자가 안쪽으로 걸어 들어오는 것이 보였다.

그를 발견하기가 무섭게 혜주는 말없이 고개만 꾸벅 숙이고 인사를 했다. 그러곤 최대한 멀리 비켜서서 그가 지나가기를 기다렸다.

머릿속에선 아직도 '최태하'라는 이름이 둥둥거리며 떠다니고 있었다. 미쳤는지 그 이름만 생각하면 다시금 그의 시선 속에 서 있는 것 같은 착각이 들면서 기분까지 다 아찔해지려고 했다. 공연히 긴장되고 두렵고 설레고…….

'이러면 안 돼. 한 번 본 남자, 아니 아저씨가 뭘 어쨌다고 자꾸 되새김질을 하는 거야? 이러다 나중엔 사탕 준다는 사람도 따라가겠네. 도대체 뭐가 되려고 이래?'

바보 같은 스스로를 책망하며 그녀는 홰홰 고개를 내저었다.

앞으로는 이 험한 세상을 혼자서 뚜벅뚜벅 걸어가야 하는데 벌써부터 이렇게 나약하게 굴어서 뭘 어쩌겠다는 건가. 이럴 시간이 있으면 알바라도 하나 더 하고, 졸업 작품전도 야무지게 준비하는 게 낫다.

'편의점 알바 자리가 나온 거 봤는데 그거 아직 안 나갔겠지?'

마침 들어가 살기로 한 집 근처에 작은 편의점이 하나 있었다.

오늘 아침 그 집에 들렀다 나오는 길에 편의점 문에 붙여져 있던 '알바 구함'이라는 문구를 봤는데 그것을 떠올리고 그녀는 소심하게 그 자리에 욕심을 내는 중이었다. 방 구하는 데 돈을 다 써 버렸기 때문에 한동안은 아르바이트에 목숨을 걸어야 하는 것이다.

이제까지 낮에는 학교 수업과 졸업 작품 준비에 몰두하고 저녁엔 과외 아르바이트, 그리고 주말엔 천연염색법을 배운 곳에서 일을 돕고 있었다. 그러나 이제는 과외를 끝내고 밤에 편의점 아르바이트까지 할 생각이었다. 그래야만 다달이 나오는 월세를 해결할 수 있을 터였다.

다행스러운 것은, 그런 생활도 앞으로 딱 두 달만 버티면 끝난다는 점이었다. 졸업 시험만 끝나면 정식으로 직장을 찾아 취직을 할 수 있을 테니까.

"……이냐?"

"네?"

잠깐 생각에 잠겨 있는 사이 앞에 선 사람이 무어라 말을 했나 보다. 영문을 모르는 그녀는 고개를 들고 그를 조심스럽게 올려다

보았다.

"인사를 드리고 가는 길이냐고 물었다."

"아, 네."

"별다른 말씀은 없으시고?"

"네."

"……지내는 데 불편함은 없는 거냐?"

음?

또 무심히 대답을 하려다 무언가 잘못 들은 것 같아 저도 모르게 다시 한 번 그를 올려다보다 그녀는 말없이 고개를 끄덕였다. 정말로 궁금해서 물은 것이 아니라는 사실을 깨달았던 것이다.

비단 사모님뿐만 아니라, 이 집안사람들은 남의 눈을 의식해야 하기 때문에 때로는 별로 관심이 없는 사람에게도 이런 식으로 종종 예의를 차려야 했다. 이 사람의 경우도 마찬가지였다. 서로 마주치는 일이 극히 드물긴 하지만 어쨌거나 남들의 눈에 그들은 '일단' 부녀지간이 아니던가.

더구나, 새로 구한 옥탑방은 확실히 지내는 데 별로 불편함이 없는 곳이 맞았다. 방은 하나지만 내내 지내 온 기숙사보다 넓고, 옥상도 마음대로 사용할 수 있었다. 그 옥상엔 빨래를 말리기 딱 좋은 빨랫줄과 전에 살던 사람이 두고 간 작은 평상이 있어서 더 좋았다.

물론, 그 모든 것들보다 작은 방일망정 혼자 쓸 수 있는 공간이라는 점이 제일 마음에 들었지만 말이다.

사실은, 여덟 살 때 엄마가 돌아가신 이후 그녀는 혼자만의 공간을 가져 본 적이 없었다. 외삼촌 집에 얹혀살 때는 자신보다 나이가 많은 사촌 언니의 방에서 함께 지냈고, 사모님 댁에선 도우미 아주머니와 함께 손님방 신세를 졌었다.

그 이후, 근 7년 동안 계속 4명이 함께 쓰는 기숙사 생활만 해 온 그녀에게 그곳은 생전 처음으로 가져 보는 자신만의 공간이자 보금자리가 될 예정이었다. 그래서 직접 페인트를 사다가 칠도 하면서 열심히 꾸밀 생각에 그녀는 맘이 조금 부풀어 있었다.

"그래도 곧 졸업이니 이제 그만 들어오는 게 좋겠구나. 신부 수업도 받아야 할 테고."

"죄송하지만, 다행히 지낼 곳을 구했습니다. 제가 부족해서 신부 수업 받을 일은 없어졌고요. 신경 써 주셔서 감사합니다."

"……."

"사모님도 아시는 일이에요. 그간 도움을 주셔서 정말 감사했습니다. 내내 건강하셨으면 좋겠어요. 그럼 이만 가 보겠습니다."

이번에도 90도로 깍듯하게 인사를 하고 그녀는 망설임 없이 돌아섰다. 그때였다.

"잠깐!"

돌아서는 그녀를 그가 성급한 한 마디로 잡아챘다.

"조만간 하루 정도 시간을 좀 내줬으면 좋겠다만."

"네?"

"아, 별다른 건 아니고. 그냥 같이 밥이라도 먹자 싶어서."

"네에."

어어, 이것도 그냥 한번 해 보는 소리인가?

짧은 순간, 구분이 가지 않아 그녀는 조금 망설이다 그의 눈치를 살피며 조심스레 고개를 끄덕였다. 그리고 나서야 그가 만족스러운 미소를 지으며 돌아섰다. 갑자기 어안이 벙벙해졌다. 별일이었다.

"미쳤나?"

멍청한 얼굴로 혜주는 가만히 제 볼을 꼬집어 보았다. 기분이 이상했다. 전에 없던 일이라 그런지 설레거나 기쁜 대신 공연히 불안하고 겁부터 났다. 그리하여 돌아 나오는 발걸음도 천 근이나 되는 듯 무겁게 느껴졌다.

"농담일 거야."

아닌 게 아니라, 거의 1년에 한 번꼴로 만나는 부녀의 관계는 처음부터 내내 삭막했다. 같이 밥을 먹고 어쩌고 하는 일 같은 건 생각도 할 수 없을 만큼 멀고도 어색한 사이였다.

왜 안 그럴까. 원래 그는 혜주가 초등학교를 졸업할 때까지 그녀의 존재에 대해 모르고 있었다고 했다. 그리고 알게 되었을 때는 그녀가 지금 사모님이라고 부르고 있는, 부잣집 딸과 결혼해서 잘 살고 있는 와중이었다.

그런 때에 나타난 딸이 반가웠을 리 없었다.

혜주 또한 갑자기 나타난 아버지가 반갑기만 했던 것도 아니었다. 그러나 그것은 누구의 잘못도 아니었기 때문에 그들은 서로의 존재를 인정하는 것으로 곧 자신의 역할을 받아들였다. 서로에 대해 별로 관심이 없는, 이름뿐인 아버지와 딸, 혹은 후견인과 피후견인이 된 것이다. 그리고 이제는 남남이었던 원래의 자리로 돌아가려는 중이었다.

"남의 눈도 있고 하니까 그냥 한번 해 본 소리겠지."

묵직한 대문을 밀고 밖으로 나서면서 혜주는 그렇게 중얼거렸다. 계속 남처럼 지내 왔는데 갑자기 같이 밥이 먹고 싶어지다니 이상하지 않은가 말이다.

생각이 거기에 이르자, 남의 눈을 의식해 별로 궁금하지 않은 안부를 묻는 것처럼 이 또한 그런 종류의 일일 가능성이 크다는 쪽으로 저울의 추가 기울었다. 그러고 나서야 불안으로 흔들리던 마음이 차분하게 가라앉았다. 저도 모르게 '아, 다행이다.' 하는 소리가 새어 나올 정도로 짙은 안도감이었다.

"혼자라도 괜찮아. 난 외롭지 않아. 얼마든지 잘 살 수 있어."

굳게 닫힌 드높은 대문을 올려다보면서 혜주는 그렇게 중얼거렸다.

열심히 살다 보면 좋은 일이 생길 것이다. 그리고 언젠가는 사랑하는 사람을 만나 바라는 대로 사랑도 받고 행복하게 살 날도 오겠지.

그때쯤이면, 어쩌면 이곳의 사람들을 이해할 수 있을지도 모르겠다. 아버지라고 한 번도 불러 본 적 없는 그 사람과 남이라는 사실을 증명받고 싶은 듯 그녀에게 사모님으로 불리기를 원했던 그 여자도.

그런 생각과 함께 혜주는 곧 오후의 긴 햇살 속으로 걸어 들어갔다. 올 때 혼자서 왔듯이 갈 때도 혼자서 타박타박 걸었다. 갈 길이 조금 멀었다.

☆　★　☆

아침부터 식탁 분위기가 살벌했다.

마치 폭풍전야를 연상케 하듯 고요한 침묵만 감돌고 있는 것이 숨이 막히다 못해 여차하면 식탁 한복판에 번개라도 내리꽂힐 듯한 분위기였다.

가족구성원의 머릿수가 결코 적은 편도 아니고 회사 일을 포함하여 개인사까지 지난 며칠 동안 있었던 온갖 소재의 대화가 오가는 자리이니만치 식사가 끝날 때까지 거의 한 순간도 조용한 때가 없어야 마땅함에도 불구하고 오늘은 고요하다 못해 아예 서리라도 앉은 듯 싸늘하기만 했다.

"분위기가 왜 이래?"

반강제로 깨워져 억지로 아래로 끌려 내려온 태하가 눈치도 없이 떠들었다. 지난밤 내내 감기 몸살을 호되게 앓은 탓에 짐승 같은 체력에도 불구하고 얼굴빛이 아직도 약간 창백했다. 그나마도 푹 쉬고 났더니 조금 나아져서 먹고살겠다며 밥 먹으러 기어 내려온 참이었다.

"뭐 잘 안 돌아가는 일이라도 생겼나?"

"글쎄, 요즘 홍 비서랑 승률이 별로 좋지 않긴 한데……."

눈치 없는 놈에게 편승해 분위기 한번 바꿔 보자고 나선 용자가 있었다. 할아버지가 오른편에 앉은 아들에게 눈치를 휙 날리면서 슬며시 한마디 보탰다.

"홍 비서가 패 좀 뜨더니 그사이 고스톱 실력이 많이 늘었더라고. 고도리는 혼자 다 해."

"그래요? 본사의 조 이사도 골프가 많이 늘었더라고요. 덕분에, 저도 요즘 승률이 바닥이에요. 골프는 어째 아무리 해도 늘지가 않는다니까요."

"하긴, 넌 원래부터 운동신경이 별로였지. 허허허!"

"그렇죠? 하하하!"

할아버지와 아버지. 두 부자의 썰렁한 웃음소리가 적막한 식탁 위를 어색하게 맴돌다 금방 잦아들었다. 상황이 더 악화되자 눈치가 아직 덜 돌아온 태하조차도 이상기류를 감지하고 소리 없이 눈동자를 굴리기에 이르렀다. 그리고 곧 맞은편에 앉아 살벌한 표정으로 밥그릇을 노려보고 있는 태경을 발견한 거다. 순간, 가슴이 철렁 내려앉았다.

'왜 저래요?'

황급한 시선으로 아버지에게 신호를 보내자 도리어 영문을 모르겠다는 고갯짓이 돌아왔다. 그래서 이번엔 할아버지와 시선을 맞춰 봤더니 대답 대신 이 양반이 한 손으로 모가지를 쯱 긋는 시늉을 하는 게 아닌가.

'넌 이제 죽었어, 인마.'

'아니, 내가 뭘 어쨌다고?'

'그야 나도 모르지. 모르지만 아무튼지 간에 넌 이제 죽은 목숨이야. 네 형이 아까 이 층을 노려보면서 이를 으드득 가는 걸 내가 다 봤어요.'

'헉!'

들고 있던 밥숟가락이 손에서 툭 떨어졌다. 동시에 소름이 쫙 돋으면서 몽롱하던 정신이 번쩍 깨어났다.

삐걱대는 몸으로 이번엔 조심스럽게 태경을 돌아보았다. 무슨 생각을 하는지 짐작도 할 수 없게 무표정한 얼굴에 눈만 살벌하게 번뜩이고 있는 모습이 화인처럼 날아와 가슴에 박혔다. 얼마나 심각해 보이는지 마치 눈으로 밥알을 살해하고 있는 것처럼 보일 정도였다.

그 모습을 발견하자 다른 생각이 들기도 전에 그냥 무릎을 팍 꿇고 잘못했다고 싹싹 빌고 싶은 충동이 먼저 일어났다. 왜 안 그렇겠는가. 그들은 고작 두 살 터울의 형제였다. 이미 겪을 만큼 겪은 처지라 이제는 서로의 눈빛만 봐도 어떤 상태인지 대강이나마 견적을 잡을 수 있는 사이란 말이다.

당연히, 저런 상태일 때의 태경도 그는 여러 번 겪어 보았다.

모르는 사람들은 그들 형제를 두고 바르고 듬직한 형에 제멋대로의 사고뭉치 동생이라고 여길 때가 많았지만 그거야말로 오해였다. 물론, 태경이 모범생인 것도 맞고 듬직한 형인 것도 맞긴 했다. 그러나 늘씬한 체형에 반듯한 외모와 금욕적인 이미지만을 가지고 그를 흔한 모범생이라고 판단하는 건 정말로 큰 실수라는 걸 알아야 한다.

'설마, 날 살해할 생각을 하고 있는 건 아니겠지?'

공포 속에서 태하는 조심스럽게 의심을 품어 보았다. 전적이 워낙 화려하다 보니 걸리는 것이 너무 많았다. 그리고 자연스럽게 스쳐 가는 생각들도 많았다. 그중 잊고 싶어도 잊을 수 없는 대표적인 기억이 바로 학창시절, 태하가 제 또래들과 어울려 탈선을 일삼을 때의 일이었다.

태하를 비롯한 그 일당들은 다들 있는 집 자식들인 데다 머리도 나쁘지는 않아서 공부도 대강 하고 거기에 나름 괜찮은 외모들을 가진 덕분에 여자들에게 시선도 좀 받는, 이를테면 킹카그룹이었었다. 그러다 보니 하나같이 성격이 오만하고 제멋대로인 구석이 있었는데 그런 놈들이 늑대들처럼 밖으로만 열심히 싸다니다 하루는 그의 집에 모여 시간을 보내게 되었다.

그때가 하필이면 태경의 시험 기간이었었다. 하지만 그게 뭐? 태하나 그 일당이나 그런 사소한 일엔 전혀 신경을 쓰지 않고 사는 놈들이었다. 그래서 그의 방에 모여 마음껏 통탕거리며 노는데에만 열중하고 있었는데 그중 한 놈이 노래를 시작한 게 사건의 시작이었다.

태하는 그 순간을 아직도 생생히 기억하고 있었다.

록커를 꿈꾸고 있던 놈이 술 몇 잔에 훅 가서는 주사랍시고 당시 히트하던 노래를 불러재끼기 시작한 직후, 노크 소리가 들리더니 태경이 들어왔다. 그러고는 조용한 어조로 '시끄럽다'고 한 마디 했는데 하필이면 방문 근처에서 담배를 꼬나물고 있던 놈이 '엿이나 처드세요.' 따위로 반응을 한 거다.

그때도 태경은 태하보다 약간 작은 체구에 그야말로 모범생의 전형과도 같은 위인이라 어지간해서는 화를 내지도 않고 모난 행동을 하는 법도 없었으며 일탈과는 더더욱 거리가 멀어서 늘 선

비처럼 조용히 앉아 책이나 읽는 것이 전부였다.

커다란 덩치에 나름 잘생겼지만 한 성질 하게 생긴 얼굴에다 들개처럼 하루 종일 발발거리며 싸돌아다니길 좋아하는 동생과는 완전히 다른 생명체였던 것이다. 그 때문인지 당시 어울려 다니던 친구 놈들은 그를 조금 만만하게 여기는 구석이 있었다.

그런 그가, 그랬던 그가! 오늘처럼 무표정한 얼굴로 놈이 꼬나 물고 있던 담배를 빼앗아 들더니 아주 자연스럽게 그 녀석의 이마빡에다 비벼 껐다. 그러곤 등 뒤로 방문을 철컥 잠근 다음 비명을 질러 대는 놈을 향해 당시 태하가 끼고 살던 기타를 잡고 휘두르기 시작했다. 기타가 다 부서지자 죽도를 잡았고 죽도마저도 부러졌을 땐 술이 홀딱 깬 채 멍청하게 바라보고 있는 그에게 야구방망이를 찾아오라고 시켰다.

그때까지 록커를 꿈꾸던 놈은 덜덜 떨면서 계속 노래를 부르고 있어야 했다. 태경이 피에 젖은 기타를 내던지며 '끝날 때까지 노래가 끊기면 네가 대신 맞아야 할 거다.' 라고 했기 때문이었다.

현장에 있던 다른 놈들도 꼼짝을 못하기는 마찬가지였다. 한 놈에게만 집중하는 경향으로 보아 누구든 먼저 움직이면 바로 다음 타깃이 될 것이 뻔했으니까.

하여간에, 한 시간 동안 쉬지도 않고 살벌하게 계속 패다가 어른들이 와서 강제로 떼어 놓았을 때야 간신히 멈춘 것으로 기억한다.

당시의 사건으로 맞은 놈은 전치 3주가 나왔고 록커를 꿈꾸던 놈은 바로 꿈을 버렸다. 그리고 태하는 아버지의 손에 귀를 잡힌 채 질질 끌려 집 밖으로 쫓겨난 다음 제발 들여보내 달라고 6시간을 꼬박 빌어야 했다.

사고를 친 건 형인데 왜 자기가 쫓겨나야 하냐며 따졌지만 통하지 않았다. 사건 현장에 적나라하게 남겨진 술병과 담배들이 삐쭘하게 탈선의 현장을 고발해 주었기 때문이었다. 거기에 더해, 피투성이가 될 때까지 맞은 녀석의 부모님은 아예 한술 더 떠서 태경에게 수고했다며 보약까지 지어다 바쳤었다. 한의원 원장님이셨는데 먹고 힘내서 더 패 달라며.

나중에 들으니, 정말 용의주도하게 잘 패서 온몸 구석구석에 멍이 들고 피부가 터지긴 했지만 뼈나 치아는 단 하나도 부러지지 않았단다. 다행히 머리도 멀쩡했다.

다만, 놈은 최태경 공포증에 걸려서 이후 태경의 이름만 들어도 움찔 놀라는 민감한(?) 몸이 되었다. 정작 태경은 그런 놈의 이름은커녕 얼굴도 기억하지 못하고 있는데 말이다.

'지금도 내 친구들은 형을 무서워한다고.'

그리고 태하도 그가 무서웠다. 평소엔 편한 것을 넘어 만만하기까지 한데 딱 저러고 있을 때만 무섭다. 머릿속에서 무슨 범죄적인 음모를 꾸미고 있는지 알 수 없었기 때문이다. 혹시 아나? 정말로 누군가를 살해할 생각을 하고 있는 것일지.

"후우."

조마조마한 심정으로 바라보고 있는데 마침내 그가 긴 한숨을 내쉬면서 고개를 들었다. 그러고는 들고 있던 수저를 딱 소리가 나게 내려놓고 말했다.

"어머니."

"응? 왜, 왜?"

"국이 짭니다."

"아, 그래? 미안. 다시 끓여 줄까?"

"됐습니다."

여기까지는 나름 정상적이었다.

평소와 다름없는 차분한 표정에 나긋한 목소리였다. 그리하여 슬슬 안심하려는 찰나…….

"며느릿감보다 도우미 아주머니부터 구하세요. 어머니의 요리 실력은 십 년 전이나 지금이나 희망이 없으니까 포기하시고요."

"……!"

화가 나 있다. 틀림없이 화가 난 상태가 맞았다. 화가 난 태경은 지나치게 솔직해지는 버릇이 있었다. 그에, 남은 세 남자가 다시 숨 가쁘게 시선을 교환하는데 미처 답을 구하기도 전에 화살이 날아들었다.

"할아버지, 고스톱 끊으라고 안 할 테니 유산 분배는 지금 해 주세요. 내기 고스톱으로 탕진하는 돈이 상당한지 요즘 홍 대리가 명품 가방을 들고 다니더군요."

"아니, 그건……."

"아버지, 골프는 다른 사람하고 치세요. 조 이사가 일부러 져 주는 것도 한계가 있습니다."

"쿨럭!"

"그리고……."

움찔.

서늘한 시선이 마침내 제게로 향하자 태하는 저도 모르게 어깨를 움찔 떨었다. 당장이라도 어마어마한 독설이 퍼부어지고 밥상이 뒤집어질까 봐 간이 다 조마조마할 지경이었다. 그동안 제가 형에게 저지른 이러저러한 실수들이 주마등처럼 스쳐 지나가기도 했다. 뭐, 생각하다 보니 워낙 많아서 태어난 것 자체가 미안해지려고 했지만. 아무튼, 그런 때에 전혀 예상치 못한 한마디가 떨어졌다.

"미안하다."

"엉?"

"미안하지만, 그래도 안 되는 건 안 되는 거야."

"아니, 그게 무슨 말……."

"해 줄 수 있는 건 해 주겠다. 하지만 안 되는 건 안 돼. 혹시라도 억울한 마음이 들거든, 너 같은 놈을 동생으로 두고도 아직 살인자가 안 된 나를 생각해라."

생뚱맞다 생뚱맞다 이렇게 생뚱맞을 수가 있는가!

갑자기 툭 떨어진 말에 어안이 다 벙벙해졌다. 문제는, 그럼에도 불구하고 왠지 설득력이 있어서 고개가 저절로 끄덕여졌다는 점이었다. 그 '안 된다' 는 게 정확히 뭔지는 모르겠지만 뒷말은 충분히 이해하고도 남는 심정이 아니던가.

하여간에, 그 말을 끝으로 태경은 조용히 일어나 식당을 나가 버렸다. 그리고 혼란에 빠진 나머지 가족들이 상처받은 얼굴로 앉아 힘겹게 서로를 돌아보았다.

"아들, 너는 저 말이 맞는다고 생각해? 엄마에겐 정말 희망이 없는 거니? 여보, 그래?"

"모르겠어. 아까 전에 영혼이 빠져나갔거든. 그 조 이사가…… 쓰읍."

"후우, 나는 민변을 불러들여야겠구나. 저놈이 유산을 노리고 있는 이상 피할 구석이 없어, 이젠. 그래, 이것은 유언이다. 어느 날, 내가 갑자기 변사체로 발견되거든 저놈 뒤를 캐 봐."

"할아버지, 포기해. 형은 범죄를 저질러도 완전범죄를 저지를 인간이라 애초에 증거 따윈 남기지 않아. 그보다, 목장이랑 유업(乳業)은 내 몫인 거 알지? 혹시라도 딴 놈 줄 생각이면 지금 말해. 불을 확 싸질러 버리게."

"쯧! 어째 이놈이나 저놈이나."

허탈한 한마디가 초토화된 아침 식탁 위를 맴돌다 조용히 가라앉았다.

"그런데 저놈은 아침부터 대체 왜 저러는 게야?"

그들은 단지 그것이 알고 싶었다.

모두의 의문을 뒤로하고 태경은 유유히 산책을 나섰다.

벌써 낙엽이 떨어지기 시작하는 가을이었다. 아직은 이른 시간이라 울긋불긋한 정원 가득 비단휘장 같은 뿌연 안개가 내려앉아 있었다.

느린 걸음으로 그 속으로 걸어 들어가면서 그는 내심 자책하고 있었다. 사실은, 누구보다 스스로에게 화가 나 있음을 그는 점점 더 명료하게 깨닫고 있는 중이었다.

'어째서냐. 어째서 사실대로 말하지 못한 거지?'

잔디에 스쳐 바짓단이 축축하게 젖을 때까지 걷고 또 걷다가 마치 무언가에 걸린 듯 태경은 우뚝 멈추어 섰다. 그러곤 어제의 스스로를 떠올렸다.

생각해 보면 간단하게 끝내도 되었을 일이었다. 그저 태하 놈 대신 약속 장소에 나가 '이러저러해서 약속을 어기게 되었습니다. 미안하지만, 결혼 이야기는 없던 것으로 합시다.'라는 한마디로 모든 것을 정리하면 그만이었을 일.

평소였다면, 분명히 그렇게 했을 터였다.

직접 나가는 일이 귀찮긴 했지만 장 회장을 생각해서라도 그 정도는 해야 했으니까. 하지만 단지 거기까지였다. 거기까지만 하는 것이 원래의 계획이었다.

그런데 그녀를 발견한 순간부터 일이 꼬이기 시작한 것이다.

바느질에 빠진 그녀를 그는 한 시간이나 기다렸다.

이제까지 누군가를 그렇게 기다려 본 적이 없었다. 그는 기다리는 사람이 아니라 누구라도 기다리게 할 수 있는 사람이었으니까. 그러나 말 한 마디 못 하고 그렇게 기다리면서도 오후의 긴 햇살 속에 앉아 있는 그녀를 감상하는 일이 결코 지루하지 않더랬다.

이제야 인정하건대, 그 시간 동안 태경은 그녀가 가진 특유의 가늘고 단아한 곡선에 홀려 있었다.

동글동글 예쁜 머리통과 여리고 둥근 어깨, 그리고 가늘고 긴

목선이 얼마나 아찔했던가. 예쁜 이마부터 살며시 내리뜬 눈까지의 곡선은 흡사 도자기의 그것처럼 아름답기까지 했다. 장담하지만, 곧게 뻗은 쇄골 아래의 선도 분명히 그만큼 아름다우리라.

하지만 단지 그뿐이었다. 곱고 아름답지만 그런 선을 가진 여자는 흔했다. 찾으려고만 든다면 하루에도 몇 명이나 발견할 수 있을 만큼. 거기까지만 봤다면 분명히 그렇게 생각했을 것이었다.

정작, 그를 빠져들게 한 것은 긴 속눈썹 아래에서 까맣게 반짝이던 한 쌍의 눈동자였다. 흑백이 선명한, 무언가 알 수 없는 슬픔이라도 머금은 것처럼 은밀하게 반짝이던 그 깊은 우물.

그 눈동자를 마주한 순간 태경은 제게도 무조건적인 보호 본능이 있음을 깨달았다. 당장에라도 품 안에 왈칵 끌어안고 세상 모든 것으로부터 보호해 주고 싶어 안달이 날 뻔했었다.

그래서 마주 앉아 차를 마시고 허둥대며 이어지는 이야기를 듣고 급기야는 같이 떡볶이도 먹었다. 미친 듯이 북적대는 길가의 자그마한 가게에 앞치마를 두르고 앉아 땀을 뻘뻘 흘리면서. 그러고는 직접 운전을 해 그녀를 집에 고이 바래다주기까지 했다.

그렇게 돌아오고 나서야, 그녀에게 제가 '최태하'가 아님을 밝히지 않았다는 사실을 깨달았다. 그리고 다시 볼 일이 없을 거라는 말을 전하지 않았다는 사실도.

"안 돼. 안 되는 건 안 되는 거야."

안개가 가득한 정원 한복판에 서서 태경은 그렇게 중얼거렸다.

안 된다, 그녀를 탐하는 것은. 가져서도 안 된다. 눈에 담았다고 해서 굳이 욕심을 낼 필요는 없다. 그러기엔 위험부담이 너무 컸다. 그녀의 뒤엔 장 회장이 버티고 있었고 그의 존재는 태경에게 독으로 작용할 터였다.

58년 전, 할아버지는 약간의 땅과 젖소 몇 마리로 기업을 일으켰다.

국가의 지원을 받아 아기들 분유를 만드는 작은 유업을 창업해서 점점 규모를 키워 내다가 마침내 업계의 우량주로 손색이 없는 탄탄한 기업을 만들어 낸 것이다. 그 가업을 바탕으로 아버지는 사업을 확장해 여러 개의 계열사를 거느린 대기업으로 키워 냈고 이제는 그 배턴을 그가 넘겨받아야 할 때가 도래하고 있었다.

그 일을 위해서 그는 태어난 그 순간부터 지금까지 철저한 교육을 받아 왔다. 그는 준비된 가문의 미래이자 가업, 즉 태경그룹의 미래인 것이다.

태경은 그런 스스로에 대한 자의식이 강한 사람이었다. 그래서 제 손으로 위기를 부르는 행위는 결코 용납할 수 없었다.

그에겐 처음부터 그의 것으로 예정되어 있는, 그가 지켜 내야 할 것들이 있다. 가문과 가업을 지키기 위해서라면 경쟁자들뿐만 아니라 시시때때로 기회를 노리고 있는 숙부들이나 사촌들도 얼마든지 잔인하게 짓밟아 버릴 수 있었다.

비단, 그들뿐만이 아니다.

그는 오늘 하나뿐인 동생에게조차 거침없이 경고를 하지 않았던가. 동생으로서, 그룹의 일원으로서 행동한다면 해 줄 수 있는 것은 다 해 줄 것이다. 그러나 만에 하나라도 그에 반하는 선택을 한다면, 야망을 가지고 장 회장의 손을 잡는 시늉이라도 한다면…….

"나는 너도 죽일 수 있다. 누구라도!"

그러니 눈에 든 여자 하나 포기하는 일쯤은 아무것도 아니다. 안 되는 건 안 되는 거니까.

그렇게 생각하는 순간이었다.

문득, 귓가로 '졸업 작품전이 얼마 안 남아서요.'라고 하던 여린 목소리가 들려왔다. 그 소리를 듣고서야 그녀보다 열 살이나 더 많은 제 나이를 떠올리고 허탈해하던 스스로의 모습도 따라왔다. 그때, 왜 그렇게 실망했던 건가, 너는.

'안 돼. 생각하지 마.'

기억을 지우듯 태경은 황급히 돌아섰다. 그런데 돌아선 그 자리에 볼펜 하나로 머리를 틀어 올린 그녀가 기다리고 있었다. 이번에도 그녀는 '아!' 하고 놀라며 머리칼 속에서 볼펜을 쑥 잡아 뽑았다. 비단실처럼 찰랑이는 긴 머리카락이 여린 어깨 위로 한꺼번에 쏟아져 내렸다. 그 모습이 아찔하게 선명해서 태경은 그만 눈을 감고 말았다.

괜찮아. 기회가 있어. 넌 최태하가 아니라고 말하지 않았잖아. 끝이라고 말하지 않았어. 다시 만날 수 있는 기회가 있다. 가질 수 있다. 마음을 먹는다면 그리 어려운 일도 아니지 않나. 장 회장이 슬며시 내밀어 온 손을 모르는 척 잡기만 하면 된다. 네가 아닌 태하에게 내민 손이지만 원하기만 한다면 얼마든지 빼앗을 수 있다. 그런다고 해서 회사가 당장 어찌 되는 것도 아니잖나.

마치 유혹하듯 속삭이는 누군가의 목소리가 있었다.

원하는 것을 향해서 손을 내밀라고 재촉하는 강력한 도발이었다. 그 하찮은 시험 하나에 마음이 파도치듯 크게 출렁거렸다. 그 속에서 태경은 천천히 눈을 떴다. 스스로의 탐욕스러움에 매스꺼움이 느껴지려고 했다.

"후우, 안 되는 건 안 돼."

긴 한숨과 함께 더러운 생각의 잔재를 털어 내듯 그는 다시 걷기 시작했다. 사위는 여전히 안개로 가득하고 그는 한동안 더 그 안에 갇혀 있었다. 어쩐지 길을 잃은 것 같은 기분이었다.

3
재회

눈앞이 몽롱했다.

먼지 낀 창문을 보고 있는 것처럼 시야가 뿌옇고 저만치쯤에서는 아롱아롱 아지랑이가 올라가는 것도 같은 것이…… 아, 이젠숨도 막힌다. 무언가가 숨도 못 쉬게 가슴을 꽉꽉 조이고 있었다.어찌나 옴팡지게 조여 대는지 숨을 내쉴 때마다 허파꽈리가 묵은가스를 픽픽 내뿜는 것만 같았다.

"얼른 정신 못 차리냐?"

"엉?"

"눈 뜨고 서서 졸지 말란 말이다, 이 문디야!"

"흡!"

고막이 쨍 울리자 혜주는 소스라치게 놀라 한바탕 자지러졌다.그러곤 눈을 번쩍 치켜뜨면서 소리쳤다.

"계산 도와 드리겠습니다!"

"얼씨구? 잘한다, 잘해."

딱!

"악! 아우, 아파아."

이마에서 따끔한 통증이 느껴지는 것과 동시에 그제야 간신히 눈앞이 맑아졌다. 혜주는 눈물을 글썽이면서 한 손으로 이마를 매만지며 앞에 선 사람을 흘겨보았다. 남희가 손가락 하나를 당당히 치켜든 채 또 때릴 듯 까딱거리고 있었다.

"정신 차렸어. 말짱해졌다고. 아우, 아파 죽겠네. 도대체 몇 번이나 때린 거야?"

"정확히 네 번. 그러니까 고만 좀 졸아. 핏 좀 살피자는데 그렇게 서서 휘청휘청해 대면 손볼 수가 없단 말이야."

"우웅, 그건 미안. 요즘 알바 때문에 잠을 제대로 못 자고 있어서. 헤헤."

"에휴, 그놈의 알바가 사람을 잡는구만. 그나저나 너무 무리하고 있는 거 아니야?"

"아직 익숙하지 않아서 그런 거야. 견딜 만은 해. 근데 이거 너무 조인 거 아냐?"

가슴을 동동 동여맨 치맛자락을 들어 보이며 혜주는 아미를 찌푸렸다.

이브닝드레스를 준비하고 있는 그녀와 달리 남희는 한복집 딸내미답게 전통 한복을 준비하고 있는 중이었다. 직접 염색을 한 천으로 한 땀 한 땀 박아 만든 일상 한복이었는데 일견 평범해 보이는 것과 달리 치마부터 저고리까지 꼼꼼하게 작업한 자수가 들어가 있어 굉장히 섬세하고 화려했다.

"한복의 매력은 직선과 곡선, 평면과 입체의 아찔한 조화에 있는 법이거든. 벗어 놓으면 직선처럼 보이고 입었을 땐 완벽한 곡선이듯이 겉은 평면이어도 한 꺼풀 벗겨 놓으면 풍만해야지. 적당히 올리고 조인 거니까 건들지 마."

"쳇! 가뜩이나 없는 가슴 이것 때문에 아예 사라질까 봐 그러지."

"걱정이 되면 이제부터라도 우유를 많이 마시렴, 아가야."

아련하게 잘 나온 분홍빛 치맛자락을 점검하면서 그녀가 남의 아픈 부분을 쿡 쑤셨다. 그러더니 병 주고 약 주는 사람처럼 또 덧붙이는 거다.

"역시, 내가 눈이 좋긴 좋아. 넌 딱 한복 입기 좋은 체형이란 말이지. 어깨가 둥글고 목이 길고 이마가 예쁜 것이 가체를 올려도 나쁘지 않을 것 같거든."

"그건 너무 무겁잖아?"

"으응. 좀 작은 것으로 하면 되겠지. 이건 일상복이니까. 근데, 네 졸업 작품은 잘 되어 가고 있는 거야?"

"물론이지. 마무리하는 중이야. 사이즈만 조절하면 다 끝나니깐 주말에 한번 입어 보자."

"오케이. 네 옥탑방으로 가면 되지?"

"웅."

혜주는 기쁘게 고개를 끄덕였다.

혼자만의 공간을 가진다는 것은 역시 참 좋은 일이었다. 손님 초대 같은, 전에는 꿈도 꿔 보지 못한 일을 자유롭게 할 수 있으니 말이다. 더구나, 이사를 한 지는 비록 열흘 남짓밖에 되지 않았지만 직접 치우고 꾸미다 보니 이제는 '내 집이다' 하는 생각이 들어서인지 그녀는 벌써부터 그곳이 세상 어느 곳보다 편하게 느껴졌다.

"집들이를 할까 봐."

"거 좋지. 곧 졸업이라 앞으로는 모이기도 쉽지 않을 텐데 다들 불러서 찐하게 우정 확인 한번 해야지. 아닌 게 아니라, 진주 그 계집애는 벌써 선을 봤다더라."

"선?"

"응. 집안끼리 아는 사이인데 남자가 유학 중인가 봐. 만나 보고 괜찮으면 결혼해서 같이 나간다고. 우리 중에서 제일 빨리 결혼할지도 몰라, 그년이."

"그렇구나."

선이라고 하니까 저도 모르게 또 그 남자가 떠오른다.

서로에게 나름 공평한 기회가 주어지는, 맞선 같은 건 아니었지만 하여간에 그녀도 선을 보긴 했었다. 그리고 차였다. 차인 덕분에 정략결혼 대신 독립을 하고 지금은 사모님 댁과 무관하게 살아가고 있었다.

'잘 지내고 있으려나.'

묵묵히 앉아 내내 흔들림 없는 시선으로 바라봐 주던 남자를 떠올리며 그녀는 조금 떨떠름하게 웃었다. 처음 겪어 본 일이라 그런 것인지, 아니면 그 남자가 유독 인상이 강렬했던 탓인지 기억 한번 참 오래도 간다는 생각이 들었던 것이다. 미련도 아니면서 도대체 왜 이러는 것인지 원.

'하긴, 그렇게 꾸며 본 것도 처음이고, 누군가를 그렇게 오랫동안 기다려 본 것도 처음이고, 심지어 차인 것도 처음이었네. 정략결혼이라는 것도 결코 쉬운 건 아냐. 선 한 번 본 것뿐인데 참 많은 걸 남겼잖아.'

하도 정신이 없어서 미처 깨닫지 못했지만 그때 그녀는 처음으로 전문가의 손길 아래 머리를 하고 화장을 하고 스타일리스트가 골라 주는 비싼 옷을 걸쳐 보았다. 거기에 지금의 방 보증금보다 비싼 가방도 들고. 그리고 그 모든 것보다 더 비싼 남자를 만났다. 겪을 땐 모르겠더니 생각할수록 신데렐라 변신 뺨치는 순간이 아닐 수 없었다. 물론, 다시 하라고 하면 못 할 게 틀림없지만 말이다.

더욱이, 지금은 그런 것들보다 그런 부띠끄에 취직하려면 어떻게 해야 하는지가 더 궁금했다. 때가 때이다 보니, 그리고 형편이 형편이다 보니 아무래도 취직에 대한 조바심이 클 수밖에 없었다.

"스타일리스트보다 디자인 쪽이 좋긴 해. 역시 먹고살려면 기업 디자인실을 노려야겠지? 자리가 있긴 하려나."

어느 곳이든 경쟁이 무시무시하겠지만 일단 시도는 해 봐야 했다.

여러 업체에 이력서를 넣어 보고 공모전 같은 것도 준비를 해야 한다. 그러자면 앞으로도 한눈을 팔 새가 없었다.

"열심히 하자, 열심히."

일을 대강 마무리하고 빠른 걸음으로 학교를 나서면서 혜주는 그렇게 중얼거리고 있었다. 오늘도 과외 아르바이트에 이어 편의점 야간 아르바이트까지 해야 해서 시간이 빠듯했다. 그에, 거의 뛰다시피 학교 정문을 나섰을 때였다.

"어? 여긴 어떻게?"

사모님을 모시고 다니는 기사 아저씨가 입구에 차를 세워 둔 채 기다리고 있었다. 기다린 지가 한참은 되었는지 그녀를 발견하자마자 그는 반가운 얼굴로 달려왔다. 그러곤 인사를 하는 둥 마는 둥 하면서 말했다.

"계속 연락이 되지 않아서 걱정된다며 사모님께서 가 보라고 하셨습니다."

"……."

거짓말이다.

걱정이 된다니? 애초에 그런 말을 할 분이 아니라는 걸 혜주는 너무 잘 알고 있었다. 내내 떨어져 살았지만 그녀의 안부를 궁금해하거나, 근황을 묻는 일 같은 건 단 한 번도 해 본 적이 없는 분이 아니던가. 그저 그녀에게 무언가 용건이 있는데 흔한 전화기 하나 없는 몸이다 보니 연락이 쉽지 않아 어쩔 수 없이 사람이 직접 그걸 전달하러 왔을 가능성이 더 컸다. 이제까지 줄곧 그랬던 것처럼 말이다.

"사실은, 내일 댁에 들르시랍니다."

입을 꼭 다물고 말간 눈으로 그저 바라만 보고 있자 결국은 그렇게 실토를 했다.

"모레가 회장님 생신입니다. 그래서 그동안 가깝게 지내 온 분들을 모시고 후원에서 조촐하게 파티를 열 예정이라 특별히 부르시는 듯합니다."

"저더러 회장님 생신 파티 자리에 참석하라고요?"

"네."

"왜요?"

정말 궁금한 얼굴로 되묻자 본인도 말문이 막히는지 아저씨는 한동안 말을 잇지 못했다.

생각하고 자시고 할 것도 없이, 그간 이런 경우는 단 한 번도 없었기 때문이었다. 가족의 일원으로 누군가에게 소개를 한 적은 커녕 집 안에 들여놓는 일도 드물었는데 그런 그녀를 공개석상에 내놓겠다니. 도대체 누구라고 소개를 하려고?

생각만으로도 오싹 소름이 돋는 것을 느끼며 혜주는 또 조심스럽게 물었다.

"사모님께서도 그 일을 아세요?"

"네."

"허락을 하셨다고요?"

"네."

미쳤나 보다. 아니면 미쳐 가는 중이거나.

갈수록 점점 더 이해가 되지 않는 상황이 반복되자 이제는 그녀의 머릿속이 다 혼란스러워지려고 했다. 그러나 결론은 의외로 금방 나왔다. 어차피 대답할 수 있는 것이 한 가지밖에 없었으므로.

"못 가요. 죄송하다고 전해 주세요. 그럼……."

"아, 저 아가씨……. 그게, 그러면 안 되는데……. 반드시 모셔 오라고 하셨습니다."

"그래도 못 가요. 내일은 수업도 있고 졸업 작품전 준비도 해야 하고 거기에 아르바이트까지 해야 돼요. 주말에 하는 아르바이트도 있고요. 그런데 어떻게 가요?"

"양해를 구해 보시는 게 어떨까요? 아주 중요한 자리라고 하셨습니다. 그리고 아시다시피, 어지간하면 그분의 뜻을 거스르지 않으시는 것이……."

갑자기 지겨워졌다.

그동안도 신세를 진다는 생각이 커서 계속 눈치를 보면서 살아 왔다. 그분의 뜻을 거스르지 않기 위해 집에서 나가라고 하면 나가고, 봐도 알은척을 하지 말라고 해서 아예 근처에 얼씬거리지도 않았으며, 거기에 더해 갑자기 은혜를 갚으라며 정략결혼을 하라고 해서 상대가 누군지도 모르고 나가 선까지 봤다.

사모님이 시켜서 이름 석 자와 그녀보다 여덟 살이나 많다는 나이만 주워듣고 정체도 모르는 남자와 결혼을 하겠답시고 나갔었다. 그렇게까지 했는데, 이제 완전히 독립도 했는데 어째서 계속 그분을 신경 쓰고, 눈치를 보면서 살아야 한단 말인가.

"못 가요. 아니, 안 가요. 이제 더는 비참해지고 싶지 않아요. 저도 이제는 행복해지고 싶어요. 그러니 다시는 이렇게 찾아오지 말아 주세요. 부탁드립니다."

단호한 한마디를 끝으로 그녀는 냉정하게 돌아섰다.

어차피 평소에도 왕래라고 할 것이 거의 없는 관계였다. 어쩌다 필요할 때 부르면 가 보는 것이 전부였기 때문에 이대로 완전히 관계가 끊어진다고 해도 서로 아쉬울 것이 없는 상황이었다. 오히려 오늘처럼 이렇게 사람을 보내고 부르는 것이 더 이상하게 느껴질 정도니까.

"딸이라고도, 의붓딸이라고도 죽어도 소개하지 못할 거면서."

마침 온 버스에 올라타고 나서야 어렵사리 돌아보면서 그녀는 힘없이 중얼거렸다.

말마따나, 도대체 누구라고 소개를 할 생각이란 말인가. 회장님의 손녀도 아니고 사모님의 딸도 아니다. 그저 그들의 사위가, 남편이 결혼 전에 실수로 만들어 놓은 결과물일 뿐. 더구나 유일하게 관계가 있는 그 사람에게조차 혜주는 아직 한 번도 아버지라고 불러 본 적이 없었다.

"서혜주가 아니잖아, 서혜주가."

한숨 같은 말이 희미하게 새어 나오다 잦아들었다. 오늘따라 오래전에 돌아가신 엄마가 보고 싶었다.

☆　★　☆

"그래, 이제는 그럴 때도 되었지."

장 회장이 조금은 기운 없는 목소리로 말했다.

"자네도 그만하면 얼추 준비가 되었다고 할 수 있을 게야. 안 그런가?"

"아닙니다. 아직은 부족한 것이 많습니다."

"겸손은. 무리 없이 잘 하고 있다는 얘기는 이미 들어 알고 있어. 그래서 하는 말이네만, 이제 슬슬 자리를 넘겨받는 것이 어떤가?"

마치 떠보듯 한마디 던져 놓고 은근히 살피는 시선이 느껴졌다.

솜씨 좋은 낚시꾼이 그런 것처럼 코앞에 먹음직스러운 미끼를 던져 놓고 '이 맛난 것을 네가 무나, 안 무나 지켜보련다.' 하듯 조롱기를 가득 담고 기다리는 눈빛이었다.

하루 이틀 받아 보는 것이 아닌, 그 노골적인 시선 앞에서 영찬은 새삼 매스꺼움을 느꼈다. 이 늙은이는 언제나 이런 식이었다. 지난 20여 년 내내 그를 시험하고 의심하고 다시 확인하기를 반복했다. 너 따위는 단 한 번도 믿어 본 적이 없다고 말하듯 그렇게. 10년 전 딸을 데려온 후로는 의심이 더 심해져 한동안은 대놓고 그의 일거수일투족을 감시하기도 했었고.

'하지만 이제 다 끝났어. 늙은이, 당신은 이제 끝이야. 나 이외에 다른 선택의 여지 따윈 없을 테니까.'

영찬은 내심 미소 지었다.

기나긴 기다림의 끝이 다가오고 있었다. 영감에게는 그 외에 다른 후계자가 없었다. 더구나, 그도 그동안 영감의 눈치만 보고 있었던 것은 아니었다. 그룹 내의 요직은 이미 그의 사람들로 채워져 있었고 사장단은 물론 주주들도 그를 지지하고 있었다. 그러니 이제는 영감의 결단만 남은 셈이었다.

'천천히 잘 생각해 보게. 자네의 결정으로 인해 자네 집안에 어떤 영향이 미치게 될지를 말이야.'

오래전, 정략결혼을 제안하며 악마처럼 속삭이던 그의 목소리가 아직도 귓가에 생생했다. 영찬은 삐딱하게 미소 지었다.

'당신은 이미 빈껍데기야. 그러니 이쯤에서 그만 두 손 들고 물러나는 게 좋아. 나는 너무 오래 기다렸어.'

장 회장은 죽어도 눈치챌 수 없는, 애써 감추어 둔 날카로운 살기가 은밀하게 번뜩이다 가라앉았다. 이제 복수의 시간이 다가오고 있었다.

"나도 이제 늙었어. 하루가 다르게 몸이 달라지는 것을 느낀다네. 사실은, 물러나도 진즉에 물러났어야 했어."

"회장님, 왜 그런 약한 말씀을……."

"아니야, 그냥 듣게. 나는 어디까지나 사실을 말하고 있는 게야. 다들 그룹의 미래를 걱정하고 있다는 건 말하지 않아도 알고 있겠지? 지금부터 서둘러도 안정이 될까 말까 할 지경이야. 그러니 여기서 더 늦추는 건 안 돼."

"……."

"준비를 하게. 내달 중에 사장단 회의를 소집할 테니 정식으로 자리를 넘겨받아."

마침내! 마침내 원하던 말이 떨어졌다. 드디어, 그토록 원하던 대산그룹을 손에 넣게 된다. 장씨의 대산그룹이 아닌 서씨의, 그의 집안이 대산을 손에 넣는 것이다. 이 순간을 얼마나 기다렸던 가. 짜릿한 쾌감에 가슴이 다 뻐근해졌다. 그러나 아직은 장 회장의 앞이었다. 영찬은 넘치는 환희를 들키지 않기 위해 안간힘을 써야 했다. 애써 근심스러운 표정을 지으면서 물었다.

"으음, 다시 한 번 생각해 보시는 것이 어떨지요?"

"아닐세. 나는 이미 결정했어. 번복하는 일은 없을 게야. 그러니 가능한 한 빠른 시간 내에 인수인계를 끝내도록 해."

"후우, 알겠습니다. 앞으로도 계속 곁에서 도움을 주신다고 약속을 해 주시면 받아들이겠습니다."

"엄살 부리지 말게. 이제는 나돌아 다닐 기운도 없는 늙은이에게 너무 많은 것을 바라선 안 되지. 회사 일은 이제 자네가 알아서 해. 나도 앞으로는 여행도 좀 다니고 그러면서 쉴 생각이야."

거짓말.

영찬은 소리 없이 비웃었다. 마음에도 없는 말이라는 건 영감도 알고 그도 알고 있었다. 애초부터 자리에서 물러날 생각 따위는 눈곱만큼도 없는 것은 물론이거니와 지금도 그의 사람들을 쳐내기 위해 전전긍긍하고 있다는 사실도 안다. 하지만 그런들 무슨 소용일까. 영감에겐 시간이 없는 것을.

'그래, 이 정도는 해 드리지. 속아 주는 척하는 것쯤이야 얼마든지 해 줄 수 있지. 어차피 대산만 완전히 손에 넣고 나면 당신 따위는 철저하게 짓밟아 줄 생각이니까.'

생각은 그러했으나 얼굴은 어느새 제법 안쓰러운 표정을 짓고 있었다.

그 가증스러운 모습을 지켜보며 장 회장은 슬머시 문 쪽으로 시선을 던졌다. 살짝 열린 문틈 사이로 그 눈빛을 받은 일화가 안쪽을 살피던 시선을 접고 조용히 돌아섰다.

"사, 사모님."

마침 아이를 데리러 갔던 박 기사가 돌아와 있었다. 안 그래도 싸늘하게 굳어 있던 얼굴이 더 냉랭하게 가라앉았다. 저도 모르게 지독할 정도로 무심한 어조가 새어 나갔다.

"그 애는?"

"저어, 그게……."

"왜? 설마, 못 오겠다고 한 건 아니겠지?"

"바쁜 일이 예정되어 있다고 하셨습니다."

"바쁜 일? 주제에 무슨 바쁜 일? 어른이 부르면 당연히 달려와야지 제가 뭘 한다고 바쁘다는 핑계를 대!"

날이 잔뜩 선 카랑카랑한 고함 소리가 흡사 찢어발기듯 침침하게 가라앉아 있던 실내의 공기를 갈랐다. 그 서슬 퍼런 기색에 지은 죄도 없는 박 기사의 어깨가 흠칫 움츠러들었다.

"그렇다고 그냥 오다니. 그까짓 것 끌고라도 왔어야지."

"죄, 죄송합니다. 그럼 제가 다시 가서……."

"어디 있는 줄 알고? 관둬. 그 일은 내가 알아서 할 테니 그만 나가 봐."

벌건 얼굴로 서서 안절부절못하는 박 기사를 내보내고 일화는 분노 어린 표정으로 입술을 짓씹었다.

"이제는 저도 다 컸다는 거야? 시키는 대로 하겠다더니 감히 이런 짓을 해?"

이상하리만치 화가 났다.

남의 눈에 띌세라 집 안에 제대로 들여놓지도 않고 살았지만 아주 남이 되어 그녀의 손이 닿지 않는다고 생각하니 이제는 괜히 마음이 조급해졌다.

'결혼 문제 때문이야. 그 애가 시키는 대로 결혼해 주지 않으면 우리가 곤란해지니까.'

일화는 조금 초조한 시선으로 아버지의 서재를 돌아보았다.

꽤 오래 끌어온 끝에 아버지는 마침내 결정을 내리고야 말았다. 이제 내달 중에 사장단 회의가 끝나면 그녀의 남편이 새로운 회장이 되어 대산을 이끌게 된다. 그가 오래도록 바라 오던 일이 마침내 이루어지는 것이다.

'하지만 그 뒤엔?'

일화는 불안했다.

원하던 것을 손에 넣은 그는 분명히 무언가가 달라질 터였다. 어쩌면 오랫동안 감추어 오던 본모습을 드러낼지도 모르겠다. 그리고 이제까지 견디던 것을 더는 견디지 않으려 들겠지.

'그래도 당신은 나를 버릴 순 없을 거야. 내가 놓아주지 않아. 절대로 당신 마음대로 떠나가도록 그냥 두지 않아.'

치미는 불안 속에서 그녀는 단단히 결심했다.

그를 잡아 두기 위해서라면 수단과 방법을 가리지 않을 생각이었다. 그들 사이에 자식이 있었다면 좋았겠으나 그렇게 되지 않은 이상 그녀는 다른 방법을 찾아야만 했다. 혜주의 존재는 그런 의미에서 그녀에게 좋은 수단이나 마찬가지였다. 아버지의 말대로 그 애를 결혼시켜 곁에 두는 수밖에 없었다.

"무심한 척하지만 그래도 핏줄이잖아. 아무리 당신이라고 해도 그 애를 아주 버릴 수는 없을 거야."

엄습하는 불안을 떨쳐 버리려는 듯 일화는 한동안 계속 그 말을 되풀이했다. 그러다 문득 수화기를 들었다.

"나야. 가서 그 애 좀 데려와. 안 오겠다고 하면 끌고라도 와."

분노와 살기로 뒤범벅된 목소리가 낮게 갈라지고 있었다.

☆ ★ ☆

아침부터 식탁 분위기가 살벌했다.

"음? 데자뷰인가? 이런 분위기를 어쩐지 전에도 한 번 겪어 본 것 같은 기분이 드는데?"

오늘도 강제로 깨워져 끌려 내려온 태하가 제 자리에 주저앉으려다 말고 엉거주춤 선 채 중얼거렸다.

다행히 오늘은 컨디션도 멀쩡하고 정신은 더더욱 멀쩡해서 당장 칼바람이 불어도 이상하지 않을 분위기를 단박에 눈치챈 것이다. 그에, 저도 모르게 흠칫해서 돌아보니 역시나 이번에도 태경의 표정이 심상치 않았다. 전에는 눈으로 밥알을 살해하는 것 같더니만 오늘은 숫제 그릇까지 썰어 버릴 것 같은 무시무시한 기세를 풀풀 풍기고 있었다.

'오늘은 또 왜 저런대?'

애라도 떨어뜨린 사람처럼 식겁한 얼굴로 그가 맹렬하게 할아버지, 최 회장을 돌아보았다. 그런데 이게 무슨 일이란 말인가. 언제나 명쾌하게 해답을 내놓던 이답지 않게 오늘은 그조차도 태경과 마찬가지로 안색이 잔뜩 썩어 있는 게 아니냐!

그 순간, 이런 집구석과는 아무런 관계가 없는 사람이 되고픈 욕구가 폭풍처럼 밀려왔지만 목장을 포기할 순 없어서 끝없는 인내심을 발휘해 꾹 참았다.

그나저나, 그간의 경험으로 보건대 집안 분위기가 이따위로 돌아가는 경우는 대개 무언가 사달이 벌어졌을 때뿐이었거늘 대체 무슨 일이기에 첫술을 뜨기 전부터 다들 코가 쏙 빠진 몰골들을 하고 있는 것일까. 뭔지는 모르겠지만 왠지 불길했다. 전혀 기억 안 나는 간밤의 꿈자리도 어째 좀 뒤숭숭했던 것 같고.

"그래, 도대체 누가 죽은 거야?"

태하는 자신이 할 수 있는 최악의 경우를 대강 가늠해 보고는 대뜸 그렇게 물었다.

아닌 게 아니라, 집안 분위기가 이렇게 흉흉했던 건, 10년 전 둘째 숙부가 사고로 돌아가셨을 때 말고는 없었더랬다. 그러니 당연히 그쪽으로 먼저 안테나가 기울 수밖에 없었다. 그나저나 이번엔 누구인가. 본사 쪽인가, 아니면 계열사 쪽? 그도 아니면, 설마 이번에도 직계 가족 중 하나는 아니겠지?

온갖 비극적인 상상을 할수록 점점 더 비통한 기분에 사로잡혔다. 그리하여 덩달아 심각해진 그는 아예 모가지를 푹 떨어뜨리면서 또 울 듯한 얼굴로 중얼거렸던 것이다.

"설마, 우리 순심이가 어떻게 된 것은 아니겠지?"

생뚱맞기 이를 데 없는 아들의 말에 시중의 고개가 꺾어지듯 홱 돌아갔다.

"인마, 여기서 그 이름이 왜 나와?"

"아니, 순심이가 어떻게 된 거면 나도 그냥 콱 죽어 버리려고. 목장에 나란히 같이 묻어 줘."

"에라, 이 꼴통 자식아! 그게 부모 앞에서 할 소리냐?"

너무 허탈해 목소리에서 힘이 다 빠졌다.

자신이 아무래도 바보 놈을 한 마리 낳아 놓은 게 아닌지 진심으로 걱정이 되려고 했다. 그 정도로 태하는 언제나 자신의 흥미를 끄는 그 한 가지에 맹목적으로 매달리는 버릇이 있었다. 그 대상도 일이든, 사람이든, 요구르트든 가리지 않았는데 최근엔 목장과 순심이가 그 관심의 범위 안에 들어갔나 보다. 헌데, 아무리 그래도 그렇지 고작 소 새끼랑 같이 죽을 결심을 해?

"이런 놈이 뭐가 아깝다고 고민을 하고 있었을까. 아버지, 이놈 그냥 줘 버리죠?"

"끄응. 할 수만 있다면 나도 그러고 싶어, 이것들아."

"에휴."

줘 버리다니? 누굴?

귀가 쫑긋 섰다. 비통함에 빠져 있던 것도 잊고 태하는 고개를 번쩍 들고 개중 만만한 최 회장에게 따져 물었다.

"그게 무슨 소리야? 주다니? 누굴 누구에게?"

"후우, 너 같은 놈도 쓸데가 있다고 생각한 건지 장 회장이 날짜를 잡자고 하더라. 어째, 이참에 날 잡아 주랴?"

"어엉? 그게 뭔 소리야? 아나, 어이가 없어서. 할배도 알겠지만 차, 포 다 떼고 얘기하면서 그걸 알아듣길 바라는 건 나를 너무 과대평가하는 거야."

"끄응. 멍충이 같으니. 그것도 자랑이랍시고 당당하게 떠들어."

"아니, 당당하지 못할 건 또 뭐야. 모르는 건 모르는 건데. 하여간에, 그래서 장 회장이 날을 잡자고 한다는 건 또 뭔 소리야?"

다행히 누가 죽어 나간 건 아닌가 보다 싶으니 배가 고파져서 일단 숟가락을 집어 들며 그가 무심히 물었다. 뭔 날을 잡자는 소리인지 알아야 만나 보든지 말든지 결정을 할 것 아닌가 말이다. 그런 생각과 함께 막 밥 한 수저를 퍼서 입에 그득히 넣었을 때였다.

"그 집 손녀딸을 만나 봤다며?"

"쿨럭!"

엉뚱한 폭탄이 날아와 뒤통수를 강타했다.

입에 물고 있던 밥알이 아주 당연하다는 듯이 마주 앉아 있던 태경에게로 산탄처럼 쏟아져 날아갔다. 아주 자연스럽게 가족들의 시선도 그쪽으로 향했다.

순간, 밥알을 토해 낸 놈도 굳고 그걸 목격한 가족들도 굳었다. 피할 새도 없이 하얀 밥알을 눈처럼 뒤집어쓴 태경이 표정 하나 없는 얼굴로 또 딱 소리가 나게 수저를 내려놓고 있었다.

"어머니."

"응? 왜, 왜? 또 국이 짜니?"

"네."

제발 목소리라도 냉정했으면 좋겠다.

분명히 화가 난 걸 알고 있는데 평소처럼 다정하게 얘기하니 더 무서워서 간이 떨렸다.

"알면서 왜 도우미 아주머니를 안 구하시는 겁니까? 먹는 것으로 고문하는 행위는 아주 치사한 짓입니다. 오늘 당장 안성댁 아주머니에게 연락하세요."

"……응."

"아버지, 남아도는 아들을 남의 집 데릴사위로 보내겠다는 의도는 좋습니다만, 저놈은 갈 때 기둥뿌리 뽑아 갈 놈이라는 사실을 상기해 주십시오. 대관령 목장이랑 순심이를 포함한 유업 지분을 못 가져가게 하면 아예 불을 싸지를 놈입니다. 유업이 망하는 꼴을 보고 싶지 않으시면 잘 생각해 주세요."

"그, 그래."

"할아버지, 장 회장님이랑 어울리지 마세요. 노년에 나쁜 물이 들면 고치기도 쉽지 않습니다. 그리고 그쪽 손녀는 제가 만났으니 제가 가서 해결을 짓겠습니다."

"엉? 그게 뭔 소리야? 네, 네가 만났다고? 태하 놈이 아니라?"

"만났어야 할 놈은 태하지만 결국 만난 건 저였습니다. 그건 아주 큰 차이죠."

당연한 소리다.

최씨 집안의 꼴통과 후계자 사이에는 메울 수 없는 아주 큰 차이가 있었다. 유업 하나 망하는 걸로 끝나느냐, 아니면 그룹 자체를 아예 말아먹느냐의 차이만큼이나 컸다. 당장 손에 쥐고 있는 지분만도 차이가 상당한데 더 말해 뭣하느냐 말이다.

"혀, 형 설마 그 어린애랑……."

집안이 망하느냐 마느냐보다 그 어린것을 형수로 들이게 될지도 모른다는 가능성이 더 두려운지 태하가 슬며시 안다리 후리기를 시도했다. 가서 대신 사과만 해 달라고 했더니 도대체 무슨 짓을 하고 온 거냐며 따질 기세였다. 설마, 제 여자를 빼앗겼다는 당치도 않은 생각까지 하고 있는 것은 아니겠지?

눈을 치뜨며 노려보는 놈의 방자한 태도를 태경은 콧방귀 한 번으로 가뿐하게 걷어 냈다. 그러곤 놈을 지그시 바라보면서 말했다.

"미안하다."

"엉?"

"미안하지만, 한 달만 연구소에 가 있어. 그 안에 장 회장이랑 결판을 낼 테니 오라고 할 때까지는 연구소 밖으로도 나오지 마."

"아, 아니. 목장도 있는데 내가 꼭 연구소까지 가야 하는 걸까?"

"소원대로 목장 한복판에 순심이랑 같이 산 채로 묻어 주랴?"

"……!"

그런 이유로 태하는 얌전히 짐을 싸기로 결심했다.

한다고 했으면 정말로 할 수 있는 사람이 바로 태경이었기 때문에 누구도 이의를 제기하지 않았다.

그렇게 소동을 잠재우고 태경은 조용히 방으로 돌아와 몸을 다시 씻고 옷을 갈아입었다. 그리고 정확히 한 시간 후 두 부자가 사무실에서 마주 앉았다.

"의도가 조금 의심스럽긴 했지만, 네 할아버지께서 장 회장의 제안을 받아 왔을 때 그런 사돈도 그리 나쁠 것 없다고 생각했는데 말이다."

"나쁘지 않습니다. 집안 내력 따라 태하 놈이 중간에 엉뚱한 고집만 부리지 않는다면. 그리고 무엇보다 장 회장님이나 서 사장님이 우리 유업을 노리고 있는 게 아니라면 말입니다."

"끄응."

"우리 그룹과 대산은 진출한 사업 방향이 달라 경쟁관계에 놓인 분야가 전혀 없습니다만 그것만으로는 안심할 수 없죠. 실제로, 장 회장님이 서한유통의 차남이었던 서 사장님을 사위로 삼으면서 대산은 유통업에 진출했고 당시 서 사장님이 가지고 있던 지분을 기반으로 3년 만에 서한유통을 흡수했습니다."

"그렇지. 그 일처럼 대산이 유업에 진출하지 않는다고 장담할 수 없다는 게 문제야. 할아버님도 일에서 손을 많이 떼셨다. 네 동생이 쉽게 굽히고 들어갈 놈은 아니지만 아직은 햇병아리라 능구렁이 같은 장 회장이나 냉정한 서 사장을 감당할 순 없지. 도대체 무슨 생각인지 모르겠구나."

가볍게 생각했던 결혼 문제가 생각보다 복잡해지고 있었다.

어제, 장 회장은 지병을 핑계로 자리에서 물러난다고 천명했다. 그러고는 자신의 자리에 사위인 서 사장을 내정한다는 발표를 내놓다. 한쪽으로는 태경그룹의 둘째에게 손을 내밀어 두고. 모양만 보면 손녀를 결혼시켜 얼추 후계구도를 완성할 작정인 것처럼 보였다. 말마따나, 다른 의도가 없는 거라면 말이다.

"그런데 네가 만났단 말이지, 태하가 아니라?"

"네."

"……이쁘디?"

엉뚱한 질문에 태경이 작게 실소를 머금었다.

예뻤냐고? 글쎄, 그런 생각을 할 정신이나 있었으면.

태하 대신 그 자리에 나간 것은 선택의 여지가 없는 일이었다. 그러나 그녀를 기다리고 짧으나마 함께 시간을 보내기로 한 것은 분명히 그가 선택한 일이다. 그냥 한마디로 정리하고 돌아와도 되었을 일을 그렇게까지 끌고 간 건, 역시 마음이 흔들린 탓이었다. 그 사실을 그는 분명히 인지하고 있었다.

"어렵습니다."

어려운 고백이나 하는 것처럼 그가 말했다.

"영계 좋지. 그리고?"

"예쁜 것도 같습니다."

"금상첨화군."

"이상하게 자꾸 신경이 쓰입니다."

"저런!"

"다시 한 번 봐야 할 것 같습니다."

"음. 역시 그렇군."

"알고 계셨습니까?"

"뭘? 네가 뭔가에 홀려 영혼을 반쯤 빼놓고 있었다는 것 말이냐? 아니면 여기저기에 온갖 신경질을 부릴 만큼 심각한 고뇌에 빠져 있었다는 것?"

다 들켰나 보다.

딴에는 감춘답시고 일에만 몰두하며 스스로 마음을 돌리기 위해 노력하는 중이었는데 그런 것과는 아무 상관 없이 처음부터 속내를 다 읽히고 있었던 거다. 허탈함과 자괴감이 동시에 밀려왔다. 그런 그를 향해 아버지가 말했다.

"네가 어떤 위치에 있는지 잊지 않았겠지?"

"네."

"네 동생하고는 다르다는 것도."

"네."

"확실히 장 회장은 용의주도한 사람이다. 정관계에 걸쳐 발이 넓은 데다 빈틈없고 계산도 정확하지. 그런 사람에게서 회사를 지켜 낼 자신은 있는 거냐?"

"모르겠습니다."

"그럼 너를 지켜 낼 자신은?"

"……."

"나는 개인적으로 서 사장을 참 대단한 사람이라고 생각한다. 그 빈틈없는 장 회장 밑에서 20여 년이나 버틴 끝에 마침내 원하던 기회를 잡은 사람이 아니냐."

뜻밖의 말에 태경의 눈동자에 이채가 어렸다.

자신의 야심을 이루기 위해 가업을 들어다 바치고 장 회장의 수족으로 사는 것처럼 보이던 남자가 사실은 기회를 잡기 위해

20여 년이나 인내하고 기다렸다니.

"기회라고 하시면?"

"대산을 훔칠 수 있는 기회. 모르긴 해도, 오래전부터 요직 곳곳에 자기 사람을 심어 두고 있었을 게다. 물론, 장 회장도 알고 있겠지. 하지만 그 양반은 늙었잖아. 시간이 없다는 것만큼 불리한 것도 없는 거야."

그 말을 듣는 순간 머릿속에서 무언가가 번뜩이면서 스쳐 지나갔다. 짧은 순간이나마 예기치 않게 장 회장의 노림수를 슬쩍 엿본 것만 같았다. 그러나 그것은 말 그대로 아주 작은 가능성 중 하나였기 때문에 아직은 확신을 할 수가 없었다.

"곧 생신이라고 장 회장이 초대장을 보내왔더구나."

멍하니 생각에 빠져 있는 사이 아버지가 그에게 작은 카드를 내밀었다.

"가서 다시 보고 와."

"그러다 남은 영혼까지 다 빼 주고 오면 어쩌시려고요?"

"그땐 어쩔 수 없지 뭐. 번듯한 외모를 물려줬으니 미남계라도 써서 확실히 자빠뜨리기를 바랄밖에. 알다시피, 우리 집안 사내놈들은 고집이 너무 세. 이 여자다 싶으면 도통 포기할 줄을 모르지. 그러니 강요는 하지 않으마. 잡을지 말지는 네가 보고 결정을 해. 그리고 어떤 결정을 하든 반드시 그 대책도 함께 찾아와야 할 거다."

"……."

"태경아."

"네."

"누누이 말한다만, 이깟 재산 좀 지키자고 더 중요한 걸 잃는 실수는 하지 마라. 나는 네게 미래를 맡기려는 거지, 짐을 맡기려는 게 아니야. 무슨 말인지 알지?"

다정한 한마디에 단단히 힘이 들어가 있던 태경의 어깨가 조금 내려앉았다. 그러나 따지고 보면 사실 그다지 위로가 되는 말도 아니었다.

"그 말씀이 더 무섭다는 거 아닙니까? 짐은 그냥 벗어던지면 그만이지만 미래는 아니잖아요."

"그렇지. 근데, 내가 너랑 똑같은 소리를 했을 때 네 할아버지가 뭐라고 하셨는지 아냐?"

"……?"

"뭘 걱정이야. 형제를 다섯이나 더 낳아 줬는데 힘들면 그놈들 신세도 지고 그러면 되는 거지. 큭. 이 일을 하고 싶으면 하는 거고 아니면 다른 놈들에게 던져 줘도 좋아. 하지만 한 가지 명심할 것은, 그 어떤 경우라도 너는 가족들의 구심점이 되어야 한다는 거다. 안 그러면 뿔뿔이 흩어지고 말아."

가족이 남보다 못하다는 말이 공공연히 나도는 세상이라는 사실도 무시하고 그는 단단히 충고했다.

굳이 경영자 자리에 앉아 있지 않아도 좋다. 다만, 힘을 가지고 모두를 아우르는 가족들의 중심이 되어야 한다. 그것이 그들이 말하는 진정한 '후계자'의 의미였다. 그것을 잘 알고 있는 태경은 대답 대신 조금 허탈하게 웃었다. 그러곤 더더욱 기운이 빠진다는 표정으로 말했다.

"태하 같은 놈을 동생으로 낳아 주시고도 그런 태평한 소리가 나오십니까?"

"그래서 내가 군소리 없이 죽어 사는 게 아니냐. 그놈 사고 치는 거 수습하면서 살 네가 불쌍해서. 그런데 정말로 목장에다 묻어 버릴 건 아니지?"

대답 대신 태경은 소리 없이 웃었다.

든든한 것 같으면서도 동시에 보는 사람을 왠지 불안하게 만드는 살벌한 미소였다.

☆　★　☆

"수고하셨어요."

"네, 감사합니다. 그럼 저는 이만……."

잠꼬대하듯 무성의하게 건네는 배웅 인사에 혜주는 냉큼 90도로 허리를 숙였다.

과외해 주는 아이의 엄마도 아니고 일을 도와주시는 도우미 아주머니였지만 집안이 집안인지라 도도하기가 거의 사모님 급이었다. 그래도 싫은 내색 한 번 없이 방긋 웃어 주고 그녀는 서둘러 그 저택을 나섰다.

고급 주택들이 몰려 있기로 유명한 그 동네는 그야말로 아래를 굽어보기 딱 좋은 높이에 위치해 있었다. 그래서 버스도 안 다니고 택시도 굉장히 드문 데다 지하철역은 당연히 멀었다. 차가 없으면 살기가 참 힘들 법한 동네였다. 물론, 정말로 차가 없어서 살기 힘들다고 하는 사람은 아직 본 적이 없었다. 그냥 가끔 다녀가는 그녀만 혼자 힘들어하고 있을 뿐이다.

"나 빼고 다 부자겠지? 어우, 좋겠다."

마치 누가누가 더 높은가 내기를 하듯, 어깨를 나란히 하고 선 높은 담들과 우아하게 솟은 고급 빌라들을 올려다보며 혜주는 진심으로 한탄했다. 이 별세계에 사는 사람들이 신기한 동시에, 아르바이트를 세 개나 하고 있지만 그래도 계속 허리띠를 졸라매고 살아야 하는 자신의 신세가 새삼 기가 막혀서.

"괜찮아. 내 옥탑방도 높아. 좁긴 하지만 전망도 좋고…… 월세는 비싸지. 젠장!"

다음 달 월세를 생각하기가 무섭게 입이 삼천 리나 툭 튀어나왔다.

독립한 지 얼마 되지도 않았는데 벌써부터 학점 걱정보다 월세 걱정이 앞서다 보니 또 이 동네에 사는 사람들이 부러워지려고 했다. 여기 사람들은 적어도 월세라든지, 전기요금이 모자랄까 봐 걱정을 하면서 살지는 않을 테니까. 그리고 벌건 눈으로 밤새 편의점을 지키고 있지 않아도 될 테지.

"아, 편의점! 늦겠다."

어둑어둑한 골목을 보고 부랴부랴 시간을 확인하니 벌써 편의점 야간 아르바이트 시간이 다 되어 가고 있었다. 제시간에 도착하려면 죽어라 뛰어 내려가 정각에 도착하는 지하철을 타야 했다. 그에, 서둘러 가방을 둘러메고 뛸 준비를 하는데 문득 앞쪽에서 환한 불빛이 쏟아지는 거다.

덮치듯이 달려드는 불빛에 눈이 시려 있는 대로 미간을 찡그리고 자세히 바라보자 골목 한쪽에 서 있는 차에서 누군가가 움직이는 것이 눈에 들어왔다. 아까 과외하러 올 때도 본 차였는데 신경 써서 본 게 아니라 그때는 인기척을 느끼지 못했더랬다.

탁!

짧은 소음과 함께 차의 양쪽 문이 거의 동시에 열리면서 키가 훌쩍 큰 두 사람의 그림자가 나타났다. 그리고 마치 기다렸다는 듯 그들은 그녀를 향해 똑바로 다가오기 시작했다.

그즈음에서 혜주는 저도 모르게 뒤를 돌아보았다. 혹시, 등 뒤에 저 사람들이 찾을 만한 다른 사람이 있을까 싶은 마음에.

불행하게도, 그리고 어쩌면 당연하게 그녀의 등 뒤엔 아무도 없었다. 그래서 또 생각했다. 저 사람들은 그냥 이 동네의 어느 집을 찾아가는 중일지도 모른다고.

'나를 어쩌려는 건 아닐 거야. 왜냐면 내가 모르는 사람들이고 저 사람들도 나를 모를 테니까. 근데 왜 이렇게 불안하지?'

어두운 골목에서 낯선 남자들을 만나면 무서운 게 당연하다.

당연한 건 당연한 건데 왜 이렇게 불길한 예감이 엄습하는지 모르겠다. 아무 근거도 없이 그들이 그녀를 노리고 왔다는 생각이 들었다. 그리고 그 예감은 참으로 쓸데도 없이 적중했다. 긴 다리로 성큼 다가온 남자들 중 하나가 막 스쳐 지나가려는 그녀를 향해 이렇게 물었던 것이다.

"서혜주 씨?"

갑자기 뒷골이 선뜩해졌다. 동시에, 그녀가 뛰기 시작했다.

☆ ★ ☆

클럽의 살롱이 모처럼 붐비는 날이었다.

"그런데 태경이 너는 장가 안 가냐?"

오랜만에 만난 자리인지라 시끌벅적하게 떠들면서 한참이나 술
잔을 주고받은 후였다. 이야기 끝에 누군가가 그렇게 물었다.

"조건으로만 보면 제일 먼저 가게 생긴 놈이 아직도 그러고 있
어서 이 형님께서는 심히 걱정스럽다는 말이지."

돌아보니, 승후가 반쯤 빈 잔을 찰랑찰랑 흔들면서 의뭉스러운
눈빛을 보내고 있었다. 그에, 태경은 푹신한 의자에 몸을 깊이 묻
고는 배부른 사자처럼 느른하게 물었다.

"뭐가 궁금해?"

"오, 이거 오늘은 대답을 해 주실 모양인데?"

"그럼, 나 질문! 최태경, 요즘 밤일은 좀 하냐?"

"우오오, 김재경 이 자식! 예리하잖아."

"크크크, 내가 좀 그렇지. 사실, 그렇잖아. 저놈이 학교 다닐
때도 누굴 사귄다는 소리 한 번 없더니만 요즘도 연애한다는 소
문이 없는 거 말이야. 어떻게 된 거냐고. 저 얼굴에, 저 몸매에,
집안까지 빵빵한데 어떻게 옆에 여자가 없을 수 있어? 하다하다,
저 재수 없는 승후 자식까지 마침내 결혼을 한다는데!"

"어허, 저 자식이 지금 날 노골적으로 질투하네? 부럽냐, 자식

아? 괜찮아. 얼마든지 부러워해도 좋아. 난 이제 곧 매일 할 수 있는 남자가 되니까. 하하하!"

결혼을 앞두고 불타는 연애생활을 즐기고 있는 놈답게 승후는 자신만만한 태도로 모두의 질투를 한 몸에 받아들였다. 그리하여 나머지 애인이 없는 놈들과 그 애인이 안 해 주는 놈, 그리고 마누라가 임신한 놈은 진심으로 탄복하고 말았던 것이다.

"저놈이 예식장에 들어가기 전에 죽이는 게 옳지 않을까?"

"그래, 아직 늦지 않았어. 일단 죽이고 나서 생각하자. 운송은 내가 해 줄게."

"시체 처리는 태경이네 목장에다 하자. 넓잖아. 암매장하기도 좋겠더라. 땅은 내가 판다."

"그럼, 하는 수 없이 칼은 내가 잡아야 하나?"

"그렇지. 특기가 칼질과 바느질인데. 힘내라, 김재경. 나는 변호를 맡아 주마."

착착 맞아 돌아가는 이야기 끝에 결국 승후의 목숨이 위기에 빠지려는 찰나, 놈이 또 시큰둥하게 떠들었다.

"우리 호텔에서 이번에 모 가수가 동료 연예인들을 모아 놓고 란제리 파티를 연다더라만."

"커헉!"

"방 하나 잡아 줘, 말아?"

"형님!"

"이보게, 친구! 난 처음부터 자네 편이었다네."

아, 갈대만도 못한 남자의 마음이여.

쿵짝쿵짝 잘도 노는 친구들을 보며 태경은 피식 웃었다. 그런 그를 그냥 둘 승후가 아니었다.

"자자, 고백을 해 보라고. 그래서 여자가 있다는 거냐, 없다는 거냐?"

"글쎄, 있다고 해야 할지 없다고 해야 할지."

무심코 없다고 하려다 문득 내일이면 다시 만나게 될 여자를 떠올리고 태경은 그렇게 운을 떼었다.

"음? 무슨 대답이 그러냐?"

"그게, 만난 지 얼마 되지 않아서. 나는 더 만나 보고 싶은데 저쪽 생각은 어떤지도 모르고."

"아하! 좋아. 자고로, 모든 연애란 다 그렇게 시작하는 법이지. 그럼, 가벼운 질문부터 시작해 보실까나. 먼저, 그녀의 나이는?"

"스물셋."

"우어어어! 이 도둑, 날강도!"

"이거, 진짜 죽여야 할 놈이 여기 있었구만. 얘들아, 최신형 형틀 대령해라."

주변이 다시 왁자지껄 요란해지기 시작했다.

그 호환 마마가 강림한 것만 같은 현장을 빠져나온 것은 그로부터 한 시간이 더 지났을 즈음이었다. 내일의 일정을 위해 붙잡는 놈들을 간신히 뿌리치고 차에 오르자 클럽에서 부른 대리운전 기사가 기다리고 있었다.

정신은 아직 말짱했지만 술 냄새는 삼천 리까지 뻗칠 듯 풀풀 풍기고 있었으므로 그는 집으로 가는 대신 혼자 사용하는 빌라로 방향을 잡았다. 그곳에서 아침 늦게까지 푹 쉬다가 저녁에 예정되어 있는 초대 일정을 소화하기로 했다. 주말이라 일정은 다행히도 장 회장의 파티 건 하나뿐이었기 때문에 조금 여유가 있는 편이었다.

그에 마음까지 한 꺼풀쯤 풀어 놓은 채 그는 뒷좌석에 앉아 긴 팔다리를 늘어뜨리고 잠시 눈을 감았다. 아까 전의 일이 다시 뇌리를 스쳐 가고 있었다.

생각해 보면, 조금 어처구니가 없었다. 아직 결정된 것도 없는데, 딱히 무엇을 하기로 마음을 먹은 것도 아닌데 어째서 그렇게 쉽게 친구들에게 그녀에 대한 이야기를 풀어 놓은 것일까.

'너답지 않다, 최태경.'

그동안 아버지에게 들킬 만큼 감정을 질질 흘리고 다닌 것도 모자라 이제는 제 입으로 마치 무어라도 있는 것처럼 떠들기까지 하다니. 생각할수록 미친 것 같았다. 내내 정신을 못 차리고 웃음만 헤프게 흘리고 앉아 있었던 스스로를 떠올리는 건 아예 창피할 지경이었고. 그럼에도 불구하고, 그는 소풍을 가는 아이처럼 내일이 기대되어서 견딜 수가 없었다.

'정신 차려. 함정일지도 모른다는 거 알잖아. 더구나 저쪽은 태하를 원하는 거야, 네가 아니라. 그녀도 마찬가지다. 네게 아무런 관심이 없을 수도 있어.'

생각이 거기에 이르자, 갑자기 정신이 번쩍 돌아왔다.

태경은 눈을 부릅뜨고 유리창 위에 비친 스스로를 노려보았다. 제가 만들어 낸 불유쾌한 가정 하나가 찌꺼기처럼 뇌리를 맴돌고 있었다.

이렇게 혼자 기대하고 설레다가 만일 그녀가 자신을 거부한다면 그땐 어찌해야 하나. 그 생각 하나만으로도 온통 간질거리던 심장 아래가 일순 서늘하게 내려앉고 있었다. 가지지 못할 거라는 생각은 하지 않는다. 하지만, 하지만…….

"음?"

환영인가?

방금 창밖으로 어딘가 낯익은 얼굴이 스쳐 지나간 것 같았다. 인지하는 순간 고개가 황급히 뒤로 돌아갔다. 진짜다. 착각이 아니었다. 어둠 속에서 아른거리고 있는 작은 그림자는 분명히 낯이 익은 것이었다. 스쳐 지나고 나서야 태경은 그것이 자신이 이제까지 내내 떠올리고 있었던 사람임을 깨달았다.

"차 세워!"

비명처럼 소리친 다음 그는 차가 미처 다 멈추어 서기도 전에 문을 열고 달려 나갔다. 혜주가 웬 남자들에게 잡혀 끌려가고 있는 것처럼 보였기 때문이었다.

"아악! 이거 놔요!"

아니다 다를까, 차에서 내리기가 무섭게 겁에 잔뜩 질린 여린 목소리가 날아와 날카롭게 고막을 뒤흔들었다. 잘못 본 게 아니다. 정말로 그녀가 맞았다.

"거기 뭐하는 놈들이야?"

태경은 어느새 미친 듯이 달리고 있었다.

달리면서도 평생 이보다 더 빠르게 달려 본 적이 없다고 생각할 만한 속도였다. 그는 흡사 단거리 선수처럼 달려가 혜주의 팔뚝을 잡아끌고 있는 놈을 향해 다짜고짜 발부터 날렸다. 무방비 상태로 가슴께를 얻어맞은 놈이 훌쩍 날아가 땅바닥에 처박히자 그제야 남은 한 놈이 그를 발견하고는 크게 당황한 표정으로 손을 내젓는 시늉을 했다. 그런 놈을 경계심 가득한 시선으로 노려보며 태경은 냉큼 혜주부터 잡아채 제 품 안으로 끌어당겼다.

"까악!"

"쉿! 괜찮아, 이제 괜찮아."

"누, 누구?"

"서혜주 씨."

"어?"

미친 듯이 몸부림치던 것도 잊고 혜주는 낯익은 목소리를 향해 고개를 들었다. 분명히 기억에 있는 목소리였다. 낮고 깊게 울리는 차분한 목소리. 이런 목소리를 가진 남자를 만난 적이 있었다. 목소리보다 더 강렬한 인상을 가진, 쉽게 잊을 수 없을 만큼 특별한 상황에서 만난 그 남자.

'최태하!'

언제 묻혀 있었냐고 말하듯 그 이름이 기억 속에서 선명하게 되살아났다. 그리고 거짓말처럼 눈앞에 그 남자의 얼굴이 나타났다. 유난히 단정하고 선명한 이목구비가 어둠 속에서도 하얗게 반짝이고 있었다. 순간, 정신이 멍해졌다.

너무 뜻밖이라 놀라서 그런 건지, 아니면 아는 사람을 만났다는 안도감 때문에 벌써 긴장이 풀어진 탓인지 갑자기 눈앞이 빙

돌고 있었다. 다리에서 힘이 빠지고 몸이 덜덜 떨렸다. 이상을 눈치챈 그가 그녀의 허리를 안고 있는 팔에 힘을 주더니 품 안으로 더 바짝 끌어당기는 것이 느껴졌다.

'아! 살았다.'

그의 품에 코를 박고 축 늘어지면서 그녀는 그런 생각을 하고 있었다.

"경고하겠는데, 나 지금 기분이 매우 좋지 않아."

정신을 잃고 휘청거리는 혜주를 받아 안으며 태경은 눈앞의 상대를 향해 조용히 말했다.

"어디서 온 놈들인지는 모르겠지만 후회할 짓은 하지 않는 게 좋을 거야."

"오, 오해입니다!"

"오해?"

"우리는 그러니까 위에서 시켜서…… 아니, 그게 아니라 댁으로 모셔 가려고……."

횡설수설하며 상대가 무어라 더 떠들려고 할 때였다.

상황이 심상치 않음을 눈치챘는지 대리기사가 차에서 뛰어나오며 크게 외치는 소리가 들렸다.

"경찰 불렀습니다!"

"헛! 이런, 제기랄!"

"뛰어!"

경찰이라는 말이 나오기가 무섭게 가슴을 얻어맞고 뒹굴던 놈이 먼저 벌떡 일어서서 재빨리 차를 향해 내달렸다. 그 모습을 본 다른 놈도 허겁지겁 달려가 막 출발하는 차에 간신히 몸을 집어넣더니 잡을 새도 없이 그대로 순식간에 사라졌다.

주택가의 한적한 도로에 다시 원래의 고요함이 찾아왔다.

"괜찮으십니까?"

파랗게 질린 얼굴로 달려온 기사가 그렇게 물었을 때, 태경은 가볍게 고개를 끄덕여 보인 후 늘어진 여자를 두 팔로 가뿐하게 안아 들고 있었다. 정신을 잃고 기절한 상태라 확신을 할 수는 없었지만 아무래도 무언가 문제가 있는 것 같았다. 아닌 게 아니라, 눈을 꼭 감은 채 희고 가녀린 목을 길게 늘어뜨린 그녀의 얼굴은 마치 시체처럼 창백해 보였다. 심장이 철렁 내려앉고 있었다.

"가죠."

혜주를 품에 꼭 안고 태경은 서둘러 차에 올랐다. 그러곤 재경에게 전화를 걸어 즉시 빌라로 와 줄 것을 부탁했다. 헤어진 지 얼마 되지 않은 때라 금방 올 수 있을 것이라 생각하면서.

당연히 그의 예상은 적중했다.

"여어, 친구."

승후가 해맑게 웃는 얼굴로 손을 번쩍 들고 인사를 했다. 그러더니 멀뚱히 선 그를 밀치고 먼저 안으로 들어가 버리는 거다. 그 뒤를 재경이 졸졸 따라가고 있었다. 손에 통통한 어묵 꼬치를 든 채였다. 그런 그를 태경이 잽싸게 잡아챘다.

"어떻게 된 거야? 왜 저놈까지……."

"같이 있었거든. 네 집에서 수상한 냄새가 난다나 뭐라나. 원래

119

냄새 하나는 기가 막히게 잘 맡는 놈이잖아."

"뭐?"

"어, 이 어묵 맛있네."

엉뚱한 소리와 함께 놈들은 나란히 그의 침실을 습격했다.

"거봐, 내 말이 맞았지?"

넓은 침대 속에 푹 파묻힌 듯 누워 있는 여자를 발견한 순간, 승후가 보란 듯이 떠들었다. 그러더니 또 재경을 향해 자랑스러운 태도로 손을 척 내미는 게 아닌가. 그 손 위에 재경은 말없이 오만 원짜리 두 장을 올려놓았다.

그 꼴을 보고 있던 태경은 저도 모르게 한숨을 삼키며 한 손으로 이마를 짚고 말았다. 그래, 원래 이런 놈들이었었지. 그는 뒤늦게 후회했다. 아무리 급했다 해도 저런 놈에게는 연락을 하는 게 아니었다고.

"쓸데없는 짓 하지 말고 얼른 살피기나 해. 정신을 잃고 쓰러졌다고."

"오, 그래? 이거 흥미로운데. 왜 정신을 잃었을까? 설마, 짐승 같은 최모 씨에게 이런 짓 저런 짓을 당한 끝에……."

"김재경! 그 입 닥치지 않으면 승후가 들어갈 뻔한 자리에 네가 들어가게 될 거다."

진심이었다.

한 마디만 더 떠들면 직접 삽질이라도 해서 목장 한복판에 놈을 묻어 버릴 생각이었다. 그런 기색을 눈치챈 건지 재경은 입을 꼭 다물더니 두 손가락을 입술에 대고 쭉 지퍼 닫는 시늉을 해 보였다. 그러곤 곧 진지한 의사의 자세로 돌아가 혜주를 살피기 시작했다. 그런 그의 등짝을 나란히 지켜보다가 문득 승후가 중얼거렸다.

"음, 역시 아무리 뒤져 봐도 기억에 없어. 저 여자, 우리 쪽 출신은 아니지?"

그 말에 태경의 미간에 설핏 주름이 잡혔다.

호텔 상속자답게 승후는 한 번 본 사람을 결코 잊는 법이 없었다. 뿐만 아니라, 막대한 인맥을 자랑하는 집안이라 어지간한 재벌가의 가계는 물론이고 약간이라도 이름을 얻은 사람은 그 내력부터 속사정까지 일일이 다 꿰고 있었다. 그런 그의 기억에 없다는 것은 곧 이쪽 부류에 속하지 않는다는 의미나 마찬가지였다.

"기억에 없다고?"

"그렇다니까. 뭐야, 설마 내가 알 만한 집안사람이라는 소리?"

"분명히. 네가 대산그룹을 모를 리는 없잖아."

"허! 대산? 대산 장 회장네?"

그의 눈이 보기 드물게 동그래졌다. 이유는 모르겠지만 상당히 놀란 눈치였다. 그 모습을 의아하게 바라보는데 마침 진찰을 마친 재경이 어이없다는 표정으로 그들을 돌아보았다.

"솔직히 말해라, 최태경. 얼마나 괴롭힌 거야?"

"괴롭히다니?"

"두 번? 세 번? 설마, 밤새 한 건 아니겠지? 아니, 그런 게 분명해. 그렇지 않고서는 이 상태를 설명할 수 없어."

"끄응. 제발, 알아듣게 설명해."

"설명이고 자시고 할 것도 없어. 이 불쌍한 여인은 지금 모진 운동, 혹은 노동 끝에 그만…… 실신하듯 잠들었단 말이지."

"잠들어?"

"응. 아주 곤히 잠들어 있는 중이다. 사소한 다른 증상으로는 과로와 수면 부족이 예상되는 바이고. 어쨌거나 푹 자고 나면 다 괜찮아져."

엉뚱한 결과에 태경은 조금 허탈한 표정을 지었다.

수면 부족에 과로라니? 졸업 작품전 준비를 하느라 꽤 바쁘게 지내고 있다는 말을 듣기는 했지만 설마하니 잠도 못 자고 매달리고 있었단 말인가. 그러고 보니, 처음 만난 날에도 그랬었다. 몇 시간 동안이나 한자리에 꼼짝도 않고 앉아 그녀는 한눈 한 번 파는 법도 없이 계속해서 수를 놓고 있었더랬다.

"후우, 심장이 떨어지는 줄 알았는데."

태경의 입에서 긴 안도의 한숨이 쏟아졌다.

아닌 게 아니라, 직전에 험한 일을 겪은 참이라 무언가 큰 문제가 생긴 건 줄만 알았었다. 처음 봤을 때보다 얼굴빛도 지나치게 창백하고 무엇보다 많이 말랐으니까.

"젠장, 너무 말랐잖아. 정말 다른 이상은 없는 거 맞아?"

"어허, 너 지금 이 명의님을 의심하는 거냐? 내가 이래 봬도 우리 병원의 넘버……."

"수고했다. 그만 꺼져."

"꺼져 텐……. 치사한 자식. 그래, 필요할 땐 선생님이고 돌아서면 돌팔이 새끼지. 의사를 뭣같이 아는 더러운 세상."

"너보단 아무래도 박사님께 연락을……."

"잠깐! 너, 이 시점에서 우리 꼰대 부르면 나 당장 혀 깨무는 수가 있다."

협박 같지도 않은 협박을 하며 재경이 짐짓 심각한 표정을 지었다. 그러고는 새삼스레 전후 사정을 따져 묻는 거다. 그에, 여차 저차 해서 이리되었다 설명하고 나니 스스로가 한심해서 한숨이 다 쏟아지려고 했다. 정말로 정신이 어찌 되긴 했었던 모양이다. 왜 처음부터 이렇게 설명할 생각을 하지 못했느냔 말이다.

태경의 설명을 들은 후 재경은 잠시 약국엘 다녀오겠다며 자리를 떴다. 그사이, 잠자코 앉아 무언가 생각에 잠겨 있던 승후가 넌지시 물었다.

"여자에 대해서는 어지간히도 까탈스러운 네가 여기까지 들여놓은 걸 보면 분명히 진지하게 생각하고 있다는 뜻이겠지. 역시, 그런 게 맞는 거냐?"

"……아마도."

태경은 단호하게 고개를 끄덕였다.

아직은 아니지만 이제부터는 그렇게 될 것이다. 선택은 이미 끝났다. 그 어둠 속에서 그녀를 발견한 그 순간에.

그 먼 거리에서 그는 그녀를 한눈에 알아보았다.

맹세하건대, 더 어둡고 더 먼 곳에 있었어도 그는 분명히 그녀를 알아보았을 것이다. 오직 그녀만 보였다. 그녀를 향해 달리던 그 순간에 심장 또한 나침반이라도 단 것처럼 오로지 그녀를 향해 뛰고 있었다.

그리고 마침내 그녀를 품에 안았을 때 그는 깨달았다.

처음 만난 그날부터 단 한 순간도 그녀를 생각하지 않은 날이 없었다는 사실을.

아버지 앞에서 다시 한 번 더 봐야겠다고 말한 건 순전히 핑계였다. 그는 그저 그녀가 보고 싶었던 거였다. 다시 보고 나면 놓을 수 없을 거라는 사실도 태경은 분명히 알고 있었다.

그랬는데, 그런 그녀인데 어떻게 놓을 수 있을까.

진지하냐고? 글쎄, 심장을 들었다 놓는 일이 결코 장난일 수는 없지 않을까? 이 작은 사건만으로도 이미 혼백이 반쯤은 달아난 것만 같은데 말이다.

"사정을 다 알고도 선택했고?"

"사정?"

마치 무언가를 알고 있다는 듯 묘한 뉘앙스를 풍기는 승후의 말에 태경의 눈매가 일순 날카롭게 솟았다.

"무슨 말을 하고 싶은 거지?"

"글쎄다. 나도 내가 뭔 소리를 하고 싶은 건지 궁금하긴 하다만. 술이 덜 깬 것 같기도 하고. 아무튼, 오래전에 그 집안에 대한 이야기를 언뜻 들은 기억이 있어. 확실하지 않아서 우리 집 할망구에게 확인하기 전에는 함부로 말할 수 없지만 분명히 갑자기 생겨난 장 회장네 손녀딸에 대한 이야기였던 것으로 기억해."

"갑자기 생겨나?"

"응. 알다시피, 이 바닥에서 나고 자란 사람이라면 내가 모를 리가 없잖아? 이웃사촌인데 말이지. 근데, 암만 봐도 낯설다고.

소문은 계속 들었는데 그동안 한 번도 본 적은 없다니. 이상하지 않아?"

"별로. 아무리 너라고 해도 모두를 알 수는 없어. 그리고 무남 독녀라 어지간히 끼고 살았을 거라는 거 전혀 짐작하지 못하는 것도 아니고."

근저를 알 수 없는 불길한 예감이 엄습하는 것을 느끼며 태경은 애써 그의 말을 외면했다.

"무엇보다 갑자기 생겨나다니. 말이 되어야 말이지."

"그렇지. 말이 안 되지. 그런데 그 말이 안 되는 일이 정말로 일어나서…… 너, 지금 속고 있는 거면?"

"……."

"한번 빠진 여자는 절대 놓지 못하는 거. 그거, 꽤 치명적인 단점이다. 덕분에, 이렇게 금방 표적이 되고 말았잖아. 그나저나, 장 회장도 참 용감하시지. 태하가 아니라 널 찍다니. 노망이 났나?"

아니다. 장 회장은 그를 선택한 적이 없다. 그러니 승후의 말처럼 정말로 무언가가 있는 거라면 노망을 의심할 게 아니라 그의 진짜 의도에 대해 의심을 해 봐야 할 것이다. 그는 아직도 소름 끼치게 용의주도한 사람인 것 같으니까 말이다.

"뭐, 걱정은 안 한다. 이 몸의 친구라면 적어도 쪽팔리게 당하진 않겠지."

"당하긴 누가 당한다는 거냐. 나는 누구처럼 대책 없이 일을 벌이는 놈이 아니야. 그리고 난 원래부터 네놈이랑 친구라는 사실이 쪽팔렸다."

"쳇, 쓸데없이 솔직한 자식 같으니. 크크크. 아, 그런데 초콜릿은 먹을 만하디?"

"뭐?"

초콜릿이라니? 생뚱맞은 단어에 잠시 어리둥절해하다가 태경은 간신히 얼마 전의 일을 기억해 냈다. 얼떨결에 받아다가 차 보조좌석에 던져 놓은 후 내내 잊고 있었던 그 초콜릿에 대해서.

"글쎄……."

"설마 버린 건 아니겠지?"

"아직."

"어허, 친구의 배려를 이런 식으로 기만해도 되는 거냐?"

"배려였던 거냐?"

"물론이지. 순수한 마음이었어, 난. 어쨌거나 비싸고 몸에도 좋은 거니까 꼭 먹어라."

굶어 죽는 한이 있어도 절대로 먹지 말아야겠다. 처음 받았던 예의 불길한 예감이 더 짙어져서 이제는 혹시라도 먹었다가는 그대로 골로 가게 될 것 같은 공포가 올라올 지경이었다.

속이 빤히 보이는 웃음을 흘리며 승후가 팔랑팔랑 손을 흔들었다. 그러고는 정말로 그렇게 돌아서 가 버렸다. 말은 하지 않았으나, 그의 이후 행보에 대해 태경은 분명히 짐작할 수 있었다. 그가 허락을 하거나 말거나 상관없이 승후는 제 의문을 풀기 위해서라도 장 회장네 가족사를 샅샅이 찾아볼 게 틀림없었다. 그러곤 결정적인 순간에 그의 발치에 진실을 던져 놓을 것이다. 그가 멍청한 선택을 하는 그 순간에 말이다.

"뭐가 치명적인 단점이라는 거냐. 내 치명적인 단점은 바로 네 놈들이다."

승후를 비롯한 자칭 '장남클럽'의 멤버들을 떠올리며 태경은 진심으로 한탄했다. 하나같이 쉬운 놈들이 없어서 같이 자란 불알친구만 아니었다면 진즉에 인연을 끊고도 남았다. 당장 저 이상한 방향으로 자존심이 강한 승후 놈부터!

어쩐지 두통이 몰려오는 것 같아 태경은 이마 한쪽을 꾹꾹 누르며 침대 머리에 주저앉았다. 그러곤 평소 제가 눕던 자리를 바라보았다.

유난히 큰 침대 한복판에 푹 파묻힌 듯 누워 있는 여자. 잠이 든 탓인지 오늘따라 더 작고 연약해 보이는 그녀를 태경은 홀린 듯 한참이나 보고 있었다.

그린 듯 섬세한 눈매와 마늘쪽처럼 작은 코, 그리고 탐스럽게 부푼 입술을 탐욕스러운 시선으로 핥았다. 배가 고픈 것도 아닌데 갑자기 허기가 느껴졌다. 단둘이 침실에 있기 때문인지, 아니면 아직 술기운이 남은 탓인지 아랫도리에서부터 있는지도 몰랐던 불같은 욕망이 일어났다.

"미쳤다, 최태경."

스스로의 무도함에 대해 태경은 또 진심으로 자책했다.

방금 전에 험한 일을 당한 데다 실신까지 한 사람을 상대로 잘도 음란한 욕구를 불태우고 있다니. 이렇게 뻔뻔한 놈이었던가, 너는. 아무래도 아까 전에 나가 버린 넋이 아직도 돌아오지 않은 게 분명했다.

태경은 벌떡 일어나 다시 거실로 나갔다.

겉옷을 벗어 대강 던져 놓고 넥타이도 풀어 버린 채 냉장고를 찾았다. 찬물을 벌컥벌컥 들이켜고 나니 갈증이 가시는 것은 물론 집 나갔던 이성도 조금 돌아오는 듯했다. 그에, 어느 정도 맑아진 정신으로 그는 천천히 거실을 걸으며 아까의 일을 되짚어 보았다.

"위에서 시킨 일이라고 했었지."

분명히 그렇게 말했었다.

창졸간이었지만 한껏 당황한 얼굴로 손을 내저으면서 놈들은 누가 시킨 일이라는 둥, 댁으로 모셔 가려고 한다는 둥 떠들었었다. 위에서 시켜서 집으로 데려간다?

"가출이라도 했다는 소리인가?"

말해 놓고도 어이가 없어서 그는 소리 없이 웃었다.

십 대 청소년도 아니고 23살이나 먹은 여자가 집을 나왔다면 그건 가출이 아니라 독립이라고 불러야 옳았다. 그리고 만에 하나라도 정말로 가출을 한 거라면 거기엔 분명한 이유가 있을 게 아니던가. 이유 없이 집을 뛰쳐나올 만큼 철없는 나이는 결코 아니니 말이다.

"갑자기 생겨난 손녀라."

승후가 남겨 놓고 간 의혹들이 새삼스레 명치를 간질이고 지나 갔다.

태하의 맞선 제의는 장 회장 측으로부터 직접 받은 거라고 했었다. 그 부분은 분명한 사실이었다. 아닌 게 아니라, 당장 장 회장 자신이 먼저 연락을 해 와 어른들끼리 자리를 만들기까지 하지 않았던가. 그것은 곧 그녀가 장 회장 집안과 관계가 있다는 것을 증명하는 것이기도 했다. 그런데 자라는 동안 어느 누구도 본 적이 없단다. 저 발 넓기로 유명한 승후 놈조차도 말이다.

"갑자기 생겨났다, 갑자기. 갑자기……."

느린 걸음으로 거실을 빙빙 맴돌며 태경은 내내 수많은 가정들과 가능성과 또 다른 의혹들에 대해 생각하기를 반복하였다. 그러다 한참 만에야 문득 자신이 나온 방을 돌아보면서 중얼거렸다.

"도대체 정체가 뭡니까, 서혜주 씨."

어딘가에서 나직한 말소리가 들려왔다.

'쟨 내 딸이야!'

'조카겠지. 정혜가 낳은 내 딸이니까. 유전자 검사는 이미 마쳤어. 법원에 서류 제출했으니까 곧 연락이 올 거다. 순순히 내놓는 게 좋을 거야. 유괴범이 되고 싶지 않다면.'

'유괴범이라고? 너, 지금 말 다했어!'

누군가를 의식한 듯 낮게 두런거리던 목소리가 갑자기 혹 높아지더니 곧 집 안 전체에 우렁우렁 울려 퍼졌다. 그때까지 문짝에 바짝 붙여 놓고 있던 귀가 저절로 떨어졌다. 그녀는 방문에 대고 있던 귀를 떼고 엉금엉금 기어 이불 속으로 숨어들었다. 그사이에도 치열하게 부딪히는 고함 소리는 계속 이어지고 있었다.

'나쁜 자식! 칠 년이었어. 칠 년 동안 사귄 여자 버리고 갈 때
도 넌 그렇게 냉정했었지. 그런데 이제 와서 뭐? 정혜가 살아 있
을 땐 왜 안 찾았는데?'

'남녀가 사귀다 헤어지는 일은 흔한 거야. 우리, 서로 합의하에
헤어졌어. 하지만 그때도 애를 가졌다는 소리는 못 들었지. 누가
피해자인지 아직도 구분이 안 돼?'

'피해자? 해고 통보하듯이 일방적으로 통보하고 버렸잖아. 그
러곤 한 달 만에 다른 여자랑 결혼한 놈이 피해자?'

'마음은 변하는 거야. 정혜는 다 납득하고 받아들였어. 우린 각
자의 길을 간 것뿐이야. 아이 일도 미리 알렸으면 방법을 취했겠
지.'

'바, 방법? 너, 너……'

'왜 놀라지? 뭐, 다른 말이라도 듣길 원했어? 미안하지만 난
그럴 이유가 없어.'

놀랄 만큼 당황하고, 놀랄 만큼 냉정한 사람들의 대화는 그렇
게 빠르게 결론을 향해 치닫는 듯했다.

'더 이상 길게 얘기하고 싶지 않으니 어서 아이나 내놔.'

'닥쳐! 누가 내주기나 한다고?'

'흥! 내주지 않으면? 쓸데없는 고집부리지 마. 이 거지 같은 곳

에 살면서 자네가 저 애에게 해 줄 수 있는 게 뭔데? 보나마나, 대학을 보내기도 힘들겠지. 듣자니, 친자식이 둘이나 더 있다지? 그 애들은 어쩌고? 키우는 동안 그 애들이랑 차별을 두지 않았다고? 웃기는 소리. 그래서 오늘이 생일인데도 아무도 신경 써 주지 않은 건가?'

'그, 그건······.'

'위선 떨지 말고 이거나 받아. 네 아내가 요구한 거야. 일면식도 없는 나를 찾아와 아이에 대해 알리면서 10억을 요구하더군. 너도 결국 이런 걸 바랐잖아. 안 그래?'

그 말과 함께 죽음 같은 고요가 찾아왔다.

더불어, 울다 지친 그녀의 의식도 까무룩 멀어졌다. 다시 정신을 차렸을 때 그녀는 처음 보는 낯선 장소에 떨어져 있었다.

'흥! 꼴에 자식이라고 잘난 제 아비를 꼭 빼다 박았구먼. 그 버르장머리 없는 눈빛까지도!'

앞에 앉혀 놓고 한참을 노려보다가 노인은 그렇게 한마디를 툭 내뱉었다. 마음 같아서는 정말 누구 하나 정도는 딱 때려죽였으면 시원하겠다는 표정이 노골적으로 떠올라 있는 얼굴이었다. 그 얼굴에다 대고 혜주는 당돌하게도 대거리를 했다.

'저도 닮고 싶어서 닮은 게 아니에요. 그리고 할아버지를 닮은

것보다는 나은 것 같은데요.'

'뭐라? 내가 왜 네 할아버지냐?'

'그럼 제 할아버지도 아니신 분이 제가 누굴 닮든 무슨 상관이신데요?'

'이, 이, 이 못된 것이…….'

너구리처럼 생긴 얼굴이 붉으락푸르락 난리도 아니었다. 물론, 주변에 주욱 늘어앉은 다른 사람들도 마찬가지였다. 언제나 반듯하기만 한 서 사장이 어디서 저렇게 못 되어 처먹은 애를 딸이라고 데려왔나 하는 얼굴들이었다. 그 모습을 통쾌하게 바라볼 수 있었던 것은 맹세하건대 단 10초도 되지 않았다.

쾅!

귓가에서 폭탄이 터지는 듯한 소리가 울린 것은 직후였다.

갑자기 뺨에서 불이 났다. 그리고 곧 숨도 쉴 수 없을 만큼 끔찍한 통증이 이어졌다. 너무 아파서 한 손으로 뺨을 감싸 안고 그녀는 덜덜 떨었다. 코에서 뜨겁고 진한 것이 물처럼 뚝뚝 쏟아져 내리고 있었다. 눈앞이 순식간에 새빨갛게 물들었다.

뺨을 얻어맞고 앉은 자리에서 날아가 대리석이 깔린 바닥에 처박혔다는 사실을 깨달은 건 그러고도 한참이나 지나서였다. 빠르게 피범벅이 되어 가는 바닥에서 그녀는 간신히 고개를 들었다. 아버지라며 어느 날 갑자기 찾아와 그녀의 모든 일상을 산산이 깨뜨려 놓은, 낯선 남자가 벌겋게 달아오른 눈으로 그녀를 찢어 죽일 듯이 노려보고 있었다.

"흑, 아파아……. 아파요."

"쉿! 괜찮아. 이젠 괜찮아질 거야."

머리 위로 다정한 목소리가 내려앉았다.

괜찮아, 괜찮아. 속삭이는 목소리는 마치 어딘가에서 들어 본 적이 있는 듯 낯익기까지 했다. 그에, 울던 것도 잊고 가만히 귀를 기울이자 이내 조심스럽게 머리를 쓰다듬는 커다란 손이 느껴졌다. 이제껏 받아 본 적이 없는, 눈물이 날 만큼 다정한 손길이었다.

"괜찮아. 이젠 아프지 않을 거야."

낮은 속삭임과 함께 커다란 무언가가 포근하게 몸을 감싸 왔다.

크고 단단하고 뜨거운 것이 그 무서운 여자는 물론이고 세상 모든 것으로부터 그녀를 감추듯 온몸을 칭칭 휘감았다. 그 속에 푹 파묻히며 그녀는 마침내 자그맣게 안도의 한숨을 내쉬었다. 다행이다. 이젠 안전하다.

덜덜 떨리던 어깨에서 그제야 스르르 힘이 빠져나갔다. 진한 안도감 속에서 다시 까무룩 정신을 놓으며 그녀는 문득 희미한 비누 냄새를 맡은 것 같다고 생각했다.

4
손톱

어쩌다 이렇게 되었을까.

코앞으로 들이밀어진 죽을 멍하니 받아먹으며 혜주는 그런 생각을 했다. 누군가는 자고 일어났더니 스타가 되어 있었다고 했지만 그녀는 자고 일어났더니 환자가 되어 있었다. 딱히 어딘가를 다친 것 같지는 않은데 그녀가 지금 누워 있는 침대의 주인이 말하기를, 그녀의 팔뚝에 주삿바늘을 꽂아 놓은 의사가 '절대안정'을 신신당부하고 갔단다.

'절대안정보다 아르바이트가 더 시급한데!'

목구멍이 포도청이라고 당장 밀려 있는 아르바이트 문제를 해결해야만 안정이 될 것 같은데, 딱히 잘한 것 없는 이놈의 몸뚱이는 너무나 정직해서 이 뜻밖의 호사를 지나치게 여유롭게 받아들이고 있었다.

아닌 게 아니라, 푹신한 침대의 감촉이 너무 좋아서 누우면 몸이 그냥 녹아내리는 것 같았다. 거기에 때마다 입가에 착착 대령되고 있는 죽은 또 왜 이렇게 맛있는 건가. 정말 이러면 안 되는데 염치없는 입은 제가 자동문이나 되는 줄 알고 때맞춰 짝짝 잘만 벌어지고…….

이 못된 몸뚱이, 간사한 몸뚱이!

별로 씹을 것 없는 죽을 오물오물 씹어 가며 그녀는 스스로를 향해 가차 없이 돌을 던졌다. 그러면서 또 곁눈질로 슬금슬금 옆에 앉아 수저질을 하는 남자를 바라보았다. 탄탄한 몸을 반듯하게 펴고 앉아 상당히 규칙적인 동작으로 죽을 떠서 그녀의 입가에 대령하고 있는 사람은, 다름 아닌 '그 남자'였다. 정략결혼 이야기가 오가고 있다던 그 최태하.

그를 보고 있자니 당연한 수순처럼 지난밤의 일이 빠르게 뇌리를 스쳐 갔다.

과외 일을 끝내고 지하철역을 향해 속보로 걷고 있을 때, 그들을 만났다. 같은 데서 맞췄다는 표시가 팍 나는, 까만 양복을 입은 두 남자는 길가에 차를 세워 두고 앉아 기다리다가 마침 학생의 집을 나서는 그녀를 따라왔다.

'서혜주 씨?'

그 말을 듣는 순간, 전날 다녀간 기사 아저씨부터 사모님의 얼굴까지 차례로 떠올랐다 사라졌다. 분명히 못 간다고 했는데 또 사람을 보냈다고 생각하니 왈칵 짜증이 나려고 했다. 그러나 혜주는 그들을 향해 단 한 마디도 할 수가 없었다. 앞을 막아서고 있는 그들의 단호한 태도에서 상황이 전날처럼 쉽지만은 않을 거라는 사실을 본능적으로 깨달았던 것이다.

그들은 목적을 이루기 위해서라면 어떤 수단이라도 쓸 수 있는 사람들처럼 보였다. 그래서였다, 대화를 하는 대신 무조건 돌아서서 달리기 시작한 것은. 그마저도 몇 발자국 뛰기도 전에 잡히는 바람에 사실은 뛴 것보다 잡힌 채 몸부림을 친 시간이 더 길었다. 비명을 지르며 몸부림을 쳤지만 소용이 없었다. 지나가다 도와주는 사람도, 소리를 듣고 내다보는 사람도 없었다.

고급 주택가라 평소에도 인적이 드물어 지나가는 사람이 없었거니와 원체 담이 높은 집들이 많아 밖에서 폭탄이 터지지 않는 이상 안에서는 아무 소리도 듣지 못하니까. 아무튼지 간에, 그런 이유로 그녀는 뭍에 나온 인어공주처럼 발버둥을 치며 두 남자에게 잡혀 질질 끌려가는 중이었었다.

바로 그런 때에, 마침 지나가던 차가 근처에 멈추어 서는 것이 보였다. 그리고 '어' 하는 순간 그녀는 벌써 누군가의 품에 코를 박고 있었다. 무슨 일이 벌어진 것인지 깨닫기도 전에 유독 낯익은 목소리가 귓가에서 맴돌고 두 팔을 잡고 있던 남자들은 제멋대로 날아가 뒹굴었다. 그것이 끝이었다.

'그러고 깨어나 보니 아픈 데도 없이 환자가 되어 있고. 나를 찬 남자에게 비싼 전복죽도 받아먹고. 멋진데?'

어제와 오늘의 일진이 이렇게 다를 수가 있나 한탄하다가 그녀는 다시 코앞으로 디밀어진 죽을 날름 받아먹었다.

침대에 기대앉아 그저 편안히 죽이나 받아먹고 있는 것처럼 보이지만 사실은 좌불안석이었다. 모르는 곳에서 외박을 한 데다 남의 침대에 누워 근엄하기 이를 데 없는 남자에게 죽을 받아먹는 일이 애초에 편할 리가 없지 않은가.

물론, 어젯밤 갔어야 했던 편의점 아르바이트를 연락도 없이 빼먹었다든지, 오늘 가야 할 아르바이트에 연락도 못 하고 못 가고 있다든지 하는 문제도 남아 있지만 괜찮다. 까짓, 잘리면 다른 아르바이트를 또 구하지 뭐……라고 큰소리를 당당하게 칠 수 있다면 얼마나 좋을까.

'전화를 해야 하는데. 빨리 일하러 가 봐야 하는데. 제가 이걸 도대체 언제까지 받아먹고 있어야 하는 걸까요?'

혜주는 정말 묻고 싶었다.

아무리 생명의(?) 은인이라지만, 멀건 죽 한 그릇 먹이는데 꼭 이렇게 느린 템포를 유지할 필요가 있겠느냐고. 아다지오도 아니고 라르고로 연주하는 사람처럼 느려 터진 동작으로 절도 있게 한 수저 한 수저 떠먹이는 행위에 그녀는 흡사 모욕당한 기분마저 느끼고 있었다.

'설마, 어젯밤 일에 대해서 사실대로 말하지 않았다고 화가 나 일부러 이러는 것은 아니겠지?'

부끄러움과 희미한 죄책감을 동시에 느끼며 혜주는 짐짓 그의 눈치를 살폈다. 경찰에 신고하지 않아도 되겠느냐며 어떻게 된 일이냐고 묻는 그에게 그녀는 '아무것도 모른다'고 답해야 했다. 어떤 상황인지 대강이나마 짐작은 하고 있지만 도저히 사실대로 말할 수가 없었다. 그 말을 하려면 사모님 댁과 관련된 그녀의 사정을 처음부터 다 꺼내 놓아야 했으니까.

그런 그녀의 반응에 대해 그는 다행히 아무것도 묻지 않았다. 그저 이해할 수 없다는 듯 한동안 그녀를 가만히 바라보다 짧은 한숨을 내쉰 것이 전부였다. 그러곤 계속 입을 꾹 다문 채로 곁에 앉아 그녀에게 죽을 떠먹이고 있었다.

'빨리 주든지, 아니면 그냥 수저를 내 손에 쥐여 주면 좋을 텐데.'

그런 애타는 마음을 두 눈동자에 가득 담아 혜주는 다시 남자를 돌아보았다. 그러자 이번엔 무언가를 눈치챘는지 묵묵히 앉아 수저질만 하고 있던 그가 가볍게 한숨을 내쉬더니 마침내 수저를 내려놓았다.

"다 먹었군. 이제 약 먹자."

쿨럭!

눈치가 없어도 이리 없을 수가 있나. 남은 급해 죽겠는데 아주 여유만만하게 약 따위나 찾고 있다니. 그 여유, 난 반댈세! 여기서 굽히면 이 침대에서 영영 못 벗어날 것만 같은 불길한 예감이 찾아왔다. 그에, 혜주는 손까지 번쩍 들고 냉큼 외쳤다.

"저, 이제 안 아픈데요?"

"……."

"진짜 안 아파요. 도로 멀쩡해졌으니까 이제 그만 돌아가도 될 것 같아요."

당당하게 주장하는 그녀를 그가 조금 삐뚜름한 시선으로 돌아보았다. 그러더니 들고 있던 쟁반을 한쪽에 내려놓고는 팔짱을 척 끼고 서서 말했다.

"생각이 정 그렇다면 얼마든지."

"정말요?"

"물론."

무언가 설명할 수 없는 미묘한 포스를 풍기고는 있었지만 어쨌거나 그가 선선히 고개를 끄덕였다. 원래부터 가는 여자 따윈 안 잡는 쿨한 분이신가 보다. 이렇게 쉬운(?) 남자인 줄 알았다면 고민 따윈 접어 두고 죽을 내오기 전에 진즉에 가겠다고 나설걸 하는 후회마저 들 정도였다.

어쨌거나, 밥도 먹었겠다 가도 된다고 했으므로 그녀는 망설임 없이 발딱 몸을 일으키고는 다리부터 침대 밖으로 내려놓았다. 그리고……

"우에엑!"

바닥에 발을 대기가 무섭게 철퍼덕 소리를 내면서 그대로 주저앉았다. 미끄러진 것도 아니고 어디에 걸려 자빠진 것도 아니었다. 물론, 누군가가 안다리 후리기를 시도한 것도 절대 아니고.

"무슨 문제라도?"

사지를 풀어 놓고 멍청하게 주저앉아 있는 그녀를 내려다보며 그가 조금 얄밉게 물었다.

"어, 저기…… 아주 작은 문제가 생긴 것 같아요."

"작은 문제?"

"네. 그게, 갑자기 다리에 힘이 안 들어가는데……. 왜 그런지 혹시 아세요?"

뜻밖의 상황에 그녀는 잠시 공황에 빠졌다.

멀쩡히 잘 붙어 있는 다리인데 어째서 마음대로 움직여 주지 않는 것이란 말인가. 왜 이렇게 묵직하니 아프고 오징어처럼 흐물흐물 제멋대로 돌아가서 소심한 염통을 쫄깃하게 조여 주시는 건가.

'나, 설마 다리가 부러진 게요?'

깁스 안 한 맨다리이긴 하지만 아프다는 이유만으로 그녀는 진심으로 그런 의심을 해 보았다. 그러나 대답 대신 남자는 피식 웃더니 주저앉아 있는 그녀를 공주님 안 듯 불끈 들어 안았다. 다시 침대 위에 얌전히 내려놓으면서 말했다.

"그냥 근육이 놀란 거야."

"근육이 놀라요?"

"음. 흔한 말로, 근육통. 갑자기 격렬하게 움직이면 그럴 수 있다고 했어. 아마, 다리뿐만이 아니라 온몸이 다 아플 텐데."

그, 그런가?

찬찬히 이어지는 설명을 듣고 있자니 어쩐지 정말로 여기저기가 당기고 아픈 것도 같았다. 간밤에 두 남자에게 붙잡혀 공중에서 개구리배영을 시도하는 것 같았던 제 몰골을 되새기며 그녀는 진지하게 고개를 끄덕였다. 하긴, 평소에 운동이라는 걸 해 본 적이 없는 몸뚱이로 그렇게 발광을 해 댔으니 안 아프면 오히려 이상한 걸지도 모르겠다.

"몸도 마음도 놀랐는지 안 그래도 밤새 끙끙 앓았어."

"……."

"많이 아팠어. 걱정이 되어서 한숨도 못 잘 만큼."

그 말을 하면서 그가 큰 손을 들어 척하니 그녀의 이마를 짚었다. 그 가벼운 접촉 한 번에 쿵 소리를 내면서 가슴이 내려앉았다. 숨이 턱 막혔다.

"음, 열은 내렸군."

아니다. 얼굴이 후끈한 것이, 아무래도 다시 열이 오르기 시작한 게 틀림없었다.

"혈색도 조금 나아진 것 같고."

당연히 나아졌을 것이다. 귓가에 입술을 대고 그렇게 부드럽게 속삭이는데 얼굴에 피가 몰리지 않을 여자가 어디 있다고 지금 그런 망발이신가.

'우, 우연이겠지? 절대로 의도한 건 아닐 거야. 난 근육통까지 있는 중환자잖아.'

그의 입김을 피해 저도 모르게 고개를 더 옆으로 젖히며 그녀는 조심스럽게 그의 눈치를 보았다.

"어? 얼굴이 너무 빨간 것 같은데."

"헉!"

조금 멀어졌던 그의 얼굴이 갑자기 코앞으로 확 다가왔다.

손 대신 이번엔 이마가 마주 닿았다. 뜨끈한 숨결이 입술에 닿기가 무섭게 등골에서부터 굵은 소름이 쫙 올라오고 있었다. 뿐만 아니라, 심장은 벌렁거리고 숨은 제대로 내쉬어지지 않았으며 얼굴은 점점 더 뜨겁게 화끈거려서 흡사 불타는 고구마가 된 것 같았다.

'호랑이에게 물려 가도 정신만 차리면 산다, 호랑이에게 물려 가도 정신만 차리면……'

두 눈을 꼭 감고 앉아 그녀는 주문 외듯 그렇게 열심히 중얼거렸다. 그러곤 이 아찔하게 생긴 남자를 자신의 이마에서 떨어뜨리기 위해 대뜸 소리쳤다.

"근데, 아까부터 왜 자꾸 반말이세요?"

"음?"

"그, 그렇잖아요. 아무리 나이가 어려도 그렇지. 우리가 친한 사이도 아닌데……"

처음 봤을 땐 깍듯이 존댓말을 써 주더니 이번엔 왜 변심을 했느냐고 그녀는 소심하게 따져 물었다. 그러자 그는 또 그녀의 귓가에 입술을 대고는 나직하게 속삭이는 거다.

"그야, 내 침대에서 잔 여자니까."

"에?"

"서혜주 씨, 나는 말이지요. 같이 잔 여자에게는 존댓말을 쓰지 않아."

같이 잔 여자아?

앓느라 퀭하게 들어가 있던 혜주의 눈이 순간 볼록 튀어나왔다. 그러곤 누가 듣기라도 했을까 봐 황급히 주위를 돌아보더니 다급하게 소리쳤다.

"바, 바, 밤새 끙끙 앓았다고 했잖아요."

"그랬지. 그래서 내가 옷을 벗긴 다음 품에 꼭 끌어안고 이런 일 저런 일을……."

이런 일? 저런 일?

후끈 달아올랐던 얼굴이 이번엔 싸늘하게 식어 내리고 있었다. 밤새 앓았다고 해서 그저 그러려니 생각하고 있었는데 아무래도 무슨 일이 있었던가 보다. 그때까지 아무 생각 없이 걸치고 있던, 그의 것이 분명해 보이는 잠옷으로 시선이 갔다.

그러니까 이것을 입히려면 일단 원래 옷을 벗겨야 했겠지. 그러면, 그도 눈이 있는 이상 홀딱 벗은 그녀의 알몸뚱이를 보았을 테고. 그래서 순간적으로 흥분해 결국은…….

"……!"

거기까지 생각하는 순간, 음란마귀가 윙크를 하고 지나가는 것을 시작으로 그에게 이런 일(?), 저런 일(?)을 당하고 있는 스스로의 모습이 빠르게 스쳐 갔다. 왠지 코끝이 찡해졌다. 눈물이 아니라 코피가 터질 것만 같은 기분이었다.

"풋!"

눈물이 글썽글썽한 얼굴로 빤히 바라보다 엉뚱하게도 갑자기 코를 움켜쥐는 그녀를 향해 태경은 결국 웃음을 터뜨리고 말았다. 무슨 생각을 했는지 짧은 사이 얼굴이 하얘졌다 도로 빨개졌다 난리도 아니었다. 그러더니 문득 코를 꼭 움켜쥐고는 소리도 없이 울먹이는 거다. 그 모습이 우스우면서도 귀여워 태경은 잠시 소리 내어 웃다가 짐짓 악당 같은 표정을 지어 보였다. 그리고 말했다.

"서혜주 씨, 지금 야한 상상했지?"

도리도리.

눈에 눈물을 방울방울 매달고 있는 주제에 아닌 척 그녀가 고개를 떨어뜨려라 내저었다.

"이런, 거짓말하는 버릇이 있는 줄은 몰랐는데? 반항인가? 어젯밤에는 내 품에 안겨 해 달라는 대로 다 해 줬으면서."

"흐끅, 흐끅. 그, 그럴 리가……."

"당신 꽤 뜨거웠는데 설마, 기억을 못 하는 건 아니겠지?"

심술궂은 물음에 그녀는 이러지도 저러지도 못한 채 그를 원망스럽게 바라보았다. 아닌 게 아니라, 당장이라도 '억울하옵니다!' 하고 외치고 싶은 표정이었다. 그 모습을 보며 태경은 간밤의 긴박했던 상황을 떠올리고 있었다.

말마따나, 그녀는 꽤 뜨거웠다.

돌팔이 의사 친구 재경의 예언(?)대로 열이 펄펄 나고 난리여서 밤새 물수건을 얹어 주고 약을 먹이고 나중에는 끙끙대며 혼자서 땀에 젖은 옷을 갈아입히기까지 했다. 아픈 탓이었는지, 아니면 무슨 꿈을 꾸고 있었는지 그녀는 눈을 꼭 감고 엉엉 울면서도 시키는 대로 팔을 들고 엉덩이를 들어 주는 등 꽤 협조적인 태도를 보여 주었다. 그러고는 새벽 즈음이 되어서야 그의 품에 꼭 매달려 잠들었다. 점점 더 심란해지는 그의 심사 따위는 아무 상관 없다는 듯 그렇게 편안하게.

생전 처음 해 보는 병간호에 몸과 마음이 지치는 것은 둘째 문제였다. 진짜 문제는 옷을 갈아입힌 직후부터 시작되었다.

뽀얗고 가녀린 여체가 품에 안겨 있다는 사실을 인식한 순간,

또 다른 고생길이 열린 것이다. 아니, 벗길 때는 모르겠더니 막상 제가 입던 파자마를 입혀 놓은 직후부터는 왜 그렇게 여자라는 사실이 생생하게 인식이 되던지. 상처받은 아이처럼 엉엉 우는 소리를 듣지만 않았어도 그는 닥쳐온 유혹에 힘없이 무릎을 꿇었을지도 몰랐다.

"뚝!"

기어이 뚝뚝 떨어지는 눈물을 손끝으로 훔쳐 내며 태경은 나직하게 속삭였다.

"도대체 무슨 상상을 하고 있는 거지?"

"아, 아, 아무것도……."

사실은, 꽤 뜨거웠다던 스스로의 모습을 상상하고 있었다. 아니, 처음엔 그러려고 했었다. 이런 짓, 저런 짓을 넘어 해 달라는 대로 다 해 주는 쿨한 액션이라든지, 에로하게 후끈 달아오른 제 모습을 상상하고 싶었는데 뭐가 문제인지 고요히 잠든 그를 덮치는 장면만 떠올랐다.

순결한 그를 덮쳐서 반항하는 그를 제압하고 옷을 홀딱 벗긴 다음…… 줄자로 몸 구석구석의 사이즈를 재는 거다. 그러곤 그녀의 재산 1호인 재봉틀 앞에 앉아 미친 듯이 박음질을 하는 장면이 되풀이되고 있었다.

이쯤 되자 도리어 그가 했다던 이런 일, 저런 일의 정체가 궁금해질 지경이었다. 설마하니, 그도 그녀를 벗겨 놓고 재봉틀만 돌리지는 않았을 게 아닌가 말이다.

"후우, 이렇게 순진해서 어쩌지?"

허탈한 미소를 지으며 그가 가만히 그녀의 곁에 주저앉았다. 그러더니 휴지를 뽑아 눈가를 닦아 주면서 말했다.

"열이 펄펄 끓어서 밤새 약 먹이고 이마에 물수건 올려 주고 땀에 젖은 옷을 갈아입히느라 힘들었어. 정신이 없었을 텐데 와중에도 혜주 씨는 시키는 대로 팔 들어 주고 엉덩이 들어 주고 말을 참 잘 들었었지."

"훌쩍. 제가 좀 착해서."

"아아, 착해서. 내 품에 꼭 안겨 잠들었는데 그게 다 착해서 그런 거였구나."

"쿨럭!"

이런 일, 저런 일의 정체가 사실은 별것 아니란 것을 깨닫고 진한 안도감을 느끼려는 찰나, 그가 가볍게 허를 찔렀다. 어쩐지 자꾸 덮치는 장면만 떠오르더니 결국은 그랬단 말인가.

혜주의 얼굴이 다시 시뻘겋게 달아올랐다. 그런 그녀의 귓가에 입술을 대고 그가 또 속삭였다.

"그런 이유로, 앞으로도 존댓말은 쓰지 않겠어, 서혜주 씨. 이의 있나?"

당연히 그녀는 고개를 저었다.

그의 말마따나, 한 침대에서 같이 잔 사이인데 새삼스럽게 따지려니 안 그래도 좀 피곤했었다. 그래, 군소리 말자. 어차피 그가 밤새 해 준 이런 일, 저런 일 덕분에 살아난 목숨이 아닌가. 더구나 그는 암만 봐도 뒤끝 있는 성격임이 분명했다. 하라는 대로 안 하면 또 무슨 심술을 부릴지 알 수 없는 사람이었다.

'어지간하면 다신 신세 지지 말아야지.'

혜주는 단단히 결심하고 있었다.

☆ ★ ☆

해가 중천에 뜬 한낮이었다.

주말 오후로 접어드는 때라 편의점 앞의 길바닥은 시장통처럼 온통 북적거리고 소란스러웠다. 그런 길의 한쪽에 차를 세워 두고 일화는 벌써 한참이나 시간을 보내고 있었다. 쓸데없이 고집을 부리고 있는 아이를 기다리는 중이었다.

딴에는, 이제 졸업이니 혼자서도 먹고살 수 있다고 여기고 하는 행동인 게 분명했다. 안 그래도 마치 다시는 안 볼 것처럼 인사를 하고 간 것이 불과 며칠 전이었다. 우스웠다. 그냥 단순히 발길을 끊는다고 끊어지는 것이 핏줄인 줄 아는 겐가? 겨우 그런 행동으로 제 존재가 지워진다고 믿는단 말인가? 그렇게 쉬운 관계였으면, 정말로 아무것도 아닌 존재였다면 자신이 오늘날까지 이렇게 힘든 시간을 보내지 않아도 되었을 것이다.

"누군들 저를 보는 일이 마냥 편한 줄만 알고."

일화는 나직하게 이를 갈았다.

많이 나아졌다고는 하지만 아직도 아이를 보는 일이 결코 쉽지 않은 그녀였다. 볼 때마다 과거의 일이 떠오르고 덩달아 애써 묻어 두었던 배신의 상처가 강제로 들쑤셔지는 느낌이었다.

결혼 전의 일이었다는 사실을 알고 있었다. 그도 어쩔 수 없는 상황이었다는 것도 안다. 다 아는데, 알면서도 생각할수록 자신의 처지가 더럽게 추락하는 것만 같아 견딜 수가 없었다. 남편이 불륜을 저지른 것도 아니고, 그녀가 처자식이 있는 남자를 빼앗은 것도 아니었다.

아닌데 꼭 그런 상황이 만들어지고 말았다. 배신 아닌 배신을 당해 버렸다. 아이를 가진 채 그 사실을 숨기고 사라진 멍청한 여자 때문에.

"네가 뭔데, 네깟 게 뭔데 이 장일화에게 오물을 끼얹어. 그러면 놓아줄 줄 알고? 천만에! 죽을 때까지 내 남자야."

단호하게 내뱉으며 그녀는 이를 악물었다.

아이가 아니라 그보다 더한 것이 나왔어도 그녀의 결심은 바뀌지 않았을 것이다. 그를 놓아줄 수 없다. 처음부터 그녀의 사람이었고 마지막까지 그녀의 남편으로 남아야 하는 사람이었다. 어리석다고 해도 좋고, 집착이라고 해도 좋았다. 그것이 그녀가 아는 사랑이었으니까.

"사모님!"

생각에 잠겨 있는 그녀를 박 기사가 나직한 한 마디로 일깨웠다.

돌아보니 뭘 보았는지 그는 꽤 놀란 표정으로 유리창 너머 앞쪽을 가리키고 있었다.

"저기……."

그녀가 타고 있는 것만큼이나 육중해 보이는 차에서 막 낯익은 얼굴 하나가 내리는 것이 보였다. 혜주였다. 알아보자마자 일화는 박 기사에게 서둘러 그녀를 데려오라는 말을 하려고 했다. 그런데 뭐라 입을 떼기도 전에 그 자리에서 아이보다 더 낯익은 사람을 발견하고 만 것이다.

"저 사람은……!"

그녀의 눈이 경악으로 일그러지고 있었다.

점심으로 또 죽 한 사발을 얻어먹기가 무섭게 혜주는 길을 나섰다.

몸은 한없이 편했지만 밀려 있는 아르바이트 생각이 너무 간절해서 아무래도 편안히 누워 있을 수가 없었다. 그래서 받은 은혜도 무시하고 몰래 튀기 위해 천 근 같은 다리로 침대를 벗어나 엉금엉금 기기를 시도했는데 속도가 문제였는지 그만 중간에 들켜 버리고 말았다.

그런 그녀의 문제적 행동에 대해 그는 전혀 이해하지 못했다. 당연했다. 사생아이긴 하지만 일단은 재벌집 딸이랍시고 비싼 가방을 들고 나와서 선을 본 여자가 설마하니 시급 5천 원짜리 아르바이트에 목숨을 걸고 있을 줄을 그가 무슨 수로 짐작하겠는가.

마음 같아서는 얼마든지 고백을 하고 싶었지만 만약 여기서 그런 짓을 하게 되면 볼품없는 제 신세내력이며 알리고 싶지 않은 이런저런 가정사에 대해 대대적인 호구조사를 당할까 봐 차마 입이 떨어지지 않았다.

결국 선택의 여지없이 졸업 작품전 준비가 바쁘다는 핑계를 대야 했다.

"정말 괜찮겠어?"

걱정스레 묻는 말에 혜주는 이번에도 단호한 태도로 고개를 저었다.

"괜찮다니까요. 약이 좋은지 이제는 진짜 견딜 만해요. 보세요, 멀쩡하게 걷고 있잖아요."

"약 기운 덕분이겠지. 의사는 며칠 더 쉬게 하라고 했어."

"쳇. 그 의사, 돌팔이라면서요?"

"돌팔이인 건 맞는데 가끔은 죽어 가는 환자도 살려 내는 돌팔이거든. 손대는 족족 다 죽이는 무시무시한 놈은 아니라고."

어쩐지 그 말이 더 무섭다.

죽어 가는 환자를 '가끔만' 살려 내는 문제의 돌팔이에게 짧은 순간이나마 그녀의 목숨을 내맡겼다는 뜻이 아닌가 말이다.

'하마터면 눈도 한 번 못 떠 보고 골로 갈 뻔했구먼.'

등골이 오싹해지는 기분을 만끽하며 그녀는 스스로의 행운에 진심으로 감사했다. 돌팔이 손에 넘겨지고도 살아났으니 아마도 전생에 나라를 두 번쯤 구한 게 틀림없었다. 물론, 문제의 돌팔이 의사를 친구로 가진 사람을 앞에 두고 할 소린 아니지만.

"저는 이만 가 볼게요. 데려다주셔서 감사합니다."

"잠깐!"

꾸벅 인사하기가 무섭게 돌아서는 그녀를 그가 잽싸게 잡아챘다. 그러곤 네모반듯한 종이카드를 손에 꼭 쥐여 주었다.

"내 연락처야. 혹시라도 또 아프면 바로 연락해야 돼."

"에이, 괜찮다니까요."

"괜찮아도, 괜찮지 않아도 연락해. 알았지?"

음? 이건 무슨 뜻이지?

약 기운이 뇌까지 뻗쳤는지 혜주는 잠시 동안 그의 말을 제대로 알아듣지 못했다. 바보처럼 몇 번이나 곰곰이 생각해 보고 나서야 그 말의 심상치 않음을 눈치챌 수 있었다. 그리하여 그녀는 또 멍청하게 되물었던 것이다.

"그러니깐 꼭 연락하라고요?"

"응."

"어, 저기…… 저한테 왜 이러세요?"

혜주는 진심으로 그것이 궁금했다.

안 그렇게 생겼는데 이분은 도대체 왜 이리도 친절하단 말인가. 딱 한 번 본 여자를 그 밤중에 매의 눈으로 알아보고, 위기에서 구출해 준 것도 모자라 밤새 이런 일, 저런 일을 해서 살려 내고 죽도 떠먹여 주고 거기에 이제는 또 아플까 봐 걱정까지 해 주고 있었다. 살다 살다 이렇게 친절한 사람은 처음이었다.

"원래, 아무한테나 이렇게 친절한 분이세요?"

그녀가 맹한 얼굴로 올려다보면서 물었다.

순간, 태경은 자신이 간과하고 있었던 아주 중요한 사실 하나를 깨닫고 있었다.

'아, 이 여자는 어리고 순진한 게 아니라 그냥 바보구나.'

멀쩡한 남자가 여자에게 침실을 내주고 밤새 간호를 하고 이리저리 신경을 써 줄 땐 다 그만한 이유가 있는 법이다. 일가친척이거나 친구거나 혹은 흑심이 있거나. 그런 경우도 아니면서, 그녀의 오해처럼(?) 정말 아무에게나 친절한 거라면 그건 그냥 박애주의자거나 정신이 나간 놈이겠지.

거기까지 생각하고 나자 그냥 앞이 막막해지다 못해 현기증이 몰려오는 느낌까지 들었다. 아직 아무것도 모르고 있는 그녀의 입장도 그제야 간신히 떠올릴 수 있었다. 자신처럼 첫눈에 반하고 어쩌고 한 상황이 아닌, 그냥 결혼을 전제로 선 한 번 본 남자를 대하고 있는 경우에 지나지 않는다는 사실을 깨달은 것이다.

심지어, 그녀는 그의 이름조차 제대로 알고 있지 못했다. 아마 지금쯤 속으론 '최태하 씨는 정말 이상한 사람' 어쩌고 하고 있을지도 모르겠다. 물론, 태하가 이상한 놈인 건 어디까지나 사실이긴 하지만 말이다.

불행 중 다행이라면, 그가 이런 종류의, 그러니까 누군가의 관심에 대해 대책 없이 둔한 바보들을 상대하는 법을 잘 알고 있다는 사실이었다. 적어도 감추어 둔 꿍꿍이가 많은, 장 회장 같은 노회한 사람들을 상대하는 것보단 훨씬 쉽기까지 했다. 무조건 직구만 던지면 되니까.

"아무한테나 친절하게 굴 사람처럼 보이나?"

대놓고 솔직한 그의 질문에 혜주는 더더욱 솔직한 태도로 고개를 저었다.

"사실, 그렇게 생기진 않았어요."

"그런데?"

"친절하게 안 생기셨는데 친절하니깐 이상해서요."

'너 까칠하게 생겼다' 는 말과 '생긴 대로 놀지 않는 이상한 사람' 이라는 말을 동시에 해 재끼며 그녀는 내심 고개를 끄덕였다. 딱 봐도 그는 임금님처럼 누군가의 수발을 받고 살 사람처럼 생겼지, 절도 있게 수저질을 해 가며 타인의 몸을 내 몸같이 보살필 것처럼 생기지 않았다. 그래서 그 알량한 죽 한 사발 받아먹는 일이 그렇게나 어색하고 힘들었던 거다.

"맞아. 빈말로라도, 난 그리 친절한 성격은 아니야."

그가 깔끔하게 사실을 인정했다. 그러더니 또 진지하게 물었다.

"그런데 그쪽한테는 왜 이렇게 친절하게 구는 걸까?"

"그, 글쎄요."

아니, 그러니까 나한테 왜 이러냐고요.

그에겐 아무래도 질문을 질문으로 대꾸하는 아주 몹쓸 버릇이 있나 보다. 궁금해서 물었는데 대답은 안 하고 왜 자꾸 질문을 고스란히 되돌린단 말인가.

혜주는 불만을 가득 담아 그를 살짝 흘겨봐 주었다. 그러자 그는 또 대답 대신 수수께끼 같은 말을 남겼다.

"잘 생각해 봐. 대답은 이따가 저녁에 듣기로 하겠어."

"에? 그게 무슨······."

"아! 숙박비 받아야지."

숙박비라니. 제 발로 걸어 들어가 잔 것도 아닌데 설마 공짜가 아니었단 말인가.

돈 받는다는 소리에 놀라 눈을 휘둥그렇게 뜨고 올려다보는 순간이었다. 문득, 얼굴 위로 슬쩍 그늘이 졌다. 그리고 그와 시선이 마주쳤다고 느낀 찰나 입술 위로 뜨거운 숨결이 쏟아졌다. 그의 얼굴이 지나치게 가까이 다가와 있었다. 그 사실을 인식했을 땐, 뜨끈하고 찰진 덩어리가 이미 그녀의 입술을 꾹 내리누르고 있었다. 그리고 곧 그보다 더 뜨겁고 촉촉한 촉수가 윗입술을 살짝 핥고 지나가는 것이 느껴졌다.

'어, 이게 뭐지?'

배터리가 다 되어 먹통이 되어 버린 로봇처럼 그녀는 그저 멍하니 서 있었다.

지금 무슨 일이 벌어지고 있는데 그게 정확히 무슨 일인지 알게 될까 봐 겁나는, 딱 그런 심정이었다. 그렇게 그녀가 혼돈 속을 사정없이 헤매고 있는 와중에도 뜨끈하고 물컹한 피부의 감촉은 지나치게 생생하게 감각을 자극하며 입술 위를 맴돌았다. 참이상도 하지. 그저 입술을 맞대고 있는 것뿐인데 정신이 몽롱하게 멀어지려고 했다.

밀물과 썰물처럼 왈칵 다가왔다가 다시 살짝 멀어지는 섬세한 움직임이 다시 한 번 더 반복되고 있었다. 처음처럼 꾹 누르고 간드러지게 핥아 올리는 촉수의 움직임이 어딘가에 날카로운 궤적을 남겼다. 그리고 곧 강한 힘에 의해 입술이 통째로 쭉 빨려 올라갔다. 직후, 아찔하게 귓가를 자극하는 소리가 있었다.

쪽!

"헉!"

아릿하게 남은 입술 위의 감촉보다 소리에 더 놀란 그녀가 급하게 숨을 들이켰다.

쪽이라니, 쪽이라니! 이 무슨 거칠 것 없이 음란한 사운드란 말

154

인가.

그제야, 집 나갔던 영혼이 돌아오고 가슴이 미친 듯이 방망이질을 치기 시작했다. '두다다다' 내달리는 제 심장 소리를 들으며 그녀는 고개를 홱 추켜들고 그를 올려다보았다. 흡사 맛있는 것을 먹은 사람처럼 그는 혀로 입술을 슥 핥으면서 만족스럽게 웃고 있었다. 그러더니 또 의미심장하게 말하는 거다.

"나머지는 이따가. 그럼, 저녁에 봐."

그 말과 함께 그는 쿨하게 떠나가고 남겨진 그녀의 머릿속에서는 때 아닌 메아리가 힘차게 울려 퍼지고 있었다. 나머지는 이따가, 나머지는 이따가, 나머지는······.

"나머지라니? 그게 뭐지?"

방금 전에 무슨 일이 있었는지에 대해 생각하는 대신 그녀는 멍하니 '나머지'에 대해 궁금해했다. 물론, 머릿속에서는 아주 자연스럽게······ 반항하는 그를 제압해 눕힌 다음 줄자로 전신 사이즈를 재고 또 재봉틀에 앉아 죽자고 박음질을 하는 장면이 돌아가고 있었다. 그가 말한 '나머지'가 간밤에 행한 '이런 일, 저런 일'을 가리키는 것이 아닐진대 그녀의 본능은 자동적으로 그 일을 연상하며 자꾸 분노의(?) 재봉틀만 돌려 댔다. 도대체 왜!

"어? 나 첫 키스였는데!"

멀리 사라지는 차의 뒤꽁무니를 바라보다 그녀는 그제야 화들짝 놀라 소리쳤다. 동시에, 방금 전에 있었던 일의 정체에 대해 완전히 자각했다. 뒤늦게 머릿속이 하얘지면서 얼굴이 화끈 달아올랐다.

"세상에, 키스를 했어. 이런 길거리에서. 미쳤나 봐."

갑자기 억울해졌다.

잔잔한 음악이 깔린 분위기 좋은 곳에서 장미 꽃다발과 함께 첫 키스…… 따위를 꿈꾼 것은 아니지만, 그래도 처음에 대한 로망이라는 게 있었는데 이렇게 허무하게 당해 버리다니. 그것도 사람들이 숱하게 북적거리는 주말 오후의 길바닥에서 숙박비로 탕진했다.

"나쁜 놈!"

너무 어이가 없어서 그녀는 저도 모르게 발까지 굴렀다. 그러고는 벌겋게 부풀어 오른 입술을 감추듯 한 손으로 꾹 내리눌렀다.

바로 그때였다, 누군가의 손길에 의해 그녀의 몸이 사정없이 돌아간 것은.

"어?"

언젠가 그랬듯 살벌하게 가라앉은, 아름답지만 냉정한 얼굴이 눈앞으로 왈칵 다가왔다. 사모님이었다. 예고 없이 찾아온 충격으로 몸이 굳었다.

"어떻게 된 거니?"

마치 따지듯 그녀가 묻고 있었다.

"최 실장이, 최태경이 왜 여기에 있어?"

"네?"

"어떻게 같이 있는 거냐고 묻잖아?"

너무 갑작스러운 등장에 놀라 혜주는 한동안 제대로 말을 잇지 못했다.

마치 헛것을 본 사람처럼 눈만 휘둥그렇게 뜨고 서 있다 팔뚝을 꽉 움켜쥐는 억센 손길을 느끼고서야 화들짝 놀라 한 걸음 뒤로 물러섰을 정도였다.

그런데 최 실장이라고 했다. 최태경? 그건 도대체 누구를 말하는 것일까. 방금 전까지 같이 있었던 그 남자는 분명히 최태하 씨였는데.

거센 의문을 느끼면서도 혜주는 그것을 굳이 입 밖으로 꺼내어 묻지 않았다. 십여 년이나 되는 세월 동안 내내 사모님의 눈치를 보면서 살아온 탓인지 그녀의 표정만 보고도 왠지 그래서는 안 될 것 같은 느낌이 강하게 든 것이다.

"어, 저기…… 간밤에 일이 좀 있었어요."

혼란스러운 마음을 애써 감추고 그녀는 어렵게 입을 열었다.

"일이라니? 무슨 일?"

"그게, 아르바이트를 끝내고 나오다가 하마터면 낯선 사람들에게 '납치' 될 뻔했어요. 그때, 아까 그분께서 마침 지나가다 목격하고 구해 주셨어요."

"우연히?"

"네. 그분 댁이 그 근처에 있어서 들어가시는 길이었다고……."

추궁하는 듯한 눈빛을 의식하며 혜주는 찬찬히 사실을 털어놓았다. '납치' 라는 말에 은근슬쩍 힘을 주면서 사모님의 눈치를 살폈는데 다른 생각을 하는 와중인지 당장은 별다른 반응을 보이지 않았다. 그러나 그녀에겐 그것만으로도 충분했다.

납치라는 말을 듣고도 놀라지 않는 것을 보고 그녀는 자신의 짐작이 적중했다는 사실을 깨달았다. 역시, 간밤의 그 남자들은 사모님이 보낸 사람들이 맞았다.

새삼스럽게 의문이 찾아왔다. 이제껏 없는 사람 대하듯 하더니 완전히 떠나온 지금은 어째서 자꾸만 찾는 것일까. 아니, 단순히 찾는 것을 넘어 사모님은 사람을 보내 그녀를 강제로 끌고 가려고까지 했다. 확실히 이상한 일이었다.

그러나 지금은 아무리 생각을 해 봐도 그 이유를 짐작할 수가 없었다. 결혼 문제 때문이라고 하기엔 무언가가 석연치 않았던 것이다.

답답한 마음에 혜주는 고개를 들고 다시 사모님을 바라보았다.

돌아가는 상황이 마음에 들지 않는지 그녀는 생각에 잠긴 채 미간을 살짝 찌푸리고 있었다. 그 모습을 보자 갑자기 오싹 소름이 돋았다. 정체를 알 수 없는 어떤 일이 저만치 앞에서 착착 준비되고 있는 듯한 느낌이 엄습했다. 함정이든 뭐든 절대로 벗어날 수 없는 그런 일이.

그 불길한 예감을 떨치듯 그녀는 조심스럽게 물었다.

"그런데 아는 분이셨나 봐요?"

물어 놓고도 혜주는 하마터면 혀를 깨물 뻔했다.

사실은 그걸 물으려던 것이 아니었는데 점점 커지는 불안한 마음에 저도 모르게 속내를 드러내고 말았다. 안 그래도 의심의 눈빛을 번뜩이는 사모님 앞에서 그의 정체를 캐는 성급함을 내보인 것이다.

아니나 다를까, 생각에 잠겨 있던 그녀가 미묘하게 빛나는 시선으로 혜주를 바라보았다.

"조금. 너하고도 관계가 있는 사람이고."

"네?"

"몰랐니? 너랑 결혼할 사람의 형이잖아, 그 남자."

뭐?

혜주의 표정이 도로 멍청해졌다. 태풍이라도 불어닥친 것처럼 또다시 머릿속이 온통 헝클어지고 있었다. 낯선 곳에서 길을 잃으면 이런 기분이 들까. 방향을 잃고 헤매도 이보다 더 어지럽지는 않을 거라고 생각하며 그녀는 몰래 입술을 깨물었다. 도대체, 결혼할 남자는 누구고 그 남자의 형은 또 누구란 말인가.

"겨, 결혼이라고 하셨어요?"

발밑이 푹 꺼지는 듯한 느낌을 애써 감춘 채 그녀가 물었다.

"저는 잘 안 된 걸로 알고 있었는데요."

"안 되는 게 어디 있니? 아버지께서 하시는 일이 안 된 적은 이제껏 단 한 번도 없었어. 그러니 쓸데없는 고집부리지 말고 들어와 결혼 준비나 하는 게 좋을 거다. 오늘, 그쪽 집안에서도 사람이 올 테니까 인사부터 드리고. 전에 나하고 약속한 거 잊지 않았겠지?"

마치 빚 독촉을 하는 사람처럼 그녀가 눈을 번뜩이면서 말했다.

"이제껏 받은 은혜, 시키는 대로 결혼을 해서라도 갚는다고 했었잖아."

"네."

"그럼 결혼해, 최태하랑. 빚 갚은 셈 쳐 줄 테니까."

이미 결정이 난 일을 통보하는 것처럼 그녀의 태도는 사뭇 단호했다. 혜주의 얼굴이 조금 더 창백하게 가라앉았다. 그런 그녀를 가만히 살피며 일화는 다시 물었다.

"그나저나 최 실장에게 쓸데없는 말을 한 건 아니겠지?"

"쓸데없는 말이라뇨?"

"몰라서 묻는 거니?"

경멸 어린 시선과 함께 날아온 냉담한 말에 안 그래도 창백한 작은 얼굴이 더 하얗게 질리는 것이 보였다.

오래된 흉터를 드러내는 것만 같은 그 변화를 보면서도 일화는 좀처럼 기분이 풀리지 않는 것을 느꼈다. 전혀 뜻밖의 장소에서 뜻밖의 사람을 본 충격은 그만큼 컸다. 접점이 없는 두 사람이 함께 있는 것을 본 순간 하마터면 심장이 멎을 뻔했다.

'어떻게 만난 것일까, 왜 만났을까'로 시작하는 수많은 의문들이 한꺼번에 왈칵 치솟았다 가라앉았다. 그리고 끝내는 저 눈치 없는 것이 설마 제 신세내력이며 아직 외부에 밝히지 않은 집안의 사정들을 미주알고주알 털어놓았을지도 모른다는 섬뜩한 생각까지 하기에 이르렀다.

그의 뒷모습에 가려 잘 보이지는 않았지만 둘이 마주 서서 한참이나 이야기를 나누는 모습을 보는 내내 가슴은 태풍을 맞은 것처럼 불안하게 떨렸었다. 어쩌면 그가 무언가 눈치를 채고 나섰을지도 모른다는 생각이 들어 더 그랬다. 그만큼 그는 만만한 상대가 아니었다.

아직 어리긴 하지만 그는 이미 태경그룹의 뿌리로 자리를 잡은 사람이었다. 둘째라면 선선히 양보받을 수 있는 일도 그의 일이 되는 순간 양보는 꿈도 꿀 수 없다. 그의 일은 곧 태경그룹의 일이요, 최씨 가문의 일이 된다. 둘째인 최태하의 결혼이 그저 가족 안에서의 일로 처리되는 데 반해 그의 결혼은 그룹 차원의 일이 되는 것이다. 그것은 생각보다 훨씬 더 큰 차이였다.

'아쉬워. 그 아이가 진짜 네 딸이고 내 손녀였다면 그놈만 한 상대도 없는데.'

한숨처럼 털어놓던 아버지의 말을 그녀는 아직 기억하고 있었다.

최태경이라면 시간을 더 벌어야 할 필요가 없어진다. 그의 존재 자체만으로도 후계는 안정이 되고 동시에 그녀의 남편에겐 긴장감을 줄 수 있을 테니까. 말 그대로, 그룹 내에 남편의 독주를 막는 강력한 견제 세력이 만들어지는 셈이다.

그렇게 쉬운 일을 아버지는 애초에 시도도 해 보지 않고 포기했다.

가짜를 들이밀었다가 사실이 밝혀졌을 때 치를 대가를 감당할 수 없었기 때문이었다. 그렇다고 처음부터 사실을 밝히고 시작할 수도 없었다. 천하의 최태경에게 사생아를 부인으로 맞으라는 소리는 대통령이 아니라 대통령 할아버지가 와도 할 수 없는 일이었으니까.

"쉽게 생각하지 마. 다시 말하지만, 너는 그냥 결혼을 하는 게 아니야. 이건 사업이지."

"……."

"아무리 작은 것이라도 저쪽에 약점을 잡힐 일은 만들지 않는 게 좋아."

"저, 저는 아무 말도……."

"그래, 그랬겠지. 적어도 수치를 아는 사람이라면 그러지 말아야 하는 거니까."

안 그래도 시린 그녀의 목소리에 서서히 날이 섰다.

'왜 둘째를 선택했느냐고? 그야, 큰놈에게 걸리면 집안을 다 들어 바치고 빈손으로 죽을 일을 걱정해야 하지만, 그놈은 속았어도 내가 가진 것의 반만 주면 그럭저럭 넘어가 줄 것 같거든.'

위험한 것과 어려운 것의 차이라고 하며 아버지는 허탈하게 웃었다. 어떤 경우라도 내주어야 할 대가가 꽤 크다고 하면서 그런 자손들을 가진 최 회장이 부럽다고도 했었다. 지나가는 말이었지만 그녀에겐 마치 천둥소리처럼 크게 들렸었다.

모든 것이 다 임신을 하지 못한 자신의 탓이라고 질책하는 것만 같았다. 남편이 일을 핑계로 밖으로만 도는 것도, 그가 은밀히 힘을 키워 그룹을 장악해 가는 것을 그냥 지켜만 봐야 했던 것도,

그리고 그런 그에게 모든 것을 빼앗기고 버려질까 봐 두려워 결국은 그 여자의 딸을 곁에 두어야 하는 현실까지 다!

"네가 약속을 지켜 주면 나도 이제부터라도 할 도리는 다할 생

각이야."

왈칵 치미는 매스꺼움을 감추고 그녀는 애써 담담히 말을 이었
다.

"그러니 일단은 집으로 들어와. 결혼 날짜가 잡히면 서류 정리
도 해 줄 테니까."

"그게 무슨……."

"놀라는 척할 것 없어. 결국은 이렇게 될 거라는 거 다 알고 있
었잖아? 그러니 계모에게 구박받는 신데렐라 흉내 그만 내고 들
어와. 들어와서 얘기해."

결혼? 서류 정리? 계모에게 구박받는 신데렐라 흉내?

도통 알아들을 수 없는 말들이 안 그래도 앓고 있는 몸을 죽어
라, 죽어라 하듯 툭툭 치면서 지나갔다. 그러다 마침내 상황을 깨
달았을 땐 가장 예민한 상처가 이미 잔뜩 들쑤셔지고 난 뒤였다.
이 악물고 온 힘을 다해 버텨 온 삶이 이유도 없이 비난당하고 있
었다.

"건방진 것."

혜주는 짧은 신음 하나 내지르지도 못한 채 계속 바위처럼 굳
어 있었다. 그런 그녀에게 혐오 어린 시선을 남기고 사모님이 돌
아섰다. 그리고 갑자기 세상이 고요해졌다. 아니, 아니다. 고요하
게 가라앉은 것은 세상이 아니라 미친 듯이 날뛰던 심장과 태풍
을 맞은 듯 온통 헝클어지던 그녀의 머릿속이었다.

들뜨고 흔들리고 사납게 요동치던 모든 것들이 놀랄 만큼 빠르
게 정지했다. 그리고 마음속 깊은 곳에서부터 서늘한 무엇이 고개

를 들었다. 계속 그 자리에 있었지만 이제껏 한 번도 내보인 적 없던 그 불길한 것의 이름을 혜주는 본능적으로 깨닫고 있었다. 스스로도 제어할 수 없는, 그 뜨겁고도 사나운 감정의 이름은 바로 분노였다.

"서류 정리."

혜주는 질끈 입술을 깨물었다.

서류 정리. 모래알처럼 입안을 굴러다니던 한마디가 어느 순간 어금니 사이에 끼이더니 '버석' 소리를 내면서 씹혔다. 그 더럽고도 날카로운 감각이 신경을 타고 올라가 뇌를 쨍하니 뒤흔들었다.

혜주는 진저리를 쳤다. 사모님이 이제 할 도리를 하겠단다. 시키는 대로 결혼만 해 주면 그저 후견인에 지나지 않는 지금까지의 관계가 아닌, 그녀가 아버지의 딸이라는 사실을 인정해 주겠다고 한다.

그녀가 말하는 서류 정리란, 바로 '노혜주'가 '서혜주'가 되는 일이었다. 노정혜의 딸 노혜주가 아니라 서영찬의 딸 서혜주가 되는 것이다. 혜주의 눈동자에 핏발이 섰다.

지난 10년간 없는 사람인 듯 살아온 이유. 마치 죄인처럼 숨어 살 수밖에 없었던 이유는 무엇이었나. 그녀가 서혜주가 아닌 노혜주였기 때문이 아니었던가. 아버지의 딸이 아니라 엄마의 딸이었기 때문이었는데 결혼 한 번으로 그 모든 것을 바꿔 주겠단다.

힘없이 늘어져 있던 손에 불끈 힘이 들어갔다. 새파란 분노가 이를 드러내고 사납게 울부짖는 것이 느껴졌다.

"웃기지 마. 당신들이 뭘 알아. 서혜주가 되기 위해 그렇게 살아온 게 아니야. 단 한 번도 당신들의 자식이 되고 싶었던 적 없어. 끝까지 노혜주로 남고 싶어서 버텨 온 거야, 나는."

쏟아지려는 눈물을 꾹 삼키고 그녀는 이를 악물었다.

그저 살기 위해 견뎌 온 지독한 모멸의 시간들이 주마등처럼 빠르게 눈앞을 스쳐 가고 있었다. 벌겋게 날이 선 눈으로 그녀는 마치 아무 일 없었다는 듯 태평하게 사라지는 검은 차의 뒤꽁무니를 노려보았다.

"신데렐라 흉내."

혼잣말처럼 그녀는 중얼거렸다.

잔인한 생각과 성난 감정들이 폭발 직전의 화산처럼 한꺼번에 들들 끓어오르고 있었다. 한 번도 품어 본 적 없는 모진 생각들이 꼬리를 물고 이어졌다. 지금 자신이 아픈 것처럼 저 차 안에 타고 있는 사람도 아팠으면 좋겠다, 할 수만 있다면 똑같이 갚아 주고 싶다는 생각이 뇌리를 가득 채우다 마침내 넘쳐흘렀다.

"그럼 진짜 신데렐라가 되어 줄게. 하지만 잊지 마. 날 이렇게 만든 건 당신들이야. 그러니 어떤 결과가 나오더라도 날 원망하지 마."

왜 하필이면 오늘이었을까, 왜 하필이면 지금 이 순간이었나.

꾹 움켜쥐고 있던 주먹에서 힘을 빼고 그녀는 가만히 손을 들어 그 안을 들여다보았다. 아까 전, 그 남자가 쥐여 주고 간 작은 종잇조각 하나가 선명하게 존재감을 드러내고 있었다.

"최태경."

금빛으로 반짝이는 낯선 이름 하나를 가만히 불러 보다 그녀는 도로 입술을 깨물었다.

아까 전까지만 해도 두근거리던 심장은 어느새 싸늘하게 식어 있었다. 이런 이름의 남자를 그녀는 알지 못했다. 어젯밤 그녀를 구해 주고 밤새 병간호를 해 주고 방금 전 그녀의 입술을 훔쳐 간 남자가 아니다. 냉정하고 무뚝뚝해 보이지만 사실은 다정하고 친절한 그 최태하 씨가 아니었다.

"당신, 도대체 정체가 뭐야?"

멍하니 중얼거리는 사이 눈물은 속절없이 쏟아져 어느새 두 볼을 흠뻑 적시고 있었다. 사모님 앞에서는 잘도 참아지던 눈물이었다. 시커멓게 눈을 가리는 이 지독한 분노와 증오 앞에서도 쏟아지지 않던 눈물이 그의 이름을 확인하기가 무섭게 무슨 서러운 일이나 당한 듯 저절로 고이다 비처럼 후드득 떨어져 내렸다.

농락당했다는 생각은 잠깐이었다.

동생의 선 자리에 형이 대신 나와 뭘 어쩔 생각이었는지는 모르겠지만 이제까지 그녀가 겪은 그는 결코 가벼운 성품의 소유자가 아니었다. 실수나 거짓 따윈 생각할 수도 없을 만큼 단순한 행동 하나에도 무게를 싣는 점잖은 사람이었다. 뿐만 아니라, 그녀를 바라보는 시선은 오히려 너무 깊고 진지해서 두렵기까지 했었다.

그런 그가 그녀를 속였다. 아니, 그저 사실을 말하지 않은 것뿐이니 기만이라고 해야 옳을까. 하지만 왜? 이것 또한 그녀는 모르는 그들만의 '사업' 때문일까?

거기까지 생각하고 나자 머릿속은 더더욱 엉망이 되어 버렸다.

처음 만난 날 면전에서 거절을 당했어도 이토록 혼란스럽지 않았으리라.

"구해 주지 말지. 그냥 스쳐 가 버리지."

여전히 그의 이름에 시선을 둔 채 혜주는 힘없이 중얼거렸다. 그러다 문득 그녀는 오늘 사모님이 알려 주지 않은 작은 비밀 하나를 깨달았다. 최 실장, 그러니까 문제의 최태경 씨에게 무슨 말이라도 했을까 봐 전전긍긍하던 모습을 본 순간 눈치채고 말았다. 사모님이, 아니 사모님을 비롯한 회장님 일가가 그와 그의 가족에게 정말 중요한 진실을 감추고 있다는 사실을 말이다.

"서혜주 씨라고 했어."

충격으로 얼굴이 살짝 굳었다.

그녀의 신세내력에 대해 그는 아무것도 모르고 있었다. 서영찬 사장의 딸이긴 하지만 장 회장님의 손녀는 아니라는 사실을. 거기에 더해 서류상으로는 그 서 사장과도 아예 남남이라는 사실도 그는 모르고 있는 것이 분명했다. 그러니 때마다 따박따박 '서혜주 씨'라고 부른 것이다.

아마도, 서영찬 사장과 장일화 여사의 딸이자 대산그룹 장 회장님의 손녀라고만 소개를 받은 것이리라. 다른 것은 몰라도, 그녀가 사생아라는 사실 정도는 알고 나왔으리라 짐작했던 건 순전히 그녀 혼자만의 착각이었던 것이다.

"하긴, 어떤 집에서 사생아 며느리를 원할까."

자학 같은 한마디를 힘겹게 내뱉으며 그녀는 입술을 짓씹었다.

"그랬구나. 당신이 그렇게 친절하게 굴었던 건 역시 내가 회장님의 손녀딸이라고 생각했기 때문이었던 거야. 그러니까 이런 명함도 쥐여 주고 간 거겠지?"

왠지 억울했다.

의도하지 않았는데 결국은 사모님과 한통속이 되어 그를 속인 것이나 마찬가지인 신세가 되어 버려서. 회장님의 손녀가 아닌, 인간 노혜주는 애초부터 그의 친절을 받을 만한 자격이 없었다는 것을 이런 식으로 알아 버린 것이. 그가 원한 것은 그녀가 아닌 회장님의 손녀였다는 사실을 인정해야만 하는 현실이 지독히도 쓰라렸다.

"차라리 이런 걸 쥐여 주고 가지나 말지."

손안에서 버석거리는 종잇조각을 꾹 움켜쥐고 그녀는 나직이 울먹였다.

아까까지만 해도 이유 없이 둥둥거리던 마음이 이제는 뜻 모를 아픔으로 가득 차올랐다. 짧은 사이 겪어 낸 일들이 가져온 충격이 큰 탓인지 정신까지 조금 몽롱했다. 마치 꿈을 꾸고 있는 것만 같았다. 눈앞이 온통 혼미해서 어제의 그 일이 꿈이었는지 아니면 지금 막 겪어 낸 일들이 꿈인지 구분이 가지 않을 정도였다.

순간, 눈앞이 아찔해지면서 몸이 바람맞은 갈대처럼 크게 휘청거렸다. 안 그래도 약의 힘으로 버티고 있었는데 이제는 그런 약발조차도 다했는지 다리가 제멋대로 돌아갔다.

더 버티지 못하고 그녀는 풀썩 제자리에 주저앉고 말았다. 그러자 서늘한 기운이 바닥에서부터 엉덩이를 타고 기어 올라와 여린 등골을 날카롭게 헤집었다. 그 시린 감촉에 몸서리를 치다 그녀는 다시 힘겹게 몸을 일으켰다.

탁!

다리에 힘이 들어가지 않아 사정없이 휘청대는 몸을 누군가가 날렵하게 다가와 잡아챘다. 그러곤 아주 자연스럽게 어깨에 한쪽 팔을 척 걸치면서 물었다.

"괜찮아?"

남희였다.

"왜 이래? 어디 아픈 거야?"

"으흑. 응, 아파. 아파 죽을 것 같아."

"어어, 너 울어?"

금방이라도 주저앉을 듯 휘청거리며 엉엉 울어 대자 남희는 크게 당황해서는 어쩔 줄을 몰랐다. 그런 그녀에게 매달려 혜주는 더 큰 소리로 울어 젖히고 말았다. 가슴이 온통 서러움으로 가득 차 견딜 수가 없었다.

5

함정

장 회장을 대면한 것은 그날 저녁, 그의 서재에서였다.

이 노회한 사업가는 막 대문으로 들어서는 그를 발견하자마자 마치 낚시꾼이 물고기를 낚아채듯 홱 채어다가 책으로 가득한 예의 골방에 처박아 놓고 대뜸 마주 앉았다. 그러고는 어른답지 않게 성급하게 굴었다고 생각했는지 용건을 꺼내는 대신 직접 노구를 움직여 차를 우려내는 여유를 부리고 있었다.

"차 좋아하나?"

……라는 쓸데없는 질문까지 하면서.

솔직히 말하자면, 태경은 마시는 차보다 타고 다니는 차에 더 관심이 많은, 그야말로 평범한 대한민국 남자 중 하나였다. 거기에 더해 태생이 육식동물과라 그냥 씁쓸하기만 한 풀떼기 우린 물이 왜 좋다는 건지 아직도 이해하지 못하고 있기도 했다. 물도 아니고 술도 아닌 것이 맛있으면 얼마나 맛있다고 유난인가 말이다. 하여간에, 진심은 그러하였으나 태경은 또 티 하나 내지 않고 담담하게 대답했다.

"좋아합니다."

겉과 속이 다르다고 비난해도 하는 수 없다. 어쩌겠나. 그의 집안은 우유 팔고 요구르트 팔고 거기에 더해 차와 커피도 파는 문제의 식품회사 태경유업이 모태인데 이 마당에 굳이 바른 소리를 해서 태생을 의심받을 수는 없는 일이 아니던가.

"허허, 그렇겠지. 안 그래도 요즘 태경유업에서 내놓는 차 음료 제품들이 잘나간다는 소리를 곧잘 듣고 있었네만."

"할아버님께서 애쓰고 계신 덕분입니다."

"그렇겠지. 허어, 그 양반도 그 연세에 참 대단하시지. 아직도 새벽같이 출근하신다고?"

"예. 평생 가져온 습관이라 하기 싫어도 저절로 그렇게 된다고 말씀은 하시는데 비서실의 홍 대리는 그게 다 아랫사람들 괴롭히려고 일부러 그러시는 거라고 투덜거리더군요."

태경의 농담에 장 회장이 실없이 웃어 젖혔다.

사실은, 그도 아직까지 새벽부터 부지런히 출근하고 있는 사람 중 하나였다. 그러니 태경은 '괜히 아랫사람들 괴롭히지 말고 이제 그만 쉬십시오.' 하는 말을 당사자 앞에서 대놓고 한 셈이었다.

"설마하니 그런 생각이기야 하겠냐마는, 그 양반이야 사실 좀 쉬어도 되긴 하지. 제 몫 다 해 주는 아들딸이 여럿에, 또 콩나물 같은 손자만 열이 넘는데 무슨 걱정이 있겠어."

"……."

"부러워. 내가 그 양반 같은 팔자라면, 아니 뒤를 이어 줄 손자 하나만 있었어도 출근은커녕 당장 일에서 손 떼고 여기저기 놀러 나 다니겠는데 말이지."

손자라…….

뜬금없는 손자 타령에 태경은 저도 모르게 혜주를 떠올리고 조금 난감한 기분에 사로잡히고 말았다. 장 회장이 노리고 있는 것에 대해 전혀 짐작하지 못하는 바가 아니었기에 더더욱 난감했다. 오늘 이 자리에 온 이유가 무엇인가. 뒤를 이어 줄 손자가 없다고 탄식하는 사람에게서 하나뿐인 손녀딸마저 빼앗아 가기 위해서가 아니던가.

생각을 하고 보니, 전에 없던 죄책감이 쓰나미처럼 몰려왔다. 그래서였다, 공연한 얘기를 꺼낸 것은.

"요즘은 딸들이 더 잘나가는 시대 아닙니까?"

"음?"

"딸들도 똑같이 교육받고 가업을 물려받아서 잘 꾸려 가던데요. 여장부라고 소문 자자한 화성그룹 정 사장님처럼요. 외람되지만 따님도 계시고 또 손녀따님도 있으신데……."

'일찌감치 일 가르쳐 안 물려주고 뭐 하셨습니까? 이제라도 늦지 않았으니 데릴사위는 포기하시고 손녀딸에게 일을 가르치십시오.' 라고 말하려다 그는 슬그머니 말꼬리를 잘라 먹었다. 그 손녀딸을 훔쳐 가야 하는데 정말로 일 가르치겠다고 나설까 봐.

"아무것도 아닙니다."

"음?"

"차 맛이 좋습니다."

엉뚱한 말에 장 회장은 잠시 동안 눈만 끔뻑이고 있다가 저도 모르게 들고 있던 차를 후루룩 들이켰다. 자신이 우리긴 했지만 딱히 맛이라곤 없는 차였다. 아닌 게 아니라, 풀떼기를 우려 봐야 그냥 풀 맛이나 나는 게 정상이 아니던가. 이런 걸 두고 맛있다고 하다니 역시 물장사(?) 하는 집안의 후계자는 다르다는 생각이 들었다.

"그나저나 자네 생각은 어떤가?"

차를 다 들이켜기도 전에 불쑥 장 회장이 물었다.

앞뒤 이야기 다 뺀 생뚱맞은 질문이었지만 태경은 마침내 기다리던 순간이 왔음을 직감했다. 일생일대의 흥정을 시도해 보아야 하는 순간이었다. 그에, 흡사 거액의 도박판을 앞에 둔 사람처럼 조금 가슴이 두근거리기 시작했다.

이곳으로 오기 전까지 태경은 티끌만 한 가능성이라도 확보하기 위해 수없이 많은 서류를 뒤지고, 자신의 선택이 불러올 결과에 대해 생각을 한 끝에 자신이, 그룹이 양보할 수 있는 모든 조건들을 추렸다. 그런 다음 그 모든 것들을 통째로 쓰레기통에 버렸다. 원하는 것을 얻을 수만 있다면 저쪽의 약점을 찌르는 짓도 서슴지 않고 해 버릴 작정이었는데 갑자기 그럴 필요가 없다는 사실을 깨달은 것이다.

'그 양반은 늙었잖아. 시간이 없다는 것만큼 불리한 것도 없는 거야.'

아버지의 말이 옳았다.

확실히 장 회장에게는 시간이 없었다. 다른 상황이라면 몰라도 지금과 같은 때에 그건 정말 치명적인 약점이었다. 아니나 다를까, 조바심 어린 얼굴로 그가 먼저 입을 열었다.

"조만간 답을 주시겠지 생각은 하네만, 이 나이가 되다 보니 사실 마음이 급해. 그래, 자네 아우와 우리 집 아이의 혼사에 대해 어른들은 어떤 생각이시던가?"

"음, 그 얘기 말씀입니다만."

"……."

"일단, 저희 쪽은 좀 더 생각해 보자는 의견입니다. 아무리 쓸모없는 동생이지만 굳이 데릴사위로 보낼 이유가 없거니와 가란다고 순순히 갈 놈도 아니라서요."

"음? 아니, 나는 데릴사위까지는 생각지 않고 있었는데……."

왜 이러십니까, 애송이처럼.

마치 그런 생각은 해 본 적이 없다고 말하듯 의뭉을 떠는 모습에 태경은 피식 웃으며 남은 차를 마저 들이켰다.

"뭐, 그럴 가능성이 아주 없다는 말을 할 처지는 아니긴 하지."

"……."

"사실, 그게 그리 나쁜 조건도 아니고 말이야. 대산의 후계자 자리 정도면 그 정도는 감수할 만하지 않겠나?"

"확실히 나쁘지 않습니다. 헌데, 서 사장님도 그 생각에 동의하신 겁니까?"

무심한 얼굴로 그가 훅을 날렸다. 그러곤 표정 하나 달라지지 않은 채 언젠가 아버지와 대화를 나누다 문득 깨달은 장 회장의 의도를 정확히 찌르고 들어갔다. 후계 문제를 두고 오랫동안 충성을 바쳐 온 장 회장의 측근들과 암암리에 요직을 장악한 서 사장의 세력이 서로를 견제하며 힘겨루기를 하고 있다는 사실을 말이다.

결국, 결혼은 핑계일 뿐 그들은 자신의 세력에 힘을 실어 줄 다른 힘을 원하고 있는 것이다.

"아시다시피, 제 동생은 서 사장님을 견제하기엔 아직 너무 어립니다만."

"으음."

"사고뭉치긴 해도 일단은 동생이라 저는 그 녀석이 죽는 꼴만은 두고 볼 수가 없습니다. 가업이 위험해지는 것도 포함해서 말입니다. 그래도 괜찮으시겠습니까?"

"그거야, 그 녀석이 다 하기 나름 아니겠나?"

"하기 나름이라."

태경의 눈빛이 문득 살벌하게 번득였다.

장 회장의 말은 꽤 위험했다. 이미 암암리에 대산을 한 손에 움켜쥐고 있는 서 사장과 아직 애송이에 불과한 태하를 놓고 더 강한 놈이 살아남으면 되는 거라고 말하고 있었으니까. 그 전쟁에 태경그룹이 끼어드는 한이 있어도 말이다. 그만큼 서 사장의 힘이 만만치 않다는 뜻이었다.

태경은 잠시 고민했다.

어느 정도 예상은 했지만 장 회장이 이렇게까지 대범하게 나올 줄은 미처 몰랐다. 여차하면 대산은 산산이 쪼개지거나, 혹은 태경그룹에서 흡수해 버릴 수도 있는 일인데 그것을 용인하다니. 설마, 서 사장의 힘이 그에 비견할 정도가 된다고 생각하는 것일까?

"이 말이 위로가 될지는 모르겠네만, 어차피 자네 집안에서도 대놓고 끼어들 수는 없을 테니 내가 그 녀석을 키워 볼 생각이라네. 비록 물러날 생각이긴 했지만 아직 빈껍데기는 아니니까 말이야."

"……!"

"적당한 때가 되면 내 모든 것을 물려줄 생각도 있고. 나는 그 아이에게 대산의 미래를 맡길 생각이야. 이래도 안 되겠나?"

이거 봐라?

태경의 눈빛에 희미한 조소가 어렸다. 그러니까 본인이 중간에 서는 것으로 태경그룹이 끼어들 틈을 막고 동시에 서 사장도 견제를 하겠다는 말이었다. 그가 말하는 적당한 때가 올 때까지.

물론, 그 적당한 때라는 것은 장 회장이 임의로 판단할 터였다. 운이 나쁘다면 실컷 이용만 당하다 후에 빈껍데기로 잘려 나갈 수도 있었다. 모든 것을 물려줄 수도 있다는 말은 그렇지 않을 수도 있다는 뜻이기도 하니까.

'이상한 일이다. 단순히 후계를 준비하는 것이 아니야. 어째서 이 사람은 서 사장을 전혀 믿지 않고 있는 것일까. 손수 곁에 끼고 가르친 사위인데 이건 마치 견제가 아니라 아예 잘라 내 버릴 기세가 아닌가. 아니야, 복잡하게 생각하지 말자. 어차피 내가 상관할 일이 아니다. 내가 원하는 것은 그따위 있으나 마나 한 허울 같은 기업이 아니니까.'

그는 이미 거대 기업의 후계자였다. 손만 내밀면 원하는 모든 것을 가질 수 있는 위치다. 그런 그가 새삼스레 대산을 탐낼 리 없었다. 그따위 것 있어 봐야 짐이 더 늘어나는 것밖에 되지 않으니까.

하지만 솔직히 태하라면 욕심이 날 만한 자리이기는 했다.

그 녀석에게 그를 넘어서야만 이룰 수 있는 야망 같은 것이 있다면 대산의 사위 자리는 그 야망을 가장 손쉽게 이룰 수 있는 지름길이 되어 줄 수 있을 테니까.

하지만 그렇다고 해서 놈이 그 자리를 위해 마음에도 없는 여자와 결혼을 한다는 것은 상상도 할 수 없었다. 말했다시피, 그의 집안 남자들은 여자를 고르는 일에 관한 한 정말이지 유별난 구석이 있었으니까.

'나도 어쩔 수 없는 최씨 집안 사내놈이다. 그러니 내가 원하는 것을 얻기 위해 움직일 수밖에 없는 거야.'

기업은 양보할 수 있었다. 까짓, 대산그룹이든 태경유업이든 태하가 달라면 얼마든지 줄 수 있다.

그러나 여자는 안 된다. 적어도 서혜주라는 여자는 절대로, 누구에게도 양보할 생각이 없었다. 만일 장난으로라도 탐내는 기색을 내비친다면, 모르긴 해도 그는 아마 꽤 잔인한 일을 벌일지도 몰랐다.

그런 생각과 함께 태경은 짐짓 무심한 얼굴로 입을 열었다.

"이해가 안 가는군요. 굳이 그렇게 시간을 낭비할 필요가 있으십니까?"

"음?"

"태하라면 확실히 시간이 필요하지요. 아무리 어르신이 계신다 해도 적어도 10년은 기다려야 제 구실을 해낼 수 있을 겁니다. 그것도 그사이 서 사장님이 두 손 놓고 가만히 기다려 주어야만 가능한 일이겠죠."

"그, 그렇지. 헌데?"

"헌데, 어르신께 그만한 시간이 있을지 모르겠습니다."

"······!"

"아직 건강하신 편이긴 합니다만, 과연 내년에도 그렇겠습니까? 후년은요?"

장 회장을 똑바로 응시하며 태경은 화가 났을 때처럼 지나치게 솔직한 태도로 말했다.

"당장 오늘이라도 서 사장님이 새로운 후계자라며 다른 인물을 내세운다면 어떻게 하시겠습니까?"

"그런 일은 절대로······."

"절대로 없어야겠죠. 하지만 어르신의 뜻이 그렇다고 서 사장님이 순순히 따르겠습니까?"

냉정한 말에 내내 담담하던 장 회장의 얼굴이 처음으로 일그러졌다. 아직 애송이라고 생각했던 녀석이 상황을 정확히 보고 자신의 약점을 찔러 오자 속이 아렸던 것이다.

태어난 순간부터 제 할아비며 아비에게 단단히 교육을 받은, 그룹의 준비된 후계자다웠다. 순간, 최 회장을 향한 부러움이 왈칵 치밀었다.

'저런 녀석이 곁에 있었다면, 저놈이 내 손자였다면.' 하는 생각을 떨칠 수가 없었다. 숱한 노력에도 불구하고 아들 하나 낳아 주지 못하고 죽은 마누라가 밉고, 자식 하나 낳지 못한 딸이 새삼 원망스럽기까지 했다. 아들만 있었다면, 손자 하나만 낳아 줬으면 오늘날 이런 꼴을 겪지 않아도 되었을 텐데 하는 생각을 멈출 수가 없었다.

"으음. 원하는 게 뭔가?"

"……."

"노리고 있는 것이 있으니 그런 소리를 한 게지. 그게 뭔가?"

"그렇게 물으시니 대답하겠습니다. ……외람되지만 그 자리, 제게 주시는 건 어떻습니까?"

"뭐, 뭐?"

정말로 놀란 듯 장 회장은 눈을 부릅뜨는 것으로 모자라 입까지 쩍 벌리고 그를 바라보았다. 그러나 태경은 얼굴빛 하나 달라지지 않은 채 더욱 담담하게 말했다.

"회장님의 손녀사위 자리 제게 달라는 말입니다. 저라면 굳이 10년씩이나 낭비할 필요가 없지 않습니까? 원하신다면, 당장이라도 서 사장님을 새로 예정된 자리에서 끌어내릴 수도 있습니다."

"고얀! 네놈이 우리 대산을 욕심내고 있었더냐?"

"왜, 그러면 안 되는 겁니까?"

본심을 숨기고 그가 태연히 되물었다. 그러자 장 회장은 할 말을 잃은 듯 입을 꾹 다문 채 잠시 동안 그를 노려보더니 곧 나직하게 입을 열었다.

"서 사장이 가만히 있을 성싶으냐?"

"가만히 있지 않겠지요. 그러나 동시에 함부로 움직일 수도 없을 겁니다. 그 순간 평생을 바쳐 얻은 모든 것을 잃게 될 테니까요. 그사이 회장님께서는 원하는 대로 상황을 바로잡을 수 있으실 겁니다. 그 시간을 벌어 드리겠습니다. 애초에 그것을 원하신 것 아니었습니까?"

"……!"

"저는 그런 줄 알고 있었습니다만."

"확실히 유혹적인 제안이군. 그러나! 설령, 그렇다 해도 아무 대가 없이 그 자리를 얻을 수 있다고 생각하는 것은 아니겠지?"

"그렇겠지요."

"좋아. 그렇다면 자네의 제안, 한번 생각해 보지."

그것으로 대화는 끝이 났다.

"이제 시작인가?"

장 회장의 서재를 나오면서 태경은 저도 모르게 긴 한숨을 내쉬었다. 뒷골이 조금 뻐근했다. 아닌 척하고 있었지만 저도 모르는 사이 긴장을 하고 있었던 것이다.

더구나, 앞으로 장 회장이 요구해 올 것들을 생각하면 벌써부터 머리가 아파 오려고 했다. 무얼 요구할지는 모르겠으나 치러야 할 대가가 결코 적지 않을 듯한 예감이 들었다.

그나마 다행이라면 자신이 노리는 것이 대산그룹이 아닌 그의 외손녀라는 사실을 장 회장이 아직 모르고 있다는 것 정도일까?

"이런 일들을 짐작도 하지 못하고 있겠지, 당신은?"

다 낫지도 않은 몸으로 고집스레 돌아서던 여자를 떠올리며 태경은 나직하게 중얼거렸다.

아직 세상을 모르는 어린 여자였다. 대학 졸업반이니 이제까지는 그저 시키는 대로 공부만 했을 터였다. 거기에 더해, 비록 사업하는 집안에서 태어나긴 했으나 무남독녀 외동딸로 온실 속의 화초처럼 자란 여자라 이런 더러운 뒷거래 같은 것은 전혀 겪어 보지 못했을 것이 분명했다.

"알게 되면 실망할까? 아니, 어쩌면 벌써 실망하고 있을지도 모르겠군."

그녀의 손에 반강제로 쥐여 준 명함을 떠올리며 태경은 슬쩍 미간을 찌푸렸다. 자신이 태하가 아니라는 사실을 알리기 위해 한 행동이지만 아무래도 직접 말했어야 했다는 생각을 지울 수가 없었다. 어쩌면 '곧 다시 볼 테니까.' 하는 핑계로 겸연쩍은 순간을 뒤로 미루고 싶었던 것일지도 모르겠다.

"여덟 살도 아니고 열 살이나 더 많은 남자가 동생 대신 나와 수작을 부렸다는 사실을 알면 까무러치려나?"

중얼거리면서도 괜한 부끄러움에 얼굴이 붉어지려고 했다.

말을 하고 나니 새삼 그녀가 저보다 얼마나 어린지 피부로 깨달아졌다. 뿐만 아니라, 자신이 왠지 그녀에게만은 바보처럼 행동하고 있다는 사실도.

"후우, 역시 직접 말을 했어야 했어."

그는 조금 후회했다.

말할 기회 같은 것은 얼마든지 있었는데 차마 입이 떨어지지 않았었다. 그녀가 놀랄까 봐, 그리고 거부당할까 봐 두려웠던 것이다.

이제껏 있는지도 몰랐던 이런 소심한 마음이라니.

"미친놈. 확실히, 제정신이 아니야."

스스로의 작태에 어이없어하며 태경은 설핏 웃었다.

겁이라곤 모르고 살아온 인생인데 이런 작은 일 하나에도 전전긍긍하는 꼴을 보니 어쩐지 앞날이 훤히 보이는 것만 같은 느낌이었다. 보나마나 그 어린 여자의 손에 잡혀 사정없이 휘둘리며 살아가겠지. 생각을 하면서도, 그게 그리 나쁘지만은 않은 것 같아 그는 또 남몰래 허탈한 웃음을 삼키고 말았다.

"졌어. 그러니까 당신은 그냥 내게로 오기만 해. 그러면 원하는 모든 것을 줄게. 내가 그렇게 할 수 있게 해 줘."

대신, 내게 당신의 마음을 줘.

어느새 짙어진 욕망의 그림자가 가슴 가득 소리 없이 번져 가고 있었다.

가지기로 마음먹은 이상 완벽하게 가지고 싶었다. 몸도 마음도 오롯이 그의 것으로만 하고 싶다. 스스로의 마음을 인정한 순간부터 욕심은 기다렸다는 듯 불쑥불쑥 몸집을 키워 가고 있었다. 그녀를 향해 똑바로 뻗어 가는 지독한 갈망에 숨이 찰 지경이었다.

그에, 태경은 조금 끔찍한 심정이 되고 말았다. 심장 아래에 이런 그악한 욕망이 숨어 있을 줄은 그 자신도 미처 알지 못했었기 때문이다.

"나쁘지 않다, 이런 것도."

태경은 조용히 미소 지었다. 두근두근 심장은 뛰고 모처럼 살아 있다는 생생한 느낌에 전율하면서. 조금은 들뜨고, 한편으로는 불안하기도 한 기분 속에서 그는 그렇게 오랫동안 혼자 서 있었다.

그런 그를 장 회장은 꽤 의심스러운 시선으로 바라보았다.

"이상하단 말이지."

미간에 굵은 주름을 잡은 채 그는 환하게 불이 밝혀진, 정원 한쪽에 우뚝 서 있는 태경의 그림자를 집요하게 훑었다. 딱 집어 말할 수는 없었으나 무언가가 미묘하게 신경을 건드리고 있었다.

"정말 이상하단 말이야."

그의 고개가 한쪽으로 슬며시 기울어졌다.

최 회장은 아직 별말이 없고 성격 한번 개차반 같다던 둘째 놈에게서도 이렇다 할 반응이 없는데 최씨 집안의 기둥뿌리나 마찬가지라는 첫째 놈이 나타나다니. 더구나 그는 이런 자리에 모습을 보이는 일이 아주 드물기로 유명한 이가 아니던가.

"이럴 땐 분명히 무언가가 있는 게지."

제 말마따나, 대산을 노리고 있는 것인가, 아니면······.

"욕심을 품고 있는 눈이었단 말이지. 뭘까, 그건."

갑자기 머릿속이 팽팽 돌아갔다. 언제나 그를 실망시키는 법이 없는, 사업가의 본능이 다시 예민하게 일어나 안테나를 잔뜩 곤두세우고 있었다. 그 맹렬한 생각 끝에 최씨 집안 남자들이 만들어 낸 독특한 가풍이 떠오른 것은 그야말로 우연에 가까웠다.

"설마, 그 아이를 눈에 담은 것은…… 아니, 그전에 두 사람이 만난 적이 있던가?"

그가 지목한 것은 둘째였다. 그러니 그날 선 자리에서 만난 것은 그 둘일 것이었다. 적어도, 그는 그렇게 알고 있었다. 하지만 만에 하나라도 그게 사실이 아니라면?

"그 자리에 저 녀석을 가져다 놓으면 이야기가 딱 맞아떨어지는데 말이지. 확인을 해 보아야 하려나? 그래, 오늘 그 아이도 온다고 했으니 지켜보면 확실히 알게 되겠지."

잔잔하던 눈에 문득 날카로운 빛이 번뜩이고 지나갔다.

"시간을 벌어 주겠다고 했으렷다. 배은망덕한 서씨 놈을 견제하면서 내 준비가 다 끝날 때까지 기다려 주겠다 했었지?"

당돌함을 넘어 두렵기까지 하던 그의 당당한 제안을 떠올리며 장 회장은 지그시 이를 깨물었다.

확실히 나쁘지 않은 제안이었다. 최씨네 둘째를 노린 이유가 무엇인가. 물갈이를 할 때까지 서 사장을 견제해 줄 새로운 세력이 필요해서가 아니었나. 그 일을 대신 해 주겠다는데 망설일 까닭이 무에 있을까.

"나쁘지 않아, 나쁘지 않고말고. 하지만 말이다. 늑대 정도를 원했는데 뜻밖에도 범이 고개를 들이밀었으니 목줄 정도는 채워

야 이쪽도 안심이 되지 않겠나. 나도 이제는 늙었는지 자네 같은
이는 정말 무섭거든."

범은 범을 알아본다.

장 회장은 저 어린놈이 절대로 무시할 수 없는 상대라는 사실
을 확실히 깨닫고 말았다. 덕분에, 이렇게 경계심을 가지고 미리
준비를 할 수 있게 되었다. 사소한 일이었지만 그것은 확실히 다
른 결과를 불러오게 될 것이었다. 장 회장의 입가에 모처럼 흐릿
한 미소가 생겨났다.

그 순간이었다.

다가오는 사람들도 무시하고 누군가를 기다리듯 정원 한쪽에서
혼자 한참이나 맴을 돌고 있던 태경이 문득 고개를 들어 장 회장
이 서 있는 쪽을 슬쩍 바라보았다. 그의 한 손엔 어느새 전화기가
들려 있었다.

어둠을 격하고 둘의 시선이 격렬하게 부딪혔다 떨어졌다.

"무슨 일입니까?"

장 회장으로부터 등을 돌리면서 태경은 나직한 목소리로 입을
열었다. 그러자 수화기 너머에서 다시 당혹스러움으로 가득 찬 목
소리가 터져 나왔다.

―그게…… 사고가 있었습니다.

"사고라니? 본사 쪽입니까, 아니면 계열사입니까?"

―저어, 그게 아니라…… 연구소입니다.

"연구소?"

―둘째 도련님이…….

"태하가?"

다급하게 이어지는 목소리에 귀를 기울이다 태경은 결국 눈을 질끈 감고 말았다. 갑자기 두통이 일었다.

장 회장과의 일을 해결할 동안만 내려가 있으라고 했더니 태하는 그사이를 못 참고 또 사고를 친 것이다. 다른 것도 아니고 폭행 사건이었다. 일방적인 폭행이 아닌 쌍방이라고는 하지만 전혀 위로가 되지 않았다. 상대가 하필이면 놈의 상사였으니까.

"얼마나 다친 겁니까?"

—진찰 중이라 결과는 아직 더 기다려 봐야 할 것 같습니다. 일단은 저희 쪽에서 통제를 하고 있습니다. 어떻게 할까요?

"일단, 두 사람을 김병원 쪽으로 옮기세요. 일이 새어 나가지 않게 홍보팀을 움직이세요. 할아버님께, 회장님께 자세한 내용을 보고하시고 지시를 기다리십시오. 병원으로는…… 제가 직접 갑니다."

익숙한 매뉴얼을 읊듯 빠르게 말한 다음 전화를 끊었다. 그러고도 한참이나 태경은 선 자리에서 움직이지 못했다. 이상하게 발길이 떨어지지 않았다. 이 순간, 떠오르는 것은 오직 하나뿐이었다.

"어디쯤 오고 있을까?"

그녀였다, 서혜주.

졸업 작품전 준비로 바쁘다고 했던가? 이번에도 시간을 잊은 채 일에 열중하는 중인지 그녀는 사위가 빠르게 어두워지고 있는 지금까지도 모습을 보이지 않고 있었다.

그 사실이 그를 조금 두렵게 만들었다. 여태껏 오지 않는 것은, 일 때문이 아니라 혹시 그를 향한 실망이 크기 때문이 아닐까 하는 마음에. 결혼을 생각하기엔 아직 어리다며 사양하던 모습이 떠올랐다. 그러자 자신보다 열 살이나 더 어린 그녀의 나이가 두려워졌다.

어리니까 하고 싶은 것도, 앞으로 이루고 싶은 꿈도 많을 터였다. 결혼이 그 꿈들 중 하나일 수는 있겠지만 모든 것일 수는 없듯이 어쩌면 그녀는 그와의 결혼으로부터 달아나고 싶어 할지도 모르겠다는 생각이 들었다.

그래서 태경은 미안했다. 설령 그렇다 해도, 그녀가 모든 것을 포기해야 한다고 해도 그는 그녀를 놓아줄 생각이 없었기 때문이다.

가지기로 결정한 이상, 그는 무슨 수를 써서라도 결국은 그녀를 가져야만 했다. 그녀의 꿈을 빼앗아서라도, 그녀를 죽여서라도.

최씨 집안의 사내놈들은 원래 그렇게 잔인했다. 제가 좋으면 무슨 짓을 해서라도 곁에 두고야 마는 독한 근성을 가졌다. 태경이라고 다를 리가 없었다. 그는 심지어 그 독한 놈들 중에서도 가장 진한 피를 이어받았다는 후계자가 아닌가.

태경은 그렇게 제 정체성을 깨닫고 말았다.

점잖은 척, 예의 바른 얼굴을 하고 있지만 사실은 누구보다도 잔인한 흉성을 품고 있는 스스로에 대해 생생하게 자각하고 있었다. 그렇지 않고서야 그녀를 향한 이런 끔찍한 탐욕에 목이 탈 리가 없을 테니까.

그런 스스로에게 진저리를 치며 태경은 심장을 다독이듯 애써 긴 한숨을 내쉬었다.

"아직 아플 텐데."

하룻밤을 꼬박 앓고 난 후 창백한 얼굴로 괜찮다며 돌아서던 그녀의 모습이 다시 눈앞에 어른거렸다. 적어도 사나흘 간은 충분히 휴식을 취해야 한다고 했는데 얌전히 말을 듣고 있기는 한 것인지 걱정이 되었다.

생각이 거기에 이르자, 문득 그의 눈동자 가득 진한 걱정이 들어찼다. 목소리라도 들어 두고 싶은데 연락처가 없었다. 명함을 쥐여 줄 줄만 알았지 그녀의 개인 연락처 하나 받아 두지 않은 것이 이토록이나 후회가 될 줄은 그도 미처 몰랐다. 마음 같아서는 당장이라도 달려 들어가 아무나 붙잡고 그녀의 소식을 묻고 싶었지만 그랬다간 저 눈치 빠른 영감이 무슨 흉계를 꾸밀지 몰라 감히 엄두도 낼 수가 없었다.

다행히 장 회장이나 다른 가족들이 별말 없는 것으로 보아 앓아누운 것은 아니라고 짐작만 할 뿐이었다. 아닌 게 아니라, 많이 나아졌으니 이 자리에 나온다는 말도 한 것일 터였다. 태경은 그렇게 믿고 있었다.

그래서였다, 한참이나 미적거리던 발걸음을 뒤늦게나마 뗄 수 있었던 것은. 적어도 그녀가 아무도 없는 곳에서 혼자 울며 앓고 있지는 않을 것이라고 믿었기에.

☆ ★ ☆

까맣게 어두워졌던 눈앞이 희미하게 밝아지는가 싶더니 문득 눈이 부셨다. 햇빛인지, 형광등 불빛인지 구분이 가지 않는, 눈을 조금 아리게 하는 빛이 머리 위에서부터 온몸으로 쏟아지고 있었다.

그 속에서 혜주는 아팠다.

약 기운이 떨어지기가 무섭게 근육통이 다시 도졌는지 해일 같은 통증이 전신으로 밀어닥쳐 누운 자리에서 꼼짝을 할 수가 없었다. 거기에, 사모님이 퍼부어 놓고 간 독설이 남아 죽어라, 죽어라 하듯 그녀의 목을 졸라 대는 바람에 그녀는 그야말로 열에 달떠 헛소리까지 하며 끙끙 앓았다.

그렇게 혼자 누워 죽도록 앓는 사이, 그녀는 편의점 아르바이트에서 잘리고, 천연 염색을 배우던 공방에서조차 해고되었다.

편의점이야 연락도 없이 펑크를 내었으니 잘려도 할 말이 없었지만 몇 년이나 다닌 공방에서 '저어, 이제 그만 나왔으면 좋겠는데.' 하는 연락을 받은 것은 충격이었다. 그날, 남희가 그녀를 찾아온 것은 바로 그 소식을 전하기 위해서였던 것이다.

대학 입학하자마자부터 시작해 얼추 4년이나 일을 배우고 또 도왔는데 왜 갑자기 그런 결정을 내렸는지에 대해 혜주는 묻지 않았다. 마치 더러운 것을 보듯 경멸 어린 시선을 남기고 돌아간 사모님의 얼굴이 저절로 떠오른 까닭이었다.

아니나 다를까, 곧 '집에서 전화가 왔었대. 결혼 준비 때문에 당분간 바빠질 거라고.' 하는 남희의 말이 꼬리처럼 따라붙었다. '근데, 너 진짜 결혼해?' 라는 질문과 함께.

그 조심스러운 질문에도 혜주는 대답하지 않았다. 그저 사모님과 그녀의 남편, 그리고 '그 남자'를 생각하며 남몰래 한 가지 결심을 굳혔을 뿐이었다.

그러면서도 한편으로 그녀는 저에게 실망하는 스스로를 똑똑히 인지하고 있었다. 궁지에 몰리자 아무 관계 없는 사람을 이용할 생각부터 하는 자신이 끔찍했다. 혐오해 마지않는 사모님과 별로 다를 바가 없다는 생각도 들었다.

'미친 거야. 이러면 결국 그 여자랑 똑같은 쓰레기가 될 뿐인데 정말 그렇게까지 되고 싶은 거니, 노혜주?'

쏟아지는 빛줄기 속에서 반듯하게 누운 채 혜주는 그렇게 스스로를 비난했다. 마치 죽을병에 걸린 사람처럼 물 한 모금조차 제대로 마시지 못하고 가위에 눌려 가며 죽을 듯 앓다가 정신이 들면 다시 스스로를 향한 혐오와 자책에 시달리기를 반복하느라 그날로부터 얼마만큼의 시간이 지났는지조차 깨닫지 못하고 있었다.

정신을 잃듯 시시때때로 긴 잠에 빠졌다가 깨어나기를 반복하고 나자 안 그래도 아픈 몸은 빠르게 감각에 무디어져 갔다. 그녀는 더 이상 아프지도 않고 배가 고프지도 않았다. 그래서 갑자기 '탕탕' 울리는, 문 두드리는 소리가 들렸을 때도 그것이 그저 지난 시간 내내 숱하게 밀려왔다 떠내려간 환청들의 한 조각인 줄만 알고 다시 눈을 감아 버렸던 것이다.

—계십니까?

"······."

—안에 아무도 안 계십니까?

탕탕탕!

그녀의 믿음을 비웃듯 현관문이 더욱 요란한 소리를 내지르며 진저리를 치고 있었다.

깨닫는 순간, 정신이 번쩍 들면서 내내 흐릿하던 시야가 갑자기 확 밝아졌다. 반사적으로 입술이 열렸다.

"누, 누구세요?"

하얗게 말라붙은 입술 사이로 갈라 터진 목소리가 흐릿하게 새어 나왔다. 문을 넘기엔 턱도 없을 만큼 작은 목소리였는데 그것을 시작으로 방금 전까지는 몰랐던 통증이 목을 타고 올라왔다.

그제야 물 생각이 났다. 목뿐만 아니라 심장, 그 너머까지도 바짝 말라 쩍쩍 갈라져 있는 것만 같은 느낌이 엄습했던 것이다.

앓을 만큼 앓은 것인지, 아니면 몸뚱이가 간사한 탓인지 시원한 물을 한바탕 들이켜고 나면 아무 일도 없었던 것처럼 다시 몸을 일으킬 수 있을 것 같았다.

그런 생각과 함께 혜주는 눈동자를 굴려 문 쪽을 바라보았다.

방금 전까지 천둥처럼 울려 대던 소리가 어느새 뚝 끊어져 있었다. 혹시나 싶어 가만히 귀를 기울여 보았지만 인기척은 느껴지지 않았다. 아마도 두드리다 지쳐 그냥 돌아간 것이리라. 아니면 그것 또한 환청이었거나.

몸을 일으키기 위해 바르작거리며 그녀는 쓰게 웃었다. 생각해 보니, 친하게 지내는 친구 두엇을 빼면 이 작은 방에 찾아올 손님 이라곤 아예 없었던 것이다. 그녀는 아플 때 돌봐 줄 가족도, 외로울 때 기댈 수 있는 연인도 없는 혈혈단신이었다. 그 사실이 뼈에 사무치게 깨달아졌다.

언제나 혼자였고 앞으로 살아가는 동안도 죽 그럴 거라는 사실 또한.

그런데 참 이상하지. 그런 생각을 하기가 무섭게 어째서 또 '그 남자'의 얼굴이 떠오르는 것일까?

"이러지 마. 네가 좋아서 그런 게 아니야. 회장님 손녀라고 생각했으니까 친절했던 거야. 자격 없잖아, 노혜주는."

중얼거리는 순간, '서류 정리'를 해 준다던 사모님의 말이 유혹처럼 달콤하게 귓전을 스쳐 갔다.

혹시 서혜주가 되면, 서류상으로나마 사모님의 딸이 되고 회장님의 손녀가 되면 돌아봐 줄까? '나머지는 이따가.'하고 속삭이던 그 다정한 목소리를 잡을 수 있을까?

"미쳤나 봐."

싱크대를 향해 네 발로 엉금엉금 기다가 그녀는 바닥에 머리를 박았다.

세상에, 언제부터 이런 꿈을 꾸게 된 것일까. 어떻게 그런 얼토당토않은 욕심을 부릴 수가 있단 말인가.

생각만으로도 간이 떨렸다. 남의 것을 탐하다 들킨 것도 아닌데 그보다 더한 수치심에 얼굴이 붉어졌다.

"아파서 그런 거야. 나으면 이런 생각 안 들 거야. 다 괜찮아질 거야."

그러면 처음으로 받아 본 다정한 손길이 그리워지지도 않을 거
야.

스스로를 설득하듯 혜주는 필사적으로 중얼거렸다. 이대로 멀
리 떨어져 담담히 지내다 보면 다 잊게 될 것이다. 똑바로 직시하
는 그의 깊은 시선도, 곁에 앉아 병간호를 해 주고 다정하게 안아
오던 품의 따스함도 다시 모르게 될 것이다. 이대로 잊으면 다 없
던 일이 될 수 있다. 무슨 일이 있어도 노정혜의 딸 노혜주는 결
코 사모님과 똑같은 인간이 되지 않을 테니까.

콧잔등을 타고 눈물이 뚝뚝 떨어져 바닥을 적셨다. 그래도 모
르는 척 혜주는 열심히 기어 마침내 싱크대를 붙잡고 일어섰다.
다리가 후들후들 떨리고 현기증으로 눈앞이 어두워졌다가 다시
확 밝아졌다. 그러고 서서 그녀는 수돗물을 몇 모금 마셨다. 싸한
통증이 목을 타고 꿀렁꿀렁 마른 가슴으로 스며들고 있었다. 그때
였다.

딸칵딸칵.

현관문 쪽에서 이상한 소리가 들렸다. 무슨 일인지 소리가 날
때마다 가만히 있어야 할 손잡이가 움찔거렸다. 마치 누군가가 밖
에서 열쇠를 넣고 돌리고 있기라도 한 것처럼.

그녀의 시선이 저도 모르게 작은 탁자 위의 열쇠로 향했다. 그
녀의 열쇠는 그곳에 얌전히 잘 있었다. 그렇다면 저건 뭘까?

혜주는 돌처럼 굳은 채 손잡이가 움직이는 장면을 그저 멀거니
바라보고 있었다. 그러다 어느 순간 '딸칵' 하는 소리와 함께 정

말로 문이 열렸다.

"어?"

조금 침침하게 가라앉아 있던 방 안으로 갑자기 환한 빛이 쏟아져 들어왔다. 갑작스러운 빛에 눈이 부시다 못해 아려 와 질끈 눈을 감았다. 그 사이로 누군가의 발소리가 들리는 듯하더니 곧 어딘지 익숙한 목소리가 날아왔다.

"안에 계셨군요."

"……?"

"괜찮으십니까? 대답이 없으셔서 혹시 무슨 일이라도 있는 줄 알았습니다."

"……누, 누구세요?"

가느다랗게 뜬 눈으로 구두를 신고 있는 낯선 발을 간신히 내려다보며 그녀가 물었다. 자신만의 공간으로 낯선 사람이 구둣발로 들어섰다는 사실이 그제야 선뜻 깨달아졌다. 그리하여 미처 인지하지 못하고 있던 본능적인 공포가 등골을 타고 스멀스멀 올라오려는 찰나, 부연 역광을 뚫고 마침내 남자가 얼굴을 들이밀었다. 그러곤 말했다.

"윤 비서입니다, 아가씨."

"……?"

"사장님께서 자리를 마련하셨습니다. 모처럼 같이 식사나 하자고 하십니다."

도대체 무슨 말을 하고 있는 것일까. 사장님은 또 누구인가. 그녀가 아는 세상엔 분명히 너무 많은 사장님이 존재했다. 그에, 잠시 갈피를 잡지 못하고 멍하니 서서 보고만 있자 걱정스러웠는지 남자가 한 발짝 더 다가섰다. 덕분에 그녀는 마침내 그를 기억해 낼 수 있었던 것이다. 그가 말한 사장님인 사람 또한.

저도 모르게 눈가가 일그러졌다. 빛바랜 기억 저 너머에서 아지랑이처럼 아른아른 피어오르는 목소리가 있었다.

'조만간 하루 정도 시간을 좀 내줬으면 좋겠다만.'

언젠가 회장님 댁으로 불려 갔다가 돌아 나오는 그녀를 향해 그 사람이 그런 말을 했었다.

'아, 별다른 건 아니고. 그냥 같이 밥이라도 먹자 싶어서.'

그냥 한번 해 보는 소리라고 생각했는데 아니었던 것일까? 그 사람은 왜 갑자기 그녀와 밥이 먹고 싶어진 걸까? 이 집은 어떻게 알고 사람을 보냈을까?

몇 가지 의문들이 숨 가쁘게 그녀를 스쳐 지나갔다. 오래전부터 차근차근 준비된 무언가가 마침내 찾아온 것만 같은 느낌이었다.

당혹스러움과 불안감이 교차하고 그녀는 다시 목이 탔다. 그 속에서 혜주는 그저 울 듯한 얼굴로 서 있을 수밖에 없었다.

☆ ★ ☆

"지금 뭐라고 하셨습니까?"

서늘하게 가라앉은 시선으로 태경은 일화를 노려보았다. 갑작스러운 호출만큼이나 사람을 당혹스럽게 만드는 제안이 탁자 위에서 혼자 데굴데굴 구르고 있었다.

"왜요, 내가 너무 부담스러운 제안을 한 건가?"

"……."

"난 최 실장이 그 정도는 충분히 해 줄 수 있을 거라고 생각했는데 아닌가 봐요? 실망이네."

특유의 고상한 어투로 중얼거리며 그녀가 픽 웃었다. 주름 하나 없이 팽팽한 얼굴 위로 희미한 조소가 스치고 지나가는 것을 그는 똑똑히 목격하고 있었다.

그 별것 아닌 표정 하나에 괜히 비위가 상하려 했다. 마치 면전에서 '넌 아직 애송이야.' 라는 말이라도 들은 사람처럼 말이다.

"미안해요. 우리 대산을 노리고 있다고 하기에 난 또 그만한 배포가 되는 줄 알았지 뭐야."

"그러셨습니까?"

무심히 대답하며 태경은 잠시 굳혔던 어깨에서 힘을 뺐다. 그러곤 언제 놀랐냐고 말하듯 도리어 시큰둥한 표정을 지으면서 말했다.

"그 정도 투자야 별것 아니긴 합니다만 아시다시피 아직 확정된 게 아무것도 없어서 말입니다. 결혼이 성사될지 말지조차 모르는 일인데 너무 성급하신 것 아닙니까?"

"홋. 그런가? 뭐, 그렇게 생각해도 하는 수 없고. 나는 그냥 최 실장이 마음에 들어서 제안해 본 거예요."

"……."

"사고뭉치 철딱서니보다야 최 실장처럼 듬직한 사위가 아무래도 더 낫지 싶어. 최 실장도 우리 애가 마음에 들었지요?"

흠칫!

저도 모르게 다시 어깨가 굳었다. 동시에 태경은 혜주를 떠올렸다. 그녀가 무언가 언질을 한 것일까. 시간을 조금 벌어 보려 했던 그의 얄팍한 속셈 따위야 금방 들통 날지도 모른다고 생각하긴 했지만 이렇게 빨리 반응을 보일 줄은 미처 몰랐다. 이쯤 되면 장 회장 또한 눈치를 챘다고 여겨야 할 지경이었다. 확실히 위험했다.

'한번 빠진 여자는 절대 놓지 못하는 거. 그거, 꽤 치명적인 단점이다. 덕분에, 이렇게 금방 표적이 되고 말았잖아.'

승후의 말이 뒤늦게 뒤통수를 치고 지나갔다. 그러자 질척거리는 늪에 벌써 한 발을 들여놓은 것 같은 기분이 몰려오면서 가슴이 먼저 선뜩해졌다.

"하긴, 마음에 담았으니 이렇게 나선 것이겠지. 같이 있는 걸 봤을 때 짐작했어야 했는데."

"……."

"사실, 우리 그이는 다른 사람을 생각하고 있는 것 같아. 이유야 모르지 않을 테고……. 어때요, 포기할 수 있겠어요?"

저도 모르게 주먹이 불끈 쥐어지고 눈에 힘이 들어갔다.

포기라니, 누구를? 설마, 서혜주가 다른 놈에게 가는 것을 그냥 두고 보라는 말은 아니겠지?

상상만으로도 눈이 뒤집히고 이가 악 다물렸다. 뱃속 깊은 곳에서부터 살기가 일었다.

그런 기색을 눈치챘는지 장 여사는 다시 피식 웃었다. 그러더니 마치 그럴 줄 알았다고 말하듯 고개를 끄덕이면서 말했다.

"그럼 내 제안을 받아들였다고 생각해도 될까?"

"그 제안…… 장 회장님의 뜻이라고 생각해도 되겠습니까?"

"물론이에요. 내가 하는 일 중에 아버지가 모르는 일은 없으니까. 대산의 지분을 사 줘요. 가능한 한 많이. 결혼 예물은 그걸로 하죠. 준비되는 대로 연락 줘요. 결혼 날짜는 그때 잡을 테니."

그 말을 끝으로 일화는 먼저 자리에서 일어섰다. 돌아서는 그녀의 입가에 삐딱한 웃음이 걸렸다.

'혹시, 둘이 만난 적이 있던가?' 하고 묻던 아버지의 말에 마침 같이 있던 두 사람을 떠올리고 미심쩍어 한번 찔러 보았는데 역시나였다. 아버지의 직감대로 결국은 일이 그렇게 된 모양이었다.

"굼벵이도 구르는 재주가 있다더니."

미간에 슬쩍 금이 갔다. 사고뭉치 동생에게 선을 보였는데 그 형이랑 눈이 맞다니. 제 어미를 닮아 아이는 그렇게나 당돌했다. 계열사의 후계자 정도로는 눈에 차지 않았을 정도로 말이다.

"그래, 우연이었을 리가 없지. 더러운 것. 대체 무슨 수작을 부린 거지? 그런 일이 있었는데도 내게는 말 한 마디 없고. 누가 그년 딸 아니랄까 봐 그 천연스러운 얼굴로 감히 나를 속여?"

잔잔하던 눈동자에 문득 살기가 맺혔다.

오라는 자리엔 연락도 없이 나타나지 않더니 그사이 이런 일을 벌이고 있었다고 생각하자 새삼 치가 떨렸다. 게다가 오늘 아침 남편은 그녀에게 뭐라고 말했던가.

'서류 정리를 서둘러야겠어. 언제까지 남처럼 굴며 밖으로 돌게 둘 수는 없잖아. 진즉 했어야 했던 일이야. 누가 뭐래도 걘 내 딸 이니까.'

그 순간, 일화는 눈을 뜬 채로 정신이 아득해지는 경험을 했다. 흡사 뺨을 얻어맞은 기분이었다.

데려다만 놓았지 그 애에 대해서는 이제껏 단 한 번도 따로 운을 떼는 법이 없던 사람이었다. 그런데 왜 갑자기 챙기고 싶어진 것일까. 뭘 어쩌려고?

왈칵 의심이 치미는 것은 둘째 치고 미안한 기색 하나 없이 당당하게 요구하던 그의 태도에 다시 욕지기가 올라오는 느낌이었다.

"언제부터 그렇게 소중했다고? 이런 식으로 본색을 드러내면 내가 가만히 있을 줄 알았어?"

그가 내내 무심했기에 그녀도 겉으로나마 무심한 척할 수 있었다. 그러나 이제 와 그의 태도가 달라진다면 그녀 또한 생각을 달리할 수밖에 없었다.

"그게 당신의 본심이었단 말이지?"

새파란 분노가 다시 이성을 잠식했다.

그녀에겐 아직 힘이 있었다. 그에게 그 아이가 그토록 소중하다면 그녀는 그 소중한 것을 부숴 버릴 수도 있었다. 그의 손으로 직접 다시 버리게 만들 수도 있다. 그녀는 그렇게 만들어 볼 생각이었다. 요즘 그가 아버지 몰래 그토록 열심히 모아들이고 있는 지분을 미끼로 말이다.

"당했군."

휑하니 사라지는 장 여사의 등을 보며 태경은 한숨처럼 중얼거렸다. 처음부터 그녀를 얻는 일이 결코 쉽지 않을 거라 예상하긴 했지만 일이 생각보다 더 복잡해지려 하고 있었다. 다른 것보다 저쪽 집안의 사정이 점점 더 점입가경으로 치닫고 있는 이유가 컸다.

"지분을 사 달라고? 그렇다면 장 여사도 서 사장의 편은 아니라는 뜻이려나."

장 회장은 아직 물러날 생각이 없고 모르긴 해도 장 여사는 그런 아버지를 지지하고 있는 듯했다. 더구나 결혼 예물이라는 핑계를 대긴 했지만 지분을 요구하는 것을 보면 서 사장이 모은 지분도 얼추 자리를 지키기에 부족함이 없는 정도에 이른 것이리라. 하긴, 그만한 일을 하기에 이십 년이란 세월은 결코 짧은 것이 아니니까.

"이유가 뭘까? 주도권 싸움이라고 하기엔 지나치게 날카롭다."

손끝으로 탁자를 톡톡 두드리며 태경은 잠시 생각에 몰두했다.
아무리 생각해도 아귀가 맞지 않았다. 무언가 중요한 고리 하나가
빠진 듯한 느낌이었다. 이런 기분이 드는 것을 보면 저들이 아무
래도 그에게 감추고 있는 것이 있기는 한 모양이다.

"서 사장을 만나 봐야 할까?"

생각을 정리하며 태경은 천천히 자리에서 몸을 일으켰다. 돌아
가는 상황을 보니, 장 회장과 서 사장, 당분간은 두 사람 사이에
서 줄을 타야 할 것 같았다.

그러니 그전에 혜주를 만나야 했다. 지금 무엇보다 궁금한 건
바로 그녀의 마음이었으니까. 원하는 것이 무엇인지, 이런 상황을
알고 있는 것인지, 알고 있다면 그녀의 마음은 두 사람 중 어느
쪽으로 기울고 있는지, 그리고 어른들의 뜻에 따라 멋대로 돌아가
고 있는 이 결혼을 받아들일 준비가 되어 있는지에 대해서 알고
싶었다.

물론, 거부할 기회 같은 것을 줄 생각은 없었다. 싫어도, 다른
사람을 보고 있어도 그는 결국 그녀를 가지고 말 테니까.

"어디 있을까?"

생각하는 순간, 브람스가 떠오른 건 일종의 예감 같은 것이었
다. 그녀를 처음 만난 장소, 그곳으로 가면 어쩐지 그녀가 있을
것만 같은 느낌이 들었다. 그때 그랬던 것처럼 어쩌면 이번에도
그녀는 그곳의, 그 자리에 앉아 여전히 바느질에 빠져 있을지도

몰랐다. 아니, 그랬으면 좋겠다. 고작 그런 것을 바랄 만큼 그는 그녀가 궁금했다.

귀한 외동딸이니 신변에 무슨 문제가 생긴 것도 아닐 텐데 이런 더러운 일들과는 아무 상관 없이 시간이 갈수록 더 걱정되고, 자주 떠오르고, 또 점점 더 그리워졌다. 그날, 예정대로 다시 만났다면 이 마음이 조금은 달라졌을까?

생각을 하면서도 그는 이미 고개를 젓고 있었다. 다시 만났다면 아마 더 깊게 빠져들었으리라. 마음뿐만 아니라 영혼까지 빼주고 싶을 만큼 깊고도 깊게.

"미친놈."

마치 여기저기 전이되어 가고 있는 암세포처럼 점점 더 덩치를 불려 가는 감정이 태경은 조금 두렵기까지 했다. 다른 것들과 달리 이 낯선 감정은 애초부터 그가 제어할 수 있는 성질의 것이 아니라는 사실을 잘 알고 있었기 때문이다. 제어할 수 없기 때문에 마음은 더 불안하고 위태로운 것일 터였다.

그런 사실을 태경은 브람스에 도착한 순간 몸서리치게 깨달았다.

'서혜주!'

그녀가 거기 있었다. 다른 남자와 함께.

넋을 빼놓고 나온 사람처럼 멍한 시선으로 혜주는 남자를 바라보았다. 사랑을 많이 받고 자란 티가 나는 화사하고 말끔한 얼굴에, 그 나이 대와 별로 어울리지 않는 고가의 정장을 차려입은 남자는 연방 웃는 얼굴로 계속해서 무슨 말인가를 주절거리고 있었다.

"사실, 제가 그 차를 굉장히 어렵게 구했거든요. 국내에 몇 대밖에 안 들어온 차라 예약하고도 몇 년을 기다렸는지……."

"……."

10년이었다.

완벽한 독립을 꿈꾸며 기다려 온 시간이 딱 10년이었는데 그 모든 것이 부질없다는 사실을 깨닫는 데는 단 10분으로 충분했다.

'곧 사람을 보내겠다. 공부도 마쳤으니 다 정리하고 집으로 들어와야지, 이제.'

감정 한 올 담기지 않은 냉철한 시선으로 바라보며 남자는 그렇게 말했다. 금방이라도 쓰러질 듯 가느다란 몸과 창백한 얼굴 따윈 보이지 않는다는 듯 걱정은커녕 의견 한 번 묻는 법도 없이 그저 제 할 말만 했다.

'여기 우리 김 군이랑도 친하게 지내라. 젊은 사람들이니 얘기가 잘 통할 거야. 졸업식도 있고 하니 내년 봄쯤 결혼해서 같이 유학을 떠나는 것도 좋겠지.'

뭐가 좋다는 걸까.

다정한 척 부드럽게 이어지는 낯선 목소리를 들으며 혜주는 묘한 반발심이 솟는 것을 느꼈다.

10년이었다. 그 시간이 흐르는 동안 이제껏 자신에게 관심 한 톨 내비치지 않은 사람이었다. 이름뿐인 부녀지간으로, 일 년에 한 번이나 볼까 말까 한 사이를 유지했기에 그녀가 무엇을 생각하고, 무엇을 꿈꾸면서 살아왔는지 아무것도 모르면서 그는 마치 그녀의 인생을 좌지우지할 권리가 있는 사람처럼 굴고 있었다.

'네 어머니 제안은 다 잊어라. 집안이야 그렇다 쳐도 그쪽은 나이가 너무 많아.'

어머니라니, 누가? 사모님은 처음부터 그냥 사모님이었을 뿐 단 한 번도 어머니였던 적이 없었다. 그것은 앞으로도 마찬가지일 터였다.

그런 사실을 누구보다 잘 아는 사람이 바로 그였다. 그런데 그런 사실 따윈 모른다는 듯 그는 이제 와 태연하게 사모님과 그녀를 가족으로 묶어 내고 있었다.

그와 부녀지간으로 묶이는 것만큼이나 생소하면서도 끔찍한 느낌에 마치 비늘이 일어나듯 온몸에서 소름이 돋았다. 문득, 토기가 일었다.

앓는 동안 슬며시 잊어 가고 있던 분노가 다시 새파랗게 피어나 가슴을 활활 지져 대는 느낌이었다. 코가 맵고 숨이 막혔다. 할 수만 있다면 이 자리에 주저앉아 소리 내어 엉엉 울어 버리고 싶은 마음도 들었다.

그러나 힘없이 고개를 숙이고 눈물을 떨어뜨리는 대신 혜주는 입술을 질끈 깨물면서 조용히 몸을 일으켰다.

"헤, 혜주 씨?"

새로 장만했다는 자신의 비싼 차에 대해서 혼자 열심히 설명을 이어 가던 남자가 당황한 얼굴로 엉거주춤 따라 일어서며 그녀를 바라보았다. '설마, 이대로 그냥 가 버릴 건 아니지?'라는 표정이 역력한 얼굴. 주름 하나 없이 팽팽하다 못해 앳되기까지 한 그 얼굴을 가만히 보다가 그녀는 문득 생각했다.

'이런 어리고 철딱서니 없는 남자랑 뭘 하라고?'

저보다 두 살이나 많다는 소리를 분명히 들었음에도 불구하고 그녀는 마치 제가 가르치는 어린 학생을 보듯 그를 바라보았다. 그녀의 생각처럼 그가 마냥 어려서가 아니라 누군가와 저절로 비교가 된 까닭이었다.

태하 씨는, 아니 그 남자는 훨씬 성숙하면서도 누구도 범접하지 못할 강한 분위기를 가지고 있었다. 눈앞의 어린 남자 따윈 가져다 댈 수도 없을 정도로 훨씬 어른스러운 데다 그냥 보고만 있어도 안심이 될 만큼 넓은 어깨를 가진 남자였다. 눈빛은 물론이고 손끝까지도 마냥 다정하고 친절했다. 나이가 너무 많다는 말로 폄하할 수 있는 사람이 절대 아니란 말이다.

'그 사람이 어떤 사람인지 잘 알지도 못하면서!'

격한 반발심에 움켜쥔 손끝이 다 아려 왔다.

십 년 만에 처음으로 마주 앉고서야 그녀는 깨달았다. 그 사람도 결국은 사모님과 똑같은 종류의 사람이라는 사실을.

며칠 동안 물 한 모금 제대로 마시지 못하고 앓다가 불려 나온 그녀에게 그는 묻지도 않고 두툼한 스테이크를 시켜 줬더랬다. 그러곤 창백한 얼굴 따윈 보이지도 않는다는 듯 줄곧 결혼이니, 미래니 하는 이야기만 늘어놨다. 허망한 시선이 손 한 번 닿지 못한 채 차갑게 식어 빠진 고깃덩이를 스쳤다.

'저 고깃덩이와 내가 다른 게 뭘까.'

이의 따윈 받아들이지 않겠다고 말하듯 단호한 태도로 한 치의 망설임도 없이 움직이는 그를 보며 그녀는 여태껏 그가 자신을 단 한 순간도 자식이라고 여긴 적이 없다는 사실을 알았다. 그에게 자신은 그저 이용하기 좋은 도구, 그 이상도 이하도 아니었던 것이다.

깨닫는 순간 다시 가슴이 무너졌다. 처음부터 아버지가 아니라고, 그를 향한 기대 따윈 버렸다고 생각했는데 이상하게도 마비가 온 듯 심장이 딱딱해지고 울컥 눈물이 솟았다.

그리고 그런 스스로에게 그녀는 깊이 실망하고 있었다. 애써 내려놓았던 분노로 다시 이성이 흐려질 만큼.

"죄송한데요."

입술을 질끈 깨물면서 혜주는 싸늘하게 입을 열었다.

"너무 유치해서 더는 못 들어 주겠어요. 자신이 번 돈으로 산 것도 아닌, 그런 쓸데없는 차 이야기를 할 시간에 공부를 한다거나, 앞으로의 인생에 대해서 고민해 보는 게 어떨까요?"

"예?"

"일이 밀려서 이만 가 보겠습니다. 저는 부자가 아니라 직접 일을 해야 먹고살거든요."

말도 안 되는 핑계라고 생각한 것일까?

멍청하게 일그러져 있던 얼굴에 불쾌한 감정이 슬쩍 더해지는 것이 보였다.

그러거나 말거나 혜주는 돌아보지 않고 그대로 자리를 떠나 버렸다. 아무리 말해도 기숙사 생활을 시작한 그날부터 아르바이트를 하면서 살아온 자신의 인생을 그는 결코 이해하지 못할 테니.

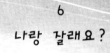

6
나랑 갈래요?

멍하니 서서 한참이나 쏟아지는 물을 맞고 있던 태경이 문득 손을 뻗어 물을 잠갔다. 그러자 머리 꼭대기부터 시작해 온몸을 두드려 대던 얼음장 같은 물이 순식간에 뚝 그치면서 동시에 다른 곳으로 가 있던 정신이 서서히 돌아오기 시작했다.

띵똥!

초인종이 울리고 있었다. 잘못 들은 줄 알았는데 정말 이 시간에 누군가가 찾아온 모양이다. 짧은 순간, 근신을 핑계로 병원에 입원 중인 태하가 탈출이라도 한 게 아닐까 하는 생각이 뇌리를 스쳐 갔지만 일단 무시했다. 온다고 반갑게 맞아 줄 그가 아니라는 걸 누구보다 놈이 제일 잘 알고 있을 텐데 설마하니 그런 멍청한 짓을 할까 싶었던 것이다.

무엇보다 지금은 그의 기분이 몹시도 심란한 상황이었다.

혜주가 다른 남자와 다시 선을 보는 장면을 목격한 이후, 그는 거의 제정신이 아니었다. 짧은 순간이나마 그녀가 저를 원하지 않을지도 모른다는 생각을 해 본 적이 있긴 했지만 그것을 눈앞에서 그런 식으로 확인받을 줄은 미처 몰랐었다.

깨닫는 순간, 가슴엔 불이 붙고 머릿속에선 시린 눈보라가 불었다. 그녀에게 거부당했다는 생각만으로도 그는 순식간에 이성을 잃었다. 할 수만 있다면 당장 달려가 패악을 부리고 싶을 정도였다.

그 상태에서 운전대를 잡았는데 사고 한 번 없이 어떻게 집까지 무사히 왔는지 기억이 나지 않을 지경이었다.

집으로 와서도 불길은 쉽게 가라앉지 않았다. 그에, 성난 표범처럼 한참이나 거실을 서성이며 그는 생각에 생각을 거듭해야 했다. 그녀를 가질 수 있는 모든 수단을 추리고 다른 후계자를 선택한 서 사장의 생각을 돌릴 수 있는 방법을 찾아 헤맸으며 거기에 더해 장 회장에게 양보할 수 있는 것들의 리스트를 만들었다.

거기까지 숨이 가쁘도록 달리고 난 후에야 태경은 욕실로 달려가 찬물을 맞기 시작했다. 모든 수단과 방법을 강구하고 완벽한 계획을 세워 놓았음에도 불구하고 활활 타는 가슴이 도무지 진정이 되질 않았기 때문이다.

가슴이 온통 불안으로 떨리는데 그 이유를 알면서도 돌아보고 싶지 않은 기분이었다. 이런 때에 태하가 또 사고를 치기라도 하면 모르긴 해도 정말로 때려죽이고 싶어질지도 몰랐다.

"후우, 안달하지 마. 네 거야, 네 여자야. 쫄 것 없어. 결국은 가지고 말 거라는 거 알고 있잖아."

가운을 찾아 대강 걸치면서 태경은 스스로를 향해 그렇게 속삭였다. 그렇게 설득이라도 해야 할 만큼 그는 확실히 조급해하고 있었다.

그래서 애써 여유로운 척 심호흡을 하고 수건으로 머리를 털면서 천천히 욕실을 나섰다. 이제부터는 장 회장과 서 사장 사이에서 마치 줄을 타듯 균형을 맞추며 한 박자 느리게 움직여야 한다는 사실을 되새기면서.

그사이, 약간의 시간을 두고 다시 초인종이 울렸다. 망설이는 것인지, 아니면 그리 편한 방문이 아닌 것인지 방문자가 초인종을 누르는 간격이 조금 길었다. 그 사실에 약간의 의문을 느끼며 그는 상대를 확인도 않고 성큼 나가 그대로 문을 열어 젖혔다.

"음?"

찬물을 너무 오래 맞아 헛것이 보이는 건가?

뜻밖의 상황에 태경은 저도 모르게 혀를 깨물었다. 창백한 얼굴을 한 혜주가 문 앞에 오도카니 서 있었다. 발견하자마자, 매캐한 연기를 내뿜으며 활활 타오르던 가슴속의 불길이 순식간에 훅 가라앉았다.

혹시, 가슴에도 바다가 있는 것일까? 마치 파도치듯 뜻 모를 감정들이 일어나 발치까지 왈칵 몰려왔다가 도로 슬쩍 밀려나는 것이 느껴졌다.

그녀를 다시 마주한 데에서 오는 반가움과 완벽히 거절당할지도 모른다는 데에서 오는 두려운 마음이 어지럽게 교차했다. 그래서 뻣뻣하게 선 채 그는 한동안 어떤 반응도 보일 수가 없었다. 이거야 마치 겁쟁이 같지 않은가.

그런 스스로에게 짜증이 치미는 것도 잠시, 오들오들 떨리는 몸과 지난번에 비해 조금 더 가늘어진 얼굴선, 그리고 예의 물이 고인 듯 촉촉하게 젖은 눈동자를 확인한 순간, 가슴은 또 쿵 소리를 내면서 속절없이 내려앉았다. 언제 화가 났었냐는 듯 마음은 온통 안절부절못하고 몸은 한걸음에 달려가 품에 안아 달래 주고 싶은 충동을 견디느라 뻣뻣해지고 있었다.

'속도 없는 놈.'

태경은 짧게 혀를 찼다.

다른 남자와 선을 본 여자였다. 지난 며칠 동안 연락 한 자락 없다가 갑자기 찾아온 게 무슨 큰 은혜라고 이렇게 좋아 날뛴단 말인가.

금지옥엽이었다. 오냐오냐하며 저 아니어도 걱정해 줄 사람이 천지일 텐데 쓸데없는 걱정을 더해서 무엇할까.

생각은 그랬는데 몸은 또 엉뚱한 반응을 보이고 있었다.

입술을 꼭 다문 채 그저 떨고만 있는 그녀를 보던 것도 잠시, 태경은 곧 아무 말 없이 문 앞에서 슬쩍 비켜섰다. 이성이 끼어들 틈도 없이 벌어진 일이었는데 그 사실을 아는지 모르는지 그녀는 한참을 망설이다 입술을 질끈 깨물더니 결국 안으로 들어섰다.

동시에 현관문이 육중한 소리를 내면서 닫혔다.

'뭐, 뭐라고 말하지?'

혜주는 조금 긴장하고 있었다.

카페 브람스를 나선 순간부터 정신줄까지 내려놓고 미친 듯이 달려온 길이었다. 사모님과 그 사람의 계획을 모두 망쳐 버리자고, 더 이상은 이용당하지 않겠다고 단단히 결심하고 온 길인데 막상 그를 마주하자 갑자기 덜컥 겁부터 났다.

떠나갔던 정신이 그제야 돌아온 듯 제가 하려는 일이 얼마나 황당한 것인지도 깨달았다. 볼품없는 제 꼴은 생각지도 않고 어쨌거나 덤비면 무조건 받아 줄 거라 생각했다니. 저 대단한 남자가 뭐가 아쉬워서?

거실 유리문에 비친 제 모습을 발견하고 그녀는 어쩐지 조금 허탈한 기분마저 들었다.

핏기 하나 없이 창백하고 마른 몸에 헝클어진 머리칼과 눈 아래의 짙은 그림자까지. 어느 모로 보아도 딱 시체 몰골이었다. 곧 죽어 나갈 몰골을 하고 찾아오면서도 그녀는 제 꼴이 이렇게나 심각한 상태인지 미처 깨닫지 못했더랬다. 그녀에게 관심 하나 없는 사람들과 있다 보니 스스로조차도 그만 멀쩡하다고 착각을 한 것이다.

'괜찮아. 목적은 이미 반쯤은 이루어진 것이나 마찬가지니까.'

창백한 뺨을 감추듯 한 손으로 슬쩍 문지르며 혜주는 고개를 숙였다.

그녀의 시선이 문득 유리문 너머로 향했다. 막막한 어둠에 가로막혀 아무것도 보이지 않지만 그녀는 안다. 저곳 너머 어딘가에서 그녀를 지켜보는 시선이 있다는 사실을. 그 시선의 주인에 의해 그녀가 이곳으로 왔다는 사실은 벌써 누군가에게 보고되었을 터였다. 사모님에게든, 혹은 그 사람에게든 말이다.

그러니 굳이 무언가를 하지 않아도 그녀의 목적은 벌써 반은 이루어진 것이나 마찬가지였다. 물론, 이대로 있다가 아침에 나가면 일은 더 확실해진다. 분명히 무슨 일이 있어도 있었을 거라고 생각할 테니 사모님은 사모님대로, 그 사람은 그 사람대로 그들이 내세운 사람과 결혼하라는 말은 더 못 할 것이었다.

거기까지 생각했을 때였다. 문득, 눈앞으로 하얀 머그잔이 나타났다. 놀라서 고개를 들자 그가 잔을 든 채 그녀를 가만히 바라보고 있었다.

"마셔."

참 이상하지?

방금 전까지 아무렇지 않았는데 그의 손에 들린 잔을 본 순간 갑자기 타는 듯한 갈증이 느껴졌다. 그제야 집을 나선 이후 하루 종일 물 한 모금 제대로 마시지 못하고 끌려다녔다는 사실을 깨달았다. 샵으로, 미용실로, 그리고 카페까지. 낯선 사람의 손에 이끌려 잔뜩 긴장한 채 어딘지도 모르는 곳으로 끌려다니느라 목이 타는 줄도 몰랐었다.

망설이다 혜주는 두 손을 내밀어 머그잔을 소중하게 받아 들었다. 차가 아니라 따뜻한 우유였다. 그것을 보자 이상하게 가슴 한쪽이 먹먹해졌다. 시린 손끝에 와 닿는 따뜻한 기운 때문인지, 아니면 누군가를 떠올리게 하는 우유 때문인지 터무니없게도 안도감마저 들려 했다.

어렸을 적, 잠투정을 하는 그녀에게 엄마는 간혹 이렇게 우유를 데워 주곤 했었다. 늦도록 잠을 자지 않고 있으면 우유 한 컵에 꿀 한두 스푼을 넣고 따뜻하게 데워 주곤 했는데 가끔은 이걸 마시고 싶어서 일부러 늦게까지 자지 않은 적도 있었다.

그렇게 좋아하던 것이었지만 엄마가 떠난 이후로는 구경을 못했다. 어쩔 수 없이 눈가가 벌겋게 달아올랐다.

그것을 숨기듯 그녀는 허겁지겁 우유를 들이켰다. 따뜻하고 고소한 액체가 목구멍을 넘어 마른 가슴까지 아득하게 번져 가고 있었다.

동시에, 들들 끓던 가슴도, 타는 듯 아프던 목도 서서히 가라앉으면서 흐릿하던 시야마저 선명하게 밝아졌다. 내내 어둡기만 하던 기분도 조금 나아진 것 같았다. 힘이 났다. 가슴 한복판에 다시 연둣빛 싹을 키울 수 있을 것 같은 기분도 들었다.

그래서 한 모금, 한 모금 아끼듯 천천히 컵을 비우고 그것을 다시 그에게 내밀면서 혜주는 말했다.

"있잖아요."

"……."

"나, 나랑 잘래요?"

뭐?

뜻밖의 말에 태경은 혹시 제가 뭘 잘못 들은 것인가 싶어 저도 모르게 그녀를 돌아보았다.

"나랑 잘래요?"

바들바들 떨리는 목소리로 그녀가 다시 제안했다.

창백한 얼굴과 하도 깨물어서 피멍울이 맺힌 작은 입술, 그리고 숫제 울 것 같은 습윤한 눈망울을 그대로 드러낸 채였다. 그 모습이 마치 '잡아먹어 달라고 애원하는 사슴 같다.' 고 그는 생각했다.

아닌 게 아니라, 실제로도 식욕이 동했다. 먹잇감이 아닌 암컷을 향한, 끔찍할 정도로 강렬한 욕구가 그의 이성을 붙잡고 달달 흔들어 대고 있었다.

'넌 분명히 전생에 맹수였을 거야.'

농담 같았던 친구 놈의 말에 그는 전적으로 동의했다.

확실히 그에겐 사냥 본능 같은 것이 있었다. 원하는 것을 향한 집요한 관심과 투지 어린 갈망, 그리고 질긴 인내력이 바로 그것이었다.

그 질긴 인내력이 누구들 덕분에 바닥을 드러내고 있는 때였다. 아닌 게 아니라, 방금 전까지 그는 그녀를 낚아챌 모든 수단과 방법을 강구하고 있지 않았던가. 그를 시험할 의도였다면 확실히 그녀는 때를 잘못 잡았다.

"그런 말을 하기엔 넌 너무 어려."

태경은 탁자 위에 컵을 내려놓고 나직하게 입을 열었다.

"그리고 남자에 대해 아무것도 모르는 것 같군."

"……."

"혹시, 그렇게 말하면 예의로라도 내가 사양할 거라고 생각했나?"

꿀꺽.

가녀린 목이 긴장으로 움츠러드는 것을 보면서 태경은 슬쩍 미소 지었다. 그러곤 다시 천천히 다가가 마치 관찰하듯 섬세한 눈길로 그녀를 내려다보면서 말했다.

"만일, 그렇다면 넌 실수한 거야. 난 절대로 착한 놈이 아니지만 기회를 놓치는 바보는 더더욱 아니거든."

"……."

"좋아. 그 제안 기꺼이 받아들이지."

그의 말에 그녀의 얼굴은 이제 종잇장처럼 파리하게 변해 버렸다. 유난히 까만 눈동자가 겁에 질려 세차게 흔들리고 있었다.

그러나 그도 잠시. 다시 입술을 질끈 깨물면서 그녀는 덜덜 떨리는 손으로 입고 있는 블라우스의 단추를 잡았다.

긴장일까, 혹은 두려움일까? 고작 작은 단추 하나 푸는 일을 가지고 그녀는 한참이나 뜸을 들였다.

"그러다 날 새겠군."

흠칫!

그저 한 걸음 더 다가섰을 뿐인데 그녀는 놀라 어깨까지 떨었다. 건드리기만 해도 털썩 주저앉을 듯한 모습이었다.

그런 것을 무시하고 태경은 가만히 손을 뻗어 그녀가 한참이나 만지작거리고 있는 단추를 잡았다. 그러곤 흑백이 뚜렷한 예의 눈동자를 똑바로 바라보면서 그것을 하나하나 풀기 시작했다.

"사실은, 계속 생각하고 있었지."

"……."

"나는 말이야, 태어난 순간부터 지금까지 원하는 것을 가져 보지 못한 적이 없어. 노력하지 않아도 그저 원하기만 하면 당연히 내 것이 되었으니까. 문제는……."

"……."

"문제는 말이지, 내가 이제껏 사람을 원해 본 적이 없었다는 사실이야. 그래서 계속 생각해야 했어."

툭!

그의 손끝에서 마지막 단추가 풀렸다. 여자가 떨리는 시선으로 그것을 바라보고 태경은 그런 여자를 보고 있었다. 그러면서 말했다.

"너를 가지면 어떻게 될까. 무엇이 달라질까. 어떤 영향을 받게 될까. 매일매일 생각했지. 너를 만난 그날 이후 줄곧. 어떤 때엔 너무 많이 생각해서 머리가 아플 정도였어."

"……."

"사실은, 그럴 필요가 없었는데도 말이지. 확실히 바보 같은 짓이었다고 생각해. 원하기 시작한 이상 어차피 가질 거였으면서. 그로 인해, 어떤 대가를 치러야 한다고 해도!"

속삭이듯 나직하게 말하며 그는 그녀의 가녀린 어깨 너머로 블라우스를 벗겨 내었다. 허물 같은 하얀 블라우스가 힘없이 바닥으로 떨어졌다. 귓가의 보송한 솜털과 가는 목덜미, 그리고 한없이 부드러울 것처럼 보이는 뽀얀 피부가 아릿하게 눈에 밟혔다. 어쩔 수 없는, 희미한 떨림까지도.

그것을 보면서 그는 천천히 그녀의 귓가에 입술을 가져가 가만히 속삭였다.

"그러니까 이제 말해 봐. 너를 갖는 대신 내가 어떤 대가를 치러야 하는지."

"……아, 아무것도."

"음?"

"아무것도 없어요. 오늘 밤을 끝으로 나를 그냥 버려도 좋아요."

"……."

"정말이에요."

애써 단호한 표정을 지으며 그녀가 말하는 순간, 태경은 저도 모르게 피식 웃었다. 웃기는 소리였다. 그가 욕심을 내기 시작한 순간, 그녀가 그에게로 온 순간, 그리고 그 사실을 장 회장이 눈치챈 순간, 치러야 할 대가는 이미 정해진 것이나 마찬가지였다.

그것을 이 여자는 정말 모르고 있는 것일까, 아니면 모르는 척하고 싶은 것일까? 그도 아니라면…….

'혹시, 너도 나를 원하게 된 것일까?'

아니, 그럴 리는 없겠지.

태경은 쓴웃음을 삼켰다. 어쨌거나 그의 선택은 이미 오래전에 끝나 버렸다. 그러니 이제는 돌이킬 수 없었다.

"그럴 일은 없어."

강한 눈으로 그녀를 직시하며 그가 말했다.

"버릴 거였으면 애초부터 욕심을 내지 않았을 테니까."

버릴 수 있는 거였다면 여기까지 오지도 않았을 테니까.

생각과 함께 태경은 그녀의 여린 목덜미에 코를 박았다. 풀꽃처럼 희미하게 번지는 달콤 쌉싸래한 여체의 향기를 가슴 깊이 들이마셨다. 그러다 문득 눈을 빛내며 한 마리 맹수처럼 송곳니를 드러내고는 마치 흔적을 새기듯 부드럽고 달콤한 살을 살짝 깨물었다.

"아얏!"

"쉬이. 너무 딱딱하게 굳어 있지 마. 통나무를 안고 싶은 생각은 없으니까."

"하, 하지만……."

뭘 어찌해야 할지 모르겠다는 얼굴로 그녀가 울상을 지었다. 그런 것을 무시하고 태경은 길고 섬세한 손가락으로 그녀의 벗은 팔을 가만히 쓸었다. 그러곤 다시 시선을 마주한 채 등 뒤로 팔을 뻗어 치마의 후크를 풀었다. 골반 위에 걸려 있던 치마가 아무런 저항도 없이 미끄러지더니 곧 그녀의 발아래로 툭 떨어졌다.

얇은 슬립 차림으로 서 있는 그녀를 태경은 한동안 가만히 바라만 보았다. 마치 눈이 부시다고 말하듯 조금은 경애 어린 눈빛이었다. 그러다 아까보다는 조금 더 조심스러운 동작으로 손을 뻗어 아직 젖살이 남은 통통한 볼을 쓸어 보았다.

어쩌면 지금쯤 이 여자는 후회를 하고 있을지도 모른다는 생각이 들었다. 그렇다 한들, 이제는 돌이킬 수 없겠지만. 그런 생각과 함께 태경은 엄지손가락만 움직여 천천히 그녀의 입술을 쓸었다.

피멍울이 진 입술은 평소보다 붉었다.

보기 좋은 모양에 선홍빛으로 물든 통통하고 부드러운 살점이 손가락에 눌려 제멋대로 이지러지고 있었다. 그러다 더 참지 못하고 태경은 천천히 제 입술을 가져갔다.

그것은 꽤 조심스러운 입맞춤이었다. 무언가를 느낄 새도 없이 그저 '쪽!' 소리로 끝나는 아주 짧은 접촉이었다. 그러자 반사적으로 두 눈을 질끈 감고 있던 여자가 '이게 끝?' 하고 묻는 것처럼 눈을 동그랗게 뜨고 그를 바라보았다.

그에, 피식 웃으면서 그는 한 손을 뻗어 그녀의 작은 얼굴을 감쌌다. 그러곤 고개를 숙여 이번엔 조금 거칠게 그녀의 입술을 내리눌렀다. 향기를 음미하며 강하게 빨아들이다 달래듯 혀로 입술을 쓸었다. 그리고 곧 살짝 벌어진 입술 사이를 가르고 깊은 곳까지 혀를 밀어 넣었다.

"읍!"

강렬하기까지 한, 농익은 키스에 놀랐는지 그녀는 숨도 제대로 쉬지 못하고 버둥거리다 간신히 손을 뻗어 그의 허리춤을 붙잡았다.

'아직이야. 더, 더 매달려야 해. 내 것이 되려면 더 욕심을 내. 꽉 붙잡아. 절대로 놓치지 않도록.'

미처 내뱉지 못한 말이 그렇게 입안에서만 맴돌고 있었다. 그리고 다음 순간, 갑자기 키스가 더 깊어졌다. 태경은 그녀의 좁은 입안을 샅샅이 훑은 다음 작은 혀를 찾아내 휘감으며 부비다 강한 힘으로 빨아 당겼다. 입술을 잘끈 깨물고 핥고 잡아먹을 듯 빨아 대기도 했다.

가뜩이나 피멍울이 잡혀 있던 입술이 터지면서 새빨간 피가 입술 가득 번지고 있었다. 그것을 그는 단 한 방울도 놓치지 않고 깨끗이 빨아 마셨다. 그녀의 향기로 가득한, 죽고 싶을 만큼 달콤한 맛이었다.

"앗!"

입술에서 느껴지는 따끔한 통증에 혜주는 저도 모르게 짧은 비명을 내질렀다. 찢어진 것인지 입안에서 살짝 비린 맛이 느껴졌다. 그것을 꿀꺽 삼키고 그녀는 다시 가쁜 숨을 몰아쉬었다.

키스는 생각보다 거칠었다. 아니, 뜨거웠다. 한낮의 거리에서 나누었던 첫 키스의 기억 따위 생각도 나지 않을 만큼 깊고도 격정적인 입맞춤에 그녀는 거의 정신을 잃을 지경이었다. 그가 이런 키스를 할 줄은 상상도 못 했다.

허리를 조이고 있는 억센 힘에 몸을 맡긴 채 그녀는 조금 헉헉거렸다. 이런 것이 진짜 키스일까? 생각하는 순간, 쪽 소리와 함께 입안을 온통 휘젓던 무례한 혀가 빠져나갔다. 동시에, 몸이 붕 떠올랐다. 깨달았을 땐, 이미 공주님처럼 그의 품에 안겨 있었다.

반사적으로 그의 목을 끌어안고서야 그가 가운 차림임을 깨달았다. 막 샤워를 마친 후인지 그의 머리칼이 아직 촉촉하게 젖어 있었다. 부끄러움에 괜히 볼이 달아올랐다.

"샤, 샤워를……."

온통 벌겋게 달아오른 얼굴로 그녀는 조그맣게 속삭였다. 무엇을, 어떻게 해야 할지 몰라 그냥 옷부터 벗은 일이 몹시 후회되려하고 있었다.

"괜찮아."

낮은 목소리로 그가 귓가에 입술을 대고 속삭였다. 그러면서 한쪽 발로 침실의 문을 밀었다. 흐린 조명 아래 잘 정리된 넓은 침대를 보자 이번엔 가슴이 벌렁거리기 시작했다. 처음 보는 것도 아닌데 너무 긴장이 되어서 그런지 멀쩡한 침대가 무섭게 느껴질 지경이었다.

그러나 그 무서운 침대 위에 곱게 눕혀져 등 뒤로 와 닿는 푹신한 감촉을 느꼈을 땐 이번엔 그 속으로 파고들고 싶은 기분을 느꼈다. 마치 감상하듯 전신을 헤매는 그의 깊은 시선을 피해 숨고 싶어진 것이다.

꿀꺽.

마른침이 자꾸만 목을 타고 넘어갔다. 진즉부터 벌렁대던 심장은 이제 거의 튀어나올 것처럼 날뛰고 있었다. 그가 손을 내밀어 뺨을 감쌌을 때엔 너무 떨려서 하마터면 비명을 지를 뻔했다. 그의 커다란 손에 얼굴이 감싸인 채 혜주는 떨리는 목소리로 물었다.

"뭐, 뭐라고 불러야 해요?"

"태경, 최태경."

"……그날, 거절하러 나온 것 맞죠?"

태경은 대답하지 않았다.

온통 상처로 가득한 눈을 마주하고 있자니 그 간단한 말이 쉬이 떨어지지 않았다. 대답 대신 그는 그 습윤한 눈동자를 보며 천천히 입을 맞췄다. 부어터진 작은 입술은 여전히 달콤하기만 했다.

"왜 거절하지 않았어요?"

그녀가 다시 물었다. 그 질문에도 역시 대답은 쉽게 나오지 않았다. 이 지독한 탐욕에 대해 뭐라고 설명해야 할지 몰라서였다. 그저 반했다고 하기엔 약하고 사랑이라고 하자니 그보다 더 독한 그 무엇이었다. 그래서 한참 만에야 털어놓은 대답은 스스로 생각하기에도 참으로 비루하기 짝이 없었다.

"가지고 싶어졌어."

"……."

"그러니까 가질 거야. 후회해도 소용없어. 절대 놓아주지 않을 테니까."

과연 그럴 수 있을까.

젖은 눈을 일렁이며 혜주는 쓰게 웃었다. 그녀의 정체에 대해 이 사람은 아무것도 모른다. 모르니까 할 수 있는 소리였다. 모든 사실을 알고 나면…… 그녀가 서혜주가 아니라는 사실을 그가 알고 나면 아주 많은 것이 달라질 터였다. 아니, 어쩌면 모든 것이 다.

'오늘 밤뿐이야. 한 번이면 다 끝나. 그러니까 난 괜찮아. 이제 다시는 누구에게도 상처받지 않을 테니까.'

혜주는 가만히 눈을 감았다. 그러자 따스한 입술이 다가와 눈가를 살며시 내리눌렀다. 위로하듯 어루만지는 입술의 감촉이 너무 다정해 다시 울컥 눈물이 날 것만 같았다. 잔잔하던 가슴 한구석이 크게 울렁거렸다. 이 남자의 친절에 잠시만 기대었다 가도 될까.

무언가를 욕심내는 일이 두려운 그녀에게 이런 감정은 사치나 마찬가지였다. 그러나 지금은 아무 생각도 하고 싶지 않았다.

"눈 떠."

귓가에 입술을 대고 그가 나직하게 속삭였다. 훅 불어오는 뜨거운 숨결에 저도 모르게 어깨가 흠칫 떨렸다. 그가 혀를 내밀어 귓불을 핥고 있었다. 쪽 소리가 나게 빨았다가 둥근 귓바퀴를 따라 핥더니 곧 귓속까지 혀가 들어왔다.

"헉!"

온몸의 감각이 귀로 몰리기라도 했는지 느릿느릿 움직이는 혀의 느낌이 너무나 생생해서 오싹 소름이 돋았다.

작게 진저리를 치며 혜주는 눈을 더 질끈 감은 다음 그의 가슴에 손을 대고 살짝 밀었다. 물론, 그런다고 밀려날 만한 덩치가 아니긴 했다. 하지만 그렇다고 손을 낚아채 깍지를 낄 필요는 없지 않은가.

손을 잡힌 채 꼼짝도 못 하고 얼어 있는 동안 귓바퀴에서 맴돌던 그의 입술이 목을 타고 서서히 아래로 내려오고 있었다. 꽃잎 같은 붉은 흔적이 남겨질 때마다 발가락이 자꾸만 안으로 오므라들고 가슴이 걷잡을 수 없이 팔딱거렸다.

목이라는 곳이 원래 이렇게나 예민한 곳이었던가. 아니면 그녀에게 스스로도 미처 알지 못했던 음란한 기질이 숨어 있었던 것인가.

헷갈리고 어지럽고 또 온통 두근거려서 숨마저 점점 가빠졌다.

여린 피부 위를 스치는 까칠한 혀의 감촉을 따라 온몸의 신경이 아래로 흘러내리다 가슴 아래에 차곡차곡 고였다. 와중에 슬립의 끈도 같이 흘러내렸는지 문득 가슴의 정점으로 폭포수 같은 뜨거운 숨결이 쏟아졌다.

"앗!"

순간, 눈이 번쩍 뜨였다.

설마 했는데 얄궂은 입술이 유두 위로 내려앉은 것이다. 해서, 저도 모르게 눈을 부릅뜨고 내려다보니 그가 혀를 내밀어 바짝 곤두선 유두를 슥 핥고 있었다. 그 모습이 묘하게 색정적이어서 갑자기 얼굴이 확 달아올랐다.

충격으로 시야가 부옇게 흐려졌다. 잘생긴 남자라는 사실은 충분히 알고 있었지만 이토록이나 음란한 남자라는 사실은 이제야 알았다. 그녀의 가슴을 탐하는 남자는 음란하면서도 아름답고, 금욕적이면서도 동시에 탐욕스러웠다.

한쪽 가슴을 움켜쥔 채 다른 한쪽을 입 안 가득 물고 빠는 모습이 흡사 사흘 굶은 늑대처럼 보일 정도였다. 생각보다, 아니 상상보다 노골적이어서 그녀는 조금 당황했다. 잠시 잊고 있던 부끄러움이 파도처럼 밀려와 온몸을 덮쳐누르는 것도 같았다.

"이제야 눈을 뜨는군."

"흡!"

젖가슴을 물고 있는 그와 눈이 마주쳤다. 욕망으로 잔뜩 흐려진 시선을 마주하자 벼락을 맞은 듯 몸이 바르르 떨렸다. 도로 눈을 감고 싶어졌지만 그럴 수가 없었다. 만족스러운 얼굴로 가슴에서 입술을 뗀 그가 붉어진 입술을 슥 훑으며 몸을 일으키더니 그녀의 시선을 온통 사로잡은 채 입고 있던 가운으로 손을 가져갔기 때문이었다.

'저, 저, 정말 벗으면 어떻게 하지?'

저는 거의 홀딱 벗다시피 하고 누웠으면서 혜주는 그런 걱정을 했다.

아직 마음의 준비도 못 했는데 그가 정말 가운을 벗고 알몸을 드러내고 그리고 그것을―그러니까 보여 주면 안 되는 어른의 비밀스러운 부위 같은 것들을― 목격하게 된다면 심각한 정신적인 충격을 받을 것 같아서였다.

생각은 그랬는데 그가 정말 가운을 훌렁 벗어 버렸을 때엔 오히려 아무 생각이 들지 않았다. 넓은 어깨와 탄탄한 가슴, 그리고 그린 듯 꽉 조여진 복부를 지나는 남성적인 선이 너무나 아름다웠기 때문이었다. 지극히 남성적이면서도 눈이 부시게 유려한 몸매였다.

그 순간 혜주는 '저 완벽한 몸에 내가 만든 옷을 입혀 볼 수 있다면' 하는 생각을 하고 있었다. 물론, 그런 생각은 허벅지 사이의 검게 그늘진 아랫도리를 목격한 순간 확 달아나 버리긴 했지만 말이다.

'꿀꺽. 크, 크다.'

갑자기 긴장감이 훅 몰려왔다.

이제껏 남자의 물건이라곤 본 적이 없었지만 그녀에게도 일단은 여성으로서의 본능이라는 것이 있었다. 그런 여성의 본능이 위험신호를 보내올 정도면 확실히 경각심을 가져야 마땅하지 않겠는가.

저도 모르게 엉덩이가 뒤로 빠졌다. 지금이라도 도망치고 싶다는 생각도 들었다. 그러나 미처 행동으로 옮기기도 전에 다시 발목이 잡히고 말았다. 모양 좋은 손끝으로 그녀의 발목 안쪽을 잡고 어루만지면서 그가 물었다.

"다 봤나?"

도리도리.

"그럼 더 볼 테야?"

도리도리.

"그럼?"

가운을 도로 입혀 주고 싶었다.

벌건 얼굴로 필사적으로 고개를 저으면서 혜주는 뜨건 콧바람을 풍풍 내뿜었다. 그런 것을 보고 또 무슨 오해를 했는지 그가 문득 피식 웃더니 그녀의 벗은 다리를 미끄러지듯 거슬러 올라와 순식간에 몸을 겹쳤다. 속절없이 다리가 벌어졌다.

"아!"

"쉿, 가만히."

"그, 그게……."

"괜찮아. 조심할게."

허벅지 안쪽을 쓰다듬으면서 그가 속삭였다. 그러나 어쩐지 마음이 더 불안해지면서 자꾸만 다리가 오므라들려 했다. 살아 꿈틀거리는 듯한 그의 위험한(?) 물건이 벌써부터 허벅지 안쪽을 맹렬

227

하게 찌르고 있었기 때문이다.

"긴장하지 마."

다시 입을 맞추면서 그가 가만히 속삭였다.

아직 아릿한 기운이 남아 있는 입술을 핥다가 살짝 벌어진 틈으로 혀를 밀어넣었다. 입 안 깊숙이 침범하는 그것처럼 아래에선 검붉게 달아오른 그의 남성이 얇은 천 쪼가리에 가려진 은밀한 곳으로 침범하기 위해 허벅지 사이에서 발버둥을 치고 있었다.

두려움인지, 흥분인지 모를 기분에 아랫배가 바짝 조여들고 이불을 움켜쥔 손엔 긴장 어린 힘이 들어갔다. 금방이라도 무슨 일이 벌어질 것만 같아서 그녀는 조금 무서웠다. 혹시, 그 일을 겪고 나면 세상이 아주 다르게 보이게 되는 것은 아닐까? 내일의 그녀가 오늘의 그녀와 결코 같지 않게 되는 것처럼 말이다.

"으음."

조갯살처럼 작은 혀를 휘감고 음미하면서 태경은 나직하게 신음을 흘렸다. 키스만으로도 눈앞이 흐려질 정도로 만족스러운데 예민한 첨단으로 느껴지는 감각은 그보다 더 강렬한 쾌감을 예고하고 있었다. 탱탱하고 부드러운 피부의 감촉 너머 열기와 습기를 품은 뜨거운 습지가 기다리고 있는 느낌이었다. 그곳이 바로 그가 원하는 곳임을 그는 본능적으로 감지하고 있었다.

그에 더 참지 못하고 태경은 몸을 더 바짝 겹치면서 얇은 슬립 안으로 손을 뻗었다. 소중한 곳을 가리고 있는 것은 겨우 손바닥만 한 천 한 장뿐이었지만 마음이 급해 그런지 그것이 마치 장벽이나 되는 듯 두텁고도 성가시게 느껴졌다. 해서, 조금은 성급한 손길로 팬티 위를 문지르자 그녀가 입술을 질끈 깨물면서 다시 낮은 신음을 흘렸다.

"예쁘다."

태경은 진심으로 감탄했다.

이 어린 여자는 왜 이렇게 예쁘기만 할까. 그저 손만 대도 얼굴을 발갛게 물들이며 화들짝 놀라고 이리저리 허둥대다 결국 숨을 색색 몰아쉬면서 베개에 뺨을 묻는 모습이 귀여우면서도 아찔했다. 가슴이 간질거리고 동시에 아랫도리에 힘이 들어갔다. 그리하여 마치 경배하듯 그녀에게 다시 깊게 입을 맞추면서 그는 손을 움직여 천천히 팬티를 끌어 내렸다.

그저 팬티 한 장 벗기는 것뿐인데 손이 떨리고 가슴이 흔들렸다. 그 너머에서 소담하게 자리 잡은 거웃을 발견했을 땐 꾹 눌러 참고 있던 갈증이 솟구쳐 목이 다 잠길 정도였다. 아랫도리가 끊어질 듯 아파 오고 있었다. 마음이 급해지자 숨결도, 손길도 덩달아 거칠어지기 시작했다.

"아아!"

어떻게, 어떻게, 어떻게 해!

어쩔 줄 모르고 허둥대다 혜주는 이불을 꽉 움켜쥐었다. 경악으로 입이 벌어졌다. 스스로도 아직 제대로 들여다본 적 없는 곳으로 낯선 손이 침범한 것이다. 강한 이물감에 거부감이 먼저 치밀었다.

그런데 참 이상하지. 거웃을 헤치고 여린 곳으로 숨어든 손가락이 꼭 다물린 살점을 열고 무언가를 꾹 누르는 순간이었다. 갑자기 몸이 통 하고 튀어 올랐다. 엉덩이가 들리고 허리가 휘더니 몸 속 깊은 곳에서는 작은 전구 같은 빛이 번쩍이다 잦아들었다.

그것이 시작이었다.

그녀의 반응을 느낀 그는 마치 스위치를 발견한 사람처럼 더 적극적으로 그곳을 탐하기 시작했다. 누르고 문지르고 그러다 마침내 긴 손가락이 몸 속 깊은 곳으로 불쑥 고개를 들이밀었다. 충격으로 다시 입이 벌어졌다. 허벅지가 딱딱하게 굳는 느낌이었다.

"흐읍! 읍!"

"힘을 빼. 그렇게 굳어 있으면 더 아플 거야."

"하지만……."

손가락 하나 때문에 몸에도 허벅지에도 그리고 아랫배에도 힘이 들어갔다. 아프고 민망하고 당혹스러워서 왈칵 울음이 터질 것만 같았다. 그런 것을 아는지 모르는지 그가 열기 가득한 눈으로 그녀를 보더니 달래듯 다시 입을 맞췄다.

처음처럼 다정한 입술, 친절한 손길이 한동안 이어졌다. 단단하면서도 뜨끈한 몸뚱이에 갇혀 부드럽게 어루만져지는 느낌은 생각보다 더 황홀했다. 아픈 곳을 어루만지는 손길처럼 따뜻하고 뭉클해서 할 수만 있다면 계속 그대로 있고 싶을 정도였다.

그 생각만으로도 괜히 가슴 어림이 아릿해져 와 혜주는 그의 어깨에 코를 박고 조금 훌쩍거렸다. 착각이겠지만 마치 사랑받고 있는 것 같아서. 주인의 손길을 탐하는 개의 심정을 그녀는 완전히 이해하고 말았다. 그렇게 깊은 안도감이 찾아오려던 순간이었다.

그의 친절한 손길이 다시 아래로 내려가기 시작했다. 다정한 입술도 팔딱이는 맥박을 따라 더할 수 없이 부드럽게 가슴으로 흘러내렸다. 거기까지는 참 좋았는데 그의 숨결이 배꼽 아래에서 느껴지기 시작하자 또 아랫배가 조여들었다.

"앗!"

어떻게 해, 미쳤나 봐. 그토록 점잖은 얼굴로 어떻게 이런 짓을 할 수가!

너무 놀라서 혜주는 하마터면 펄쩍 뛰어오를 뻔했다. 아니, 실제로 허리가 휘면서 엉덩이가 높이 들렸으니 거의 뛰어오른 것이나 마찬가지였다.

그럴 수밖에 없었다. 안 그래도 파격적인(?) 행동으로 그녀를 기함하게 만들고 있는 그가 이번엔 아예 허벅지 사이에 얼굴을 묻었던 것이다.

한 대 처맞은 것도 아닌데 별안간 눈앞에서 별이 번쩍였다. 동시에 발가락이 단풍잎처럼 쫙 벌어졌다. 물기를 머금은 촉수가 예민하고 여린 살을 헤집더니 마침내 은밀한 꽃봉오리를 찾아 쪽 소리가 나도록 빨고 있었다.

"아아!"

비명과는 다른, 자신의 것 같지 않게 높은 신음 소리가 비음과 함께 끊어질 듯 애타게 흘러나왔다. 민망함에 얼굴을 붉힐 정신도 없이 혜주는 가쁜 숨을 몰아쉬며 앓았다. 파도가 치려는 것인지 몸 속 깊은 곳에서부터 보글거리는 물방울이 피어오르고 있었다.

"아흑! 웃!"

"으음."

달큰한 향기를 풍기는 여성에 얼굴을 묻은 채 태경은 낮게 신음했다. 그녀의 소중한 곳은 생각보다 작고 좁았다. 손가락을 하나 넣었을 뿐인데 아릿할 정도로 강하게 조여 왔다. 그에, 다리를 더 넓게 벌리면서 천천히 자극을 이어 갈 수밖에 없었다.

그렇게 한참을 자극하자 다행히도 그녀의 여성이 촉촉하게 물기를 머금기 시작했다. 그는 이미 더 참을 수 없을 만큼 달아올라 있었다.

"미안. 아프더라도 조금만 견뎌 줘."

"아, 안 돼…… 헉!"

쾌감에 겨워 허리를 휘면서도 거부하듯 뻗어 오는 손을 외면하고 태경은 잔뜩 달아오른 첨단을 그녀의 허벅지 사이로 밀어붙였다. 여린 살을 파고들어 촉촉하게 젖은 습지에 닿자마자 격한 충격이 밀려와 몸이 부르르 떨렸다. 눈앞이 아찔해지면서 금방이라도 터져 버릴 듯 아랫도리가 뜨겁게 달아올랐다.

"후우."

잠시 숨을 고르다 그는 곧 천천히 허리에 힘을 주었다. 좁은 입구로 머리를 들이밀자마자 뜨끈하면서도 격렬한 압력이 느껴져 다시 숨이 막혔다.

"아앗!"

"윽! 힘을 빼."

"그, 그게 맘대로 안 되는데……."

그도 더는 마음대로 안 된다. 참을 수도 물러날 수도 없었다.

여기서 멈추면 딱 죽을지도 몰랐다.

버둥거리는 다리를 잡아 더 넓게 벌리면서 그는 가녀린 여체를 꽉 끌어안았다. 그러자 품에 담뿍 안긴 그녀가 반사적으로 팔을 벌려 그의 목을 끌어안는 게 아닌가. 그 작은 동작 하나에 괜히 마음이 뿌듯해졌다. 그의 동작이 더 과감해졌다.

"악!"

아랫도리를 관통하는 통증에 놀라 혜주는 비명을 내지르며 자지러졌다. 아프다는 말만 들었지 얼마나 아픈지는 짐작도 못 했는데 겪어 보니 상황은 더 심각했다. 생리통을 앓을 때처럼 뭉근하면서도 척추까지 찌르르 울리는 화끈한 통증이 파문처럼 동그란 원을 그리며 전신으로 빠르게 번져 가고 있었다.

뜨겁고 커다란 것이 어느새 아랫배 가득 들어찼는데 그것이 마치 살아 있는 것처럼 꿈틀거리는 것이 느껴졌다. 두근두근하는 맥박 소리마저 들릴 듯 느낌이 매우 생생했다. 그 상태로 그는 움직이지 않았다. 그녀가 진정되기를 기다리는 것이다.

"괜찮아?"

끄덕끄덕.

말도 못 하고 그녀는 눈물이 그렁그렁한 눈으로 그저 고개를 끄덕였다. 이미 한 덩어리로 꽁꽁 끌어안고 있는 서로였다. 뜨겁고 민망하고 아프고…… 그리고 야했다. 하지 말아야 할 짓을 하고 있는 것처럼 진한 죄책감도 들었다. 확실히, 그녀는 지금 하지 말아야 할 짓을 하고 있는 중이었다. 그녀의 행동은 사모님에게나 그녀의 남편에게 심각한 문제를 불러올 테니까.

그런 것을 아는지 모르는지 배 속의 덩어리가 다시 꿈틀거리기 시작했다. 파도처럼 슬며시 밀려났다가 힘 있게 들이닥친다. 잠잠해질 듯하던 통증이 크기를 불려 다시 돌아왔다.

모든 역류는 이토록이나 고통스러운 것일까? 그의 목을 끌어안고 매달리면서 혜주는 그런 생각을 했다. 애초에 자신이 태어난 것 또한 그런 역류 중 하나였을지도 모른다고. 그래서 자신의 삶이 이렇게 고통스러운 거라고.

"아흑! 악!"

"혜주, 혜주야."

조금 낯설게 들리는 열에 달뜬 목소리.

완전히 빠져나왔던 남성을 다시 뿌리 끝까지 밀어 넣으며 그는 나직하게 신음했다. 빡빡하고 좁은 여성이 미친 듯이 조여 와 그때마다 숨이 턱턱 막히면서 생전 처음 겪어 보는, 죽음 같은 쾌락이 밀려왔다. 할 수만 있다면 이대로 같이 죽어 버리고 싶은 기분마저 들었다.

신음하는 그녀를 끌어안고 억센 힘으로 뽀얗고 가녀린 다리를 더 넓게 벌리면서 그는 보다 강한 힘으로 들이쳤다. 마냥 좋기만 한 저와 달리 그녀는 몹시 아플 거라는 사실을 알고 있었지만 도저히 멈출 수가 없었다.

탐욕스러울 정도로 그는 그녀를 탐하고 있었다. 마치 영역을 표시하는 짐승처럼 그녀의 머리끝에서 발끝까지 더듬어 직접 확인하고 흔적을 남겼다.

뜨거운 몸 속 깊은 곳을 차지하고 그 안에 드디어 씨앗을 뿌릴

참이었다. 짜릿한 쾌감을 예감하며 그는 허벅지에 바짝 힘을 주었다. 한 덩어리로 뒤엉킨 몸뚱이가 격렬하게 출렁거렸다. 눈앞이 서서히 부옇게 흐려지고 있었다.

"제발, 그만…… 아아, 아악!"

"윽!"

척추를 타고 머리 꼭대기까지 관통하는 강한 쾌감에 부르르 몸이 떨렸다. 마침내 절정이었다.

눈을 떴을 땐 이미 한낮이었다.

혜주는 포근하고 깨끗한 이불 속에 누워 부스스 뜬 눈으로 볕이 쏟아지는 창 쪽을 흘긋 바라보았다. 그러곤 멍한 정신으로 습관처럼 생각했다.

'학교 가야 하는데.'

졸업 작품전이 얼마 남지 않았다.

거의 한 학기에 걸쳐 준비해 온 작업이 다 끝나고 이제 마지막 시험만 남은 상황인 것이다. 이런 때에 그녀는 모든 아르바이트에서 잘렸고 시험공부에서도 손을 놓았으며 심지어는 옥탑방으로도 돌아가지 않고 있었다. 가고 싶지 않았다. 그녀만의 소중한 아지트는 그날 누군가의 구둣발에 침범당했으니까.

물론 돌아가지 않는다고 해서 그녀를 지켜보는, 보이지 않는 시선이 사라지는 것은 아닐 터였다. 다만, 그녀는 그저 혼자 있고 싶지 않은 것뿐이었다. 사모님에게 그랬듯 그 사람에게도 죄인처럼 추궁당하고 싶지 않았다.

엎드려 누운 채 혜주는 한 손으로 볼을 가만히 쓰다듬어 보았다.

엄마가 돌아가신 이후 내내 구박덩이로 살아오긴 했지만 대놓고 누군가에게 맞은 적은 없었던 그녀였다. 그러니까 그 사람에게 등을 떠밀려 회장님 댁을 방문한 그날 이전까지는 그랬다는 말이다.

맹세하건대, 누군가에게 맞아 죽을지도 모른다는 공포를 느낀 것은 그때가 처음이었다.

폭탄이 터지듯 귓가에서 터지던 폭음, 끈끈하고 뜨겁게 흘러내리는 피, 그리고 새빨갛게 물드는 대리석 바닥의 기억이 마치 어제의 일인 듯 생생하게 되살아났다. 너무 생생해서 통증조차 그대로 느껴지는 것만 같은 착각이 들었다. 누군가의 경악성이, 희미한 콧방귀가, 씩씩 몰아쉬는 분노 어린 숨소리가 먼 곳에서 웅웅 울리고 그러고 나서도 한참 만에야 끔찍한 통증은 찾아왔다.

통증을 느낀 후에야 그녀는 제게서 쏟아지는 것이 피만이 아니라는 사실을 알았다. 시뻘겋게 부어터진 볼 위로 눈물도 같이 흐르고 있었던 것이다. 고막이 찢어지고 눈에서는 실핏줄이 터졌으며 뺨은 순식간에 찐빵처럼 붓고 입술은 찢어져 삐딱하게 부어올랐다.

그 상태로 그녀는 그냥 방치되다가 회장님이 자리를 뜬 후에야 누군가의 손에 이끌려 다시 사모님 댁의 손님방에 넣어졌다. 충격으로 꼬박 일주일을 앓았지만 누구 하나 들여다보는 사람이 없었다.

그때, 그녀는 처음 고아가 된 날처럼 자신이 선 채로 가루가 되어 흩날리는 꿈을 꾸었다. 그냥 그대로 죽어 버리고 싶었다. 그러나 그 꿈은 또 이루어지지 않았고 이후 그녀는 그곳에서 벗어나기 위해 최선을 다했다. 마치 그것이 살아날 수 있는 유일한 방법이나 되는 것처럼.

'거의 성공한 줄 알았는데.'

입가에 쓴 미소가 매달렸다.

사모님에게서 벗어나 이제 온전히 자유롭게 살아갈 수 있게 된 줄 알았는데 아니었다. 내내 무심하게 지내 온 주제에 그 사람은 처음부터 그녀를 놓아줄 생각이 없었던 것 같으니까. 언제부터였는지는 모르겠으나, 사모님조차 제대로 알지 못하는 옥탑방으로 윤 비서가 들이친 순간 그녀는 그 사람이 자신의 주위에 사람을 붙여 두고 있었다는 사실을 깨달았다.

반강제로 불려 나가 그의 냉정한 시선을 마주하자 마치 멈추었던 시간이 다시 흐르기 시작한 것처럼 잊고 있던 통증이 다시 시작되고 뼛속까지 엄습하던 공포가 살아나 목을 움켜쥐는 것 같았었다. 그의 명령 아닌 명령을 거부할 수 없다는 사실도 알았다. 하지만 이번엔 순순히 당하고 싶지 않았다. 그녀는 더 이상 그때와 같은 어린아이가 아니었으니까.

'이제 다 끝났어. 다시는 그 사람들을 볼 일이 없을 테니까.'

조금 만족스럽게 웃으며 그녀는 고개를 끄덕였다.

지금쯤이면 모든 사실을 전해 듣고 깨달았으리라. 그녀가, 노혜주가 마침내 자신들에게 아주 쓸모없는 존재가 되었음을. 그녀는 죽었다 깨어나도 최태하 씨와 결혼할 수 없는 몸이 되었고 그 사람이 데려온 어린 남자와 결혼을 할 일도 없어졌다. 아무리 쉬쉬해도 사람들에게 입이 있고 귀가 있는 이상, 지난 사흘 동안 그녀가 누구와 있었는지 곧 파다하게 소문이 날 테니까.

"깼나?"

어느새 익숙해진, 나직한 목소리가 날아와 먼 곳으로 향해 있던 그녀의 정신을 돌이켰다. 돌아보니 그가 작은 트레이를 든 채 방으로 들어오고 있었다. 그것을 보자마자 언제 심각했었냐는 듯 입술이 먼저 툭 튀어나왔다.

"또 죽이에요?"

"오늘까지는 먹어야 한댔어."

"죽 싫어요. 나 라면 먹고 싶은데."

"안 돼."

그녀의 어리광에도 굴하지 않고 그가 단호하게 고개를 저었다. 이번엔 두 볼까지 부어터졌다. 그녀를 안은 다음 날부터 그는 또 환자와 보호자 놀이를 시작한 것 같았다. 꼬이기가 무섭게 덤벼들었던 첫날과는 달리 그녀가 홀딱 벗고 있어도 눈 하나 깜빡하지 않은 채 심각한 얼굴로 병간호에만 집중했다.

덕분에 그녀는 가만히 누워 매 끼니마다 다른 죽을 하루 다섯 번에 걸쳐 먹어야 했고 의사가 주고 갔다는 약과 건강에 좋다는 각종 음료를 마셨다. 솔직히 그것들은 평소 그녀가 꿈도 못 꿔 봤을 만큼 비싼 것들인 데다 사실 맛도 그리 나쁘지 않았다. 다만, 문제는 저렴하기 짝이 없는 그녀의 입맛에 있었다.

몸이 아플수록 평소 먹고 살던 것들이 당기는 법이라고 했었던가. 그가 대령하는 비싸고 맛난 것들을 입에 넣으면서도 그녀는 계속 편의점의 라면과 김밥을 생각했다. 물론, 단골 분식집의 떡볶이나 순대 같은 것들도 생각했고 어떤 때는 인스턴트 만두가 간절해지기도 해서 어젯밤엔 몰래 만두를 사러 가는 꿈까지 꿨다. 상황이 이런데 또 죽이라니. 너무하지 않은가 말이다.

"나 그만 집으로 돌아갈래요."

긴 한숨과 함께 중얼거리며 혜주는 슬쩍 그의 눈치를 살폈다. 혹시, 이러면 마음을 바꿔 주지 않을까 기대하면서. 그러나 대답 대신 그는 단호한 태도로 숟가락 가득 죽을 듬뿍 떠서 내미는 거다. 그러면서 말했다.

"포기해. 갈 땐 가더라도 이거 다 먹어야 보내 줄 거니까."

"쳇! 나쁜 아저씨 같으니라고."

꿍얼거리면서도 그녀는 결국 죽을 받아먹었다. 그 모습에 마치 기특하다고 말하듯 그가 피식 웃으면서 머리를 몇 번 쓰다듬어 주었다. 그 다정한 손길 한 번에 가슴이 괜히 간질거리고 입에선 어느새 실없는 웃음이 새어 나왔다.

사실대로 말하자면, 요즘 혜주는 조금 이상한 기분을 느끼는 중이었다.

몸을 섞은 탓인지, 아니면 저도 모르는 사이 그를 의지하게 된 것인지, 그의 곁에 있으면 이상하게 안심이 되었다. 그것은 마치 세상에서 가장 안전한 곳에 있는 것 같은 느낌과 비슷했다. 월세나 학교 시험 생각이 나지 않을 만큼, 엄청난 짓을 저질러 놓고도 후환이 두렵지 않을 만큼, 비바람이 불어도, 어느 누가 와 덤벼도 무사할 거라는 근거 없는 믿음이 생겼다.

동시에, 그녀는 한없이 불안했다. 있어서는 안 될 곳에 있는 것처럼, 세상에서 제일 무서운 사람을 눈앞에 둔 것처럼, 그리고 제 것이 아닌 것을 훔쳐 놓고는 들킬 것을 염려하는 도둑처럼 때때로 가슴이 온통 불안으로 떨리고 조마조마해졌다. 그가 자신의 정체를 알게 될까 봐, 그래서 그에게서조차 버려지게 될까 봐 두려운 것이리라.

그런 스스로의 마음을 그녀는 진즉부터 눈치채고 있었다. 이런 상태로는 더 버틸 수 없다는 사실도. 알면서도 사흘이나 버틴 건 제게 와 닿는 그의 눈빛이, 손길이 너무 다정한 까닭이었다. 할 수만 있다면 언제나 그 아래에 머물고 싶을 만큼.

인정하는 순간 가슴이 또 싸하니 아파 왔다.

"그냥 하는 말이 아니라, 아무래도 정말 돌아갈까 봐요."

"음."

"시험도 코앞이고 졸업 작품 발표도 해야 하고 그래서 이제는 쉴 틈도 없을 것 같아요."

"그래."

"죄송해요. 그동안 저 때문에 번거로우셨죠?"

대답 대신 태경은 수저를 내려놓고 한숨을 삼켰다. 그러곤 도저히 풀 수 없는 수수께끼를 앞에 둔 사람처럼 그녀를 보았다. 급한 마음에 눈이 뒤집어져 안긴 했지만 확실히 전에 보았을 때보다 몰골이 더 상해 있었다. 솔직히 말하면, 없던 죄책감이 치밀

만큼 그녀의 상태는 엉망이었다.

핏기 하나 없는 안색에 말라서 갈비뼈가 잡힐 지경인 몸뚱이, 그리고 때때로 아득하게 흐려지는 슬픈 눈동자까지 보고 있노라면 까닭 없이 울컥 화가 치밀었다. 그녀를 안은 다음 날 아침에 그 꼴을 발견하고 얼마나 화가 났던지 당장 장 회장을 찾아가 멱살이라도 틀어쥐고 싶은 충동을 억누르느라 하루 종일 밥도 못먹었다.

'어떻게 된 거야? 밥 많이 먹이고 푹 쉬게 하라고 했더니 왜 아직도 이 상태야?'

당장 입원시켜야겠다며 난리를 치던 재경의 말이 아직도 귓가를 어지럽히고 있었다. 처음 봤을 때보다 더 안 좋아져서 당장 쓰러져도 이상하지 않은 상태라고 하면서 어떻게 이렇게 되도록 그냥 두었냐는 말도 했다.

물론, 그녀가 그의 손이 닿는 곳에 있었다면 당연히 그냥 두었을 리가 없었다. 맹세하건대, 돼지로 만드는 한이 있어도 직접 옆구리에 끼고 먹이고 또 먹였을 거다.

'무슨 일이 있었던 거지? 무엇이 널 이렇게 힘들게 하는 거냐.'

지난번에도 그랬듯 이번에도 혜주는 악몽을 꾸는 것 같았다.

그때는 그저 직전에 겪은 일 때문이라고 생각했는데 지켜보다 보니 아무래도 그런 이유가 아닌 것 같다는 생각이 강하게 들고 있었다. 밤이든 낮이든 잠이 들기만 하면 식은땀을 흘리고 헛소리를 하며 우는데 그때마다 항상 '아파요.' 하는 소리를 들었다.

그 모습을 사흘 내내 지켜보면서 태경은 때마다 피가 마르는 기분을 느껴야 했다. 당장 깨워 대체 무슨 일이 있었던 거냐고 묻고 싶었지만 본인조차 잠든 이후의 일은 모르고 있는 듯해 차마 입이 떨어지지 않았다.

무엇보다 힘든 건, 그저 깨우거나 꼭 끌어안아 달래는 것 말고는 그녀를 어떻게 도와줄 방법이 없다는 사실이었다. 할 수만 있다면 꿈속으로라도 찾아가 안아 주고 싶었지만 그거야말로 꿈같은 소리가 아닌가 말이다.

아무튼, 그런 상황들 때문에 그는 그녀를 돌려보내는 일이 상당히 망설여졌다. 이제 간신히 기력을 찾고 있는 그녀인데 돌려보냈다가 혹시나 잘못되어 또 안 좋아질까 봐 벌써부터 걱정이 되었다.

'어른들 사이에서 많이 힘든 것일까. 하긴, 저리들 서로를 견제하고 있는 것을 보면 집안 분위기도 말이 아닐 테지.'

자그마치 무남독녀 외동딸이었다. 온 집안에서 금이야 옥이야 싸고돌아도 모자랄 그녀가 이 지경인 것을 보면 확실히 문제가 있긴 있는 거였다. 아주 다행스럽게도 태경은 그 문제를 해결하는 방법을 알고 있었다.

'서둘러야겠군. 가능한 한 올해를 넘기지 말아야겠어.'

시간이 없는 사람은 장 회장이지 그가 아니었다. 그래서 최대한 천천히 일을 진행해 손해를 최소화한 다음 결혼은 아무리 빨라도 내년 봄에나 치를 예정이었는데 그런 계획을 태경은 스스로 파기해 버렸다. 그녀가 다시 선을 보고, 그가 그것을 목격한 순간부터 일은 그의 통제를 벗어나 제멋대로 돌아가기 시작한 게 분명했다. 혹은, 그가 미쳐 가고 있는 중이거나.

'하긴, 미치지 않고서야 이렇게 대책 없는 짓을 벌이지 않았겠지.'

그녀를 안은 일을 후회하는 것은 아니었다. 다만, 자신의 성급함 때문에 그녀가 더 힘들어질 것이 걱정되는 것뿐.

생각과 함께 태경은 자리에서 일어나 트레이를 치우고 미리 준비해 두었던 것을 꺼내어 그녀에게 내밀었다.

"어, 뭐예요?"

"핸드폰. 네 거야."

"나 핸드폰 없는데……."

안다. 그래서 준비했다. 이렇게 그녀가 찾아오기 전에는 도무지 연락할 방법이 없다는 사실이 너무 갑갑해서. 어쩌겠나, 목마른 놈이 우물을 파야지.

"이 핸드폰이라는 게요, 사실 저는 딱히 필요가 없거든요. 기계값이 너무 비싸기도 하고 또 요금도 비싸고……."

"내가 필요해. 그러니까 연락하면 꼭 받고 요금 많이 나와도 좋으니까 언제든지 연락하고 싶을 때 해."

"그러니까 핸드폰도 주고 요금도 내준다고요? 와, 땡잡았네. 아니, 그래도 이렇게 비싼 거 받으면 안 되는데."

번뜩이는 핸드폰을 만지작거리며 혜주는 열심히 주절거렸다.

생애 처음으로 가져 보는 핸드폰이었다. 누구에게나 그럴 테지만 핸드폰이란 건 언제나 너무 비싸서 알바를 해 겨우 용돈벌이를 해 온 그녀에게는 거의 그림의 떡 같은 물건이었다. 덕분에 이제껏 흔하고 저렴한 폴더 폰조차 가져 본 적이 없었는데 갑자기 비싼 스마트폰이라니. 기쁘고 설레어 난데없이 심장이 벌렁거리려고 들었다.

"어떻게 쓰는지도 모르는데."

조그맣게 중얼거리면서도 그녀는 설명서를 찾아 열심히 들여다보는 시늉을 했다. 왠지 비실거리고 새어 나오려는 웃음을 꾹 참으면서. 생각해 보니, 누군가에게 선물이라는 걸 받는 것도 처음인 것 같았다. 특별한 날에도, 특별하지 않은 날에도 그녀는 언제나 혼자였으니까.

그런 그녀에게 그가 다시 손을 내밀었다. 그러곤 마치 열쇠처럼 보이는 금속성의 차가운 물체를 손에 쥐여 주는 거다.

"이게 뭐예요?"

"열쇠."

"열쇠인 건 나도 알아요. 어떤 문을 여는 열쇠냐고요."

"음, 이 집. 하나는 건물로 들어오는 출입문, 다른 하나는 현관. 현관 비밀번호는 거기 적혀 있어. 오고 싶을 땐 언제든 와도 돼."

와, 이 간 큰 남자를 봤나.

저도 모르게 입이 쩍 벌어졌다. 원래 자기 침대에서 잔 여자에게는 말을 놓는다고 해서 그런 줄은 알고 있었지만 섹스 한 번에 핸드폰도 주고 집 열쇠까지 내주는 사람인 줄은 정말 몰랐다. 후덕하다 못해 헤픈 스타일이 아닌가 말이다.

"같이 잔 여자한테는 원래 이렇게 막 다 주고 그러세요?"

"음?"

"너무 후한 것 같아서요."

열쇠와 핸드폰을 양손에 놓고 바라보며 혜주는 조금 삐죽거렸다. 이런 생각을 하고 싶지는 않지만, 제 버릇 개 못 준다고 혹시 이 남자가 다른 여자에게도 이런 것들을 해 줬던 것은 아닐까 하는 의심이 든 것이다. 그리하여 '정말 그런 거라면 당장 집어던져야지.' 하고 마음을 먹는 순간이었다.

"혜주니까."

"네?"

"너에게만 주는 거야."

어, 지금 무슨 소리를 들은 거지?

갑자기 정신이 멍해졌다. 그러다가 의미를 깨달았을 땐 곧 얼굴이 벌겋게 달아오르기 시작했고 결국엔 또 가슴이 벌렁거렸다. 무슨 대단한 사랑 고백이라도 받은 것처럼 말이다.

"……저, 정말요?"

벌건 얼굴을 한 주제에 애써 아무렇지 않은 척 그녀가 물었다.

"그러니까 이런 건 나한테만 주는 거란 말이지요?"

"응."

"헤헤."

"좋아?"

끄덕끄덕.

"웃으니까 예쁘다. ……뽀뽀할까?"

빙긋 웃으며 그가 한쪽 뺨을 내밀었다. 나이가 서른도 넘었으면서 애처럼 뽀뽀라니. 아유, 유치하긴. 비웃으면서도 그녀는 냉큼 입술을 모으고 그의 뺨에 꾹 눌러 주었다. 그의 미소가 조금 더 짙어졌다.

"이번엔 키스."

"아직 양치도 안 했는데."

말은 그렇게 하면서도 그녀는 망설임 없이 그의 목을 끌어안고 입을 맞추었다. 지난 사흘 동안 그는 다시 그녀를 안지 않았지만 함께 있을 때마다 끊임없이 어루만지고 입 맞추기를 반복했다. 아침에 눈을 뜬 직후부터 시작해 잠들 때까지 그녀는 비처럼 퍼부어지는 그의 입술 세례를 받으면서 지낸 것이다. 덕분에 고작 사흘 만에 뽀뽀도 키스도 그녀에게는 이미 충분히 익숙한 일이 되어 버리고 말았다. 그가 퍼 주는 사랑에 빠르게 중독되었다.

"역시 비싼 걸 주니 얌전해지는군. 좋아, 이번엔 또 뭘 줄까?"

"에이, 이제 더 안 줘도 돼요. 이것만으로도 충분히 부담스럽단 말이에요."

"부담스럽긴. 해 주고 싶은 게 아직 많이 남았는데. 뭘 해 줄까? 혹시 가지고 싶은 게 있나?"

태경 씨요. 나에게만 다정하고 친절한 최태경 씨요.

왈칵 치미는 욕심에 혜주는 하마터면 그렇게 외칠 뻔했다. 가질 수 없다는 사실을 너무 잘 알면서도 감히 그런 욕심을 품어 보았다. 원래 사람이란 가질 수 없는 것을 향해 더 열망하기 마련이 아니던가. 그런 생각이 들자 손에 쥔 핸드폰과 열쇠가 너무 무거 웠다. 가지고 싶은데 그래서는 안 되니까. 더는 감당할 수 없으니 까.

"그럼, 나 라면……."

"안 돼."

"쳇! 가 버릴 거예요."

무거운 마음을 숨기며 그녀는 삐친 척 홱 돌아앉았다. 그러자 금방 넉넉한 가슴이 다가와 마치 달래듯 등 뒤에서부터 포근하게 감싸 안아 주는 거다. 그렇게 금방 한 덩이가 되었다.

"오늘은 그냥 여기서 자고 내일 가. 학교까지 데려다줄게. 응?"

그가 가녀린 등허리를 어루만지며 가만히 속삭였다. 뜨거운 입 술이 어느새 귓불을 희롱하고 있었다. 그 은근한 유혹에 그녀는 또 금방 숨이 가빠지려고 했다.

언제부터인지는 모르겠지만 그의 손길이 은근해지면 스르르 마 음이 약해지면서 현기증이 몰려와 도무지 정신을 차릴 수가 없었 다. 이래 봬도 그는 정말 나쁜 남자였다. 옷을 벗길 것도 아니면 서 꼭 이런 식으로 유혹을 해서 꼼짝 못 하게 만들곤 하니까.

"시험이 빨리 끝났으면 좋겠다."

"저도요. 그래도 일주일밖에 안 남았으니까 빨리 끝나긴 할 거 예요. 졸업 작품전까지 다 해도 고작 열흘 남짓인 걸요. 그럼 곧 방학이 될 테고……. 아, 제 졸업 작품전 보러 오실래요?"

아, 미쳤다, 노혜주.

무심히 뱉어 놓고 그녀는 조금 후회했다. 단 하룻밤을 예정했는데 사흘도 넘게 죽치고 있는 것으로 모자라 선물까지 받아 챙기고 이제는 후일을 기약하려 들다니. 언제 이렇게 욕심쟁이가 되었을까. 마음이 커지고 욕심이 커지고 이러다 제 발로 떠나지 못하게 되면 어쩌려고. 엄마처럼 그렇게 무참히 버려질지도 모르는데.

"바, 바쁘면 안 오셔도……."

"갈게. 기꺼이."

"지루하실 거예요. 그냥 학예회 같은 거나 마찬가지라서."

"그래도 혜주가 만든 옷을 볼 수 있겠지? 지난번부터 계속해서 자수를 놓던 그 옷 말이야."

"그거야…… 네."

기억하고 있었구나.

왠지 기뻐서 혜주는 고개를 숙이고 소리 없이 헤죽 웃었다. 그러다 문득 그에게도 옷을 만들어 주고 싶다는 생각을 하게 되었다. 병간호만 벌써 두 번에 핸드폰도 받고 집 열쇠도 받았는데 보답은커녕 해 줄 수 있는 게 아무것도 없으니까 그 정도는 해도 되지 않을까 싶었던 것이다. 옷을 만드는 것이야말로 지금 그녀가 할 수 있는 유일한 일이기도 하고.

"저기, 사이즈 좀 재도 돼요?"

"음?"

"그냥 만들고 싶은 게 있어서요."

"내 옷 만들어 주려고?"

"아니, 그냥 연습하려는 거예요. 사실, 남자 옷은 아직 한 번도 안 만들어 봤거든요."

사실은, 처음 봤을 때부터 벗겨 놓고 줄자를 가져다 대고 싶었다고 어찌 감히 말할 수 있으리오.

어지간한 브랜드는 가져다 대지도 않을 것 같은 몸뚱이에 차마 할 짓은 아니지만 제가 만든 옷을 입혀 볼 수만 있다면 까짓 엎드려 절이라도 할 수 있을 것 같았다. 그저 입어만 주면 막 기쁘고 감사해서 하늘을 날아다닐지도 모르지. 햇병아리 주제에 감히 꿀 수 있는 꿈이 아니긴 하지만 말이다.

솔직히 아직 학교도 졸업하지 못한 그녀가 그와 같은 훌륭한 모델에게 옷을 입히기란 거의 하늘의 별 따기나 마찬가지였다. 인물 좋지, 몸매 끝내주지, 거기다 그는 자그마치 실장님씩이나 되어서 걸어 다니는 광고판이나 마찬가지가 아닌가. 모든 베테랑 디자이너들이 노리고 있을 텐데 제 디자인이랍시고 아무거나 만들어 입혔다가는 아마 업계에 발도 들여놓지 못하고 그대로 쫓겨날 터였다.

"셔츠라든지, 넥타이라든지. 하여간에 눈에 안 뜨이는 걸로 한 번 만들어 보고 싶어서요."

"호오, 그거 정말 기대가 되는데."

"어어, 마음대로 기대하고 그러면 안 돼요. 아직 형편없어서 누구한테 입히기도 부끄러운 수준이란 말이에요."

"괜찮아. 장담하는데, 혜주가 만들어 주는 건 다 내 마음에 들거야."

아, 이 남자는 왜 이렇게 달콤한 말도 잘한단 말인가.

여자 꼬이는 능력을 타고나기라도 한 것인지 한 마디 한 마디가 어쩜 이리도 주옥같은지 모르겠다. 그런데 별안간 옷은 왜 벗고 계신지? 셔츠를 훌렁 벗어 던지고 벌써 반라가 되어 있는 모습을 보고 있자니 갑자기 속이 훅 달아오르는 것 같았다. 아니, 달아오른 건 얼굴인가?

"아, 안 벗어도 되는데."

"음? 벗어야 하는 것 아니었나?"

"그냥 사이즈만 재는 거란 말이에요. 하여간에 음란마귀가 씌어 가지고."

투덜거리면서도 그녀는 또 기쁘게 줄자를 찾았다. 그러곤 구석구석 세심하게 사이즈를 재기 시작했다. 팔 길이, 목둘레, 가슴둘레, 허리와 다리 길이 등등. 여성복과는 달리 남자는 필요한 부위도 많았다. 그래서 시간도 더 걸렸다. 긴장해서 허둥거리느라 더 오래 걸린 건 물론 비밀이었다.

"다 됐어요."

바지 길이를 끝으로 그녀가 마침내 손을 떼고 물러섰다. 꼼꼼하게 재고 하나하나 노트에 기록하는 모습이 나름 진지해 보여서 조금 기특했다. 제가 키운 것도 아닌데 괜히 뿌듯해서 웃음이 다 났다. 그래서 어지간하면 더 지켜보고 싶었지만 방금 전에 그보다 더 급한 일이 생기고 말았지 뭔가.

"그럼 이제 이쪽 볼일을 봐도 될까?"

그녀의 허리에 팔을 두르고 품 안으로 끌어당기며 그가 속삭였다.

"누가 자꾸 더듬으니까 갑자기 야한 생각이 들지 뭐야."

"헉!"

"그쪽 사이즈는 내가 직접 재 줄게."

그는 의미심장하게 미소 지었다. 물론, 이번엔 줄자 따위는 필요 없었다.

7
계란 착오

"못 본 사이 얼굴이 아주 확 피었구먼."

미친 듯이 바느질에 열중하고 있는 혜주를 향해 진주가 핀잔 아닌 핀잔을 주었다.

"다 죽어 가는 몰골이더니 연락 끊어진 일주일 사이 완전히 부활하셨어요."

"야, 넌 또 왜 와서 시비냐? 애 멀쩡해진 게 그리도 억울해?"

"흥, 누가 그게 억울하대. 친구라는 게 다 죽어 가는 몰골로 소식 뚝 끊고 사라져서 오만 걱정을 다 했는데 아무 일 없었다는 듯 말짱한 얼굴로 나타났잖아. 이 시점에서 안 억울하면 그게 더 이상한 거 아냐?"

"아이고, 걱정은 개뿔이나. 애인이랑 놀러 다니느라 바빴던 주제에."

"놀러 다닌 거 아니거든. 유학 준비하러 다닌 거거든. 얘 걱정 하느라 개 힘들어하면서!"

힘들어한 것치고는 얼굴이 지나치게 반짝이고 있었지만 그런 것과는 아무 관계 없이 그녀는 지난 일주일간의 마음고생에 대해 구구절절 늘어놓았다.

혜주가 마침내 바느질을 마치고 고개를 든 것은 그 구구절절한 이야기 끝의, 그녀가 울면서 밥을 먹었다는 대목에 이르러서였다.

"뭘 먹었는데?"

남은 실을 이로 끊어 내면서 그녀가 물었다.

"스테이크."

"우와, 맛있었겠다. 난 계속 죽만 먹었는데."

"죽? 무슨 죽을 먹었기에 얼굴이 그렇게 확 핀 거래?"

글쎄, 이를테면 사랑의 죽이라고나 할까.

대답 대신 혜죽 웃으면서 혜주는 지난 일주일을 반추했다. 그 것은 그녀가 이제껏 가져 본 적 없는, 그야말로 꿈같은 시간이었 다.

편안한 침대에서 푹 자고 일어나면 그가 직접 가져다주는 밥을 먹고 후식으로는 평소 꿈도 꿔 보지 못한 여러 가지 비싼 과일이 며 맛있는 케이크들을 먹었다. 그 후엔 그가 직접 운전을 하거나, 혹은 다른 누군가를 시켜 학교로 데려다줬고 수업이 끝날 때가 되면 다시 데리러 왔다.

먹고픈 것, 해 달라는 것은 뭐든지 다 해 줬는데 그것으로도 모 자라다고 생각했는지 그는 때마다 무언가를 더 해 주지 못해 안

달을 했다. 이것저것 자꾸 쥐 버릇하더니 결국엔 한도가 억대라는 카드까지 내놔서 얼마나 놀랐는지 모른다. 억이라는 단위의 돈은 상상도 해 본 적이 없는 그녀에게 그것은 거의 충격과 공포였다. 당연히 거부했다.

저녁에 그녀는 주로 시험공부를 하거나 그의 옷을 만드는 데 시간을 보냈다. 그러면 그는 그녀의 곁에서 밀린 서류나 책을 보곤 했는데 가끔은 심심하다며 그녀를 강제로 끌고 나가 분위기 좋은 카페 같은 곳에서 데이트를 하기도 했고 또 어떤 날엔 그녀를 품에 안은 채 밤새 재잘거리는 이야기를 들어 주기도 했다.

그 시간 동안 혜주는 정말로 행복했다. 너무 행복해서 때때로 마음 한쪽이 불안으로 떨릴 정도였다.

그와 함께 있으면 옥탑방의 월세로 시작하는 생활고는 물론이고 궁핍한 제 앞날까지도 다 잊을 수 있었다. 부족하다고 느낄 사이도 없이 필요한 것은 그가 다 준비해 줬으니까.

그리고 사모님과 그녀의 남편도 더 이상 두렵지 않았다. 그들이 어떤 위협을 가한다 해도 그가 지켜 줄 거라는 근거 없는 믿음이 생겨난 까닭이었다.

'이 시간이 영원히 이어졌으면 좋겠어요.'

어젯밤, 그의 귓가에 입술을 대고 혜주는 진심으로 그렇게 말했다. 무언가 꿈을 꾸고 난 직후였는데 다시 잠들 때까지 그가 계속해서 어루만져 주었더랬다. 그 다정한 손길이 너무 좋아 그녀는 정말로 그 시간이 영원히 이어졌으면 하고 바란 것이다. 물론, 어림도 없는 생각이겠지만.

"이거, 자꾸 실실 웃는 게 수상한데."

"수상하긴 별 게 다 수상하다. 엄한 사람 잡지 말고 빨리 가 보기나 하셔. 네 차례 다 됐어."

"어, 벌써?"

잔소리를 더 늘어놓지 못해 불만스런 얼굴을 하던 것도 잠시, 자신의 차례라는 소리에 진주가 화들짝 놀라더니 재빨리 뛰쳐나갔다.

졸업 작품전이 한창 진행되고 있는 때였다.

시험이 끝나고 학기가 거의 마무리된 때라 졸업을 자축할 겸 패션쇼 형식을 빌려 그간 만든 작품들을 소개하는 자리였는데 학교가 그쪽으로는 꽤 명문인 탓인지 유망주를 노리는 여러 기업이나 잡지사, 디자인 샵 등에서 사람들이 나오곤 했다. 올해도 그런 분위기는 별로 다르지 않은지 여러 곳에서 나온 사람들이 벌써부터 자리를 가득 메우고 있다는 소리를 들었다.

"근데 말이지."

치마 밑단을 손보고 있는 그녀를 향해 문득 남희가 물었다.

"너, 진짜 결혼하거나 그런 건 아니지?"

"……."

"혹시, 너도 진주 저 계집애처럼 선봐서 결혼해 같이 유학 가는 케이스 같은 거야?"

"그렇게 보여?"

무심히 되묻자 남희는 바로 고개를 저었다. 그러더니 제법 진지한 표정으로 말했다.

"지난 4년 동안 내가 너 어떻게 사는지 다 지켜봤는데 감히 그런 생각을 할 수 있겠냐? 결혼시켜 유학까지 보낼 집이었으면 애초에 4년 내내 기숙사살이도 안 시켰을 거고 네가 알바를 세 개씩이나 뛰는 일도 없었을 것 아냐. 게다가 아파도 들여다보는 가족 하나 없이 혼자 옥탑방에 누워 앓지도 않았겠지."

"……."

"사실, 난 네가 고아인 줄 알았어. 그래서 다른 것보다 집에서 연락 왔다는 소리에 더 충격받은 거 있지. 도대체 무슨 일이야?"

"……."

"나한테도 말 못 할 일이야?"

"……응."

"휴우, 됐어. 그렇다면 더 묻지 않을게. 대신, 좀 편해지면 나중에라도 다 말해 줘야 해. 알았지?"

"응. 미안."

혜주는 고개까지 숙인 채 진심으로 사과했다.

지난 시간 내내 곁에 붙어 있어 준 친구에게조차 사실을 이야기하지 못하는, 용기 없는 스스로가 너무 미웠다. 어쩌면 평생 털어놓을 수 없을지도 몰랐다. 화상처럼 그저 스치기만 해도 비명이 나오는 그 상처를 저조차 편하게 돌아볼 수 없는데 남에게 털어놓으려면 아마 상상도 할 수 없는 용기가 필요할 테니까.

"옷 예쁘게 잘 나왔다."

쪽빛에 꽃 자수로 가득한 혜주의 작품을 입고서 남희가 빙긋 웃었다. 남희의 작품은 혜주가 입고 나가기로 해서 그녀는 진즉부터 단아한 미가 넘치는 한복 차림에 쪽머리를 하고 있는 중이었다. 갖은 정성을 들인 덕분인지 그녀들은 나란히 좋은 점수를 받아 놓은 상태였다.

"네 한복도 예뻐. 이 정도면 어머니 일 물려받아도 되겠다."

"어유, 말도 마. 안 그래도 말 꺼냈다가 맞아 죽을 뻔했어. 햇병아리 주제에 욕심도 많다고. 밑바닥부터 시작해 삼십 년은 더 배워야 물려줄까 말까래. 세상에, 삼십 년이면 도대체 몇 살이야."

"그래도 물려주실 생각은 있으신가 보다. 부럽다. 넌 취직 걱정 안 해도 되잖아."

"그거야⋯⋯."

옷자락을 정돈하며 괜히 한숨을 내쉬고 있을 때였다.

"얘들아, 니들도 봤니?"

시끌시끌한 소리를 뒤로하고 누군가가 밖에서 뛰어 들어오면서 소리쳤다.

"밖에 엄청난 킹카가 온 모양이야."

"킹카? 무슨 연예인이라도 왔다던?"

"그게 아니라, 아무래도 재벌 3세쯤 되지 싶다는데?"

"재벌 3세에? 눈 뜨고 그런 헛소리를 하고 싶으냐? 그게 현실 세계에 존재하는 인간인 것 같아서?"

"아, 진짜라니까. 진주네 아빠 사장님이시잖아. 근데 그런 분이 딱 보자마자 그 새파란 남자한테 허리를 구십 도로 꺾더란다."

"어, 진짜?"

"응. 게다가 진짜 잘생겼대. 완전 모델 급이란다. 분명히 우리 중 누군가의 손님일 거야. 그렇지 않고서야 재벌 3세씩이나 되는 사람이 이런 황금 주말에 애송이들의 졸업 작품전 따위를 보려고 일부러 시간을 냈을 리가 없잖아?"

"그, 그런가?"

호기심이 당기는지 남희가 밖을 향해 고개를 길게 **빼는** 시늉을 했다. 그러나 애초에 무대 뒤에서 조명이 환한 무대 너머가 제대로 보일 리가 없었다. 아무리 눈을 크게 떠도 사람 그림자 정도 보는 게 다일 터였다. 게다가 호기심을 충족시키기엔 시간도 부족했다. 벌써 진주가 포함된 앞의 그룹이 워킹을 시작한 후였기 때문이다.

"우리 차례 얼마 안 남았어."

"아, 그렇지."

어느 쪽인지도 모르면서 무대 너머를 흘깃거리고 있는 남희를 잡아끌고 혜주는 다시 자신의 작품을 꼼꼼히 살피기 시작했다. 마지막 시험과 함께 좋은 점수를 받고 무사히 심사를 통과한 작품이긴 하지만 뭐가 문제인지 볼 때마다 자꾸 손이 갔다.

"너무 화려하다. 꽃을 좀 줄일 걸 그랬나?"

치마가 잘 뜨도록 부풀리면서 그녀는 잠시 그런 고민을 하고 있었다.

무대는 생각보다 컸다.

졸업 작품전이라고 해서 그냥 그런가 보다 했었는데 막상 와 보니 여느 패션쇼 못지않게 무대도 크고 학교 관계자를 비롯해 초청된 손님 또한 상당했다. 그 속에서 태경은 본의 아니게 모두의 시선을 싹쓸이하고 있었다.

관련 업계에 속해 있는 것이 아니다 보니 아는 사람도 없고 또 지인들은커녕 건너 건너 아는 얼굴조차 찾아볼 수가 없어 혼자 심심하게 앉아 입구에서 받은 소책자나 뒤적이는 중이라 본인은 미처 깨닫지 못하고 있었으나 행사장 내의 모든 사람들은 노골적으로, 혹은 몰래 그를 흘깃거리느라 정신이 없었다.

본래부터 가만히 있어도 눈에 띄는 타입이었다. 귀티가 흐르는 자태에 유난히 잘생긴 얼굴과 늘씬한 몸매 덕분에 어린 시절부터 그는 모든 사람들의 시선을 달고 다녔다. 워낙 주변에 무심한 성격이라 본인이 미처 모르고 있었을 뿐.

하여간에 그런 그가 아예 잘 차려입고 꽃다발까지 챙겨 가지고 앉아 있으니 그 분위기가 얼마나 화사할 것인가.

'저 사람 누군지 알아?'

'어디에서 나온 사람이래?'

'우리 업계에 있는 사람인 거 맞아?'

소리 없는 대화가 미친 듯이 오가고 있었다. 저마다 그의 정체에 대해 궁금해하느라 쇼를 제대로 보는 사람이 없을 지경이었다. 어지간하면 다가가 인사라도 할 텐데 그 특유의 진중한 분위기 때문에 함부로 접근하지 못하는 것을 몹시 애석해하면서.

그때였다. 무리 중에서 마침내 용자가 나타났다.

"혹시, 태경그룹의 최 실장님 아니십니까?"

머리가 슬슬 벗겨지기 시작하는 중년의 사내가 다가와 그를 향해 조심스럽게 물었다. 아까부터 자꾸 뒤를 돌아보더니 혹시 아는 사람이었던가?

"최태경입니다. 죄송합니다만, 전에 뵌 적이 있는 분이신지……."

"아, 예! 연초에 창립기념 파티에 간 적이 있습니다. 그때 한번 인사를 드렸었지요."

"아, 그 대원식품의……! 알아뵙지 못해서 죄송합니다. 오랜만에 뵙겠습니다, 류 사장님."

"아이고, 기억하고 계셨군요. 영광입니다."

아니, 이 정도에 무슨 영광씩이나.

조심스럽게 간을 보는 듯하다가 갑자기 허리를 핵 꺾으며 인사를 하는 모습에 놀라 태경은 하마터면 혀를 깨물 뻔했다. 보는 사람도 많은 자리에서 저보다 훨씬 연장자가 허리를 접어 가면서까지 인사를 하는 바람에 괜히 안 받아도 될 시선을 받게 된 것 같아서. 아닌 게 아니라, 근처에서 카메라 플래시가 미친 듯이 터지고 있었다. 어디서 기자라도 나와 있었던 모양이다.

그나저나, 이런 자리에 온 것을 보니 모르긴 해도 이 중에 자식이나 지인도 있을 텐데 이 사람은 왜 이리 쓸데없이 용감한 것이냔 말이다.

"학생 중에 아는 사람이 있으신가 봅니다."

옆 사람을 쫓아내고 그 자리를 꿰차고 앉으면서 그가 물었다.

테이블 위에 얌전히 놓여 있는 꽃다발을 본 모양이었다. 그러더니 또 무대를 가리키면서 가만히 속삭이는 거다.

"저기, 금색 드레스 입은 아이 보이십니까?"

"아, 예."

"하하, 저 애가 바로 제 딸입니다. 예쁘죠? 이번에 졸업하는데 솜씨가 나쁘지 않은지 교수님께서 직접 유학을 권하셨지요."

아아, 어째서 세상의 아빠들은 죄다 팔불출인 걸까.

꽃장식이 과하게 들어간, 번쩍이는 금빛 드레스를 입은 기다란 여자애를 보면서 태경은 애써 한숨을 삼켰다.

누구 딸인지 묻지 않아도 딱 알아볼 정도로 옆 사람을 빼닮은 그녀는 분장 탓인지 아니면 조명 탓인지 마치 한 마리의 미어캣처럼 보이고 있었다. 재능은 모르겠지만 아무리 봐도 함부로 '예쁘다' 고 강요할 만한 견적은 아닌 것 같은데 말이다. 예쁘다는 소리를 들으려면 적어도 혜주 정도는 되어야 하지 않을까?

"음?"

생각하기가 무섭게 문득 무대 위로 어딘지 낯이 익은 옷이 나타났다. 혜주가 열심히 수를 놓던 부분이 그대로 들어간 쪽빛 드레스였다. 전체를 다 본 것은 아니지만 사실 그럴 필요도 없었다. 아무리 막눈이라도 그 화려한 꽃무리를 어떻게 잊을 수 있을까.

언제 지루했었나 싶게 눈이 번쩍 뜨였다. 그 낯익은 치맛자락 뒤로 곧 단아한 한복 차림의 혜주가 나타나는 것을 보았을 땐 저도 모르게 숨까지 들이켰다.

꿀꺽.

갑자기 긴장감이 돌았다. 화려하진 않지만 얌전하게 지어진 한복을 곱게 차려입고 까만 머리를 잘 빗어 쪽을 진 그녀는 마치 갓 결혼을 한 어린 각시처럼 보였다. 작고 여린 나의 어린 각시.

다시 가슴이 두근거리기 시작했다.

만날 청바지에 티셔츠 차림으로 돌아다닐 때도 그저 설레기만 했는데 이렇게 보니 제가 정말 저 어린 여자에게 반했다는 사실이 처절하게 깨달아졌다. 이런 기분을 뭐라고 표현해야 할까. 너무 좋아서, 너무 설레서 가슴이 아픈 이 느낌을 뭐라고 불러야 할까.

'사랑.'

가장 어울릴 법한 단어를 떠올려 놓고도 태경은 고개를 저었다. 이 격한 감정을 표현하기엔 너무 부족한 것만 같아서. 하지만 그 말 말고는 딱히 가져다 붙일 수 있는 것이 없기도 했다. 해서, 태경은 한 발 한 발 천천히 무대를 도는 그녀를 향해 속삭였던 것이다.

'사랑한다, 서혜주.'

너를 사랑한다, 내 어린 연인아.

소리 없는 고백에 가슴이 뻐근하도록 벅차올랐다. 당장 달려가 그녀를 품에 안고 귓가에 속삭여 주고 싶었다. 너를 사랑한다고. 저 탐스러운 입술에 입 맞추며 곱게 여며진 옷고름을 풀고 싶었다.

그렇게 가슴을 두근거리면서 그는 발표회가 끝나기만을 애타게 기다렸다. 그리고 마침내 인사를 하기 위해 모든 학생들이 무대로 나왔을 때였다.

"어? 언제 오셨어요?"

꽃다발을 들고 올라가자 와 있는 것을 몰랐는지 그녀가 눈을 동그랗게 뜨고 그를 올려다보았다. 자신이 오라고 해 놓고도 정말로 올 줄은 몰랐다고 말하는 듯한 표정이었다.

"아, 아는 분이시니?"

"응? 아, 그게…… 응."

얼떨떨한 표정의 남희를 향해 혜주는 더 얼떨떨한 얼굴로 대답했다. 무대 때문에 긴장해서 와 있는 줄도 몰랐는데 꽃다발까지 들고 올라오다니. 너무 놀라서 입이 다물어지질 않았다. 더구나 그가 움직인 순간부터 사람들의 시선이 소나기처럼 일제히 쏟아지고 있어서 간신히 풀려 가던 긴장이 다시 우르르 몰려오는 것 같았다. 아까 재벌 어쩌고 하던 친구의 말이 새삼스레 뇌리를 스쳐 갔다. 그 재벌 3세 어쩌고가 설마 태경 씨인 것은 아니겠지?

"예쁘다."

뒤늦게 덜덜 떨고 있는 그녀에게 꽃다발을 안겨 주며 그가 가만히 속삭였다. 평소보다 더 낮은 데다 희미한 열기마저 품고 있는 듯한 목소리가 귓가를 간질이고 있었다. 오싹 소름이 돋았다.

'어떻게 해. 미쳤나 봐.'

꽃다발만으로도 부끄러워 죽겠는데 이 사람 많은 곳에서 대놓고 예쁘다는 말을 사용하다니. 그의 눈에는 이 많은 사람들이 보이지 않기라도 하는 것일까.

오롯이 쏟아지는 그의 시선을 받고 있다는 사실이 좋기도 하고 부끄럽기도 하고 또 한편으로는 민망하기도 해서 저도 모르게 얼굴이 벌겋게 달아올랐다. 그런 때에 그녀의 손을 지그시 잡으면서 문득 그가 물었다.

"발표회는 다 끝난 것 같은데…… 이대로 가도 되나?"

"예? 그게 오, 옷을 갈아입어야 하는데."

손에서부터 전해지는 뜨끈한 열기에 화들짝 놀라 혜주는 저도 모르게 남희를 가리키며 말했다. 얼핏 마주한 시선이 말도 못 하게 이글이글 불타고 있었다. 그것이 어떤 종류의 열기인지 그녀는 금방 눈치채 버리고 말았다. 그래서 이제는 부끄럽다 못해 아예 심장이 튀어나올 듯 벌렁거리기 시작했다.

"얼마지?"

멍하니 서 있는 남희를 향해 그가 물었다.

"예. 예?"

"이 옷, 파는 거 아닌가?"

"파, 팔죠. 파는 거 맞아요. 그, 그렇긴 한데."

갑작스러운 제안에 놀란 남희가 말까지 더듬으면서 혜주를 돌아보았다. 워낙 드문 경우라서 그렇지, 원래 졸업 작품전에 내놓은 작품들은 원하는 구매자가 있을 경우 적당한 가격을 받고 팔 수 있었다. 대개 관련 업체에서 나온 디자이너나 샵에서 사 가는 경우가 많았는데 그럴 땐 취업 제의가 함께 따라오곤 했다.

어쨌거나, 취업 제의는 없었지만 바로 그런 드문 경우가 남희에게 찾아온 것이었다. 암만 봐도 의도가 어쩐지 매우 불량스러운 것 같긴 하지만 말이다.

"얼마지?"

"그게, 천연염색에다 자수가 많이 들어가서 좀 비싼데…… 이, 이백만 원?"

그녀가 소심하게 손가락 두 개를 펴 보였다. 손가락 끝이 눈에 보일 정도로 발발 떨리고 있었다. 제가 불러 놓고도 너무 세게 부른 것은 아닌지 걱정스러운 모양이었다.

그러거나 말거나 이미 반쯤은 이성을 잃은 태경은 아무렇지도 않은 얼굴로 지갑에서 하얀 수표 두 장을 꺼내 덜덜 떨고 있는 그녀의 손가락 사이에 꽂아 주고 있었다. 그런 다음, 오도카니 서 있는 혜주를 공주님 안 듯 불끈 들어 안고는 뒤로 안 돌아보고 사라져 버렸다.

"머, 멋있다."

수표가 꽂힌 손가락을 든 채 그녀가 멍하니 중얼거렸다. 뒤늦게 '와아—' 하는 함성이 쏟아졌다.

은은하게 색이 잘 나온 쪽빛 저고리가 현관 바닥에 길게 너부러져 있었다. 급하게 벗겨 낸 듯 슬쩍 구김이 간 저고리는 아무렇게나 던져졌어도 자태가 아직 고왔다. 그 위로 새하얀 비단 속저고리가 올라앉아 똬리를 틀고 있었다. 속옷도 고와야 한다며 남희가 직접 천을 떼다가 한 땀 한 땀 바느질을 하고 수를 놓은 물건이었다.

촘촘하게 자수가 들어간 붉은 치맛자락은 거실 한복판에 활짝 펼쳐진 채 굴러다니고 있었다. 열두 폭 치맛자락 위로 꽃이며 나비가 날고 연기를 쐬어 배어들게 한 아름다운 향기가 흘렀다. 가슴 아래로 길게 드리웠던 노리개와 검은 머리를 장식했던 비녀가 한가롭게 뒹굴고 있는 가운데 그 넉넉한 치마 끝을 옴팡지게 틀어쥔 작은 손이 있었다.

"아아."

속치마만 간신히 두른 채 엎어진 혜주가 낮게 신음하며 바르르 몸을 떨었다. 하얗게 드러난 어깨 위로 뜨거운 입김이 쏟아지고 있었다.

"제발 그만. 아흑!"

그녀가 힘겹게 애원했다. 벌써 몇 번째인지 이젠 기억도 나지 않았다. 현관에서부터 시작된 섹스는 그 시작부터 뜨겁고 격렬했다. 문이 닫히기가 무섭게 그는 치마부터 걷어 올리고 덤벼들었는데 덕분에 서서도 사랑을 나눌 수 있다는 사실을 혜주는 처음으로 알았다. 물론, 대부분은 벽에 기대어진 채 두 발이 공중에 떠 있긴 했지만 말이다.

현관에서 살짝(?) 열기를 식힌 다음 그는 그제야 생각났다는 듯 조금 뿌듯한 얼굴로 그녀의 옷고름을 풀었다. 속저고리까지 벗겨 던져 놓고 다시 그녀를 자빠뜨린 건 아마도 소파에서였던 것 같다. 그때 혜주는 사람이 섹스로도 고문을 당할 수 있다는 사실을 깨달았다. 길게 즐기고 싶었던 그가 쉽게 절정을 허락해 주지 않은 탓에 하마터면 울 뻔했던 것이다.

그러고 나서, 그들은 사이좋게 끌어안고 잠시 단잠에 빠졌었다.

살아생전 낮잠을 그렇게 깊게 잔 것도 처음이었다. 어쩌면 기절했던 것일지도 모르지만.

다시 그녀를 깨운 것은 그가 어깨 위로 퍼붓는 달콤한 키스였다. 뺨에서부터 시작해 귓불과 목덜미를 지나 어깨 위로 자잘하게 쏟아지던 입술의 감촉이 너무 달콤했다.

'그때 웃지 말걸.'

간지러움에 까르르 웃었더니 그는 아랫도리만 몽땅 벗겨 놓고는 다시 올라탔다. 버선을 신은 발이 환영처럼 눈앞에서 팔랑거렸던 것 같다. 거기까지는 기억이 나는데 그다음은 다시 가물가물해졌다. 정신을 차렸을 땐 거실 바닥에서 굴러다니고 있었다. 아니, 정확히는 엎드린 채 그에게 덮쳐지고 있는 중이었다.

"아앗!"

그가 들이칠 때마다 허리가 덜컹거리면서 몸이 자꾸 아래로 무너져 내렸다. 이런 난해한 자세는 처음이라 허리는 삐걱거리고 무릎이 아팠다. 그러고 보니 오늘은 새로운 경험을 많이 하는 날이었다. 한꺼번에 너무 많은 경험을 해서 정신이 다 혼미할 정도였다.

"후욱, 후욱. 조금만 더."

"히, 힘들단 말이에요. 제바알!"

울음이 섞인 애원에 그가 마침내 움직임을 멈추고 그녀를 안아 들었다. 드디어 끝났구나 싶은 마음에 안도의 한숨이 다 쏟아지려고 했다. 침대에 눕혀졌을 때만 해도 그 푹신한 감촉을 만끽하며 드디어 편하게 잘 수 있겠다고 생각했다. 그러나 마지막 남은 속치마가 훌렁 날아가는 것과 동시에 그가 다시 올라타는 것이 아니던가.

"태경 씨, 미워!"

울먹이면서 그녀는 왈칵 소리쳤다. 그러자 다시 귓가에 입을 맞추면서 그가 흥분이 가시지 않은 끈적한 목소리로 속삭이는 거다.

"정말?"

"……."

"정말 미워?"

"헉!"

음흉한 손가락이 아랫도리로 파고들었다. 몸이 다시 통 하고 튀어 올랐다. 이 나쁜 남자는 그녀의 약점을 잘도 알고 있었다. 자신조차 제대로 알지 못하는 곳을 마음껏 탐험하며 괴롭히기를 즐겼다. 전에는 친절했는데 오늘의 그는 전혀 친절하지 않았다. 쾌감에 겨워 부들부들 떨리는 몸으로 그녀는 힘겹게 발버둥을 쳤다.

"아아! 미워…… 죽겠어요. 아웃!"

"음, 어쩌지?"

"……?"

"나는 사랑하는데."

뭐?

그녀의 표정이 멍해졌다. 방금 무슨 소리를 듣긴 했는데 정말 그 말이 맞는지 확신할 수 없다고 말하는 듯한 표정이었다. 찬바람을 맞은 것처럼 달아올랐던 몸이 순식간에 식어 가고 있었다. 그런 그녀를 향해 그가 이번엔 시선을 똑바로 마주하고 말했다.

"사랑한다, 서혜주."

"……!"

"나 아닌 누군가를 이렇게까지 사랑할 수 있을 거라는 생각은 해 본 적이 없었어. 이런 상황이 너무 낯설어서 가끔은 혼자 앉아 혹시 내가 미친 건 아닌지 의심해 볼 정도야."

"나, 나는……."

"내 감정을 네게 강요하려는 것은 아니야. 그냥, 적어도 나는 진심이라는 사실을 알아줬으면 해. 처음부터 진심이었어. 진심으로 나는 지금 서혜주에게 빠져 있는 중이야."

어째서…….

"사랑해."

어째서 이런 고백을 하는 걸까, 이 사람은?

차라리 끝까지 모르게 하지. 왜 이런 고백을 해서 이렇게 아프게 만드는 것일까. 심장이 죄어드는 아픔에 혜주는 다급하게 숨을 몰아쉬었다.

어딘가에서 쩍쩍 금이 가는 소리가 들리는 것 같았다. 워낙 진중한 사람이니 원래도 장난이라고 생각해 본 적은 없지만 직접 고백을 듣고 나자 아닌 게 아니라 더 큰 죄책감이 밀려왔다. 자신이 이 사람을 속이고 있다는 사실이 처절하게 깨달진 까닭이었다. 어쩔 수 없는 선택이었다고 자위하기엔 그의 마음이 너무 컸다. 동시에, 어느새 불쑥 커진 자신의 마음도 깨닫는다.

짧은 순간이었지만, 그의 고백에 심장이 떨렸다. 너무 기뻐서 왈칵 눈물이 날 것만 같았었다. 마음은 그랬는데 하늘을 날 듯 붕 뜨는 마음과 달리 몸은 아득한 절벽 아래로 추락하는 듯한 느낌이었다. 여기까지, 여기서 멈춰야 한다는 경고성이 마음 깊은 곳에서부터 높게 울려 퍼지고 있었다. 더 나아가면 제자리로 돌아갈 수 없게 될지도 몰랐다. 생애 처음 겪어 보는 행복한 시간이 마침내 산산 조각나려 하고 있었다.

'엄마, 난 이제 어떻게 하면 좋아요.'

벌써부터 두려움이 몰려와 등골이 서늘해졌다. 이 사람을 떠나 다시 혼자가 되어야 한다. 혼자서 뚜벅뚜벅 걸어가야 한다. 외로워지고 그리워져도 돌아볼 수 없는 시간이 찾아올 터였다.

생각하는 순간, 이대로 그가 내민 손을 잡고 싶다는 충동이 왈칵 치밀었다. 사모님의 제안대로 모든 것을 감춘 채 아무것도 모르는 서혜주로 살고 싶어지려 했다. 그래도 괜찮을 것 같았다.

"이런, 울라고 한 소리가 아닌데."

언제부터 울고 있었던 것일까.

다정한 입술이 다가와 관자놀이를 타고 흘러내리는 눈물을 훔쳤다.

"좋아서요."

"음?"

"좋아요."

울먹이며 혜주는 두 팔로 그의 목을 끌어안았다.

이 사람이 좋다. 사랑이 어떤 것인지는 모른다. 그러나 혜주는 알고 있었다. 만일, 예정대로 떠나게 된다면 그녀는 돌아서는 순간부터 평생토록 이 사람을 잊지 못하고 그리워하게 될 것이라는 사실을. 그런 것도 사랑이라면 그녀는 그를 사랑하는 것이 맞았다. 죽어도 고백할 수 없는 그녀의 마음이었다.

'어째서……'

어째서 이렇게 아프게 우는 걸까.

태경은 소리 없이 흐느끼는 혜주를 안고 다시 막막한 기분에 빠지고 말았다. 소리 내어 엉엉 울면 차라리 달래기라도 할 텐데 그녀는 입을 꾹 다문 채 그저 하염없이 눈물만 흘려 내고 있었다. 그 모습이 너무 아파 보여서 가슴이 또 덜컥 내려앉았다.

마음이 온통 불안으로 떨리고 불길한 예감에 어깨가 선뜩해지는 느낌도 들었다. 할 수만 있다면 강제로라도 그녀의 입을 열고 싶었다. 왜 이렇게 아파하는지, 밤마다 꾸는 악몽의 내용은 무엇인지 묻고 싶었다. 그것이 비록 상처를 헤집는 일이 되더라도 그렇게 해서 곁에 둘 수만 있다면 얼마든지 할 수 있을 것도 같았다. 그녀가 영영 사라질지도 모른다는 끔찍한 예감만 없었다면 말이다.

'이러지 마. 너, 나를 불안하게 만들면 안 돼.'

기한이 정해진 시한부의 그 무엇을 하고 있는 듯한 막막한 기분이 엄습했다. 이런 상황을 그는 별로 좋아하지 않았다. 일이 뜻대로 풀리지 않는 것보다 더 나쁜 것은 그 일에 관여할 수 없게 되는 경우였다. 서혜주가 바로 그런 경우가 되려는 거라면?

'도망갈 수 없게 만들어 주지. 갈 곳이 없어지면 내 곁에 머물

수밖에 없을 테니 그렇게 만들어 주겠어.'

그에, 태경은 하루라도 빨리 서 사장을 만나 보아야겠다고 생각했다. 그를 만나 담판을 지으면 혜주도 더 이상 흔들리지 않으리라. 어차피 서 사장 또한 혜주와 그의 관계를 전부 파악하고 있을 터였다. 열흘이나 함께 지내다시피 했지만 장 회장은 물론이고 그로부터 어떠한 연락도 오지 않는 것이 바로 그 증거였다.

'혜주를 핑계로 자신들에게 유리한 판을 짜려고 들겠지. 그렇다면 내게 더 협조적인 사람을 고를밖에.'

저쪽에서 원하는 것이 무엇인지 안다. 그것을 건네줄 준비는 충분히 되어 있었다. 그러니 이제 저쪽에서도 그가 원하는 것을 내주어야 하지 않겠나.

'어떻게 해도 넌 결국 내 것이 될 거야. 그러니 달아나지 마. 시도만 해도 난 죽을 수 있어.'

그녀를 향한 집착이 깊어 간다.

이것이 병이라면 그는 어쩌면 치유할 수 없는 중병에 걸린 것이리라. 그러나 슬프지 않았다. 오히려 너무 기뻐서 이대로 계속 아프고 싶을 때도 있었다. 그런 스스로의 어리석음에 쓰게 웃으며 태경은 마치 경배하듯 그녀의 입술에 깊게 입을 맞추었다.

"안아 주세요."

"음?"

"안아 주세요."

눈을 꼭 감은 채 그녀가 속삭였다.

"혜주야."

"사랑한다면서요. 그러니까 사랑해 주세요."

스스로 몸을 열고 매달리면서 혜주는 그의 어깨에 얼굴을 묻었다. 마지막일지도 모른다는 불안감 때문인지 어쩐지 이 순간이 더 간절해지는 느낌이었다. 정말로 마지막이라면 그를 온전히 소유하고 싶다는 생각도 들었다.

'나, 이제 엄마를 이해할 수 있을 것 같아요. 미안해요. 만날 원망만 해서.'

엄마를 이해할 수 없었다. 이제껏 이해하려고 노력해 본 적도 없었다. 사랑했던 남자는 떠나갔고 엄마는 혼자 힘겹게 혜주를 낳았다. 가족들에게, 주위로부터 온갖 비난과 눈총을 받으면서도 굳이 그런 결정을 내린 이유에 대해 그녀는 알지 못했고 또한 알려고도 하지 않았었다.

왜 인생을 포기하면서까지 누구도 원하지 않았던 아이를 낳았는지, 낳아서 뭘 어쩔 생각이었는지 단 한 번도 진지하게 생각해 본 적도 없었다. 혼자만 남겨 놓고 떠나 버린 무책임에 대해 원망하느라 엄마를 이해할 생각도 못 했던 것이다.

"아!"

아직 촉촉하게 젖은 곳을 빠듯하게 가르며 그가 들어왔다. 아랫배에 저절로 힘이 들어갔다. 다리를 들어 그의 허리를 휘감자 잔뜩 흥분한 남성이 용트림을 하며 더 깊이 들어오는 것이 느껴졌다. 생각보다 너무 깊은 침투에 본능적인 두려움이 앞서면서 저도 모르게 몸이 멈칫거렸지만 무시했다.

'엄마, 나 다시 혼자가 되는 것이 무서워요.'

처음엔, 버림받았을지언정 그래도 엄마에겐 사랑이었기 때문이라고 생각한 적이 있었다. 사랑을 했고, 그 사랑에 책임감을 느꼈을지도 모르겠다고. 그러나 이제야 알 것 같았다. 사랑에 대한 책임감도 물론 있었겠지만 그것이 전부만은 아니었음을.

'엄마도 이렇게 무서웠나요?'

다시 혼자가 된다는 생각은 생각보다 더 큰 공포를 가져왔다.

이제껏 혼자서 잘만 살아왔고 앞으로도 꿋꿋하게 잘 살 수 있다고 생각했었는데 아니었던 것일까? 그가 곁에 없다는 생각만으로도 눈앞이 캄캄해지면서 머릿속이 텅 비어 버리는 것 같았다. 어느 틈에 이렇게 의지하게 되었을까.

단 한 번도 아버지라고 불러 본 적이 없는 사람을 뒤로하고 사모님의 집을 나서면서도 느껴 본 적이 없었던 막막함이 마치 장막처럼 그녀를 덮쳐누르고 있었다. 그래서 처음으로 그녀는 영원히 잃지 않아도 되는 누군가에 대해서 생각했고 그 생각은 이내 갈망으로 발전했다.

'다시 혼자가 되고 싶지 않아요. 왜 나는 항상 혼자여야 해요? 나도 가족이 있었으면 좋겠어요. 언제까지나 함께할 수 있는 가족이요.'

생각해 보면, 엄마가 돌아가신 이후 그녀는 단 한 번도 누군가의 가족이 된 적이 없었다. 언제나 억지로 떠맡겨진 탓인지 삼촌 가족에게는 처치 곤란의 애물단지였고 사모님 가족에게는 내놓기 부끄러운 치부였을 뿐 끝내 가족으로 불리지 못했으니까. 그 사실이 새삼 서러워 혜주는 끅끅거리며 울었다.

그녀는 아이가 필요했다. 이 사람이 원하지 않아도 좋았다. 엄마처럼 그저 아무것도 알리지 않고 사라지면 끝까지 모를 테니까. 무책임하게 죽어 버리지도 않을 것이다. 오래오래 건강하게 살면서 마음껏 사랑해 주리라.

"으흑!"

"혜주야."

"아아!"

허벅지에 불끈 힘이 들어갔다.

전에 없이 적극적으로 매달리는 그녀의 모습에 자극을 받은 몸이 순식간에 달아올랐다. 그에, 탱탱하게 부푼 엉덩이를 꽉 움켜쥐고 태경은 허리에 힘을 주었다.

"피임…… 안 할 거야."

허리를 휘며 바들바들 떠는 몸을 끌어안고 태경은 그렇게 말했다. 그동안엔 그가 콘돔을 사용했지만 이제부터는 그러고 싶지 않았다. 아직 어린 그녀에게 가혹한 결과가 찾아온다고 해도 상관없었다. 모든 책임은 그가 질 테니까. 마치 목을 조르듯 서서히 범위를 좁혀 오는 이 불안을 떨쳐 낼 수만 있다면 그는 이보다 더한 일도 저지를 수 있을 것 같은 기분이었다.

"괘, 괜찮아요. 아앗!"

"으음, 좋아."

눈물이 그렁그렁한 얼굴로 그녀가 고개를 끄덕이자 태경은 순간 절정에 이른 것이 아닌가 싶을 정도로 강한 쾌감 속에서 정신이 아찔해지는 것을 느꼈다. 그녀가 저를 받아들였다는 생각만으

로도 가슴이 뻐근해질 정도로 기뻤던 것이다. 정신적인 흥분으로
인해 안 그래도 바짝 달아올라 있던 아랫도리가 더 크게 부풀었
다.

"아흑!"

끝까지 빼냈다가 억센 힘으로 들이치자 그녀가 다시 허리를 휘
며 매달렸다. 그런 그녀를 안고 태경은 미친 듯이 질주하기 시작
했다. 눈앞이 흐려지고 머릿속이 텅 비면서 이성이 저 멀리 달아
났지만 괜찮았다. 밤은 아직 깊었다.

"뭐어? 그게 정말이야?"

기대 있던 자리에서 벌떡 일어서면서 혜주가 비명처럼 소리쳤
다.

"그 말 진짜지? 농담도 아니고 거짓말도 아니지? 진짜진짜 정
말이지?"

─아, 그렇다니까. 직접 컨택이 들어와서 내가 손수 세탁까지
한 다음 두 손으로 공손히 교수님한테 가져다 바쳤어, 이 사람아.

"세상에, 웬일이니. 어쩌면 좋아. 나 꿈꾸는 것 같아."

─어허, 꿈 아니니까 얼른 눈곱만 떼고 달려가 봐라. 교수님 기
다리신다.

"응, 응. 알았어. 금방 갈게."

고개를 끄덕이는 사이에도 입이 벌써 함지박만 하게 벌어지고

있었다.

"만세!"

핸드폰을 왈칵 끌어안고 동동거리면서 그녀는 만세를 불렀다. 너무 좋아서 눈물이 다 나오려고 했다. 그제, 그렇게 갑자기 돌아온 후 혹시 후폭풍이 벌어졌을까 싶어 조심스러운 마음으로 남희에게 전화를 한 참이었다. 모두가 보는 자리에서 남자에게 안겨 나왔으니 모르긴 해도 한바탕 소문이 퍼졌을 텐데 어떻게 수습이 가능한 지경이긴 할까 궁금했던 것이다.

그녀의 우려대로, 학교엔 어마어마한 소문이 퍼지고 있다고 했다.

혜주가 근사한 재벌 3세와 약혼을 했다는 둥, 2백만 원에 보쌈을 당했다는 둥둥의 소문을 시작으로 급기야는 곧 결혼을 할 거라는 소문까지 퍼져 있단다. 뿐만 아니라, 어느 잡지에서 당시의 사진과 함께 그날의 사건을 기사로 다루려고 했는데 그 재벌 3세의 집안에서 막았다는 말도 돌고 있었다. 그녀조차도 확인이 불가한 내용이긴 하지만 말이다.

'여우 같은 계집애, 결혼하는 거 아니라더니!'

기분 나쁘지 않은 투로 실실 웃으면서 남희는 그렇게 말했다.

자그마치 2백만 원에 자신의 작품이 팔렸다며 엄마 앞에서 한껏 잘난 척을 좀 했는지 오늘까지도 기분이 둥둥 날아다니고 있는 모양이었다. 그런 그녀의 오해에 대해 혜주는 딱히 변명을 하지 않았다. 그날 들킨 짓이 있다 보니 말해 봤자 통할 상황 자체가 아니었던 것이다.

게다가, 중요한 것은 그것이 아니었다.

진짜 놀랄 만한 일은 바로 그 직후에 벌어졌다. 혜주가 남자에게 안겨 사라진 직후, 남희에게 또 다른 컨택이 들어왔다. 누군가가 그녀가 입고 있는 드레스를 사고 싶다며 담당 교수님을 통해 제안을 해 온 것이었다. 남희가 입고 있었던 드레스라면 당연히 혜주의 작품이었다.

하여간에, 그 일 때문에 남희는 혜주의 옥탑방에서 아예 상주하며 이제나저제나 그녀의 연락을 기다리고 있었다고 했다.

"아, 어쩌면 좋아."

흥분으로 두 볼이 발개진 채 혜주는 혼자서 기쁨을 만끽하다가 정신을 차리고 허겁지겁 외출 준비를 서둘렀다. 저쪽에서 가능한 한 빨리 보고 싶다고 했기 때문에 연락이 닿자마자 약속 시간이 잡힌 것이다. 적어도 한 시간 내로 학교까지 가야 했다.

"아야!"

부랴부랴 옷을 갈아입던 그녀가 문득 인상을 찡그리며 침대 위로 주저앉았다. 옷에 쓸린 자리가 따끔해서 찾아보니 허벅지 안쪽이 온통 울긋불긋했다. 그가 밤새 물고 빤 자리였다. 허벅지뿐만 아니라 몸 곳곳엔 그의 흔적들이 적나라하게 남겨져 있었다. 남자의 억센 근육이 만들어 놓은 상흔이었다.

"피부병 환자인 줄 알겠네."

인상을 찡그리면서도 혜주는 조심스럽게 미소 지었다.

신화에 나오는 아름다운 신처럼 한껏 흐트러진 채 그녀에게 몰두하던 그의 모습이 선명했다. 땀에 젖어 살짝 흐트러진 머리칼과 뜨겁게 겹쳐 오던 단단한 몸을 기억한다. '사랑해.' 하고 속삭이던 그의 목소리가 화인처럼 가슴 깊이 새겨져 있었다.

기쁨으로 다시 가슴이 뿌듯하게 부풀었다. 앞으로 무슨 일이 벌어진다 해도 그 한마디를 기둥 삼아 살아갈 수 있을 것만 같은 기분이었다.

"전화를 할까?"

전화기를 내려다보며 혜주는 조금 고민했다.

핸드폰을 받긴 했으나 아직 한 번도 그에게 전화를 한 적은 없었다. 전화기를 사용하는 일이 아직 익숙하지 않은 탓도 있지만 일하고 있는 그를 방해할까 봐 걱정이 된 까닭이었다.

"소식을 들으면 같이 좋아해 줄까?"

혜주는 조금 망설였다. 소식을 들으면 분명히 좋아해 줄 거라고 생각하면서도 너무 사소한 용건인 데다 뭐라고 말해야 할지 몰라 쉽게 결단이 내려지질 않았다.

"에이, 아직 확실한 것도 아닌데 미리 초를 칠 필요는 없지. 다녀와서 확실해지면 그때 말하자."

결국 그렇게 마음을 정하고 말았다. 그냥 그런 제의가 들어왔다는 것보다 어디의 누구에게 얼마에 팔렸는지에 대해서까지 말해 줄 수 있다면 더 기쁠 것 같았다.

"설마, 내 작품도 태경 씨가 산 것은 아니겠지?"

바이어가 학교로 오기로 했다니 가 보면 다 알게 되겠지만 희미하게 싹트는 그런 작은 불안감도 무시할 수 없었다. 그에, 핸드폰을 애써 집어넣고 그녀는 부랴부랴 외출을 서둘렀다. 한 푼이 아쉬운 처지라 평소엔 엄두도 못 내던 택시를 잡아타고 그녀는 초조한 마음으로 시계를 살폈다.

모든 시험과 졸업 작품전까지 끝난 뒤라 학교는 곧장 방학으로 돌입했고 남은 것은 두어 달 뒤의 졸업식뿐이었다. 그에, 이제 그녀는 가능한 한 빨리 적당한 곳을 찾아 이력서를 넣는 일에 몰두해야만 했다. 혼자 독립을 하려면 무엇보다 일자리가 제일 중요했으니까.

이런 때에 졸업 작품이 팔린 것은 매우 고무적인 일이라 할 수 있었다. 그녀의 경력은 물론이고 취업에도 큰 보탬이 될 것이 틀림없는 데다 넉넉하진 않겠지만 직장을 찾을 때까지 먹고살 수 있게 해 줄 테니까 말이다. 그리고 그 앞에서 스스로가 조금 더 자랑스러워지지 않을까?

"왜 이리 늦어?"

숨을 헉헉거리며 급하게 뛰어 들어오는 그녀를 발견하고 조교수님이 조금 짜증스럽게 소리쳤다. 서둘러 도착했음에도 불구하고 바이어보다 늦은 것이다.

"죄송합니다. 오래 기다리셨어요?"

"10분 정도. 업계에 나가서도 이렇게 행동하면 어떻게 되는지 알지? 빨리 들어가 봐."

칼 같은 재촉에 퍼뜩 긴장감이 들이쳤다.

지금이야 학생 신분이니 어느 정도 배려를 받을 수 있지만 앞으로는 더 냉정한 평가만이 따라올 터였다. 그 사실을 깨닫자 너무 준비 없이 달려온 것 같아 조금 겁이 났다. 이럴 줄 알았으면 스케치라도 들고 올 걸 그랬다. 발발 떨리는 손으로 그녀는 간신히 문을 밀고 안으로 들어섰다.

"왔니? 안 그래도 기다리고 계셨어. 얼른 들어와."

누군가와 마주 앉아 차를 마시고 있던 교수님이 싱긋 웃는 얼굴로 손짓을 했다. 그 편안한 미소를 보자 떨리는 마음이 조금 진정이 되는 것 같았다.

'그래, 떨지 말자. 잘하자.'

마른침을 삼키며 혜주는 애써 스스로를 다독였다. 그러곤 냉큼 손님 쪽으로 다가가 넙죽 고개를 숙이면서 말했다.

"늦어서 죄송합니다. 노혜주입니다."

"그동안 잘 지냈나 보구나, 얼굴빛이 좋은 걸 보니."

"예?"

갑자기 날아든 소리에 정신이 번쩍 깨어났다. 절대로 잊을 수 없는 목소리가 바로 눈앞에서 날아온 까닭이었다. 깨닫는 순간, 갑자기 손끝이 싸늘하게 식으면서 바르르 떨리기 시작했다. 딛고 선 발밑이 까마득한 아래로 푹 꺼지는 것만 같았다. 조금 창백해진 얼굴로 혜주는 천천히 고개를 들었다.

보는 순간 단번에 시선을 사로잡는 화려한 이목구비와 그보다 더 화려한 차림을 한 중년 여자가 다리를 한쪽으로 꼰 채 마치 여왕처럼 오만한 모습으로 앉아 있었다. 사모님이었다.

그런 그녀의 앞엔 혜주가 만든 옷이 잘 포장되어진 채 놓여 있었다. 아직 판다는 말도 안 했는데 이미 팔려 버린 듯한 모양새였다. 인사를 하는 것도 잊고 그것을 뚫어져라 바라보자 문득 피식 웃으면서 사모님이 말했다.

"제법 잘 만들었더구나. 디자인이 참신하지 못하고 유치한 구석이 있긴 하지만 네가 입기엔 적당하지 싶었다. 피로연 때 입으면 좋을 것 같은데 네 생각은 어떠니?"

"지, 지금 무슨 말씀을 하시는 거예요?"

"……."

어안이 벙벙했다.

학교로 찾아온 적은 한 번도 없었는데 갑자기 나타나 피로연 운운하는 그녀가 도무지 정상으로 보이지 않았다. 설마, 그녀에게 예의 결혼을 그대로 강요하려는 생각이란 말인가. 그녀의 반응에 사모님은 찻잔을 내려놓고 차게 웃었다.

"얘가 이래요, 교수님. 오죽하면 집안 얘기를 그렇게 꼭꼭 감췄겠어요."

"딴에는 잘해 보려고 한 것이겠죠. 그리고 정말로 잘했어요, 어머님. 재능을 썩히기 아까울 정도예요."

"어머나, 저 정도를 가지고 재능이라고 하면 사람들이 비웃어요. 밥벌이할 일은 없으니 그저 집에서 소일거리로나 하면서 지내겠죠. 호호호. 그럼, 저희는 이만 일어나겠습니다. 다음에 다시 인사를 드리지요."

무슨 이야기가 오간 것인지 그사이 사모님은 그녀의 어머니가 되어 있었다. 넋을 잃은 듯 멍청히 서 있는 혜주를 앞에 두고 잠시 얘기를 나누던 두 사람은 곧 모종의 합의를 한 듯 동시에 자리에서 몸을 일으켰다.

"가자."

"……."

"아, 그것 들고 오렴. 네 결혼 선물로 적당할 것 같아 내가 구입하기로 했다."

너에게는 고작 그따위가 어울린다고 말하듯 사모님은 서늘한 눈으로 그녀를 바라보고 있었다. 지렁이도 밟으면 꿈틀한다는데 너는 그럴 주제나 되느냐고 묻는 듯한 표정이었다.

비참함에 눈가가 벌겋게 달아올랐다. 혜주는 떨리는 손으로 드레스를 집어 들었다. 품에 꼭 끌어안고 그녀는 잠시 심호흡을 했다. 그리고 말했다.

"안 팔아요."

"뭐?"

"이 옷, 안 팔아요. 그러니 그냥 가시는 게 좋겠어요."

"하긴, 너도 그 옷을 입기가 좀 그렇지? 안 그래도 정말 그걸 입겠다고 할까 봐 걱정했지 뭐니. 걱정 마라. 네 결혼식 땐 최고의 디자이너를 붙여 줄 테니까. 그러면 저쪽에도 체면이 살겠지."

"……."

"최태경, 최 실장이 잘해 주디?"

순간, 갑자기 숨이 콱 막혔다.

그러리라 짐작은 했지만 역시 사모님은 모든 것을 알고 있었다. 알고 있으면서 결혼 운운하다니. 그녀가 무슨 생각을 하는지 도무지 짐작을 할 수가 없었다.

"가자."

협박 같은 한 마디와 함께 가죽장갑을 낀 서늘한 손으로 사모님이 그녀를 잡아끌었다. 끌려가는 것이나 마찬가지였지만 겉으로는 마치 사이좋은 모녀처럼 그녀는 혜주의 손을 잡고 건물 밖으로 나왔다. 그러곤 대기하고 있던 차에 그녀를 밀어 넣은 다음 옆자리에 올라탔다.

"잘했다."

"……?"

"굼벵이도 구르는 재주가 있다더니 네게 남자를 홀리는 재주가 있었나 보구나. 하긴, 누구 딸인데."

"사모님."

"엄마라고 불러야 할 거다, 이젠."

"예?"

"잊은 척하지 마라. 시키는 대로 결혼하면 서류 정리해 준다던 약속을 노리고 한 짓이라는 것 잘 알고 있으니까. 그래, 네가 원하는 대로 결혼해, 최 실장이랑. 네 허영심을 채우기엔 그보다 더 적당한 사람도 없었지?"

어찌 된 영문일까.

그사이 상대가 바뀌었나 보다. 이젠 최태하 씨가 아니라 태경 씨랑 결혼을 하란다. 그래도 된단다. 그런데 기쁘지 않았다. 심장에 대고 칼을 그어 대는 것처럼 자꾸 아프기만 했다. 사모님이, 그녀의 가족이 그에게 어떤 거짓말을 했는지 알고 있었으니까.

"보아하니, 최 실장이 너한테 푹 빠진 모양이더라. 하여간에 남자들이란, 그저 어린 여자라면 사족을 못 쓰지."

"그, 그런 게 아니⋯⋯."

"너랑 결혼하는 대가로 이쪽에서 원하는 걸 해 주기로 했다. 원래 그 집안이 그 넓은 목장 땅에 돈을 묻어 뒀다는 소문이 돌 정도로 현금이 많은 집이다. 덕분에, 생각보다 일이 훨씬 수월해 질 것 같구나. 고맙다고 해야 하나?"

"⋯⋯!"

"친생자로 등록할 거다. 동의서에 사인해. 그리고 입 꼭 다물고 살아, 그 남자랑."

비웃음 같은 말과 함께 하얀 봉투가 하나 날아왔다. 무릎 위로 날아온 봉투를 혜주는 텅 빈 눈으로 보다가 무심히 집어 들었다. 그것을 유심히 보며 사모님이 덧붙였다.

"아무리 좋아도 네 출신까지 좋아할 수는 없을 게다. 그러니 들키지 않게 조심하려무나. 앞으로 누리고 살 게 많은데 그게 너 한테도 이롭지 않겠니?"

아니다. 무언가를 누리려고 그 사람을 만난 것이 아니었다. 누 군지도 모르고 만나 그에게 마음을 준 것은 그가 가진 것들 때문 이 아니라 그저 그의 손길이 너무 다정했기 때문이었다. 누군가에 게는 유령처럼 취급되곤 하던 그녀를 똑바로 바라보아 주었다.

'사랑해.'

속삭이던 목소리가 아릿하게 심장을 헤집었다. 그를 속일 생각 은 없었는데 결국은 그렇게 되고 말았다.

'그러니까 이제 말해 봐. 너를 갖는 대신 내가 어떤 대가를 치러야 하는지.'

속은 것도 모르고 그는 혼자 대가를 치르고 있었나 보다. 사모님이 만족할 정도면 결코 작은 것은 아니었으리라.

'내가 뭐라고, 그깟 사랑이 뭐라고.'

벌겋게 달아오른 눈가로 이슬이 고였다. 차오르다 넘쳐 기어이 손등 위로 뚝뚝 떨어지는 눈물을 보다 혜주는 천천히 봉투를 쥔 손에 힘을 주었다.

촤악!

"뭐, 뭐하는 짓이야?"

정말 놀랐는지 사모님이 경악성을 내지르며 그녀의 팔뚝을 잡아챘다. 그것을 뿌리치고 혜주는 서류의 마지막 조각까지 깨끗하게 갈기갈기 찢어 버렸다.

"왜 이래. 미친 거니?"

"예. 미쳤어요."

"뭐?"

"그거 아세요? 단 한 번도 사모님과 그 사람의…… 자식이 되고 싶었던 적이 없었어요. 아무것도 바라지 않았어요. 그냥 벗어나길 소망했는데 그게 이렇게 힘든 일인 줄은 몰랐어요."

어지럽게 흩어지는 종잇조각들을 보며 혜주는 힘겹게 진실을 털어놓았다.

"두 분을…… 진심으로 경멸해요. 이제는 고맙다는 생각도 하지 않으려고요."

"너, 지금 무슨 말을……."

"안녕히 가세요. 죽을 때까지 다시 뵙지 않았으면 좋겠어요. 또 찾아오시면 눈앞에서 죽어 드릴지도 몰라요."

그 말을 끝으로 혜주는 차에서 내려 버렸다. 그러곤 어딘지 모를 곳을 향해 미친 듯이 뛰었다. 끌어안고 있는 드레스가 품 안에서 바스락거리며 비명을 내지르고 있었다.

"허억, 허억!"

숨이 턱 끝까지 차오르도록 한참이나 달리다가 멈췄을 땐 사람이 미치도록 북적이는 대로 한복판에 서 있었다. 여기가 어디일까. 현기증처럼 세상이 빙빙 돌아가고 있었다. 완벽하게 길을 잃은 느낌이었다.

어깨를 부딪치며 끊임없이 스쳐 가는 사람들 속에 서서 혜주는 멍하니 하늘을 보았다. 모처럼 맑게 갠 겨울 하늘은 품 안의 드레스처럼 푸르고 푸르렀다. 그것을 보며 혜주는 가만히 핸드폰을 꺼내 들었다.

—최태경입니다.

짧은 벨소리 끝에서 그의 목소리가 들려왔다. 여전히 다정한 목소리였다. 그 변함없음에 안도감 대신 다시 왈칵 눈물이 쏟아지려 했다. 언젠가 끝이 올 거라는 걸 알고 있었지만 이렇게 갑자기 찾아올 줄은 그녀도 몰랐다. 마음의 준비를 하고 있었다고 생각했는데 그런 것과는 아무 상관 없이 심장이 아렸다.

"혜주예요."

울음을 삼키며 혜주는 애써 담담한 척 입을 열었다.

"있잖아요, 우리 이제…… 그만했으면 좋겠어요."

─고마웠어요. 잘, 지내셨으면 좋겠어요.

끊어질 듯 희미하게 이어지는 목소리. 그 끝에서 울음소리가 묻어나고 있었다. 혜주가 울고 있었다. 어미 잃은 짐승처럼 소리조차 내지 못하고 끅끅 흐느낀다. 그 소리를 들으며 태경은 잠시 앞에 앉은 사람을 바라보았다.

남자는 반듯한 차림에 온화한 표정을 짓고 있었다.

무엇이든 다 받아 줄 것 같은 친절한 미소를 입가에 머금고 바쁜 일 따윈 없다고 말하듯 처음부터 내내 여유로웠으며 작은 것을 고르는 취향조차 사뭇 고급스러운 사람.

그러나 태경은 알고 있었다. 입술은 웃고 있을지언정 그의 눈은 아직 단 한 번도 웃지 않았으며 여유로운 척하지만 바쁘게 테이블을 두드리는 손끝처럼 마음이 몹시 바쁘다는 사실을. 그리고 그 고급스러운 취향의 편협함도 눈치챘다.

물건의 가치를 가격에 둔 탓에 저렴한 것은 결코 돌아보지 않는 사람이었다, 그는. 음식도, 차도 가장 비싼 것만 고집하고 그것을 취향이라고 믿고 있는 어리석은 사람.

장 여사를 만났을 때만큼이나 큰 이질감이 다시 엄습하고 있었다. 그런 그를 똑바로 직시하며 태경은 나직하게 속삭였다.

"전화, 끊지 마."

—······.

"내가 갈게. 그 자리에 있어."

—······.

"약속해. 내가 갈 때까지 거기 있겠다고."

그렇게 하면 따를 거라고 믿는 사람처럼 태경은 천천히 힘주어 말했다. 그러나 말이 다 끝나기도 전에 전화는 끊어졌고 이번엔 그의 마음이 급해지기 시작했다.

"중요한 전화였나 보군."

우아한 동작으로 찻잔을 내려놓으며 서 사장이 물었다. 통화를 다 들었으면서도 여전히 여유로운 모습이었다. 아무리 중요한 전화였어도 설마하니 자신을 두고 그냥 일어서지는 않을 거라는 굳은 믿음에서부터 오는 여유일 터였다. 하긴, 어느 누가 감히 그를 내팽개치고 일어설 수 있을까. 저 장 회장이나 그의 딸인 장 여사 같은 사람이 아니고는 말이다.

그런 그에게 태경은 문득 새로운 경험을 안겨 주고 싶은 충동을 느끼고 있었다. 본인이 먼저 연락을 해 불러낸 자리임에도 불구하고 그는 차 한 잔을 다 마실 때까지도 용건을 꺼내지 않았다. 집 나간 딸에 대해서나, 그에게 먼저 접근해 온 장 회장의 일 등, 정말 궁금한 게 많을 텐데도 정작 그 궁금한 이야기들은 입에도 올리지 않는다. 태경이 먼저 꺼내 주기를 바라는 것이었다.

그 교묘함이 태경은 마음에 들지 않았다. 어쩌면 급한 마음에서 나온 편견일지도 모르겠으나 마치 맹수의 약점을 찾는 하이에 나를 보는 듯해 기분이 몹시 껄끄러웠다. 그리고 이제는 마음이 정말로 다급해진 상황이었다. 아무 사심 없이 그에게 새로운 경험을 선사해 줄 수 있을 정도로 급한 일이.

"안 그래도 요즘 많이 바쁘다고 들었네."

"예. 진행하고 있는 일이 있다 보니 아무래도 시간이 부족하긴 합니다. 그래서 드리는 말씀입니다만, 방금 제게 아주 중요하고도 급한 일이 생겼지 뭡니까. 용건이 없으시면 그만 일어나 봐도 되겠습니까?"

"······!"

말이 떨어지는 순간 반듯한 이마에 설핏 금이 가는 것이 보였다. 그러나 그것은 금방 사라져 겉으로 보기엔 아무런 동요가 없는 것도 같았는데 그런 것과는 아무 상관 없이 어느새 분위기가 일변해 있었다. 잔잔한 호수처럼 무심해 보이던 눈동자에 진득한 살기가 어려 있었던 것이다.

그것을 발견하자 어쩐지 기분이 괜찮아졌다. 그제야 태경은 내내 버려두고 있던 찻잔으로 손을 가져갔다.

"회장님을 너무 믿지 말게."

"······."

"그분이 무슨 약속을 하시던가?"

"아무것도."

"흥, 그런가? 그래, 원래 그런 분이시지."

한숨처럼 중얼거리며 그가 쓰게 웃었다. 그러면서 덧붙였다.

"그분이 자네에게 무엇을 요구했는지 짐작하고 있네. 자네 또한 내가 무엇을 바라고 있는지 모르지는 않겠지. 변명하지 않겠네. 그래, 맞아. 나 또한 같은 것을 바라고 있네. 선택은 자네의 몫일세. 나인지, 회장님인지 결정을 내려 줬으면 좋겠군."

"……."

"자네 입장에서는 이 상황 자체가 이해되지 않을지도 모르지만 아니, 사실 이해할 필요도 없지. 다만, 충고 하나만 하겠네. 자네가 대산을 탐내는 거라면 회장님 손을 잡는 것도 괜찮아. 자네 능력이라면 얼마든지 원하는 것을 얻을 수 있을 테니까. 그러나 만약 다른 걸 탐내는 거라면…… 장담하는데, 내 손을 잡는 것이 좋을 거네."

단호한 한마디와 함께 내내 그의 입가에 머물던 웃음이 사라졌다. 그것만으로도 인상은 또 달라져 이제는 숫제 굶주린 한 마리 이리를 보는 듯했다. 그 서슬 퍼런 눈빛을 남겨 두고 서 사장은 미련 없이 자리를 털고 일어섰다.

"다른 것이라……."

묘한 말이었다. 의문을 없애 주어도 모자랄 판에 의도적으로 의심의 여지를 남기다니.

"이상하군. 정말 이상해."

천천히 자리에서 일어서면서 태경은 저도 모르게 고개를 갸웃거렸다. 욕심을 그대로 드러내면서도 마주 앉아 있는 동안 단 한 번도 딸에 대해 언급하지 않는 그가 도무지 이해되지 않았다. 그만큼 딸을 믿고 있다는 것인가, 아니면…….

"설마, 그럴 리는 없겠지."

순간 머릿속에 떠오르는 단어를 태경은 무시했다. 무남독녀 외동딸이었다. 아무리 사업이 중요하다지만 설마하니 그런 귀한 딸에게 무심하기야 할까.

"서혜주."

흐느끼며 울던 목소리가 다시 귓전을 울리는 것 같았다. 태경은 서둘러 차에 올랐다. 핸드폰 덕분에 위치를 추적하는 것은 그리 어렵지 않았다. 방향을 정한 그는 자석에 끌리듯 어느새 미친 듯이 질주하고 있었다. 그런 때에 다시 전화벨이 울렸다. 태하였다.

―형, 나 지금 차가…….

"바쁘다. 끊어."

―어우, 진짜! 짜증나게 이러지 좀 말지. 형한테 맞은 자리가 아직도 아파 죽겠거든. 차 안 빌려주면 고소한다?

"그러든지."

―혀엉! 나 할아버지 차는 진짜 타기 싫다고. 그건 차가 아니라 완전 고물덩어리야. 그거 끌고 나가면 쪽팔려서 내가 살겠어?

"망할 자식! 감 비서한테 키 받아 가. 흠집 하나라도 내 오면 죽일 거야."

―이히히, 역시 마이 빅브라더라니까. 쌩유!

애교랍시고 놈이 나름 가증을 떨었다. 손발이 오그라들어서 할 수만 있다면 차를 빌려주는 게 아니라 그냥 차로 박아 버리고 싶었지만 눈앞에 없으니 참아 준다. 정말 자신이 의식하지 못하는 사이 오냐오냐하기라도 한 것인지 하여간에 서른도 넘은 놈이 하는 짓은 여전히 고딩만도…….

"음?"

습관처럼 열을 내다가 태경은 저도 모르게 얼굴을 굳혔다. 장 회장 가족을 만나면서 무의식중에 느낀 어색함의 정체를 비로소 깨달은 듯한 느낌이었다.

"감정."

사람 사이엔 싫든 좋든 감정이 오가게 마련이다. 그것이 혈육이고 가족이라면 작은 행동 하나에도 더더욱 진한 감정이 묻어날 수밖에 없었다. 아무리 무뚝뚝한 사람이라도 그것만은 감출 수 없을 터였다.

그런데 장 회장이나 서 사장에게서는 그런 것을 전혀 느낄 수가 없었다. 서로를 향한 분노와 견제는 선명하게 느껴지는데 하나뿐인 손녀이자 딸에 대해 얘기할 때는 완전히 달랐다.

"우리 집 아이, 우리 애, 그리고…… 다른 것."

장 회장은 혜주를 가리켜 우리 집 아이라고 불렀다. 피붙이를 연상시키는 애틋한 느낌이 아니라 건넛집쯤에 사는 남의 집 아이를 부르듯 그렇게.

장 여사는 딸을 향해 우리 애라고 했다. 이상할 것 없는 말이었다. 그러나 그 말에서 태경은 언뜻 꾹꾹 눌러 담은 격렬한 분노를 느끼곤 했었다. 자신의 뜻에 반하는 혜주의 행동 때문이라고 생각했었는데 어쩌면 아닐 수도 있다는 생각이 들었다.

가장 이상한 것은 서 사장이었다. 그는 혜주를 가리켜 우리 집 아이도 아니고 우리 애도 아니며 내 딸도 아닌 '다른 것'이라고 돌려 말했다. 마치 사람이 아닌 물건에게나 사용할 법한 무감정한 단어였는데 그 말을 할 때 그는 뜻밖에도 강한 자신감을 내비쳤더랬다. '그건 원래부터 내 것이다.', '네가 원하는 물건은 내 손에 있다.' 뭐, 그런 정도의 의미라고 해석할 수밖에 없는 태도였다.

"이상해."

태경의 눈에 점점 더 진한 의심이 떠올랐다. 수상하기 짝이 없는 그들의 말과 행동이 차례차례 뇌리를 스쳐 가고 그것은 곧 어떤 사실 하나를 토해 놓았다. 한참을 달린 끝에 태경은 마침내 차를 세웠다. 핸드폰의 위치 추적기가 근처를 가리키고 있었다. 그것을 유심히 보다가 그는 문득 중얼거렸다.

"어째서 그 사람들은 혜주에 대해 얘기하지 않는 거지?"

손녀가, 딸이 집을 나가 외간 남자와 거의 살다시피 하고 있었다. 그렇다면 통상 잘 지내고 있는지, 혹시 무슨 일이 있는 건 아닌지, 더 나아가 당장 내놓으라는 말 정도는 해야 하는 것 아닌가 말이다. 아무리 혼담이 오가는 사이라고는 하나 여자 입장에서 결코 좋은 상황은 아니었으니까.

심지어, 태경은 서 사장으로부터 연락을 받았을 때 한 대 맞을 각오까지 했었다. 그 정도로 화를 낼 거라고 생각했는데 아니었다. 그는 오히려 잘되었다는 듯 여유를 부리며 자신의 욕심을 노골적으로 드러냈을 뿐이었다.

'너, 지금 속고 있는 거면?'

까맣게 잊고 있던 승후의 말이 다시 현실이 되어 그의 뒤를 덮쳤다. 점점 더 굳어져 가는 심증 탓인지 이제는 없던 의심마저 생길 지경이었다. 생각하는 순간, 울먹이는 여린 목소리가 뒤따라왔다.

'우리 이제…… 그만했으면 좋겠어요.'

"누구 마음대로!"

차에서 내리면서 태경은 지그시 이를 깨물었다. 도무지 이해가 되지 않는 장 회장 일가의 행동과 갑자기 돌변한 혜주의 반응이 평행선을 그리며 서로 엇갈리고 있었다. 장 회장도 서 사장도 그를 거부하지 못하게 되었는데 이제 혜주가 그에게서 등을 돌리려 했다.

"대체 왜!"

태경은 답답했다.

가장 결정적인 조각 하나가 사라져 어떻게 해도 완성할 수 없는 퍼즐을 맞추고 있는 것처럼 다가가면 다가갈수록 더 막막해졌다. 그래서 답답하고 불안하고 또 때로는 두렵기도 했다. 두말할 것도 없이 그가 가장 싫어하는 상황이었다. 이런 상황이 조금만 더 길게 이어진다면 그는 제 발로 승후를 찾아갈 수밖에 없을 터였다. 혹은, 좀 더 극단적인 방법을 동원하거나.

모질게 마음을 다잡으며 그는 조금 빠른 걸음으로 신호를 따라 움직였다. 다행히 혜주는 근처에 있었다. 전화를 끊고 바로 움직이긴 했지만 얼마 가지는 못했는지 신호가 같은 자리에서 뱅뱅 맴을 돌았다. 그리고 곧 태경은 혜주를 발견할 수 있었다.

시린 바람이 부는 한낮의 거리에서 흔들리며 어딘지 모를 곳을 향해 걸어가는 그녀가 보였다. 무언가를 끌어안은 채 무거운 발걸음으로 휘청휘청 걸어가는 모습이 너무 위태로워 보여서 저도 모르게 가슴이 섬뜩해졌다. 아무리 봐도 자신이 어디에 있는지, 어디를 향해 가고 있는지 모르는 듯한 움직임이었다.

사람들에게 치이고 나면 오토바이며 차가 요란한 경적과 함께 비틀거리는 그녀를 아슬아슬하게 비껴갔다.

"서혜주!"

놀란 태경은 큰 걸음으로 다가가 정신없이 그녀의 앞을 막아섰다. 그러자 텅 빈 눈을 하고 그녀는 마치 살아 있는 유령처럼 그를 스쳐 지나가는 것이 아닌가.

얼마나 울었는지 흠뻑 젖은 얼굴로 비틀비틀 걸어가는 그녀를 보는 순간 태경은 명치를 한 대 얻어맞은 듯 숨이 콱 막히는 것을 느꼈다. 마치 그녀를 눈앞에서 잃어버리기라도 한 듯 정신이 아찔해지고 동시에 온몸이 아파 왔다.

그녀가 상처받았다. 그가 모르는 곳에서 그녀가 아파하고 있었다. 안쓰러움에 가슴이 무너졌다.

"그만!"

버럭 소리치며 태경은 한걸음에 달려가 혜주를 잡아챘다. 품에 담뿍 끌어안고 세상으로부터 그녀를 감추듯 온몸으로 칭칭 휘감았다. 그러자 얼마나 헤맸는지 얼음장처럼 차가운 몸이 조금 팔딱이다 그의 품 안에서 금방 축 늘어졌다. 그녀의 품 안에 갇혀 있던 것이 후드득 떨어지며 발치에서 나뒹굴었다. 나비의 날개깃처럼 얇은 옷자락이 불어오는 바람에 파랗게 펄럭였다.

8
폭로

"최태경입니다."

—네? 누, 누구시라고요?

"그쪽 졸업 작품을 산 사람."

—헉!

"기억합니까?"

—예, 예! 아, 알죠.

그의 전화에 여자는 조금, 아니 많이 당황한 듯 보였다. 그러거나 말거나 태경은 조금 무거운 목소리로 다짜고짜 용건부터 던졌다.

"갑작스럽게 미안합니다만, 잠깐 시간을 내줄 수 있겠습니까?"

—예? 아, 그게 시, 시간이야 있긴 하지만 왜 그러시는지……아, 반품은 절대 안 돼요!

음? 격렬하고도 단호한 대꾸에 태경은 잠시 말문을 잃고 전화기를 돌아보았다. 이 여자, 그가 혹시 반품이라도 할까 봐 엄청 걱정하고 있었나 보다. 저도 모르게 픽 웃음이 새어 나왔다. 그녀에겐 퍽 다행스럽게도, 그리고 자세히 설명할 수 없는 이유로 어차피 그 옷은 반품이 절대 불가한 지경이었기 때문이다.

"반품 절대 안 할 테니 잠깐 시간을 내주시죠. 혜주 일로 몇 가지 확인할 게 있습니다."

―어, 혜주 괜찮아요?

"안 괜찮습니다."

―어, 상황이 많이 안 좋은가 봐요. 저기, 그럼 옥탑방으로 오실래요?

"옥탑방?"

―저 지금 혜주 옥탑방에 있거든요.

옥탑방이라니. 뜬금없는 단어에 태경은 조금 혼란스러워졌지만 내색 않고 그대로 약속을 잡았다.

그날 이후, 혜주는 갑자기 말이 없어졌다.

죽음 같은 깊은 잠에서 깨어난 직후부터 그녀는 계속해서 입을 다문 채 멍하니 허공만 바라보고 있었다. 먹지도, 자지도 않고 무얼 물어도 대답하지 않았으며 조금이라도 그날의 일에 대해 말을 꺼내려 들면 하염없이 울기만 했다. 그렇게 꼬박 하룻밤과 낮이 지나갔다.

그사이 태경은 조금 불리한 상황에 처해 있었다. 장 회장의 요구 사항을 들은 본가에서 무언가 심상치 않다고 느꼈는지 그를 불러들인 것이다. 그러나 그는 걱정하지 않았다. 조금 과한 듯한 저들의 요구 조건이야 그 타당성을 들어 설득하면 될 일이었으니까.

혜주의 마음이 갑자기 돌아선 것도 문제는 아니었다. 어차피 진심도 아니겠지만 싫다는 여자를 강제로 들이는 일 따위를 두려워할 그가 아니었다. 전례가 없는 것도 아니니 그가 원하기만 한다면 가족들 또한 아무도 반대하지 않을 것이었다.

다만, 문제는 그의 마음속에 자리 잡은 의문이 너무 크다는 데 있었다.

혜주를 이해할 수 없었다. 그녀에게 갑자기 거부당해야 하는 상황도 이해할 수 없기는 마찬가지였다. 장 회장 일가도 이상했다. 서 사장은 더 이상했다. 꼬리를 물고 이어지는 이 의문을 해소하지 않고서는 본가로 갈 수 없었다.

그가 문제를 파악하고 수습하기도 전에 이런 상황이 가족들에게 알려지기라도 한다면 정말이지 돌이킬 수 없는 일이 벌어질지도 모르니까.

어른들이 상황을 깨닫고 움직이기 전에 모든 문제를 사전에 파악하고 수습할 수 있는 방법을 마련해 놓아야만 했다. 그래야만 혜주를 잃는 일 없이 그가 원하는 대로 일을 진행할 수 있었다. 그것이 바로 그가 혜주를 애타게 기다리고 있는 이유였다.

"무슨 일이 있었던 것일까?"

수면제를 맞고서야 간신히 잠든 혜주를 지켜보며 태경은 근심스럽게 중얼거렸다.

그날 아침만 해도 혜주는 그의 품 안에서 눈을 뜨고 함께 아침을 먹었다. 방긋 웃는 얼굴로 출근하는 그를 따라 나와 입을 맞춰 주고 돌아올 땐 아이스크림을 사다 달라는 주문도 했었다. 그랬는데 오후엔 그만두자는 말을 남긴 채 넋을 잃고 거리를 헤매고 있었다. 그 아침과 오후 사이에 그가 알지 못하는 무슨 일이 있었던 것이다.

태경은 한쪽에 곱게 놓여 있는 드레스로 시선을 던졌다.

혜주가 직접 만든 졸업 작품이었다. 친구가 대신 입고 워킹을 했던 것으로 기억한다. 서둘러 돌아오느라 그냥 두고 왔는데 그것을 그녀가 품에 안고 있었다. 그 친구를 만난 게 틀림없었다. 그 증거를 태경은 혜주의 핸드폰에서 찾았다. 그와 통화하기 직전에 '남희'라는 친구의 이름과 번호가 떠 있었던 것이다. 그래서 직접 연락을 해 그녀와 약속을 잡기에 이르렀다.

"옥탑방이라. 작업실쯤 되는 것일까?"

그런 생각과 함께 그는 서둘러 집을 나섰다. 혜주가 깨어나기 전에 돌아올 생각이었다.

다행히 문제의 옥탑방은 그녀의 학교에서 그리 멀지 않은 곳에 있었다. 친구의 말에 의하면 학교까지 걸어서 대강 10여 분 남짓 거리에 있었는데 혜주는 그곳에서 근 두어 달째 '살고' 있는 중이라고 했다.

"이 방을 얻고 얼마나 좋아했다고요."

발랄한 개성이 넘치는 차림에 우스꽝스럽게 생긴 핑크색 모자를 쓰고 나타난 여자는 옥탑방의 허름한 문짝을 활짝 열고 들어가면서 그렇게 말했다. 창고인지 방인지 구분이 가지 않는, 을씨

년스런 외관을 보자마자 얼굴부터 굳히는 그에게 한 말이었다.

"그 전까지는 계속 기숙사에서 살았거든요."

"기숙사?"

"네. 사 년 내내 기숙사에서 살다가 최근에야 이 방을 얻어서 나왔어요. 자세히 말은 안 하는데 들어 보니까 고등학교 때도 기숙사에 있었던 것 같더라고요."

기가 막혀서 말이 안 나왔다.

코앞에 집이 있고 그 집이 이 땅에서 내로라할 만큼 대단한 곳인데 대학 4년 동안도 모자라 고등학교 시절에도 기숙사에서 지냈다니.

그가 아는 혜주는 절대로 그렇게 살 이유가 없는 사람이었다. 아니, 그렇게 살 수 없다는 말이 더 정확하리라. 그에, 혹시 뭘 잘못 알고 있는 게 아니냐고 물으려다 태경은 퍼뜩 입을 다물었다.

두 사람이 들어서기가 무섭게 꽉 차는 좁은 입구 너머로 노란 냄비가 얹힌 작은 가스버너가 보였다. 그 앞으로 손바닥만 한 방이 이어져 있었는데 있는 거라곤 방바닥에 대강 접어 놓은 이불 한 채와 행거 하나, 그리고 낮은 탁자 위에 놓인 작은 재봉틀뿐이었다.

그 재봉틀 옆으로 목이 없는 마네킹 하나가 반듯하게 서서 이쪽을 보고 있었다. 태경을 멈칫하게 만든 것은 바로 행거에 걸린 낯익은 옷 몇 벌이었다. 혜주가 만날 걸치고 다니던 청바지와 티셔츠 나부랭이가 이곳에 없는 주인을 증명하듯 썰렁하게 걸려 있었다.

302

"으음."

저도 모르게 신음이 새어 나왔다.

"안 그래도 걱정하고 있었어요. 바이어가 온 줄 알았는데 엄마가 학교까지 찾아와 혜주를 데려갔다고 했거든요."

"엄마?"

"네. 그 소리를 듣고 완전 놀랐지 뭐예요. 4년 내내 연락은커녕 아파도 찾아오는 사람이 없어서 저는 이제까지 걔가 고아인 줄 알았거든요."

"……."

"부잣집 사모님 티가 팍팍 나는 아줌마였다고 하는데 혹시 본 적 있으세요?"

태경은 말없이 고개를 끄덕였다.

'엄마'라는 말을 들었을 땐 모르겠더니 '부잣집 사모님'이라는 말을 듣는 순간 그는 자연스럽게 장 여사를 떠올렸다.

확실히 그녀에겐 그 말이 잘 어울렸다. 한번 보면 잊을 수 없을 만큼 화려한 여자가 아니던가. 늘 수수한 차림의 혜주와 모녀관계라는 사실이 믿어지지 않을 만큼 그 성향도, 취향도 다른 사람이었다.

그런 그녀가 혜주를 찾았단다.

그의 집으로 올 순 없어서 부러 학교까지 불러낸 것일까? 정황으로 보아 그녀를 만난 후 혜주가 심경의 변화를 일으킨 것이 분명했다. 그렇다면 그 자리에서 무언가 중요한 대화가 오간 것이리라.

하지만 그건 그거고 대체 이건 또 뭐란 말인가. 의문을 풀러 온 자리에서 뜻밖에도 그는 더 큰 의문을 마주하고 있었다.

그의 시선이 버너 위에 놓인 냄비로 향했다. 단출하다 못해 썰렁한 부엌이었다. 두어 칸짜리 싱크대 위에 버너와 냄비 하나, 그릇도 없이 컵 하나와 수저 하나가 전부인, 아무리 봐도 뭘 해 먹을 수 있을 것 같지가 않은 곳이었다.

'나 라면 먹고 싶은데.'

투정 부리듯 라면을 찾던 혜주가 떠올랐다. 동시에, 저 남희라는 친구의 말이 사실일까 봐 두려워졌다. 고등학교 때도, 대학 때도 내내 기숙사 생활을 하는 혜주, 라면을 먹는 혜주, 이 아무것도 없는 작은 방의 주인인 혜주를 상상하자 심장이 먼저 꽉 죄어오기 시작한 것이다. 그래서 말도 못 하고 한동안 우두커니 서 있는데 문득 눈앞으로 얄팍한 종이 뭉치가 나타났다.

"뭡니까?"

"뭐긴요, 세금고지서잖아요."

"……!"

"이번 달 세금을 아직 안 내고 있었더라고요. 그러고 보니 월세는 제대로 넣었는지 모르겠네요. 알바를 세 개나 하고 있었는데 얼마 전에 다 잘렸거든요."

이 옥탑방으로도 모자라 이제는 아르바이트까지.

점점 더 구체화되는 이야기에 다시 신음이 터지려고 했다. 그런 것을 아는지 모르는지 여자는 계속해서 이런저런 이야기를 중얼거리고 있었다. 혜주가 어떻게 살고 무슨 아르바이트를 했으며 어떻게 잘렸는지부터 시작해 지난 졸업 작품전의 일까지. 묻지도 않은 이야기들이 굴비 엮이듯 엮여서 주르르 흘러나왔다.

그 길고 두서없는 이야기를 들으며 태경은 무심히 세금고지서를 펼쳤다. 전기요금, 가스요금, 수도세 따위였는데 방이 작아서인지 아니면 그만큼 아끼고 산 건지 그 요금이란 게 이제껏 그가 상상도 해 본 적 없을 만큼 적었다. 그에 저도 모르게 실소를 머금다 문득 무언가를 발견하고 그는 도로 얼굴을 굳히고 말았다.

"노…… 혜주?"

잘못 본 게 아니었다.

모든 고지서마다 같은 이름이 찍혀 있었다. 혹시, 다른 사람의 우편물이 잘못 온 것일까?

"이거……."

"왜요? 뭐가 이상해요? 혹시 너무 많이 나왔어요?"

"아니, 이름이……."

"이름? 노혜주, 맞는데요."

그녀가 대수롭지 않게 고개를 끄덕였다. 충격으로 다시 정신이 멍해졌다. 설마, 이것이 그가 그토록 찾아 헤매던 마지막 퍼즐 조각일까? 날카로운 예감이 전신을 휘감고 있었다. 그런 그를 향해 조금 음흉한 미소와 함께 그녀가 넌지시 물었다.

"저기요, 궁금한 게 있는데요. 진짜 혜주랑 결혼하시는 거 맞아요?"

"음?"

"아무리 물어도 대답을 안 해 줘서요. 애인이 있다는 소리도 못 들었는데 갑자기 집에서 결혼시키려고 한다는 소리를 들었거든요. 혜주랑 결혼한다는 사람이 그쪽인 거 맞아요? 그럼 정략결혼이나 뭐 그런 거예요?"

"……."

"아, 도무지 이해가 안 간다니까. 고학생처럼 힘들게 사는 애가 갑자기 정략결혼은 또 뭔지. 도대체 걔는 정체가 뭐래요?"

글쎄, 그도 그것이 궁금했다. 도대체 정체가 뭘까? 그가 아는 서혜주는 누구고 이 방의 주인인 노혜주는 또 누구란 말인가.

온통 혼란에 사로잡힌 채 태경은 잠시 생각에 생각을 거듭했다. 당장이라도 사람을 시켜, 아니 승후에게라도 연락해 모든 일을 캐 보고 싶은 충동이 일었다. 그래서 핸드폰을 쥐고 몇 번이나 고민을 하는데 문득 작고 초라한 방 안의 풍경과 그 속에 오도카니 놓여 있는 재봉틀이 눈에 밟히는 거다.

모든 것이 하나뿐인 이 방에서 그녀는 무슨 꿈을 꾸면서 지냈을까. 많이 외로웠을 텐데, 때로는 무서운 날도 있었을 텐데 여기서 어떻게 혼자 견디어 낸 것일까.

그 생각을 하니 갑자기 그의 침대에 잠들어 있을 그녀가 보고 싶어졌다. 하긴, 마음이 이미 정해졌는데 이런 고민이 다 무슨 소용일까. 서혜주면 어떻고 노혜주면 또 어떤가. 무슨 일이 있어도 최태경은 혜주라는 여자를 놓을 수가 없는데 말이다.

완전히 마음을 다잡은 태경은 결국 몇 장 안 되는 고지서와 그

녀의 옷가지를 챙기기 시작했다. 그제야 뭘 하려는 건지 눈치챈
남희가 졸졸 따라다니면서 조금씩 돕는 시늉을 한다.

"이거는 꼭 가져가셔야 돼요. 걔 보물 1호가 바로 이 재봉틀이
거든요. 그리고 일을 하려면 마네킹도 필요하고 또오……."

그게 전부였다. 옷가지 몇 개와 재봉틀, 그리고 마네킹.

"아, 살림 참 심플하다. 도둑도 가져갈 게 없겠네."

저도 민망했던지 그녀가 슬며시 얼굴을 붉히며 말했다. 그래도
아랑곳 않고 태경은 옷가지 쪽에 쌓여 있는 원단과 얼마 안 남은
실까지 알뜰하게 챙겨 가지고 그곳을 나섰다.

"혜주랑 결혼할 사람인 거 맞습니다."

출발하기 직전, 태경은 남희를 향해 말했다.

"정략결혼 아니고 연애결혼."

"어어, 정말이요?"

"만난 곳은 카페 브람스, 첫 데이트 장소는 혜주의 단골 떡볶
이집, 첫 키스는 학교 앞 사거리 한복판. 됐습니까?"

"사, 사거리 한복판…… 우와아!"

그녀의 입이 쩍 벌어졌다.

그 모습을 향해 호쾌하게 웃어 주고 태경은 서둘러 액셀을 밟
았다.

조심스러운 동작으로 태경은 침실의 문을 열어 보았다. 다행
히 혜주는 아직 잠들어 있었다. 안도감이 밀려왔다. 갈 곳이 없
다는 사실을 알면서도 혹시 이 자리에 없을까 봐 조금 걱정을 했

더랬다.

태경은 미동도 않고 잠든 그녀를 한참이나 물끄러미 바라보았다. 자면서 조금 울었는지 눈가가 아직 젖어 있었다.

"아무것도 묻지 않을게."

손끝으로 젖은 눈가를 슬쩍 닦아 주며 그는 속삭였다.

"아무것도 묻지 않을 테니 그냥 곁에만 있어. 다만, 무언가 말하고 싶은 것이 생긴다면 그때는 얼마든지 말해도 좋아. 들어 줄게."

이 여자에게 그는 언제나 약자였다.

어떤 일이 있어도 놓을 수 없다. 그러니 어쩌겠나. 그녀의 환심을 사기 위해 최선을 다해야지. 그리고 빼앗기지 않기 위해 지켜야지. 그의 허락이 없이는 어느 누구도 감히 상처 입힐 수 없도록.

"난 이제 널 지키기 위해 움직여. 너를 위해서라면 얼마든지 잔인해질 수 있어, 난."

그의 목소리가 더욱 낮게 가라앉았다.

집까지 오는 동안, 그는 마지막 퍼즐 조각을 맞추는 데 마침내 성공했다. 시작점에 서혜주가 아닌 노혜주라는 조각을 놓자 이제껏 끙끙거렸던 것이 부끄러울 정도로 모든 일이 한 방에 풀려 버린 것이다.

그는 이제 장 회장의 '우리 집 아이'라는 말을 이해하게 되었다. 장 여사의 '우리 아이'에 담긴 분노의 정체도 깨달았다. 서 사장이 내비치던 자신감의 정체도 납득했다.

아직 심증뿐, 정확한 증거를 내놓을 수 없지만 상관없었다. 그것만으로도 그가 해야 할 일은 명확해졌으니까.

모든 것이 명확해지자 그의 결정도 더불어 빨라졌다. 전후의 사정을 깨닫는 순간, 장 회장 쪽에 대응하기 위해 세워 두었던 모든 계획을 쓰레기통에 던져 버렸다. 서 사장과도 마찬가지였다. 그는 다시 그들과 거리를 벌리며 원래의 자리로 돌아왔다.

모든 것을 처음부터 다시 시작할 생각이었다. 이번엔 혜주와 함께.

"으음."

혜주는 목이 말랐다.

'누가 물 좀 가져다 줬으면…….'

힘 하나 없이 축 늘어진 채 그녀는 그런 생각을 하고 있었다. 그러자 옆에서 바스락거리는 소리가 들리더니 곧 입술 위에서 촉촉한 것이 느껴졌다.

'어, 물이다.'

혹시 비가 오는 걸까?

낙수처럼 한 방울씩 떨어져 서서히 스며드는 물을 그녀는 열심히 받아 마셨다. 양이 많진 않았지만 그것만으로도 타는 듯하던 갈증이 조금 가셨다. 그래도 더 마시고 싶어 입술을 열자 이번엔 물 대신 뜨끈한 것이 입안으로 들어오는 거다.

그것은 미동도 않고 있는 그녀의 혀를 슬쩍 건드리고 치아도 골고루 한 번씩 훑더니 이내 입술을 물고 강하게 빨아 당기기 시작했다. '쪽' 하는 소리가 천둥처럼 귓가를 울렸다. 그 소리에 움찔하고 몸이 반응했다. 이상하게 웃음이 났다. 그래서 저도 모르게 입꼬리를 당기자 다시 뜨거운 것이 다가와 '쪽쪽쪽' 하고 그녀의 입술 위에서 장난을 쳤다.

"이대로 잡아먹을까 보다."

음?

"나 좀 외로운데…… 혜주야, 우리 아기 만들까?"

어엉?

눈이 번쩍 뜨였다. 그러자 기적처럼 눈앞에서 태경이 빙긋 웃고 있었다. 언제 움직인 것인지 슬금슬금 허벅지로 올라오던 손이 그녀의 손에 딱 잡혀 있었다.

"하자."

잠이 덜 깨 조금 멍한 채로 그녀는 멀뚱멀뚱 그를 바라보았다. 그가 무슨 말을 하고 있는지 미처 깨닫지 못한 건 물론이었다. 그래서 한동안 그저 바라만 보았더니 잡혀 있는 손이 또 꿈틀거리는 거다.

"한 번만."

"……거짓말."

가볍게 인상을 찡그리며 그녀가 대꾸했다.

일단 벗겨 놓으면 지칠 때까지 손을 못 뗀다는 걸 경험으로(?) 터득했는데 웬 수작이실까. 가당치도 않은 요구를 일축하며 그녀는 그를 살짝 노려봤다.

그러나 그도 잠시. 잠들기 전의 일을 떠올린 그녀는 다시 시무룩한 얼굴이 되고 말았다.

'그만하자고 했는데 왜 이러는 거예요?'

그랬다. 혜주는 그에게 헤어지자고 했었다. 그만하고 싶다고. 그랬는데도 그는 마치 아무 일 없었다는 듯 천연덕스럽게 굴고 있었다. 심지어, 눈빛 하나, 손끝 하나도 달라진 것이 없었다. 그 다정함에 다시 마음이 흔들렸다.

"그러지 마세요."

"음?"

"나한테 다정하게 굴지 말아요."

"왜 다정하게 굴면 안 되는데?"

"그야……."

"아, 배고프다. 혜주가 깰 때까지 기다렸더니 배가 고파 죽을 것 같아."

엉뚱한 말에 혜주는 잠시 말문이 막혔다. 이 우울하고 심각한 와중에 갑자기 밥 타령이 웬 말이란 말인가. 허탈해 조금 더 울적해지려는데 부스스 몸을 일으킨 그가 문득 그녀를 돌아보면서 묻는 거다.

"라면 먹을래?"

"예?"

어, 이상하다. 태경 씨도 라면을 먹었던가? 생각해 볼 것도 없이 그녀는 이제껏 그가 라면은커녕 면 종류를 먹는 모습을 한 번도 본 적이 없었다. 그래서 내심 충격받은 얼굴로 그를 보았는데 그런 심정과는 아무 상관 없이 갑자기 배 속에서 '꼬르륵' 하는 소리가 울리는 게 아닌가. 그가 득의만만하게 웃고 있었다. 그러곤 명령조로 말했다.

"라면 끓이는 동안 손 닦고 나올 것."

그깟 라면, 안 먹는다고 할걸.

생각은 그랬지만 입엔 벌써 침이 고이고 있었다. 솔직히 배도 고팠다. 몇 시간인지는 모르겠지만 밥도 안 먹고 계속 자기만 했으니 당연히 배가 고플 시간이 되긴 했다.

"아, 벌써 밤이구나."

창밖이 어두워 시계를 보자 바늘이 벌써 9시를 가리키고 있었다. 그걸 보니 어쩐지 더 배가 고파졌다. 결국 혜주는 주섬주섬 일어나 화장실로 향했다.

"내일은 집으로 가야지."

따뜻한 물에 손을 적시면서 그녀는 생각했다.

그 사람들이 또 누군가를 보낼까 봐 조금 무섭긴 하지만 그래도 여기에 계속 있을 수는 없었다. 더 있으면 떠나기 싫어질 테고 그러면 그들은 그에게 더 많은 것을 요구하게 될 것이었다.

"사실대로 말하면 달라질까?"

혜주는 확신을 할 수 없었다.

그녀가 모든 진실을 털어놓으면 그들의 손길이 거두어질까. 그럴지도 모른다고 생각한 순간도 있었지만 그녀는 곧 그것이 지나치게 희망적이라는 사실을 인정해야 했다. 그녀가 그의 곁에서 완전히 떠나 버리지 않는 이상 달라질 것은 아무것도 없다는 생각이 더 현실에 가까웠다. 그리고 그가 안 되면 다른 사람이 그의 자리에 대신 나타날 수 있다는 사실도 알고 있었다.

사모님은 모르겠으나 그녀의 남편은 충분히 그럴 수 있는 사람이었다. 그 과정에서 그녀가 누구와 뒹굴고, 누굴 좋아하는지에 대한 것들은 전혀 고려의 대상이 아니라는 사실도 안다.

그래서 혜주는 옥탑방을 정리하고 그들의 시야에서 완전히 사라지기로 결심했다. 그와 함께 돌아온 후, 그녀는 계속 그런 생각을 하고 있었다.

"드라마의 주인공처럼 나도 멋지게 외국으로 떠나 버리고 싶었는데."

안타깝게도 그녀의 현실은 비행기 티켓값조차 마련하기 어려운 궁핍한 신세였다. 그렇다고 계속 그들의 시선이 닿는 곳에 남아 있을 수도 없었다. 또다시 누군가의 힘에 떠밀려 태경 씨가 아닌 다른 사람과 만나게 되는 일만큼은 피하고 싶었다.

"냉정하게 해야 돼. 돌아보지 말고 훌쩍 나가는 거야. 정 안 되면 잠들었을 때 몰래 가든지."

사실, 이 집에서 나가는 것이야 생각보다 훨씬 더 간단했다. 그가 출근한 사이 감행하면 그만이니까. 어려운 것은 오히려 갈 곳을 찾는 일이었다. 당장은 이곳에서 가장 먼 시골을 생각하고 있었지만 낯선 곳이다 보니 아무래도 살아갈 일이 더 막막하게 느껴졌다. 취직하기도 어려울 텐데 시골에 가서 대체 뭘 해야 한단 말인가.

"후우, 라면 먹고 생각하자."

혜주는 금방 생각을 접었다. 일단은, 이곳에서 떠나는 일이 먼저였다. 정 안 되면 모든 진실을 털어놓을 각오도 되어 있었다.

"다 되었어. 빨리 와."

거실로 나서자 무섭게 그가 부엌 쪽에서 손짓을 했다. 대리석 식탁 위에 그릇 몇 개와 이 집과 도무지 어울리지 않는 노란 냄비가 떡하니 올라앉아 있었다. 심지어, 이상하게 낯이 익은 냄비였다.

"어? 그 냄비는……."

갑자기 심장이 덜컥 내려앉았다.

그럴 리가 없다는 사실을 알면서도 혜주는 저도 모르게 옥탑방의 냄비를 떠올리고 있었다. 이름을 써 놓은 것도 아닌데 딱 보는 순간 '내 건데!' 하는 생각을 했다.

'차, 착각이겠지.'

아무래도 신경이 예민해졌나 보다. 이 집에서 본 적이 없는 물건인 데다 찔리는 것이 있다 보니 괜히 제 발이 저린 것이리라.

"왜?"

"아, 아니에요, 아무것도."

그녀 앞에 수저를 놓아주며 그가 피식 웃었다. 그러더니 다음 순간 엄청난 이야기를 했다.

"음. 솔직히 고백하는 건데, 처음 끓여 본 거라 맛은 장담할 수 없어."

"에?"

"그래도 뒤에 적힌 레시피대로 했으니까 먹고 죽는 일은 없지 않을까?"

말문이 막혔다. 그러니까 이 남자는 이제껏 단 한 번도 자기 손으로 라면을 끓여 본 적이 없다고 말하고 있는 거였다. 사람이 어떻게 그럴 수가 있지?

"혹시, 밥은 해 본 적 있어요?"

"아니."

"세상에!"

"크흠, 해 볼 기회가 없었어. 배울까?"

"당연히 배워야죠. 혼자 있는데 시간은 늦었고 갑자기 배가 고프면 어쩌려고요?"

아무리 굶기가 어려운 세상이라지만 아무거나 먹게 생기지도 않은 사람이 밥도 할 줄 모르다니. 이렇게 대책 없는 사람은 처음 보는 것 같았다. 설마, 도우미 아주머니만 철석같이 믿고 있는 것은 아니겠지?

"여기는 비싼 동네라서 주변에 편의점도 없고 마트도 먼데 정말 어쩌려고 그래요?"

"편의점이랑 마트?"

"설마, 직접 장을 본 적도 없는 거예요?"

"……응."

"혹시, 외계인이세요?"

혜주는 진심으로 그가 걱정스러웠다. 외계인도 지구에 오면 마트에 갈 텐데 그는 지구에 살면서도 이제껏 마트에 가 본 적이 없단다. 나란히 앉아 밥을 먹고 있긴 하지만 세상에 이런 사람이 있을 줄은 미처 몰랐다.

"그럼 라면 먹고 같이 마트 갈까?"

민망했는지 공연히 라면을 뒤적이면서 그가 물었다. 그에, 바로 고개를 끄덕이려다 혜주는 뒤늦게 자신의 계획을 떠올리고 대답 대신 냉큼 라면에 코를 박았다.

"그, 그래도 이 라면은 제대로 끓인 것 같아요."

"그래?"

"네. 물이 좀 많긴 하지만 전 원래 싱겁게 먹으니까. 콜록."

"괜찮아?"

급하게 먹는 시늉을 하다 갑자기 사레가 걸려서 콜록거리자 그가 황급히 일어나 물을 따라 내밀었다. 아무 생각 없이 그것을 받아 마시다 혜주는 또 기겁을 하고 놀랐다. 그가 내민 컵이 정말 낯이 익었던 것이다. 그것을 혜주는 단박에 알아보았다. 모두 똑같은 모양과 색깔을 가진 노란 냄비와 달리 그것은 정말 흔치 않은 무늬를 가지고 있었다. 당연했다. 도자기 수업을 듣는 남희가 직접 만들어 준 컵이었으니까.

"이, 이 컵……."

"아, 옥탑방에서 가져왔어."

챙그랑!

손에서 컵이 미끄러져 식탁 위로 나동그라졌다. 컵에 담겨 있던 물이 주르르 흘러 식탁 위는 금방 물바다가 되어 버렸다. 그것을 보면서도 혜주는 앉은 자리에서 꼼짝을 할 수가 없었다. 핏기가 가신 얼굴이 어느새 창백하게 가라앉았다. 그런 그녀를 보며 그는 짧은 한숨을 내쉬고 있었다. 그러곤 수저를 도로 내려놓으면서 말했다.

"미리 말하지 못해 미안해. 처음엔 옷가지만 챙기려고 했는데 생각해 보니 아무래도 그쪽에서 지내는 건 당분간 무리일 것 같아서."

"어, 어떻게……."

"남희라는 친구랑 그쪽에서 만났어. 궁금한 게 있었거든."

창백한 손끝이 바르르 경련을 일으켰다. 눈앞이 캄캄해져 혜주는 반사적으로 입술을 깨물었다. 그가 알아냈다. 먼저 사실을 고백하기도 전에 마침내 모든 것이 끝나 버렸다. 꼼짝없이 거짓말쟁이가 되어 버린 것이다. 지독한 현기증에 눈앞이 다 아찔했다. 그래도 혹시나 하는 마음에 혜주는 덜덜 떨면서 물었다.

"그래서 구, 궁금한 건 풀렸나요?"

"응, 확실히."

"……."

"사실은, 혜주한테 많이 미안했어."

"뭐, 뭐가요?"

"생각해 보니까, 일을 진행하는 동안 한 번도 혜주의 의견을 물은 적이 없었던 것 같아서. 같이 얘기를 했더라면 네가 원하는 걸 금방 알 수 있었을 텐데 아무 관계없는 사람들의 말만 듣고 네가 원하는 게 그거라고 착각했거든."

이상하다. 화를 낼 줄 알았는데 그는 여전히 다정한 목소리로 그녀의 상상과 전혀 다른 이야기를 하고 있었다. 아래로만 향하던 그녀의 고개가 슬쩍 들렸다.

"나도 모르게 네가 어려서 아무것도 모를 거라고 생각하고 있었나 봐. 저쪽의 요구만 들어주면 너는 당연히 내게 올 거라고 생각했거든. 그러니까 거래를 하려고 한 거지."

"훌쩍. 그, 그런데요?"

"그런데 나는 사업을 하고 싶은 게 아니라 결혼을 하고 싶은 거잖아. 사랑하는 여자랑."

사랑하는 여자랑!

그 말을 듣는 순간 안 그래도 점점 벌게지던 눈가가 더 빠르게 젖어 들었다. 자리에서 일어선 그가 그녀의 곁으로 천천히 다가왔다. 그러곤 옆에 앉아 그녀와 시선을 마주하면서 말했다.

"겁을 내고 있었던 것 같아. 혹시라도 너를 놓치게 될까 봐. 네가…… 싫다고 할까 봐."

"싫은 거 아니에요!"

"그럼?"

"……."

"혹시, 혜주도 내가 좋아?"

어쩌면 이렇게 멍청한 질문을 할 수가!

그럼 이 남자는 자신이 좋아하지도 않는 남자랑 막 잠도 자고 다니는 여자라고 생각했단 말인가. 억울하고 또 한편으로는 의아하기도 해 혜주는 기분이 몹시 혼란스러워졌다. 그래서 대답 대신 고개를 들고 그를 향해 물었던 것이다.

"왜, 왜 화내지 않아요?"

"왜 화를 내야 하는데?"

"……속였잖아요. 태경 씨한테 거짓말을 한 거잖아요."

"나한테 속인 게 있어?"

말문이 막혔다. 정말 몰라서 묻는 건지, 아니면 장난을 치는 건지 구분을 할 수가 없었다. 그래서 우물쭈물하며 바라만 보고 있자 그가 피식 웃더니 이번엔 두 손으로 그녀의 볼을 꼭 움켜쥐고는 붕어처럼 볼록 튀어나온 입술에 쪽 하고 입을 맞추는 거다.

"원했던 게 아니라는 거 알아. 옥탑방을 보고 알았어. 스스로에 대한 것, 선을 본 것, 그리고 결혼까지도 네 의지로 결정한 게 아니었다는 걸 말이야."

"흐윽."

"무서웠을 거야. 도망치고 싶었을 거야. 그래서 나랑도 그만두고 싶어진 거겠지."

"훌쩍. 아, 아니에요. 그건 그런 게 아니란 말이에요."

철철 울면서 혜주는 고개를 흔들었다.

"속이고 싶지 않았어요. 나 때문에 피해를 입게 하고 싶지 않았어요."

"왜? 그냥 모르는 척 나하고 결혼해도 되었을 텐데. 그래도 난 혜주를 버릴 수 없었을 텐데."

"어떻게 그렇게 해요. 어떻게……."

"……."

"좋아한단 말이에요."

흠뻑 젖은 얼굴로 혜주는 고백했다.

처음으로 그녀를 똑바로 바라보아 준 사람이었다. 아픈 그녀를 간호해 주고 다정한 손길로 어루만져 주었다. 그렇게 다정한 손길은 이제껏 받아 본 적이 없었다. 그의 품에 안겨서야 사람의 체온이 얼마나 뜨거운지도 알았다. 그래서 다시 혼자가 되는 일마저 무서워졌다. 그런 걸 이 사람은 모른다. 아무것도 모르는 바보였다.

"태경 씨가 아니면 싫어요."

"정말?"

조금 벅찬 기분으로 태경은 되물었다.

싫어서 떠나려는 건 줄만 알았는데 아니었단다. 그 한마디에 내내 불안하게 둥당거리던 가슴이 빠르게 가라앉고 있었다. 억지로 선을 본 것처럼 등 떠밀려 여기까지 왔을까 봐, 그것을 직접 확인하게 될까 봐 저도 모르는 사이 또 잔뜩 불안해하고 있었던 모양이다. 이 여자를 만난 이후 그는 숫제 겁쟁이가 되어 버린 기분이었다.

"혜주야."

"훌쩍. 왜요?"

"사랑해."

"흐윽."

태경의 고백에 혜주는 엉엉 울며 기어이 그의 품에 얼굴을 박았다. 그 울음이 얼마나 서럽게 느껴지던지 그것만으로도 그간의 설움과 고통이 절절하게 느껴져 가슴이 다 아려 올 지경이었다.

'내가 갚아 줄게. 네 몫까지 내가 다 해 줄게.'

혜주를 안고 태경은 진심으로 다짐하고 있었다.

냄비 하나, 수저 한 벌, 컵도 이불도 베개도 하나뿐이었던 그녀의 작은 옥탑방에서 태경이 느꼈던 것은 분노가 아니었다. 그 처절한 외로움 앞에서 그는 차마 화를 낼 수가 없었다. 그는 차라리 그곳에서 그녀와 함께 나란히 눕고 싶었다. 그만큼 깊어진 사랑이었다.

혜주를 향한 사랑이 깊어진 만큼 장 회장 일가를 향한 분노도 그만큼 커져 있었다. 낯선 남자들에게 납치될 뻔했던 일부터 볼 때마다 점점 더 말라 가던 모습, 쓰러질 듯한 모습으로 찾아와 그에게 안긴 일, 그리고 온통 상처받은 눈으로 거리를 헤매던 모습이 작은 옥탑방과 겹쳐지면서 차례로 눈앞을 스쳐 갔다.

도무지 이해할 수 없었던 모습들이 이제야 이해가 되었다. 이해하고 나자 곪아 터진 그녀의 상처가 보였다. 그에, 태경은 진심으로 분노했다. 저를 속이고 기망하려 한 일은 참아 줄 수 있을 것 같은데 그것만은 도저히 용서할 수가 없을 것 같았다.

'찾아내 주지. 처음부터 하나하나 다 찾아내 똑같이 갚아 드리지. 기대해도 좋아.'

혜주를 품에 안고 태경은 그렇게 결심하고 있었다.

모처럼 집안이 북적거리는 날이었다.

'모처럼'이라고 하기엔 너무 자주 있는 일인 것 같긴 하지만 어쨌거나 평소에 비해 너무 북적거려서 태하는 짜증이 났다.

"왜 또 모인 거래들?"

신나게 싸돌아다니다 느지막이 집으로 돌아온 그가 발소리를 죽이고 몰래 숨어들면서 투덜거렸다. 들어오면서 보니 주차장이 아주 만원이었다. 거기에 더해 현관은 온통 신발들로 넘쳐서 발디딜 틈도 없었다.

견적을 재 보니 아무래도 온 집안의 혈족이 다 모였다는 결론이 나왔다. 그러니까 여섯이나 되는 작은 할아버지들 중 돌아가신 분들을 뺀 네 분부터 시작해 그분들의 자식들, 그 자식들의 자식들, 그리고 아버지 이하 넷이나 되는 숙부들과 사촌 형제들까지. 못해도 쉰 명은 가뿐하게 넘었을 거다. 거기에 옵션으로 따라온 짝들까지 합하면…… 머리 아프니까 생각을 말자.

아무튼, 이 정도의 인원이 한꺼번에 모이는 경우는 거의 없다시피 했다. 명절에나 가끔 있을까? 혹은 아주 중요한, 이를 테면 십 년 전 둘째 숙부가 돌아가셨을 때처럼 혈족 중 누군가가 죽었다거나, 또는 가업의 명운이 걸린 엄청난 일이 벌어졌을 때 정도일 터였다. 그런 의미에서 문득 불길한 예감이 치솟았다.

"그래, 이번엔 누가 죽은 거래?"

응접실 가득 빙 둘러앉고도 모자라 빽빽하게 둘러선 자리에 슬그머니 머릿수를 보태면서 그가 물었다.

"할아버지들은 다 계신 것 같고 숙부들은? 어, 막내 숙부가 안 보이는데, 설마……?"

"나 아직 안 죽었어, 인마!"

와인 병을 들고 지하실 쪽에서 올라오던 퉁퉁한 중년인이 버럭 소리쳤다. 멀쩡하게 잘만 살아 있는 막내 숙부였다. 그에, 조금 기뻐하며 멋쩍게 웃다가 다시 장내로 시선을 돌렸다. 하나같이 무거운 얼굴로 한숨만 내쉬고 있던 어른들이 이제는 그를 향해 일제히 혀를 차고 있었다.

"쯧, 멍청한 자식."

"저 물건은 언제 철이 들까?"

"제 형이 무슨 꼴을 당했는지도 모르고…… 에잉!"

"저런 것도 동생이라고 오냐오냐하는 장조카가 불쌍하구먼."

"이제라도 해외 지사로 보내 버리시죠, 형님."

그 아우성 같은 말에 가장 상석에 앉은 최 회장은 그야말로 내장까지 다 토해 내는 것 같은 깊은 한숨을 내쉬면서 말했다.

"나도 그러고 싶어, 이것들아!"

"……!"

"……!"

"허구한 날 사고나 쳐 대고 엉뚱한 일이나 벌이는 놈이 나란들 이뻐서 끼고 있는 줄 알아? 내놨다가 더 큰 사고를 칠까 봐 내가 희생하고 있는 거야. 태경이 놈한테 저거 말고 다른 형제가 하나만 더 있었어도 그냥 버렸어."

이거 봐라? 말이야 다 맞는 말인데 듣자니 왜 이렇게 기분이 나쁠까? 가만히 듣다가 괜히 뿔이 난 태하가 입술을 몇 발이나 내밀고 할아버지를 노려보았다. 그러고는 재빨리 눈동자를 굴려

제 형을 찾았다. 분위기를 파악하기도 전에 대뜸 소리쳤다.

"형, 무슨 사고 쳤어?"

"저런 말본새하고는. 네 형이 언제 사고 치는 것 봤어?"

"아니면 분위기가 왜 이런데?"

그 말에 분위기는 또 착 가라앉았다. 죽음 같은 침묵 혹은 긴한숨, 그리고 누구를 향한 것인지 모를 깊은 분노가 한꺼번에 쏟아지면서 같은 자리를 뱅뱅 맴돌았다.

"장 회장이 노망이 난 게 틀림없어."

"감히 우리 집안을 건드려?"

"사생결단을 냅시다."

"서 사장부터 족쳐 놓을까?"

여기저기에서 중구난방으로 이어지는 소리 끝에 마침내 시중이 배턴을 이어받았다.

"끄응, 그 아이가…… 장 회장의 손녀가 아니라 서 사장의 사생아였단 말이지?"

"……"

"그래도 넌 마음을 바꿀 생각이 없고?"

"말해 뭐해. 우리 집안 놈들이 언제 제 계집 놓치는 것 봤어요? 차라리 혀를 깨물고 말지."

저를 죽은 사람으로 만들려 했다며 태하에게 헤드록을 걸다 말고 막내가 소리쳤다.

"빤한 소리는 생략하고 그냥 넘어갑시다. 그래서 어떻게 갚아줄 생각인데? 설마 당하고 그냥 있겠다는 헛소리를 할 건 아니겠지?"

"형!"

그제야 상황을 눈치챈 태하가 목을 잡힌 채로 발버둥을 쳤다.

"형, 미쳤어? 서 사장의 사생아랑 뭘 어째? 나, 이 결혼 반대
야. 형이 누군데, 뭐가 모자라서 그런 결혼을 해? 후계자잖아, 집
안의 미래잖아!"

"……."

"안 돼, 다른 사람은 다 돼도 형은 안 돼!"

결혼에 관해서는 단 한 번도 반대 소리가 없다는 집에서 드디
어 용자가 나왔다. 입에 거품까지 물고 방방 날뛰는 동생을 태경
은 잠시 물끄러미 바라보았다. 그러다 문득 말했다.

"미안하다."

"뭐?"

"미안한데, 집에서 나가라."

"헉! 혀, 형?"

"사흘이다. 그 안에 짐 싸서 나가. 사흘 뒤부터 2층 공사 시작
할 거니까 괜히 짐 빠뜨리지 말고 당분간은 부를 때 말고는 집에
오지 마. 네 형수 불편해한다."

단호한 명령에 태하는 물론이고 듣고 있던 어른들까지 입을 딱
벌렸다. 그러거나 말거나 태경은 눈 하나 깜빡 않고 말을 이었다.

"결혼은 가능한 한 빨리 진행할 예정입니다. 신부가 아직 어리
긴 하지만 제가 더 급해서요. 날짜가 정해지는 대로 비서실을 통
해 통보하겠습니다."

"아니, 그래도 결혼 전에 인사는 받아야……."

"결혼식 끝나고 받으세요."

"그, 그럴까? 하긴, 그래도 되긴 하지."

슬며시 이의를 제기하려던 숙부 중 하나가 찍소리도 못하고 잘려 나갔다.

"대산과 장 회장 일가에 관한 문제는 제가 직접 처리하겠습니다. 이미 그쪽 지분을 사들이기 시작했으니 충분히 확보되면 그때 움직일 생각입니다."

"저어, 그런데 정보팀은 왜 움직인 거지?"

"개인적으로 알아볼 게 있어서 사장 주변을 샅샅이 뒤지는 중입니다."

"우리 정보팀만 움직이는 게 아니던데 혹시……."

"총 일곱 군데입니다. 그렇게만 알고 계세요."

누구도 모르는, 개인적으로 움직일 수 있는 정보팀이 최소 일곱 군데 이상이라는 뜻이었다. 그에, 사위가 순식간에 조용해졌다. 한 치의 빈틈도 없이 태경은 완벽하게 회의를 주도하고 있었다. 그는 태어난 순간부터 준비된 집안의 후계자인 것이다.

"오늘 자리를 마련한 건, 제 신변에 관한 이딴 쓸모없는 설명을 늘어놓기 위해서가 아닙니다. 간단히 충고를 드리기 위해서입니다. 대산에 투자를 하신 분들이 있다는 것 압니다. 가능한 한 빨리 회수하시는 게 좋을 겁니다."

"어, 얼마나 빨리?"

"일 년 드리겠습니다."

"헉! 그렇게 빨리?"

"여유가 있으시면 천천히 하셔도 상관없습니다. 제가 잘 쪼개 맛있게 먹어 드릴 테니."

그 말을 끝으로 할 말 다 했다는 듯 태경은 천천히 몸을 일으켰다. 그러곤 마치 지나가는 말처럼 최 회장을 향해 말했다.

"할아버지, 저 돈 좀 쓰겠습니다."

"오냐! 써라. 쓸 땐 써야지. 그래야 사내지. 암, 그렇고말고. 다 갖다 써도 괜찮다."

"헉!"

"아, 아버지!"

곳곳에서 비명 같은 당혹성이 터졌다. 20년 무차입 경영에 쌓아 둔 현금만 해도 국내 최대 규모인데 그걸 다 가져다 쓰라는 소리를 하고 있었기 때문이다. 듣기만 해도 모두들 등골이 오싹해졌다. 다 모이라고 할 때부터 각오를 하긴 했지만 설마하니 이런 통보를 할 줄이야. 아무래도 그들의 후계자가 단단히 마음을 먹은 모양이었다.

"그래도 뭐 나쁘진 않네. 태하 놈에게 하는 것만 보고 난 우리 장조카가 너무 유한 게 아닌지 걱정했었는데 말이야."

"유해? 누가? 태경이가?"

"형님, 그건 좀 아니죠. 태경이가 얼마나 독한 놈인데. 저놈은 집안을 지키기 위해서라면 눈 하나 깜빡 않고 제 팔다리도 잘라 낼 놈이에요."

"후우, 차라리 큰형님을 상대하는 게 낫지. 쥐도 새도 모르게 죽어 나가지 않으려면 혹시라도 저놈한테 밉보이는 짓은 하지 말아야겠어. 그나저나 큰일 났네. 그걸 언제 다 회수하나."

충격과 공포 속에서 두런거리는 소리가 길게 이어졌다. 그런 사소한 불만 따위는 가볍게 무시하고 태경은 혼자 후원으로 나섰다. 어머니가 가꾸고 있는 작은 온실에서 진즉부터 기다리고 있는 사람이 있었다.

"여어, 친구!"

선인장 하나를 앞에 두고 유심히 보던 승후가 손을 번쩍 들고 그를 반겼다.

"부른 기억 없는데."

"오고 싶어서 와 봤다. 최씨 집안 남자들을 한자리에서 다 볼 수 있는 기회는 결코 흔치 않잖아?"

"용건."

"쳇! 뻣뻣하긴."

평소에도 쉽진 않긴 하지만 오늘따라 유난히 냉랭한 태도에 승후는 짐짓 불만 어린 표정을 지었다. 그러더니 별수 없다는 듯 손을 내저으면서 말했다.

"너, 결국 그 여자랑 결혼할 생각이더라?"

"당연히."

"그렇게 충고를 했는데도 기어이 밑지는 장사를 하시겠단 말이지?"

"밑질 일 없어. 아쉬운 대로 대산을 통째로 갈아서라도 메울 테니까."

"우어, 독한 새끼."

아무나 할 수 없는 소리를 태연하게 지껄이는 모습을 보고 승후는 결국 손을 들었다. 애초에 말로 설득할 수 있는 놈이 아닌데다 잔뜩 독기까지 올랐는데 어찌하랴. 그런 의미에서 그는 장 회장 일가가 말도 못 하게 가엾어지려 했다. 그중에서도 특히 서 사장이.

"이걸 어쩐다?"

"……?"

"내가 뭘 찾았는데 말이다, 이걸 너한테 줘야 할지 말아야 할지 좀 고민이 되네. 안 그래도 활활 타는 불길에다 끓는 기름을 들이붓는 격이 될 것 같아서."

"원하는 게 뭐지?"

"야, 그렇게 말하면 내가 꼭 필요한 게 있어서 온 것 같잖아. 사람 서운하게끔."

"……."

"결혼, 우리 호텔에서 해라. 딜?"

"콜!"

생각해 보는 기색도 없이 태경은 흔쾌히 고개를 끄덕였다. 원래는 목장으로 갈 생각이었지만 승후의 호텔도 나쁜 선택은 아니었다. 무엇보다 애쓰지 않아도 날짜에 맞춰 저절로 일이 진행될 테니 그만큼 신경 쓸 일이 줄어들지 않겠나. 그렇게 얄팍한 봉투하나가 승후에게서 태경의 손으로 건너왔다.

안에서 나온 것은 뜻밖에도 누런 종이 두 장이었다. 오래된 노트를 찢은 건지 한쪽 면이 너덜거리는 데다 잔뜩 구겨지기까지 한 종이였는데 언뜻 보이는 글자는 어린아이의 그것처럼 못생기기 짝이 없었다. 그것을 보고 저도 모르게 인상을 찡그리자 승후는 '일단 읽어 보라'는 말을 남긴 채 입을 꾹 다물었다. 하는 수 없이 종이를 펼쳤다.

'국군 아저씨께'로 시작하는 삐뚤빼뚤한 위문편지는 오랜 시간을 돌고 돌아 마침내 태경에게로 도착했다.

"지, 지금 뭐라고 하셨어요?"

늘 잔잔하던 목소리가 어느새 높게 갈라졌다. 일화는 치미는 감정을 제어하지 못할 만큼 크게 당황하고 있었다. 정말 이럴 수는 없었다.

"뭐가 어째요?"

"죄송합니다."

"죄송? 뭐가? 누가 그런 말 듣고 싶다고 했어? 아냐, 그럴 리가 없어. 검사 다시 해. 뭔가가 잘못된 거야. 그렇지?"

"세 번 다 같은 결과가 나왔습니다."

"고작 세 번이잖아. 다시 해. 열 번이든 스무 번이든 다시 하란 말이야!"

"아무리 그러셔도 호르몬 검사 결과가 바뀌지는 않을 것 같습니다. 폐경이 맞습니다. 죄송합니다."

자신이 죄송할 일이 아님에도 불구하고 의사는 같은 말을 되풀이하다 그대로 자리를 떠났다.

"어떻게, 나한테 어떻게 이럴 수가 있어."

간신히 유지하던 여유마저 잃고 일화는 쓰러지듯 그 자리에 무너져 내렸다. '호르몬 주사와 식이요법으로 회복되는 경우도 있습니다.' 하는 말은 아예 귀에 들어오지도 않았다. 그건 어린애들한테나 가능한 기적일 테니까. 지금보다 십 년만 더 어렸어도 희망을 품어 봤을 테지만 그녀 나이 이미 오십이었다. 함부로 기적을 바랄 나이가 아닌 것이다.

막막한 절망이 어깨를 덮쳐눌렀다. 눈물이 쏟아질 줄 알았는데 아니었다. 그저, 그녀는 조금 허탈했다. 아무것도 하고 싶지 않을 정도로 힘이 빠져 버렸다. 속에서 무언가가 뚝뚝 소리를 내면서 끊어져 나가고 있는 느낌이었다. 그 소리를 들으면서 그녀는 그저 인형처럼 망연히 앉아 있었다.

한참을 앉아 있으려니 갑자기 그 아이가 떠올랐다.

남편과 그 여자의 아이. 물기 가득한 눈으로 '다시 뵙게 되면 눈앞에서 죽어 드릴지 몰라요.' 라고 하던 모습이 눈앞을 스쳐 갔다. 잘 거두었다면 네 자식 노릇을 해 줄 수도 있는 아이였다던 아버지의 말도 생각났다.

'그런데 이름이 뭐였더라?'

갑자기 그게 궁금해졌다.

알고는 있었는데 이제껏 한 번도 소리 내어 불러 본 적이 없는 탓인지 고작 이름 석 자가 유난히 낯설고 가물가물했다.

"너 때문이야."

누구를 향한 것인지 알 수 없는 한마디가 힘없이 흘러나왔다.

"너 때문에 내가 이렇게 된 거야. 기쁘니? 이 장일화가 무너진 것 같아서 좋아? 웃기지 마. 나 아직 안 무너졌어."

조금 더 불안해지고 그보다 더 외로워진 기분이지만 아직은 괜찮았다. 조금 더 버틸 수 있을 것 같았다. 기회는 다시 만들면 된다. 그러니 아주 끝난 건 아니었다.

"사모님, 가셔야 합니다. 회장님께서 찾으십니다."

멍하니 앉은 그녀를 누군가가 잡고 흔들었다.

일화는 천천히 몸을 일으켰다. 충격의 흔적 따윈 이미 말끔하게 사라지고 없었다. 그녀는 다시 어깨를 펴고 도도한 표정을 지으며 목에 힘을 주었다. 그러자 마치 아무 일 없었던 것처럼 기분이 도로 괜찮아졌다.

"그 아이는?"

집으로 가는 차 안에서 그녀가 물었다.

지난번, 그녀의 손을 뿌리치고 사라진 이후 아직 그 아이를 본 적이 없었다.

"아직도 최 실장 빌라에 있나?"

"예. 학기가 다 마무리된 탓인지 온종일 집안에서만 생활하며 두문불출하고 있다는 소식입니다."

"그래."

대답을 하면서도 아미가 설핏 일그러졌다.

철없는 그 애는 그렇다 치고, 그렇게 안 봤는데 최 실장도 아직 어린 탓인지 세상의 눈과 귀를 두려워할 줄 몰랐다. 아무리 좋아도 그렇지, 어른들 체면이 있는데 결혼 전부터 끼고 살다니. 사람들이 뭐라고 수군거릴까.

"최 실장한테 직접 연락하는 게 낫겠지."

아이를 본가로 불러들일 생각이었다.

결혼 전에 준비할 게 많다는 핑계를 대면 알아서 돌려보내리라. 협박처럼 뱉어 놓고 간 말이 가시처럼 남아 아직도 껄끄러웠지만 무시했다. 뭘 어쩌려는 것도 아니고 저 좋다는 결혼 준비를 해 주겠다는데 설마 싫다고야 할까.

생각하는 사이, 차가 멈추고 문이 열렸다.

"기다리고 계십니다."

익숙한 마중을 받으며 일화는 집 안으로 들어섰다.

늙고, 그보다 조금 젊은 두 남자가 휑하니 넓은 응접실에 약간의 거리를 둔 채 마주 앉아 있었다.

'집이 참 넓다.'

오늘따라 더 넓어 보이는 실내를 눈으로 훑으며 일화는 그런 생각을 하고 있었다. 사람이 더 있으면 분위기가 조금 낫지 않았을까 하는. 그러면 이 죽음 같은 적막함 대신 이야기 소리가 흐르고 이곳도 나름 사람 사는 집 같았을 텐데.

"왜 그러고 있는 게냐?"

멍하니 서 있는 그녀를 돌아보며 장 회장이 물었다.

"무슨 일이 있었어?"

"아, 아니요. 아무것도 아니에요."

대답하면서 그녀는 슬쩍 영찬의 얼굴을 살폈다. 그는 다른 어느 때보다 한결 여유로운 모습이었다. 한쪽 다리를 꼬고 앉은 편안한 자세와 즐거움마저 배어 나오는 표정이며 눈빛이 특유의 분위기와 합쳐서 자신만만한 분위기를 연출하고 있었다. 괜히 가슴 한쪽이 서늘하게 굳었다.

"즐거워 보이네요. 무슨 좋은 일이라도 있나 봐요?"

"좋은 일은 좋은 일이지. 딸을 시집보내게 되었으니."

"그런가요?"

"그렇지. 왜, 당신은 별로인가?"

"난 조금 그냥 그래요. 결혼시켜 데리고 살고 싶었는데 아무래도 안 될 것 같죠?"

"최 실장이 장남 아니던가?"

다 아는 이야기를 되물으며 영찬은 설핏 웃었다.

결혼시켜 데리고 살려 했다는 아내의 말이 가증스러워 저도 모르게 어금니가 꽉 다물렸다. 어렸을 때도 데리고 살기 싫어 밖으로, 기숙사로 내돌린 주제에 잘도 입에 발린 소리를 늘어놓고 있지 않은가.

'새삼 아쉬운 마음이라도 드는 건가? 겨우 이제야?'

죽어도 서류에 올릴 수 없다며 발악을 하던 모습이 바로 엊그제의 일인 듯 아직도 생생했다. 그 그악한 성질머리 덕분에 지난 십 년간 얼마나 눈치를 보고 살아야 했던가. 불륜이라도 저지르다 들킨 사람처럼 기 한 번 펴 보지 못하고 가는 곳마다 감시 아닌 감시까지 당하지 않았나.

설사, 그녀의 말이 진심이라고 해도 끔찍했다. 그간도 온갖 패악을 부렸는데 결혼시켜 함께 살기라도 하면 얼마나 더 사람을 피곤하게 만들까.

'또 무슨 짓을 하려고. 그간 한 짓도 모자라 이제는 인질이라도 잡을 셈이야? 만일 그렇다면 잘못 생각했어. 결코 호락호락하게 당하지 않아.'

이제까지도 그랬지만 앞으로도 그녀는 아이를 핑계로 그를 방해할 수 없었다. 어차피 없어도 그만인 아이였다. 밥만 축낼 뿐 내내 보탬 한 번 되는 일이 없다가 이제 간신히 쓸모를 찾았기에 슬쩍 기대를 걸어 보는 중이었으나 방해가 된다면 그마저도 잘라낼 각오가 되어 있었다.

'혹시 보탬이 될까 싶어 데려왔는데 그나마 기대를 저버리지 않는군.'

그런 생각을 하며 영찬은 남몰래 웃었다.

최태경이 딸을 데려가는 대신 그에게 내어 줄 것들을 생각하자 벌써부터 마음 한쪽이 그득해졌다.

이번 일은 확실히 기대 이상이었다. 저 능구렁이 같은 장인이 태경그룹의 둘째에게 손을 내밀었다는 소리를 들었을 때는 그저 '아차' 싶었는데 일이 이렇게 되고 보니 도리어 그 일에 대해 감사할 지경이었다.

'최 실장은 결국 내 손을 잡게 되어 있어.'

영찬은 확신하고 있었다.

그 또한 최씨 집안의 기벽에 대해 모르는 바가 아니었다. 그렇다면 최 실장은 적어도 진심이라는 이야기고 제가 사랑하는 여자에 대한 사소한 문제 정도는 너그럽게 이해해 줄 수도 있을 터였다. 그리하여 만에 하나, 일이 잘못될 경우 영찬은 딸의 출생에 대한 비밀을 그에게 알릴 생각도 하고 있었다. 그의 협조를 얻기 위해서라면 그 정도의 출혈은 얼마든지 감당할 생각이었다. 사실을 알고 나면 그도 피 한 방울 안 섞인 남의 편을 들고 나서지는 못할 테니까.

"소식을 들었는지 모르겠구나."

내내 무언가 생각에 잠겨 있던 장 회장이 마침내 장고를 마치고 입을 열었다.

"소식이라뇨?"

"간밤에 최 회장 일가가 본가에서 회동을 가진 모양이야. 직계를 포함해 중요한 인사는 다 불러 모았다는군."

"그래요? 역시 최 실장의 결혼 문제 때문일까요?"

"음. 아무래도 그렇겠지. 다른 사람도 아닌 후계자가 아니냐. 평소엔 제멋대로들 놀아도 큰일을 앞두면 무섭게 뭉치는 작자들이다. 더구나 모처럼의 경사이기도 하니 그렇게 모이는 것도 당연하다면 당연한 일이지."

조금 부럽다는 투로 말하면서도 장 회장은 내심 고개를 갸웃거리고 있었다. 당연하다면 당연한 그 일이 어쩐지 마음에 걸린 탓이었다. 아무리 살피고 둘러봐도 평온한 일상인데 그의 예민한 감각은 무언가가 잘못되어 가고 있다고 말하고 있었다.

"이제 그쪽 집에서도 이야기가 얼추 나온 것 같으니 조만간 최 실장을 한번 불러야겠다."

"안 그래도 그럴 생각이었어요. 결혼 준비를 하려면 물어야 할 것도 있고."

"음. 최 실장만 부르지 말고 그 아이도 같이 불러 의논을 하는 게 좋을 것 같다만."

"그럴게요. 아니, 차라리 미리 집으로 데려오는 게 좋겠어요. 아무래도 결혼 전까지는 집에 들어와 있는 게 남들 보기에도 좋을 테니까."

"그럴 테냐?"

"예, 그러고 싶어요, 아버지."

모처럼 기특한 생각을 했다며 장 회장이 웃었다. 그를 불편하게 하던 감각이 조금 누그러지는 기분이었다.

"당신 생각은 어때요?"

"나야 아무래도 괜찮아. 당신 좋을 대로 해. 이왕이면 함께 다니면서 서운하지 않게 챙겨 주는 것도 좋겠지."

"그렇군요. 알겠어요."

호의를 가장한 무언의 합의가 오고 갔다.

그 짧은 대화를 끝으로 집 안은 다시 고요한 침묵 속으로 가라앉았다. 제각각의 상상 속에서 그들은 오랜만에 찾아온 평온을 만끽하고 있었다.

9
강적

"목장에 갈까?"

태경이 그렇게 말했을 때, 혜주는 아무 생각 없이 고개를 끄덕였다. 젖소를 키우는 곳이라는 말을 미리 듣기는 해서 아담한 우사에 젖소 몇 마리가 왔다 갔다 하는 풍경과 TV에서 본 것처럼 우유를 짜는 모습을 볼 수 있겠다는 상상을 하면서.

"소한테 건초도 먹여 봐야지."

생애 처음 젖소를 볼 기회가 생겼단 생각에 그녀는 우유를 직접 짜 보겠다는 야무진 계획도 세웠다. 그런 상상과 계획이 얼마나 보잘것없는 것이었는지를 깨닫는 데는 사실 그리 긴 시간이 걸리지 않았다.

"우와아!"

눈 덮인 하얀 목초지가 눈앞에 끝도 없이 펼쳐져 있었다.

탁 트인 초원을 지나 나무를 이어 만든 나지막한 펜스가 산 능선을 따라 길게 이어지고 멀리에서는 하얗고 거대한 풍차 십여 개가 느릿느릿 돌아갔다. 눈으로 다 담을 수 없을 만큼, 겹치고 겹친 산 능선 때문에 선 자리에서는 그 끝을 확인할 수 없을 만큼 드넓은 곳이었다.

그 풍경 안에서 털이 덥수룩한 양 떼가 한가롭게 산책을 하고 있었다. 말을 탄 몇몇이 양을 돌보며 따라다녔고 한쪽에서는 커다란 개 두어 마리가 무리에서 벗어난 양을 쫓아 힘차게 내달렸다. 그것을 보고 있자니 순간 여기가 좁기로 유명한 한국 땅인지, 아니면 미국이나 외국의 어느 농장인지 헷갈리기 시작했다.

"세상에, 저게 바로 양이라는 동물이겠죠?"

"응. 여기 있는 건 대략 천여 마리 정도 될 거야. 말도 십여 마리 정도 있고."

"그럼 젖소는요?"

"젖소는 서쪽 농장에 있어. 저기 보이는 능선을 두 개쯤 넘으면 나오지."

"우와아!"

까마득하게 보이는 능선을 바라보며 혜주는 또 입을 딱 벌렸다. 대체 이 드넓은 땅이 어떻게 존재할 수 있는지 궁금하다는 듯 까치발까지 한 채 목장 너머를 보고 또 보았다. 그런 그녀를 보고 웃다가 문득 태경이 말했다.

"말을 타고 한 바퀴 돌아볼까?"

"마, 말을 탈 수 있어요?"

"당연하지. 말도 타고 소도 몰고 양털도 깎고 건초 만들기와 우유도 짤 수 있어. 어릴 적부터 여기 내려와 일을 해 버릇해서 우리 집 남자들은 다 할 줄 알아. 특히, 태하가 목장 일을 잘하지. 사고만 쳤다 하면 곧장 이쪽으로 유배를 보냈거든. 소똥 치우는 일이나 하라고."

"태하라고 하면 나 바람맞힌……?"

"응, 내 동생."

태하라는 이름이 새삼스러워 혜주는 가만히 그의 이름을 불러 보았다. 사람 마음이 간사하다더니, 전에는 마냥 다정하고 설레던 이름이었는데 이제는 아무런 느낌이 없었다. 진짜가 아니라는 걸 알았기 때문일까?

생각하는 사이, 태경이 마구간에서 덩치가 크고 굉장히 잘생긴 말 한 마리를 끌고 나왔다. 자르르 윤기 흐르는 밤색 몸에 검은 갈기가 멋진 말이었는데 이름이 '잭슨'이라고 했다.

"어어, 너무 높아요!"

태경의 도움을 받아 먼저 올라탄 혜주는 생각보다 시선이 너무 높아지자 덜컥 겁을 먹었다. 딱딱한 마구와 엉덩이 아래에서 꿈틀거리는 말의 움직임이 생생해서 몸도 덩달아 굳는 것 같았다. 그러나 곧 태경이 뒤에 올라타자 긴장이 조금 풀렸다.

"자, 몸에 힘을 빼고 나한테 기대 봐. 말에게 몸을 맡긴다는 생각으로 호흡을 맞춰 줘."

"어어, 얘가, 얘가 움직여요!"

"쉬이, 긴장하지 마."

발발 떠는 그녀를 태경이 뒤에서 가볍게 안았다.

그에게 등을 기대고 그나마 숨이라도 쉴 수 있게 되자 그제야 드넓게 펼쳐진 목초지가 눈에 들어왔다. 깊어질 대로 깊어진 한겨울임을 증명하듯 온 들판이며 능선마다 하얗게 눈이 덮여 있었다.

"바람이 꽤 불어서 추울 거야. 한 바퀴만 돌고 들어가자."

커다란 목도리로 머리까지 칭칭 휘감아 주면서 그가 말했다. 패딩을 입은 데다 그의 품에 기대고 있어 별로 춥진 않았지만, 그래도 얌전히 목도리를 감고 혜주는 방긋 웃었다. 이렇게 그와 함께 있다는 사실이 너무 행복했다.

요즘 그녀는 그야말로 꿈을 꾸는 듯한 기분으로 살고 있었다.

언제나 불안했던 전과 달리 그와 함께 잠들고 눈뜨는 지금의 생활은 안락함과 평온, 그 자체였다. 함께 밥을 먹고 그가 출근하고 나면 그녀는 재봉틀 앞에 앉아 옷을 만든다. 가끔은 그의 어머니와 함께 쇼핑을 하러 가기도 하는데 그분의 씀씀이가 태평양과도 같아 그녀는 때마다 가슴이 벌렁거렸다.

알고 보니 그분의 꿈이 딸을 갖는 거였단다. 그에, 열심히 노력했지만 불행하게도 아들만 둘을 얻고 말아서 딸이랑 둘이 팔짱을 끼고 다니며 쇼핑하는 건 내세에서나 가능할 꿈이 되려나 했는데 그녀 덕분에 소원 성취하셨단다. 요즘엔 심심할 때마다 전화를 해서 그녀와 길고 긴 수다를 떨고 있었다.

"혜주야."

해바라기처럼 한쪽을 향해 선 채 하얗게 돌아가는 풍차에 시선을 빼앗기고 있는데 문득 그가 말했다.

"네? 왜요?"

"……나랑 결혼하자."

"어?"

"더 기다려 줘야 한다는 것 알아. 혜주는 아직 어리니까 하고 싶은 것도 많을 테고 더 넓은 세상과 더 많은 사람들을 만나 봐야 한다는 것도. 그런데 나는 욕심쟁이라 네가 하루라도 빨리 내 곁으로 와서 나만 봤으면 좋겠어."

"지, 지금 청혼하는 거예요?"

"응. 청혼하는 거야. 노혜주 씨, 내 아내가 되어 줘."

진지한 고백에 갑자기 뜨거운 무언가가 왈칵 치솟았다.

혜주는 울지 않기 위해 눈에 잔뜩 힘을 주었다. 그러곤 짐짓 새침하게 말했다.

"새, 생각 좀 해 보고요."

"어, 많이 생각해야 해?"

"아마도요."

"어떻게 해야 생각이 금방 끝날까?"

"음, 일단은 소를 보러 가요."

"소?"

그렇게 해서 그들은 능선을 두 개나 넘어 소를 보러 갔다. 물론, 말을 타고 간 것은 아니고 다행히 목장을 왔다 갔다 하는 전기 차가 있었는데 청혼을 받은 탓일까? 그사이에도 새삼스레 얼마나 두근거리던지 혜주는 하마터면 더 참지 못하고 중간에 고개를 끄덕일 뻔했다. 게다가 젖소를 보면서도 계속 그를 신경 쓰느라 소가 그녀의 옆머리를 핥는 것도 눈치채지 못하고 있다가 뒤늦게 기함을 했더랬다.

'열 서너 살쯤이었다고 해. 그쪽에서 일하던 아주머니에게 들었는데 무슨 일이 있었는지 회장님 댁에 인사를 하러 갔다가 온통 피범벅이 되어 돌아왔었대. 일주일이나 사경을 헤맸었다지.'

소가 핥아 한쪽만 삐죽 솟은 머리를 한 혜주를 보며 태경은 승후의 말을 떠올리고 있었다. 그가 알지 못하는, 예고도 없이 나타난 아버지의 손에 이끌려 그의 집으로 간 후의 이야기였다.

'장 여사가 손에 쥐고 흔들던 때였잖아. 부부가 회장님 댁을 다녀오는 날이면 항상 싸웠다고 해. 그리고 그때마다 버릇을 고친다며 애를 많이 때렸대. 그나마 일 년쯤 지나니까 덜 맞게 되었는데 그건 애가 피해 다녔기 때문이고 영리하게도 고등학생이 되자마자 집을 나가 기숙사로 들어간 거지.'

혜주는 혼자 아르바이트를 해 가며 학교를 다녔단다. 기숙사에서 생활한 덕분에 얼굴을 볼 일이 없으니 자연히 신체적인 학대는 줄었지만 사람을 괴롭히는 방법이 어디 주먹 하나뿐일까. 이후로는, 다른 방식의 학대가 이어졌다. 방치였다. 분명히 존재하지만 마치 없는 사람 대하듯 대하기 시작한 것이다.

'학비만 간신히 대준 것 같아. 그마저도 꼭 찾아오게 해 하루 종일 기다리게 한 다음에야 현금 봉투를 던져 줬다지.'

다시 들들 끓어오른 분노가 명치 아래를 슬쩍 그을리고 나서야 간신히 가라앉았다. 동시에 혜주를 향한 연민이 왈칵 치밀었다. 더 빨리 만나 곁에 있어 주지 못한 것이 미안할 정도였다.

그 이야기를 들은 직후 태경은 혜주가 지내는 빌라에 경호원을 붙였다. 찾아와도 만날 수 없고 오직 그를 통해서만 혜주와 연락을 할 수 있게 한 것이다. 실제로, 그사이 몇 번의 연락이 있긴 했지만 그는 완벽하게 차단해 왔다. 그리고 서서히 애가 타기 시작한 그들이 직접 찾아올 때를 대비해 곧 혜주를 본가로 데리고 들어갈 생각이었다.

"히잉. 이것 좀 봐요."

소가 침칠을 해 떡이 진 머리를 가리키며 혜주가 우는 얼굴을 했다. 그 모습이 귀여워 쿡쿡 웃다가 그는 마치 도장을 찍듯 그녀의 입술에 꾹 입을 맞추었다.

"배 안 고파?"

"고파요."

"그럼 밥 먹으러 가자."

혹시, 여기도 식당이 있는 것일까?

그가 밥도 할 줄 모른다는 사실을 뒤늦게 깨닫고 혜주는 그런 생각을 해 보았다. 그렇다면 천생 그녀가 나서야 했는데 솔직히 말하면 그녀의 실력이라는 것도 고작 밥이며 계란프라이 같은 거나 할 줄 알지 다른 건 어림도 없었다. 이런 실력으로 밥을 못한다고 남을 탓하다니. 참 양심도 없는 혜주 씨였다. 게다가 결혼을 하면 그에게 밥을 해 줘야 하는데 그땐 또 어쩐단 말인가.

'이러다 나란히 굶는 거 아냐?'

그녀는 조금 걱정을 했더랬다. 그러나 그것이 완벽한 기우였음을 그녀는 곧 알게 되었다.

"자, 얼른 씻고 나와. 그 머리는 감아야 원래대로 돌아올 거야."

목장 한복판에 지어진 아담한 통나무 주택이었다. 집 안으로 들어서기가 무섭게 그녀는 그의 손에 등이 떠밀려 욕실로 들어갔다. 그러곤 정말 열심히 머리를 감고 나오자 그가 벌써 그릴을 꺼내 놓고 무언가를 부지런히 굽고 있었다.

"이게 다 뭐예요?"

"닭고기, 새우, 피망, 버섯이랑 양파, 그리고 이건 파스타."

"밥 못한다더니?"

"응. 밥하는 건 아직 배우고 있는 중이고 그냥 굽는 건 잘해. 파스타는 쉽다고 해서 도우미 아주머니한테 조금 배웠고."

지극정성이란 게 바로 이런 것이구나.

혜주는 조금 감동했다. 밥도 못하던 남자가 그녀를 굶기지 않기 위해 그 바쁜 틈을 이용해 요리를 배우다니. 결국 파스타를 한 가닥 먹어 보고 그녀는 고개를 끄덕일 수밖에 없었다.

"좋아요."

"음?"

"태경 씨랑 결혼할게요."

"정말?"

혜주는 다시 고개를 끄덕였다.

"이거 보니깐 안 굶어도 될 것 같아서. 앞으로도 나 굶기면 안 돼요."

"맹세해. 무슨 일이 있어도 절대 굶기지 않을게."

"응."

"매일매일 안아 주고 입 맞추어 줄게."

"꼭이요."

아, 또 기분이 이상하다. 좋은데 왜 자꾸 눈물이 나려고 하지.

젓가락을 꼭 쥐고 혜주는 조금 훌쩍거렸다. 그러면서도 아닌 척 그가 구워 주는 것들을 야무지게 받아먹었다. 그러다 채 반도 먹기 전에 무슨 일이 벌어졌느냐면…….

"으음, 하아."

가느다란 한숨을 내쉬며 혜주는 천천히 허리를 움직이고 있었다.

캄캄한 밤, 벽난로의 불빛이 그 앞에 드러누운 두 사람을 비추는 가운데 그녀의 움직임을 따라 바닥에 드리워진 긴 그림자가 넘실넘실 같이 춤을 추었다.

신혼부부는 밥을 먹다가도 눈이 마주치면 밥상을 엎는다더니 그들이 딱 그랬다. 닭고기를 구워 주고 받다가 눈이 마주치면 입을 맞추고 서로 새우를 먹여 주다가 또 키스를 하고 그러다 정신을 차렸을 땐 이미 한 덩이가 되어 바닥을 굴러다니고 있었다.

"아! 아아…… 아, 안 돼. 아앗!"

"좋아?"

가느다란 허리를 휘며 바르르 몸을 떠는 그녀를 유심히 보면서 태경은 천천히 손을 놀렸다. 뽀얗고 여린 목덜미와 질끈 깨물어 붉어진 입술이 말도 못 하게 유혹적이었다. 그에, 그의 위에 올라탄 채 어설프게 허리를 움직이는 그녀의 엉덩이를 매만지다 그는 한손으로 아담하게 부푼 가슴을 움켜쥐고 다른 손으로는 소복한 거웃을 헤쳤다. 그 속에서 예민하게 부푼 꽃봉오리를 찾아내 희롱하자 예상대로 그녀가 숨이 넘어갈 듯 헐떡이기 시작했다.

"아흑, 아아!"

강한 자극이 아직 익숙하지 않은지 그녀는 어쩔 줄 모르고 허리만 비틀었다. 그런 그녀를 안고 입을 맞추면서 태경은 다시 그녀를 눕히고 올라탔다. 예민하면서도 강한 속살이 열렬하게 그를 반기고 있었다.

"하아, 하아. 아웃!"

억센 힘에 의해 다리가 넓게 벌어졌다.

그 바람에 부끄러운 부분이 몽땅 드러났지만 부끄러워할 겨를이 없었다. 골반을 가르는 뻐근한 느낌과 함께 다시 그의 물건이 몸속 깊은 곳으로 들어오고 있었다. 허벅지가 떨리면서 동시에 아랫배가 꽉 죄어들었다. 충분한 전희로 촉촉하게 젖었음에도 불구하고 체격 차이가 큰 탓인지 아직은 그를 받아들이는 일이 쉽지 않았다.

"사랑해."

눈가에 맺힌 이슬을 받아 마시며 그가 속삭였다.

"혜주는?"

"사랑해요."

"얼마만큼?"

"많이. 아주 많이. 흐웃!"

끝까지 빠져나왔다 다시 강하게 들이치자 그녀가 자지러지며 그의 목을 끌어안았다. 안 그래도 좁은 그녀의 여성이 미친 듯이 그를 조여 오고 있었다. 가슴이 다 뻐근해질 정도의 지극한 쾌감에 격렬한 충동이 머리 꼭대기까지 치밀었다.

그런 것을 견디며 그는 잠시 심호흡을 했다. 그러곤 그녀의 목덜미에 얼굴을 묻고 천천히 허리를 움직이기 시작했다. 귀여운 귓불을 물다가 여린 목덜미에 흔적을 남겼다.

'내 여자다. 내 사랑이야.'

이 여자를 사랑한다.

왜 이 여자일까 생각해 본 적이 있었다. 그러나 사람을 미워하는 데 이유가 없는 것처럼 사랑하는 데에도 이유가 없는 것인지 아무리 생각해도 이유를 찾아낼 수가 없었다.

그럼에도 불구하고 그녀를 향한 맹목적인 사랑을 멈출 수가 없었다. 늘 그녀를 안고 싶고 만지고 싶고 입 맞추고 싶었다. 떨어져 있어도 함께 있어도 언제나 그녀가 그리웠다. 젖은 눈을 마주할 때면 차라리 그 앞에 무릎을 꿇고도 싶어졌다. 이 깊고도 치명적인 병을 어쩌면 좋을까.

"아아!"

"으음."

"으읍, 아아…… 제발!"

보채듯 가늘게 이어지는 신음 소리에 그의 움직임이 조금 빨라졌다. 태경은 파닥거리는 하얀 허벅지를 더 벌려 놓고 그녀의 상체를 일으켜 마주 안았다. 그러자 자연스럽게 그의 허벅지 위에 올라앉은 모양새를 한 그녀가 말을 타듯 둥실둥실 떠올랐다. 결합된 곳이 더 강하게 맞물리고 앓는 소리는 흡사 화음을 맞추듯 점점 더 높아졌다.

이토록 강한 결합에도 불구하고 그녀를 향한 갈증은 쉬이 가시지 않았다. 그는 더 많은 것을 원했다. 더 많이, 더 완벽한 소유를 갈망했다. 피 속에 숨겨진 끔찍한 탐욕과 수컷으로서의 본능이 함께 솟구치며 그를 사정없이 흔들어 대고 있었다. 불끈 타오른 욕망에 못 이겨 태경은 낮게 신음하며 그녀의 작은 엉덩이를 꽉 움켜쥐었다.

바닥에 널브러진 그녀를 올라타고 그는 맹렬하게 허리를 움직였다. 좁고 빡빡한 여체 안으로 들이칠 때마다 예민한 살들이 미친 듯이 그를 조여 왔다. 그 뜨거움에 숨이 다 막혔다.

"아앗!"

살과 살이 거친 소리를 내지르며 부딪치고 그 사이에서 공기가 터져 나갔다. 그 속에서 그들은 한 덩이가 된 채 격렬하게 몸살을 앓고 있었다. 눈앞이 아득하게 멀어지고 곧 폭발을 예고하는 격렬한 떨림이 찾아왔다. 그리하여 탱탱하게 부풀어 오른 그녀의 가슴 한쪽을 욕심껏 움켜쥐고 태경은 낮게 울부짖었던 것이다.

"아아."

"으윽!"

땀에 젖어 번들거리는 몸을 겹치고 팔다리가 한데 엉긴 채 그들은 나란히 무너져 내렸다. 그제야 완벽한 하나가 된 기분이었다. 그런 상태로 그들은 잠시 숨을 골랐다. 두툼한 담요를 끌어다 함께 몸을 덮은 다음 나란히 누워 서로의 귓가에 입술을 대고 무슨 말인가를 속삭이면서 웃다가 다시 입 맞추기를 반복했다. 서로에게 녹아들 듯 달콤하고 달콤한 밤이었다.

무언가가 잘못되어 가고 있었다.

이상한 일이라곤 아무것도 없는 것만 같은 평온한 아침, 장 회장은 신문을 보다 말고 문득 치미는 불길한 예감에 몸을 떨었다.

"이상해. 왜 이리 불안할까?"

간밤에 꾼 꿈 때문인지, 아니면 정말 그가 모르는 곳에서 무슨 일이 벌어지고 있는 것인지 기분이 안정되지 못하고 몹시 불안했다. 떨리는 시선으로 그는 다시 신문을 노려보았다.

태경이 움직이고 있는 덕분에 주가는 안정적으로 오르고 있었고 사내의 힘겨루기도 그럭저럭 균형을 찾아가고 있었다. 집안 또한 늘 그렇듯 평온했다. 그가 명예회장으로 물러나고 그 자리를 사위에게 물려준 후 딸애가 조금 우울해하고 있는 듯했지만 그거야 종종 보던 모습이니 새삼스러울 것도 없었다.

다만, 사소한 문제라면 진즉에 집으로 들어왔어야 할 아이가 무슨 이유인지 아직 밖에서 버티고 있다는 것뿐이었다. 결혼을 앞두고 떨어지기 싫다고 서로 고집이라도 부리고 있는 것인가?

"그런데 왜 이렇게 등골이 오싹오싹하단 말이냐. 내가 죽을 때가 되었나, 어째 이런……."

"아버지!"

오늘따라 유독 예민하게 조여 오는 감각을 의심해 볼 새도 없이 창백한 얼굴을 한 일화가 전화기를 든 채 달려 나왔다.

"무슨 일이냐?"

"일이 이상하게 돌아가고 있어요. 계속 최 실장한테 연락을 해 봤는데 제대로 연락이 안 되더니 글쎄 애는 돌려보내지도 않고 갑자기 결혼 날짜를 잡았다지 뭐예요."

"뭐?"

"결혼 준비도 다 그쪽에서 할 테니 상관 말라는 투예요. 어쩌면 좋아요."

"설마, 최 실장이 네 남편이랑 손을 잡은 것 아니냐?"

"저도 그렇게 생각했어요. 그런데 그 사람도 아이랑 연락이 닿지 않는지 결혼 날짜를 정확히 모르고 있는 눈치더라고요."

불길했다. 너무 불길해서 간이 다 떨렸다. 이제껏 이런 경우는 겪어 본 적이 없었다. 장 회장의 마음이 전에 없이 초조해졌다.

"당장 최 회장한테 전화 넣어라. 내가 좀 보잔다고 해."

"예."

일화는 서둘러 전화를 돌렸다. 최 회장과의 통화는 생각보다 어려웠다. 직통 전화임에도 불구하고 자리에 없다는 소리가 연거푸 들려왔다. 그러다 한참 만에야 간신히 연결이 되었는데 최 회장의 반응이 정말 가관이었다.

—암만, 바쁘지요. 내가 요즘 우리 예비 손자며느리 재롱 보는 맛에 사느라 회사 일도 다 귀찮고 뭐⋯⋯. 걔가 알고 보니 손재주가 아주 뛰어납디다. 글쎄, 어제는 내 잠옷도 지어 주고 넥타이도 손수 만들어 줬지 뭐요. 아마 우리 집 사내놈들은 죄다 한 벌씩 받아 입었을 거야. 허허허, 이거 말년에 복이 터진 것 같다니까. 음? 결혼 준비? 그거야 뭐 우리가 어련히 알아서 안 하겠나. 아무튼 걱정해 줘서 고맙소.

한 마디 끼어들 틈도 없이 그는 제 할 말만 하고는 전화를 뚝 끊어 버렸다. 그 순간 장 회장은 깨달았다.

"들켰구나."

"예? 아버지, 설마⋯⋯."

"결국은 들통이 나고 말았어. 그 애가 네 핏줄이 아니라는 걸 눈치챈 게야."

"어, 어떻게⋯⋯?"

이런 일을 예상하지 못한 것은 아니었다. 그러나 설령 들통이 난다 해도 큰 문제는 없을 거라고 생각한 것도 사실이었다. 아무리 최씨 집안의 사내놈들이 죄다 한 여자에게 목을 매는 기벽을 타고났다고는 하지만 설마하니 온전히 여자 하나 때문에 일을 결정하지는 않을 거라고 생각했으니까.

본인의 말마따나, 그 또한 대산에 노리는 것이 있다고 여겼다. 다른 이도 아닌 후계자이니 그리 생각하는 게 당연한 것 아닌가. 여자에게 빠진 이상, 그리고 노리는 것이 있는 이상, 그 아이가 자신의 친손녀가 아니라는 사실이 밝혀져도 대계에 큰 지장은 없을 거라고 믿었다. 게다가 일이 완전히 어그러진다 해도 그의 입장에서는 아주 손해만 보는 상황도 아닐 터였다.

회사 일도 회사 일이지만 애초부터 그가 바란 건 딸에게 의지할 수 있는 자식을 만들어 주는 것이었다. 그러니 그 아이가 결혼을 해 자식을 낳으면 일화는 그 애들을 보는 재미로라도 살 수 있을 터였다. 어쨌거나 서류 정리는 다 끝났을 테고 그 일은 회사 일과는 아무 상관 없이 진행이 될 테니까.

"그나저나 어떻게 알았을까? 아이가 직접 고백하진 못했을 테고. 역시 서가 놈의 수작일까?"

장 회장은 차분히 눈을 빛냈다.

저들이 그들에게서 돌아섰다면 그렇게 만들 수 있는 것은 오직 서가 놈뿐이었다. 모르긴 해도, 그가 중간에서 사실을 폭로하고 수작을 부린 것이리라.

"어쩌면 그게 아닐 수도 있어요, 아버지."

"뭐? 그게 무슨 소리냐? 아닐 수도 있다니?"

"사실은, 그 애 아직 서류 정리가 끝나지 않았어요."

"뭐, 뭐라? 너, 너 지금 무슨 소리를 하는 게냐?"

"무슨 생각인지 동의서에 사인을 해 주지 않았어요. 단 한 번도 우리 부부의 자식이 되고 싶었던 적이 없었다면서."

"이런, 이런 일이……. 네가 일을 망쳤구나, 네가 망쳤어. 마음을 고쳐먹으라고 그렇게 얘길 했는데 그 좁아 터진 마음보 때문에 결국은 네가 모든 걸 망쳐 버린 게야! 이 멍청한 것아, 설득을 했어야지! 설득도 안 해 보고 그냥 버려두었단 말이냐!"

정신이 아뜩해질 정도로 강한 절망감에 휩싸인 장 회장이 주먹까지 불끈 쥐고 버럭 소리쳤다.

뒤늦게 후회가 찾아왔다. 더 강하게 타일렀어야 했다. 사위가 그 애를 데려왔을 때 강제로라도 서류 정리를 끝냈어야 했다. 그랬다면 회사도 잃고, 사람도 잃는 이런 불상사가 벌어지지 않았을 텐데! 사위가 이리라면 최태경은 범이고 맹수였다.

다른 때라면 모르겠으나 요즘처럼 분열이 일어나고 있는 때에 그가 작정하고 달려들면 대산은 금방 허물어져 버릴지도 몰랐다. 벌써부터 그런 조짐이 보이는 것만 같아 장 회장은 오싹 소름이 돋았다. 마음이 급해졌다.

"으윽!"

"아, 아버지!"

신음 소리와 함께 장 회장이 앉은 채 삐뚜름하게 무너졌다. 심장 부근을 움켜쥔 손에 잔뜩 힘이 들어가 있었다.

"아버지 왜 이러세요, 아버지!"

"회장님!"

갑작스러운 변에 조용하던 평온이 한꺼번에 깨져 나갔다. 일은 그렇게 시작되었다.

같은 시각, 영찬도 전화기를 붙잡고 있었다. 다른 점이라면 그는 장 회장보다 조금 더 여유가 있다는 점이었다.

"그게 무슨 소린가? 신경 쓰지 말라니?"

―저희 집안일입니다. 남이 낄 자리는 아니지요. 가족관계증명서를 뗐는데 아무리 봐도 서 회장님 성함은 없어서 말입니다. 그렇다는 건 곧 남이라는 뜻이 아닙니까?

"남이라니? 내가 왜 남이야? 그 앤 내 딸이야."

―증거 있으십니까?

"흥! 당연히 있지. 유전자 검사까지 다 했어!"

―죄송합니다만, 그래도 결혼식엔 모시지 못하겠습니다. 혜주가 싫다는군요.

"뭐, 뭐라?"

―부녀지간이라곤 하지만 서류에도 없고 성도 완전히 달라서 안 그래도 저희 쪽도 사정을 설명하기가 조금 곤란했습니다. 게다가 조만간 그쪽에 바쁜 일도 생기실 것 같고.

"바쁜 일이라니. 지금 그게 무슨 헛소리……."

영문 모를 나직한 충고와 함께 전화가 끊어졌다. 당연히 영찬은 분노했다. 얼마나 화가 났는지 얼굴이 시뻘게지고 입에서는 씩씩거리는 거친 숨소리가 터졌다. 전화기를 집어 던지고 그는 성난 맹수처럼 큰 걸음으로 한동안 사무실 안을 맴돌았다.

"감히, 감히 뭐가 어쩌고 어째? 싫어? 결혼식에도 오지 말라? 하! 건방진 년 같으니라고. 키워 준 은혜도 모르고 감히 아비한테 그딴 소리를 해?"

은혜를 원수로 갚는다더니 그녀가 딱 그랬다.

장인의 눈총까지 받아 가며 데려다가 키워 놓은 은혜도 모르고 남 대하듯 할 때부터 알아보았어야 했다.

"선 자리에 나가 공연히 헛소리를 해서 무안을 주더니 기어이 일을 이 지경으로 만드는군. 망할 것이 서운한 일 좀 있다고 고자질이라도 한 게지. 최 실장, 그놈도 그래. 아무리 그래도 그렇지, 고작 여자 하나에 휘둘려서 감히 내게 이따위로 굴어?"

자신이 누구인가. 고작 서한유통의 차남 따위가 아니었다. 이제 자신은 대 대산그룹의 회장이다. 대통령조차 눈치를 살피는, 마음먹어 하지 못할 게 없는 자리의 주인이란 말이다. 이런 거대한 기업을 움직이는 자신에게 이제 갓 서른을 넘긴 어린놈이 덤비려 들고 있었다. 그런 그가 영찬은 가소로웠다.

"아직 젊어 패기가 앞선 것일 테지. 그러니 감히 이런 멍청한 짓을 벌이는 거다."

살기 어린 눈으로 그는 책상 위의 서류를 노려보았다. 지분을 사들이고 있는 게 보여서 곧 연락이 오겠거니 생각했었는데 아무리 기다려도 언질이 없었다. 그에 이상해 알아보니 태경에서 사들인 지분의 주인이 모두 '노혜주'로 되어 있는 게 아닌가. 그래도 괜찮았다. 딸의 지분이면 곧 자신의 지분이 될 거라고 생각했으니까.

장인의 손만 잡지 않았으면 된 거다.

회사 내에 힘겨루기는 이제 얼추 균형을 잡아 가고 있었다. 이대로 장인이 죽으면 그의 세력이 단번에 전권을 장악할 준비도 되어 있다. 이런 시점에서 딸을 결혼시켜 그쪽과의 친분을 보여 주면 주주들도 완전히 그에게로 돌아설 가능성이 컸다. 놓칠 수 없는 좋은 기회라고 생각했는데 저 망할 것이 일을 망쳐 놓았다 생각하자, 서류 정리에 비협조적이었던 아내가 떠올라 왈칵 짜증이 치밀었다.

"그깟 일 하나 제대로 살피지 못하고 대체 뭘 한 거야. 지금 자존심 따위가 중요한 게 아니잖아. 자식도 못 낳은 주제에 어째서 있는 자식조차 관리를 못 해."

아내는 글러먹었다.

공주님처럼 오냐오냐 자라서 항상 제 일이 먼저인 데다 조금이라도 마음이 내키지 않으면 금을 가져다줘도 싫다고 할 사람이었다. 그 아이를 데려왔을 때도 마치 바람을 피운 양 대하며 얼마나 패악을 부렸는지 하루가 멀다 하고 집안이 시끄러웠다. 그러더니 결국 일을 이렇게 만들어 놓은 것이다.

"네가 그렇게 나온다면 이제 내가 직접 움직일밖에. 서류 정리든 뭐든 내 뜻대로 처리해 주지."

단호한 결심과 함께 그는 직접 변호사에게 연락을 했다. 소송이든 뭐든 해서 문제를 해결하라고 말이다. 바로 그때였다, 일화에게서 연락이 온 것은.

"아버지가 쓰러지셨어요."

—그래서?

"그래서라뇨? 당장 병원으로 와야지!"

—내가 간다고 장인어른께서 일어나시겠나?

"뭐, 뭐라고요?"

—바빠, 끊어.

세상에, 이럴 수가!

무심히 끊어진 전화를 들고 일화는 망연하게 주저앉았다. 자리를 이어받은 지 아직 한 달도 안 되었는데 남편은 완전히 돌변해 벌써 본색을 드러내고 있었다. 아버지가 의식을 잃고 병원에 누워 계신다고 하는데도 아예 들여다볼 생각도 없는 것 같았다.

"이게 뭐야. ……결국 이런 사람이었구나."

충격으로 눈물이 핑 돌았다.

사랑해서 한 결혼이었다. 모두가 반대했지만 그녀는 그를 사랑했다. 그래서 곁에 여자가 있다는 사실을 알면서도 **빼앗았다**. 그렇게 결혼해서 20년이 넘게 같이 살았는데 결과가 이것이었다. 이제야 그의 진짜 얼굴을 발견한 것이다.

떨리는 시선으로 일화는 주위를 돌아보았다.

의식을 잃고 누운 아버지와 텅 빈 실내가 눈에 들어왔다. 그녀는 혼자였다. 언제 돌아가실지 모르는 아버지 외에 남편도, 자식도 없는 혼자.

의식하는 순간, 갑자기 덜컥 겁이 났다.

"꼴이 참 비참하게 되었네."

조금 방만하게 앉아 일화는 멍하니 중얼거렸다.

아버지가 돌아가시면 자신은 이 넓은 세상에 혈혈단신으로 남겨지게 된다. 의지할 곁붙이도, 자식도 없이 그 넓은 집에서 혼자 쓸쓸하게 늙어 가야 한다. 그 사실이 너무도 끔찍했다.

"아버지, 저 이제 어쩌면 좋아요. 제가 어떻게 해야 해요. 제발 좀 가르쳐 주세요."

깊은 잠에 빠진 아버지를 내려다보며 일화는 그렇게 애원을 해 보았다. 쓸모없는 일이라는 사실을 알지만 마치 습관처럼 저절로 그렇게 되었다.

폐경이 온 이후, 그녀는 혼자 앉아 생각하는 시간이 많아졌다. 꿈도 많고 하고 싶은 것도 많았던 어린 시절부터, 그 남자를 만나고 사랑하고 그리고 화려했던 결혼과 갑자기 나타난 그 아이까지. 기억들은 문득문득 찾아와 이리저리 그녀를 스치고 지나갔다.

그때마다 가슴 깊은 곳에서 무언가가 뚝뚝 소리를 내면서 잘려 나가는 소리를 들었다. 그것이 무엇인지는 정확히 알 수 없었으나 한 가지만은 알 수 있었다. 무언가를 향한 욕심이 많이 줄어들었다는 사실을. 그리하여 절대로 포기할 수 없을 것 같던 일도 쉽게 포기가 되고 집착마저도 사라졌다. 집착이 사라지니 상황을 좀 더 냉정하게 바라볼 수 있게도 되었다.

그래서였다, 싫다며 뿌리치고 달아나 버린 아이를 돌아보지 않은 것은. 싫다고 하지 않나. 싫다는데 왜 잡아야 한단 말인가. 싫다는 사람을 왜 잡고 있어야 하나. 생각해 보니 그녀는 그 아이가 미운 게 아니었나 보다. 무책임한 짓을 벌여 놓고 죽어 버린 그 여자도 아니었다.

미운 것은, 오히려 그 남자였다. 노리는 것을 위해 여자도 버리고 결국 그녀에게로 왔지만 끝까지 마음 한 조각 내주지 않은 바로 그 사람이었다. 그 사실을 왜 이제야 알게 되는 것일까.

"그래, 너한테 화가 났던 게 아니야. 아무리 노력해도 마음을 내주지 않는 그 사람에게 화가 났던 거였어. 곁에 있는 게 사랑인 줄 알았는데 생각해 보니 내가 껍데기를 껴안고 살았네."

어쩌면 그래서 아이가 생기지 않았을지도 모른다. 껍데기를 아무리 심어 봐야 싹이 트지 않듯이 그녀도 그랬던 것이리라.

"이런 게 인과응보일까. 좋아, 그렇다면 받아들여야지. 하지만 나도 끝까지 쉽게 무너지지는 않겠어."

눈물 젖은 눈으로 스스로를 돌아보며 일화는 결심했다. 아버지 없이 이제는 혼자 일어서 보겠다고.

☆　★　☆

태경은 거울 앞에서 타이를 정돈하고 있었다.

생각보다 옷이 마음에 들었다. 사이즈를 정확하게 재서 맞춘 연미복은 오직 그를 위해 만들어진 옷답게 어떻게 움직여도 전혀 불편함이 없었다. 게다가 일견 평범한 듯 보이는 단순한 디자인에도 불구하고 괜히 한 번 더 돌아보게 하는 묘한 매력이 있어서 안 그래도 튀는 그를 더욱 돋보이게 만들고 있었다.

"결국 여름에나 하게 될 거였으면서 뭐하러 그렇게 급하게 서두른 거래냐?"

나란히 서서 옷을 매만지는 시늉을 하며 재경이 투덜거렸다.

"서둘렀으니 지금이라도 하게 된 거다."

"차라리 더 기다렸다가 선선한 가을에 할 것이지."

"그건 너무 늦고."

"쳇, 곧 죽어도 승후 자식 봐주느라고 일부러 늦췄다는 말은 안 하지?"

봐준 게 아니라 거래였다.

그 자식의 아니꼬운 호텔에서 결혼식을 올리기로 했는데 신혼의 재미에 푹 빠진 건지 아직 준비가 덜 되었다며 난리를 치는 바람에 애꿎은 그의 결혼식이 늦춰지게 된 것이다. 덕분에 청혼을 하고도 그는 자그마치 석 달이나 더 기다려야 했다.

"신부가 만든 옷이라며?"

그의 연미복을 괜히 집적거리며 재경이 다시 물었다.

"응."

"혹시, 드레스도 직접 만들어 입었다며?"

"아니, 그건 아직 자신 없다고 해서 구입했고 대신 피로연 드레스를 본인의 작품으로 준비했지. 한복은 친구 작품이고."

꽃나비가 수놓아진 피로연 드레스와 그가 이백만 원이나 주고 친히 구입해 준 한복을 떠올리며 태경은 희미하게 웃었다. 혜주는 드레스를 놓고 며칠 동안 고민하더니 본인의 졸업 작품을 약간 수정해 피로연에서 입기로 결정을 내렸다. 거기다 한복은 친구의 작품을 그대로 입겠다고 하는 바람에 태경은 하는 수 없이 남희에게 자신의 한복도 주문할 수밖에 없었다.

"그러고 보니 정장을 만들어 준 건 처음이군."

"처음이라고?"

"응, 그동안은 줄곧 잠옷이랑 넥타이 손수건 같은 것만 만들어

줬거든. 왜냐고 물어보니까 아직 자기 실력이 모자라서 내가 입고 다니면 되게 부끄러울 것 같대. 귀엽지 않아?"

"……미, 미친놈."

재경은 식겁한 표정으로 그를 바라보았다.

확실히 최씨 집안 사내놈들의 유전자엔 심각한 문제가 있는 게 분명했다. 그렇지 않고서야 반듯하다 못해 농담도 제대로 안 통하는 태경조차 하루아침에 저런 여자바보가 될 리가 없지 않은가 말이다.

"너 말이야, 나중에 죽게 되면 시신은 꼭 나한테 기증해라. 머리통 좀 열어 보게."

"꿈도 야무지구나, 김재경. 목장에서 나는 좋은 것만 먹고 사는 태경이가 설마하니 피가 낭자한 3D 노가다 일로 먹고사는 너보다 먼저 죽기야 하겠냐?"

"근데 저 자식이 말을 해도 꼭……."

어슬렁거리며 나타난 승후를 향해 재경이 이를 빠드득 갈았다.

"손끝만 베여도 아파 죽는다고 불러 대는 주제에 잘도 그런 소리가 나오지? 너 담에 나 부르기만 해 봐라. 아주 그 주둥이까지 꿰매 놓을랑게."

"흥, 내가 널 왜 부르겠냐. 나도 이제 의사 처남이 있는데."

"와아, 세상인심이 이렇게 변하나. 이젠 하다하다 아직 개업도 못한 동네 더마(dermatologist)랑 서전(surgeon)이 같은 취급을 받는구나. 넌 맹장이 터져도 꼭 네 처남한테 가서 시술받아, 인마."

만날 붙어 다니는 주제에 둘은 얼굴을 마주하기가 무섭게 또 투닥거리기 시작했다. 그런 그들을 보며 태경은 내심 후회하고 있었다. 초대를 했거나 말았거나 상관없이 보나마나 클럽의 멤버들이 죄다 몰려왔을 텐데 놈들이 한자리에 모였을 때 벌어질 수 있는 일을 미처 고려하지 못한 까닭이었다.

"큰일이군."

깨닫는 순간, 위기감에 반짝 불이 들어왔다. 그에, 태경은 으르렁거리는 두 사람도 외면하고 날랜 걸음으로 신부 대기실로 내달렸던 것이다.

"혜주 씨가 속고 있는 거예요."

"맞습니다. 태경이 그놈이 얼마나 나쁜 놈인데요. 양심도 없게끔, 열 살이나 많은 주제에 이렇게 어리고 예쁜 여자를 꼬인 것 좀 봐 봐."

"분명히 목장 데려가 말 태워 주면서 그랬겠지. 저기 눈에 보이는 곳까지가 몽땅 다 짐의 땅이니라, 음하하하."

"언제 한번 그 목장 땅 좀 파 봐야 할 텐데. 시체든, 돈이든 하여간에 뭔가를 묻어 놓은 게 틀림없다니까."

저를 둘러싼 채 떠들어 대는 남자들 속에서 혜주는 조금 당황하고 있었다. 아니, 사실은 많이 당황했다. 하나같이 멀쩡하고 잘생긴 남자들이 하는 말이라는 게 누군가를 향한 노골적인 험담이었기 때문이다. 게다가 그녀의 곁엔 그들보다 더 이상한 남자도 있었다. 까무잡잡한 피부를 가진 건장한 남자가 아까부터 곡진한 어투로 그녀를 설득하고 있었다.

"이제라도 늦지 않았습니다. 혜주 씨, 이런 결혼을 하기엔 혜주
는 아직 너무 어리고 아름답습니다. 태경이랑 결혼하면 층층시하
시할아버지부터 시작해 시부모님과 사고뭉치 동생은 물론이고 먼
친척들까지 다 챙기면서 살아야 한다니까요. 그놈이 장남이잖아
요."

"그, 그게……."

"여기서 할 말은 아니지만 그 댁 할아버님이 얼마나 자린고비
신지 모릅니다. 아직도 이면지랑 몽당연필 만들어 쓰시는 것은 물
론이고 차도 구입한 지 삼십 년이나 되었고요, 무노동 무임금이라
며 절대로 맨입으로 용돈을 주는 법도 없으시죠."

아, 아닌데. 절대로 그런 분 아닌데.

혜주는 가만히 시할아버님을 떠올렸다. 퇴근 때마다 맛난 간식
을 사다 주시고 비싼 천도 사다 주셔서 한번은 소소한 걸 만들어
드렸더니 좋아서 입에 침이 마르도록 칭찬을 해 주셨다. 게다가
맛난 것 사 먹으라며 태경 씨 몰래 용돈도 많이 주셨다. 일 년 내
내 쓰고 다녀도 남을 만큼 큰돈이었다.

"아버님, 어머님은 또 어떻고요? 아버님은 일 바쁘다는 핑계로
집안일에 소홀하시고 어머님은 도대체 늘지 않는 요리 실력으로
부엌을 초토화시키는 취미를 가지셨어요."

말도 안 된다.

아버님은 정확하게 칼퇴근을 해서 집에 오시면 그녀를 앉혀 놓
고 오늘은 뭘 하고 지냈는지, 집안에 별일은 없었는지 물으셨다.

그래서 사심 없이 얘기를 하면 가족이든 사용인이든 불러다 칭찬을 하거나 혼을 내거나 혹은 직접 일을 처리하셨다. 덕분에 그녀는 아무 걱정 없이 태경 씨가 만들어 준 작업실에서 하고 싶은 일을 하며 시간을 보낼 수 있게 되었다.

그때마다 어머님이 손수 만든 간식거리를 내오셨다. 항상 먹고 싶은 게 있느냐고 물으셔서 말을 하면 신기하게도 바로 그럴듯한 음식이 나왔다. 심지어 맛도 있었다. 가끔 '정말 맛있니?' 라고 물으시는 게 조금 이상하긴 하지만 말이다.

"거기다 태하 놈은 두말하면 입이 아픈 사고뭉치죠. 툭하면 사고를 쳐서 태경이가 수습하느라 등골이 휜다니까요."

어, 그것도 조금 아닌 것 같다.

결혼을 반대하다 집에서 쫓겨났다고 해서 살짝 걱정했는데 직접 만나 보니 얼마나 순수하고 해맑은 영혼인지 목장에서 소랑도 대화하고 양들한테도 하나하나 이름을 지어 줬단다. 가끔은 친밀감이 지나쳐 저를 형수가 아닌 막내 동생 취급하는 것 같아 조금 속상하지만 그것도 별로 나쁘지 않았다. 월급 탔다고 그녀가 좋아하는 떡볶이도 사 줬으니까.

"가장 문제는 아무래도 태경이 본인이죠. 이놈이 얼마나 음흉한지 평소엔 선비처럼 오만 고상을 다 떨면서 점잖은 척하지만 정작 눈이 돌아가면……."

"다들 스톱! 거기까지!"

"아, 태경이 왔냐?"

"한 마디만 더 하면 죽인다. 죽여서 목장에다 암매장할 거야."

"아, 저 자식 진심이다. 야, 철수!"

이 무슨 귀신이 곡할 노릇인지.

신부 친구들까지 내쫓고 신부 대기실을 독차지하고 있던 남자들이 썰물 빠지듯 순식간에 빠져나갔다. 어리둥절해서 바라보자 태경이 빠른 걸음으로 들어와 그녀를 붙잡고 말했다.

"무슨 말을 들었는지 모르겠지만 그거 다 사실 아냐. 믿지 마."

끄덕.

"저놈들도 다 장남이야. 클럽멤버들이라고."

끄덕끄덕.

"다른 놈들이 유혹해도 나 버리면 안 돼, 혜주야."

"넵!"

하도 진지해서 눈에 힘까지 주고 혜주는 고개를 끄덕였다. 그제야 굳었던 눈빛이 풀리면서 태경의 얼굴에도 안도감이 돌았다.

"친구분들이 재미있으신 것 같아요."

"저희들만 재미있으면 지구가 망해도 웃을 수 있는 놈들이지. 한자리에 모이면 무슨 짓을 할지 알 수 없다니까."

"그래도 다행이에요. 태경 씨가 친구들을 소개시켜 주지 않아서 걱정했거든요. 친구분들이 나 안 반겨 주면 어쩌나 해서."

"그럴 리가. 나 몰래 혜주 꼬여 갈까 봐 일부러 소개 안 해 준 거야. 앞으로도 나 없이 절대 만날 생각은 말아야 할걸?"

"바보같이. 꼬신다고 누가 넘어가나 뭐."

공연한 걱정에 몸이 단 그를 향해 혜주는 배시시 웃어 주었다.

"있잖아요, 내가 보기엔 친구분들 중에서 태경 씨가 제일 잘생긴 것 같아요."

"정말?"

"정말."

아닌 게 아니라, 연미복을 입어서 그런지 오늘따라 그가 더 멋
있어 보였다. 남희를 비롯한 친구들도 그를 보고 얼마나 군침을
흘렸는지 모른다. 다들 부러워 죽으려고 했다. 특히, 하청업체 사
장님을 아버지로 둔 진주는 혜주에게 이제 '사모님'이라고 불러
야 하는 거 아니냐며 짐짓 몸을 사리는 시늉을 해 모두를 웃겼다.

"예쁘다."

"멋있어요."

"이 옷 편해. 다음에 다른 옷도 만들어 줘."

"정말요?"

혜주의 얼굴이 보름달처럼 환해졌다.

두 달이나 걸려 만든 보람이 있었다. 잠옷 같은 거 말고 남성복
은 처음 만들어 봤는데 마음에 든다는 말을 듣자 부쩍 용기가 솟
았다. 열심히 노력하면 나중에 디자이너로서 일을 할 수 있을지도
모른다는 희망도 생겼다.

안 그래도 친구들끼리 조그마한 작업실을 구해 같이 일을 하며
온라인 쇼핑몰이라도 운영해 보자는 말이 나와서 그녀도 관심을
기울이고 있는 중이었다. 그때였다.

"저어, 실례합니다. 여기가 노혜주⋯⋯."

대기실 입구에서 누군가가 모습을 드러냈다.

오십이 훌쩍 넘은 듯 보이는 반백의 신사였는데 평탄한 인생을

살아온 것은 아닌 듯 얼굴에 주름이 가득하고 등이 살짝 굽은 모습이었다. 그런 그가 웨딩드레스를 입고 있는 혜주를 한동안 가만히 바라보더니 문득 눈을 벌겋게 물들이면서 물었다.

"혜, 혜주니?"

"누구……신지."

이름을 아는 걸 보니 아무래도 아는 사람인 듯한데 얼굴이 낯설었다. 혜주는 의견을 묻듯 태경을 한번 올려다보다가 다시 중년인을 바라보았다. 계속 보고 있자 처음엔 몰랐는데 어쩐지 눈매가 조금 낯이 익은 것 같았다.

"혜주야, 삼촌이다."

"네?"

눈이 번쩍 뜨였다.

그냥 보고만 있을 때는 깨닫지 못하다가 삼촌이라는 말을 듣고 나자 거짓말처럼 익숙한 얼굴이 나타났다. 혜주는 까무러칠 듯 놀라 그대로 굳어 버렸다. 곁에서 태경이 잡아 주지 않았다면 그대로 계속 멍하니 앉아만 있었을 것이다.

"사, 삼촌!"

"혜주야!"

놀란 혜주가 소리쳐 부르자 그가 주저하듯 천천히 다가와 그녀의 앞에 섰다.

"아직 꼬맹이인 줄 알았는데 네가 벌써 시집을 가다니."

"벌써 스물넷이나 되었는걸요. 그간 잘 지내셨어요?"

"……그래."

어렵사리 대답하며 정식은 힘없이 고개를 떨어뜨렸다.

사실은, 잘 지내지 못했다. 하나뿐인 조카를 그렇게 팔아넘겼는데 어떻게 마음 편히 살 수 있었을까.

"참, 인사하세요. 우리 삼촌이세요. 삼촌, 이 사람이 바로 제 신랑이에요."

"처음 뵙겠습니다, 최태경입니다."

"아, 예."

반듯하게 인사하는 태경을 향해 그는 거의 구십 도로 허리를 접고 인사를 했다. 송구해서 몸 둘 바를 모르겠다고 말하는 듯한 태도였다.

"외숙모랑 혜지 언니는요?"

"어? 아, 그게…… 다들 바빠서."

두루뭉술하게 둘러댔지만 솔직히 그도 그들이 어디 있는지 알지 못했다. 혜주를 보내고 얼마 지나지 않아 아내는 아이들을 유학 보낸다며 같이 데리고 떠났다. 그랬는데 떠난 지 2년 만에 현지 사람과 결혼한다며 이혼 서류를 보내왔다. 그래도 그는 군말 없이 서류에 도장을 찍어 주었더랬다.

어차피 오만 정이 떨어진 상태였다. 같이 있으면 늘 싸우기만 했던 터라 아이들도 그도 지칠 대로 지쳐 있었다. 혜주의 아빠에게 받은 돈을 몽땅 주고 이혼을 한 이후 정식은 내내 혼자 살았다. 혹시라도 소식을 들을 수 있을까 싶어 간혹 나오는 대산그룹의 뉴스에 귀를 기울이면서.

그러다 어느 날 기적처럼 청첩장이 날아온 거다.

그때, 봉투에서 노혜주라는 이름을 보고 얼마나 놀랐는지 모른다. 잘 지내고 있을 거라고 최면을 걸 듯 생각하고 또 생각했지만 그런 아이가 다 자라서 벌써 시집을 간다니. 그것도 이렇게 번듯한 집안으로 말이다.

"예쁘구나. 네 엄마가 봤으면 참 좋아했을 텐데. 엄마한테는 다녀왔지?"

"아니요. 어딘지 몰라서……."

"그, 그랬니?"

혜주의 얼굴이 조금 어두워졌다. 그녀도 엄마를 떠올리긴 했지만 너무 어려서 돌아가신 터라 산소가 어디에 있는지 알 수가 없었다. 삼촌 가족과 연락이 닿는 사이였다면 물어라도 보았을 텐데 그마저도 쉽지 않았다. 한참 전에 이사를 가 버려서 찾을 수 없었기 때문이다.

"삼촌이 미안하다. 내가 무슨 염치로 여길 왔는지 모르겠다."

"아니에요. 와 주셔서 감사해요. 보고 싶었어요, 삼촌."

"크흑. 미안하다, 혜주야. 삼촌이 많이 미안해."

정식은 기어이 눈물을 쏟고 말았다.

이렇게 잘 자라 좋은 집안으로 시집가는 조카이니 기뻐해도 모자랄 텐데 그는 자꾸 눈물만 났다. 결국 더 견디지 못하고 그는 태경에게 조카를 잘 부탁한다는 말만 남기고 황급히 자리를 떠났다.

"불쌍한 것. 혜주야, 삼촌이 미안해."

구석진 자리에 숨어 정식은 손수건에 얼굴을 묻고 엉엉 울었

다. 부자 아빠를 따라가 잘 지내고 있는 줄만 알았던 혜주가 이제
껏 어떻게 살아왔는지에 대해 그는 이미 다 알고 있었던 것이다.

"그만 고정하십시오."

승후가 곁에서 가만히 속삭였다.

"아직 건강이 다 회복되지 않으셨는데 그렇게 우시다 쓰러지십
니다."

"으흑. 내가 죽일 놈이지, 내가. 보내는 게 아니었는데."

"그래도 다 잘되지 않았습니까? 저 녀석이 그래 봬도 꽤 대단
한 놈이란 말입니다. 돈 많지 능력 좋지 거기다 성격도 깔끔해서
당한 건 절대 안 잊고 꼭 갚아 주는 놈이란 말입니다."

칭찬인지 욕인지 모를 말을 지껄이면서 그는 슬쩍 정식의 눈치
를 살폈다. 처음 발견했을 때보다야 훨씬 나아졌지만 아직도 안색
이 많이 초췌했다. 원래 알코올중독이란 게 하루아침에 회복되는
병이 아니다 보니 이만큼 회복되는 데도 시간이 꽤 걸렸다. 태경
의 결혼식이 예정보다 늦어지게 된 것이 다 이 사람 때문이었던
것이다.

이 사람은 그나마 상황이 나았다. 적어도 태경이 여기서 더 어
쩌지는 않을 모양이니까. 위자료로 전 재산을 몽땅 들고 아이들과
함께 미국으로 떠난 여자는 중간에 현지 교포와 눈이 맞았더랬다.
결국 혜주의 삼촌과 이혼하고 그 사람과 결혼을 했는데 최근 들
어 사업 실패로 전 재산의 대부분을 탕진하고 마지막엔 나머지
남은 것까지 다 빼앗긴 채 이혼을 당했다.

결국은 먹고살 길이 막막해지면서 지병까지 겹치자 진즉에 인

연이 끊어진 아들딸을 그냥 두고 혼자 한국으로 돌아왔다. 친정살이를 하면서 힘겹게 눈칫밥을 얻어먹고 있는 모양이었다. 간당간당하긴 했지만 그럭저럭 잘 유지되던 그녀의 사업이 최근 들어 왜 망했는지에 대해서는 물론 비밀이었다.

거기까지 생각했을 때였다. 내내 조용하던 호텔 입구가 갑자기 소란스러워졌다. 결혼식이 진행되는 동안 기자들은 물론이고 아예 사람을 풀어 관계자 외 출입을 금하고 있었는데 그것을 무시하고 누군가가 막무가내로 밀고 들어온 모양이었다.

"무슨 일입니까?"

묻기가 무섭게 담당자가 총알처럼 날아왔다.

"대산의 서 회장님이십니다. 어떻게 할까요?"

"어쩌긴 막아야지. 초대 손님 명단에 없잖아."

"근데 워낙 막무가내시라. 이러다 호텔 영업에 피해가 오는 것은 아닌지……."

"어이, 그건 그쪽이 아니라 내가 걱정할 문제고. 상관없으니까 끌어내."

영업에 피해가 오긴 개뿔이.

당장 자신의 캐리어와 인생이 단박에 끝장이 날까 말까 할 판인데 굳이 잘나가는 남의 호텔 영업에까지 간섭하고 다닐 여유가 남아 있을까 모르겠다. 그런 여유가 있으면 비밀 장부나 가져다 잘 감추든지 아니면 깔끔하게 태워 버리라는 충고를 해 주고 싶을 정도다.

"저 양반이 아직도 여유가 있으신가 봐? 아니면 정말 다급해서 쫓아온 길이려나? 썩은 동아줄이라도 잡아 보고 싶어서?"

최근, 서 회장은 사장단과 주주들로부터 고소를 당했다.

지분 확보를 위해 서류를 위조해 불법으로 자금을 유용한 일이 발각 나는 바람에 업무상 배임 행위로 고발돼 검찰의 조사를 앞두고 있었다.

사실, 그 일이 발표되었을 때만 해도 승후는 전혀 놀라지 않았다. 그가 사들인 지분을 보고 대강이나마 견적을 가늠하고 있었으니까. 그러나 정작 그를 놀라게 만든 건 다름 아닌 바로 다음 날 이어진 장 여사의 파격적인 행보에 있었다.

"나는 장 여사가 설마하니 그런 결정을 내릴 줄은 꿈에도 몰랐잖아. 안 그러냐?"

"……별로."

소란을 들은 건지 태경이 어느새 밖으로 나와 영찬의 모습을 물끄러미 내려다보고 있었다.

"세기의 이혼소송이니 위자료와 재산분할로 적어도 지분의 반은 뜯길 것 같지?"

"삼분의 이. 그 정도 권리는 있지, 장 여사가."

"불쌍한 서 회장, 재산이 반 토막 나는 꼴을 겪지 않으려면 죽어도 이혼은 하지 말아야겠군. 그나저나 남편에게서 위자료와 재산을 분할 받고 아버지에게서는 유산을 상속하고, 그럼 이제 대산은 장 여사의 것이 되려나?"

"아마도 그렇게 되지 않을까?"

"……그거 네 짓이지?"

실실 웃던 승후가 문득 얼굴을 굳히면서 물었다.

"너 맞잖아. 변호사 통해 장 여사한테 그런 방법을 가르쳐 준 거. 게다가 위자료도 듬뿍 받을 수 있게 서 회장의 비밀금고의 존재도 알려 주고. 맞지, 너지?"

"흥, 증거도 없는 주제에 찍기부터 하기는."

태경은 여유롭게 웃으며 오리발을 내밀었다. 그나저나 이게 시작이라는 걸 저 남자는 알고 있을까 모르겠다. 감추어 둔 재산이며 지분까지 털릴 만큼 털리고 나면 그토록 원하던 자리에서 내려가 다시 서한유통의 둘째로나 불리며 살아야 한다는 사실을 말이다. 그때까지 서한유통이 잘 버텨 줬으면 좋겠다.

"장 여사는 행복하겠군."

그 또한 천만의 말씀이다. 무사히 그 자리에 올라가도 장담하건대 그녀의 곁엔 병들어 숨넘어가기 직전인 아버지 말고는 아무도 남지 않을 것이다. 그러다 결국엔 부모도 자식도 없는 혈혈단신 외톨이가 되겠지. 그것이 태경이 준비한 선물이었다. 그는 서 회장에게서는 그가 그토록 바라던 대산을, 장 여사에게서는 그녀가 그렇게 가지고 싶어 하던 사람을 빼앗을 예정이었다.

"이 새끼들아, 이거 안 놔! 내가 내 딸 결혼식에도 못 들어간다는 게 말이 돼? 당장 최 실장 불러내. 신랑 불러내란 말이다!"

바락바락 외치는 소리가 입구를 지나 홀까지 울려 퍼졌다. 그리하여 소란을 잠재울 겸 얼굴을 한번 봐 줄까 하는데 그런 그보다 먼저 움직인 사람이 있었다.

"서영차아안!"

구석에 숨어 울던 정식이 그를 발견하고 전광석화처럼 튀어나온 것이다. 그런 그를 영찬도 한눈에 알아보았다. 세월이 흘러 많이 변했어도 결코 서로를 알아보지 못할 그들이 아니었다.

"너, 너 정식이?"

"이 죽일 놈아! 정혜를 버린 것도 모자라서 이젠 제 딸까지 패? 우리 정혜가 어떻게 키운 앤데 그런 애를 때려? 그러고도 네놈이 사람이냐?"

"무, 무슨 헛소리를 하는 거야?"

"호의호식은 바라지도 않았어. 그저 제 아비 밑에서 사랑받으면서 살길 바랐는데 그 가엾은 앨 돌봐 주지는 못할망정 때려? 죽어, 너 같은 놈은 죽어도 싸!"

피를 토하듯 소리 지르며 정식이 영찬을 향해 달려들었다. 영찬이 데려온 경호원을 비롯해 호텔 관계자들까지, 주위에 많은 사람들이 있었지만 워낙 갑작스럽게 벌어진 일이라 미처 막아서지 못해 둘은 금방 한 덩이로 엉켜 바닥에 나뒹굴었다. 그러자 마침 태경의 결혼식 취재를 나와 있던 기자들이 그들을 발견하고 일제히 카메라 플래시를 터뜨리기 시작했다.

"저거 그냥 내버려 둬도 되겠냐?"

인상 한 번 찡그리는 법 없이 그 모습을 지켜보다 그냥 돌아서는 태경을 향해 승후가 물었다.

"그거야 그쪽에서 걱정할 일이지. 난 손님이잖아. 영업에 방해가 되면 내쫓는 거고 아니면 내버려 두는 거고. 수고해라."

"와아, 치사한 자식."

수습에 골몰하는 승후를 버려두고 태경은 유유히 식장으로 돌아왔다. 지인들과 사진사들의 요구에 맞춰 열심히 사진을 찍어 주던 혜주가 반색을 하고 그를 맞았다.

"삼촌은요?"

"잘 가셨어. 어머니는 납골당에 모셨다고 해서 주소도 받아 왔어. 그동안 잘 관리하고 계셨나 봐."

"어, 정말요?"

"응. 다행히 여기서 가까운 곳이더라. 신혼여행 가기 전에 인사도 드릴 겸 같이 다녀오자."

"응, 응."

그제야 안심이 되었는지 혜주는 금방 눈물을 글썽이면서 고개를 끄덕였다. 초등학교 입학하자마자 돌아가시는 바람에 그녀는 이제 엄마 얼굴도 잘 기억나지 않는다고 했다. 하긴, 죽음의 의미도 제대로 모를 나이였는데 산소인들 생각이나 하고 살았을까.

물론, 술로 세월을 탕진한 오라비가 누이의 산소를 지극정성으로 보살폈을 리도 없었다. 그 일은 한 것은 다름 아닌 태경이었다. 어찌어찌 알아낸 주소를 찾아가 보니 관리를 하지 않아 묘지인지 그냥 풀숲인지 구분이 가지 않는 곳이 나왔다. 묘비도 없고 아무것도 없어 그곳에 정말 유골이 있는지 확신하기도 힘들었다.

다행히 기계와 사람을 동원해 샅샅이 뒤진 끝에 유골을 발견해 유전자 검사까지 마친 다음 근처의 납골당으로 모실 수 있었다. 거기에 오래된 사진을 복원해서 잘 꾸며 놓으니 그럭저럭 보기가 괜찮았다.

그곳에서 태경은 처음으로 장모님의 얼굴을 마주하고 제사를 지냈다. 혹시라도 나중에 혜주가 찾아오면 잘 위로해 주기를 바라는 마음으로.

"정말 다행이다. 난 생각도 못 하고 있었는데 삼촌이 계셔서 다행이에요. 이제부터는 내가 챙겨야지."

"같이하자. 부부잖아."

"응. 고마워요."

태경의 손을 잡고 그곳에 얼굴을 묻으며 혜주는 진심으로 말했다.

"정말 고마워요. 생각해 보면, 태경 씨한테 고마운 게 너무 많아요. 태경 씨 안 만났으면 어떻게 되었을까 상상도 하고 싶지 않을 정도예요. 난 아직 사모님이 미운데 태경 씨 생각하면 막 고마워지려고 한다니까요."

"그럼 난 혜주를 세 번이나 바람맞힌 태하 녀석에게 고마워해야겠군. 그렇지?"

"어, 생각해 보니 그렇네. 헤헤."

둘은 서로를 마주 보며 바보처럼 웃었다. 그러다 태경이 손을 내밀어 그녀의 볼을 감싸면서 말했다.

"예쁘다."

"멋있어요."

"사랑해, 혜주야."

"사랑해요, 태경 씨."

앵무새처럼 같은 말을 속삭이던 혜주가 문득 까치발을 하고 그의 입술에 살짝 입을 맞추었다. 입꼬리가 저절로 하늘로 솟았다. 환하게 웃는 얼굴로 태경은 그녀에게 팔을 내밀었다. 그 팔에 혜주가 찰떡처럼 달라붙었다.

"갈까?"

"네, 가요."

멀리서 경쾌한 웨딩마치가 울려 퍼지고 있었다.

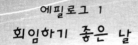

에필로그 1
회임하기 좋은 날

"여기엔 이 패턴을 사용해 보는 게 어떨까?"

"타탄체크네? 요즘 유럽에서 뜨고 있지?"

"응. 체크 짜임에다 오방색 배색을 적용해 봤어. 그리고 이쪽 블라우스엔 수묵화 느낌으로 한글을 나염하고 싶은데 괜찮을까? 짧은 시 같은 거 넣고 인장도 찍어 줘 봐."

"오, 그거 괜찮다."

머리를 맞대고 한참이나 고민한 끝에 마침내 그럴 듯한 아이디어가 나왔다. 천연염색과 전통 한복을 응용한 디자인에 한글 나염을 넣은 블라우스가 제법 그럴듯한 모양으로 컴퓨터 화면 위에서 완성되었다.

"이 디자인대로 사이즈 조절해서 만들어 봐야겠어. 직접 입어 봐야 느낌을 알 것 같아."

"오케이. 이거 왠지 느낌 좋다. 우리 사이트 히트 아이템이 될 것 같은데."

"에이, 또 김칫국 들이켠다."

어쩌다 상품 하나 히트시킨 뒤로 남희는 때마다 같은 소리를 반복하고 있었다. 이번엔 감이 좋다는 둥, 대박 날 꿈을 꾸었다는 둥의 멘트를 질리지도 않고 늘어놓았다. 물론, 그녀의 말이 제대로 들어맞는 경우는 거의 없었다.

동창들 몇몇이 뭉쳐서 마련한 작업실과 온라인 쇼핑몰의 매출은 오픈 3년을 넘긴 지금도 여전히 고만고만한 수준이었다. 재료값과 수공비가 너무 많이 들어가 상품의 가격 자체가 다른 곳보다 높다 보니 매출도 그리 크지 않던 것이다.

"우리 월급이나 제대로 나오면 참 좋겠다."

혜주는 진심으로 그렇게 기원하고 있었다.

재료값, 세금 다 빼고 동업자들끼리 나눠 갖는 월급이 백만 원만 넘어도 막 행복할 것 같았다.

"이런 것이 바로 열정 페이려나?"

"열정 페이 같은 소리 하고 있네. 열정도 밥을 먹어야 나오는 것이지, 쫄쫄 굶는데 힘이 나겠어?"

"옳소! 그런 의미에서 누가 떡볶이 좀 셔틀하지?"

"아, 그놈의 떡볶이는 어째 질리지도 않는 걸까? 우리 복림이 아줌마 혹시 떡볶이에다 약이라도 타는 거 아냐?"

매일 먹어도 질리지 않는 게 수상하다고 말하면서도 남희가 먼저 슬리퍼를 끌고 나섰다. 그러다 문득 달력을 발견하고는 고개를 갸웃거리는 거다.

"이상하다, 왜 오늘 날짜에 동그라미가 쳐져 있는 거지?"

"뭐? 동그라미?"

원단 위에 엎드려 본을 뜨던 혜주가 돌연 고개를 번쩍 쳐들더니 달력을 돌아보았다.

"아, 맙소사. 어떻게 해. 까먹고 있었어."

시계를 보니 벌써 4시가 넘어가고 있었다. 그러자 얼굴까지 창백해진 채 그녀는 부랴부랴 일어나 가방부터 찾아 들고 무작정 뛰기 시작했다.

"나 집에 간다."

짧은 한마디가 썰렁하게 뒤에 남겨졌다. 그 모습을 멍하니 보던 남희가 짐짓 인상을 썼다.

"왜 저래? 무슨 날인데?"

"몰라서 묻냐? 저 달력을 친히 가져다 거신 분이 누구시냐?"

"설마……."

"그래, 회임하기 딱 좋은 날이라신다. 우리 사모님 오늘 잠자기는 글렀을걸?"

예언 같은 말에 좌절 어린 한숨 소리가 도미노처럼 우르르 번져 가고 있었다. 싱글들은 괴로웠다.

"으응. 아앗!"

베개를 움켜쥔 손에 왈칵 힘이 들어갔다.

여린 속살을 훑어 올리는 까슬한 혀의 감촉에 진저리를 치며 혜주는 애끓는 신음을 삼켰다. 아랫도리는 이미 촉촉하게 젖어 있었다. 그런데도 그는 끈질기게 괴롭히기만 할 뿐 아직도 그녀가 바라는 것을 주려 하지 않았다. 명치 아래가 미친 듯이 간질거렸다.

"아아, 제발! 태경 씨이! 아앗!"

순간, 활처럼 높이 휘던 그녀의 허리가 폭 가라앉으면서 몸을 바르르 떨기 시작했다. 아랫도리에서 다시 뜨거운 것이 흘러내리는 것 같았다. 그제야 그가 허벅지 사이에 입술을 떼고 방만하게 널브러진 그녀의 다리를 더 넓게 벌려 놓았다. 그러곤 그 사이에 자리를 잡은 다음 뜨겁게 달아오른 동굴로 흥분할 대로 흥분한 남성을 힘주어 밀어 넣었다.

몇 번인가 절정을 경험한 속살들이 더 강한 자극을 기대하며 미친 듯이 조여 왔다. 강한 쾌감에 등골이 오싹해지면서 절로 신음이 터졌다. 이미 한 번 아이를 낳은 몸이라고는 생각할 수 없는, 인어의 그것 같은 뽀얗고 가녀린 몸뚱이를 끌어안고 태경은 살짝 벌어진 붉은 입술에 입을 맞추었다. 요철처럼 딱 들어맞은 두 몸이 격렬하게 요동을 치고 있었다.

"아아, 아앗!"

성난 그의 남성이 자궁 끝까지 닿을 듯 깊숙이 들어올 때마다 혜주는 자지러지며 물고기처럼 파닥거렸다. 아직 초저녁인데도 불구하고 그는 벌써 몇 번이나 그녀 안에 파정을 하고 있었다. 어찌나 강력하신지 오늘은 기필코 성공하고야 말겠다는 단호한 의지마저 느껴질 지경이었다.

덕분에 그녀는 마치 사선을 넘듯 죽음 같은 절정을 넘고 또 넘어야만 했다. 파도처럼 한 번의 절정이 왔다 가면 다시 더 높고 강한 절정이 찾아왔다. 그렇게 몇 번을 반복하고 나자 그녀는 정말이지 순식간에 파김치가 되어 버렸다. 아, 다시 눈앞이 아득하게 흐려지고 있었다.

'이번에야말로 반드시!'

반듯하게 누운 몸을 타고 오르며 태경은 이를 악물었다.

일의 시작은 클럽의 정기 모임이었다. 비정기 모임을 수시로 가지기는 하지만 모든 멤버가 모이는 날은 한 달에 한 번 정기 모임이 있는 날뿐이었다. 그런데 바로 그날 승후가 모든 멤버들의 평온한 가정에 폭탄을 투하하는 발언을 한 것이다.

'아침에 출근할 때마다 우리 이쁜이는 닭똥 같은 눈물을 뚝뚝 흘리면서 '아빠 냥이 두고 가지 마' 하고 운다고. 뿐인 줄 알아? 퇴근할 때가 되면 전화해서는 '언제 와?', '보고 싶어'라는 말도 하고 대문까지 달려 나와 안긴단 말이지. 크아, 다들 이 맛에 딸을 키우는 거야. 그지?'

글쎄, 이왕이면 태경도 그런 맛을 좀 알고 싶었다. 그런데 가진 게 하필이면 아들 하나뿐인 거다. 생각해 보니 사촌 조카들도 죄다 사내놈들뿐이었다. 더 짜증나는 건 그의 집안은 원래부터 딸이 귀하다는 사실이었다. 아들이 열이라면 딸은 그중 겨우 하나둘 나올까 말까인 것이다. 어쨌거나 그 일을 기화로 그는 무슨 수를 써

서든 딸을 낳기로 결심했다.

"하아, 하아. 제발 그만. 으읏!"

애원하는 소리를 한 귀로 흘리고 그는 여린 목덜미에 얼굴을 묻었다. 때마다 풍만한 가슴이 출렁거리며 그를 자극하고 있었다. 창을 통해 들어온 달빛 속에서 마치 꽃이 피듯 혜주가 아름답게 피어나는 중이었다. 그리하여 한 마리 나비처럼 그는 끊임없이 날갯짓을 하며 그녀의 꿀을 탐할 수밖에 없었다.

"아악!"

"으음!"

달콤한 쾌락이 한데 엉긴 두 몸 위로 사뿐히 내려앉았다. 그 강한 떨림과 교감의 시간을 그들은 여유롭게 만끽했다. 어쩐지 오늘은 감이 좋았다. 딱 딸이 생길 것 같은 느낌이었다.

그들과 마주친 것은 병원의 로비에서였다.

산부인과 검진을 위해 혜주가 진찰실에 들어간 사이 태경은 보채는 아들을 어깨 위에 올려놓고 하염없이 로비에서 맴을 돌고 있었더랬다.

"아들, 너도 여동생이 생겼으면 좋겠지?"

"웅!"

"엄마 닮은 여동생이 생기면 잘 놀아 줄 수 있어?"

"웅! 어마 조아!"

"약속."

"약속!"

뭐, 애를 상대로 이따위 쓸데없는 공약을 받아 내면서. 그러다 발버둥치는 애를 도로 바닥에 내려놓았을 때였다.

"귀엽구면."

등 뒤에서 흐릿한 음성이 들려왔다. 돌아보니 장 회장이 휠체어에 앉은 채 망연한 시선으로 뛰어다니는 아이를 바라보고 있었다. 어느 곳에서 정기적으로 관리를 받고 있다고 하더니 그게 바로 이 병원이었던 모양이다.

"오랜만에 뵙습니다."

"그래, 벌써 사 년이나 지났군."

기억력은 아직도 여전한지 그가 정확히 셈을 해 보였다.

쓰러진 후 거동이 조금 불편해지긴 했지만 그는 벌써 몇 년이 지나도록 잘 버티고 있었다. 그런 그가 부러움? 욕심? 혹은, 슬픔 같은 것들이 한데 뒤엉킨 복잡한 시선으로 아이를 바라보고 있었다. 그러면서 마치 누군가를 의식한 듯 조심스럽게 중얼거리는 거다.

"한 번쯤 다녀갈 만도 한데."

"……."

태경은 대답하지 않았다.

어이없는 일이었지만 그들은 아직도 무언가 인척관계 비슷한 것쯤으로 묶여 있는 중이었다. 사재를 털어 내고 자리에서 물러나는 것으로 간신히 구속을 면한 서영찬이 법원으로부터 혜주의 친부임을 증명받은 것이 문제의 시작이라면, 당장 이혼하자고 나섰던 장 여사가 끈질기게 달라붙는 그를 뿌리치지 못하고 그와 아직도 부부관계를 유지하고 있는 것이 문제의 끝이었다.

물론, 그렇다고 해서 그들이 다시 혜주에게 우연으로라도 연락을 할 수 있는 것은 아니었다. 태경이 두 눈 시퍼렇게 뜨고 있는 이상 감히 은근슬쩍 발을 뻗는 짓은 용납하지 않을 테니까. 그 부분에 대해 그는 서영찬에게 이미 충분히 경고를 해 둔 상태였다.

'혜주 주위에서 다시 한 번 더 눈에 뜨이면 제가 당신을 죽일지도 모르겠습니다.'

재기를 꿈꾸며 이런저런 도움을 요구하는 그를 태경은 가차 없이 잘라 냈다. 본보기로 서한유통을 반 토막 냈더니 곧바로 얌전해졌다. 그것이 불과 이 년 전의 일이었다.

"나도 그렇고, 애들도 요즘 많이 적적해해."

"……."

"아이들이 뛰어다니면 좀 나을 것 같은데."

"그럼 강아지를 한 마리 키우시지 그러십니까?"

"음?"

"잘 키우면 자식보다 낫다고도 하던데요. 아, 그 집엔 손버릇 더러운 사람이 있어서 그것도 힘들겠군요."

냉랭한 반응에 장 회장의 눈에 진한 아픔이 고였다.

그래도 태경은 눈 하나 깜빡하지 않았다. 시간이 좀 지났으니 이제 받아 주겠지 생각했다면 그건 최태경을 잘못 보아도 한참 잘못 본 거다. 무릎 꿇고 백 번을 빌어도 소용없다. 울고불고 매달리면 차라리 그대로 죽여 줄 예정이었다.

"보중하십시오. 그럼 이만."

냉랭한 충고와 함께 태경은 아들을 데리고 그 자리를 벗어났다.

같은 시각, 혜주는 뜻밖의 장소에서 일화와 마주 앉아 있었다. 진료를 마치고 나와 결과를 기다리다가 마침 병실로 들어오는 그녀와 딱 마주친 것이다.

"호르몬 주사를 맞고 있어."

인사 대신 사모님은 그렇게 운을 떼었다.

"폐경이 왔거든."

"아!"

"그럴 것 없어. 난 괜찮아. 아니, 오히려 편해졌다고 해야 하나?"

찰나 간에 스쳐 간 안타까움을 읽었는지 쓸쓸하게 웃으면서 그녀는 잠시 긴 한숨을 내쉬었다. 그러곤 다시 덧붙였다.

"사실은 안심했던 것 같아. 아, 이제 아이를 갖기 위해 살지 않아도 되는구나. 자유구나. 우습지만 그랬어. 그리고 조금 외로운 것만 빼면 이대로도 괜찮다는 생각을 가끔 하곤 해."

"……."

"너에게 엄마가 되어 주었다면 어땠을까 생각할 때가 있었어. 아마 나쁘지 않았을 거야. 하지만 돌이키고 싶지도 않아. 그러기엔 내 이십 년이 너무 비참할 것 같으니까."

"제 십 년도 못지않아요."

"그래, 그렇겠지."

그리고 그들은 잠시 말이 없었다. 그러다 한참 만에야 그녀가 다시 말했다.

"미안하다는 말은 하지 않겠어. 다만, 아버지가 돌아가시면 그 사람과 완전히 이혼할 생각이야. 그리고 누가 먼저 죽는지 지켜보면서 질기게 살아가겠지. 그게 다야."

그 말을 끝으로 그녀는 조용히 일어나 사라졌다. 그 허허로운 뒷모습 하나에 가슴이 괜히 싸하게 아파 왔다. 마치 멸종을 향해 가는 종(種)의 마지막 생존자를 보는 듯한 느낌이었다.

"축하드립니다. 임신입니다."

"아!"

그리고 새로운 생명이 다시 그녀를 찾아왔다.

에필로그 2
그 초콜릿의 행방

　무표정한 얼굴로 나타난 형을 본 순간 태하는 죽음을 직감했다. 분위기가 얼마나 살벌하던지 저도 모르게 '아, 내가 오늘 여기서 혈육의 손에 맞아 뒈지는구나.' 라는 생각을 해 버렸다. 이렇게 억울하게 갈 줄 알았으면 평소에 미리미리 일기라든지, 유언장 같은 것도 써 놓고 할걸. 그랬으면 범인이 형이라는 사실을 알릴 수 있었을 텐데 말이다.

　"곽 차장은?"

　"……병원."

　"이유."

　말이 지나치게 짧게 끊어지고 있었다.

　화가 나도 아주 많이 났다는 걸 본능적으로 캐치해 버린 그는 또 살기 위해 냉큼 불었다.

"곽 차장 그 병신 같은 새끼, 아니 분이 특수 분유 생산을 중단해야 한다는 헛소릴 지껄, 아니 헛소릴 하잖아. 형도 알다시피, 우리나라에서 특수 분유를 생산하는 곳은 달랑 우리 하나뿐인데 그걸 중단하면 모유도, 일반 분유도 못 먹는 애기들은 그럼 그냥 죽으란 소리야?"

"……."

"뭐, 수입산도 있다고 하는데 그건 비싸. 개 비싸다고. 그래서 어려운 애들을 위해서라도 우리가 만들어 좀 저렴하게 팔자고 했더니 만들면 만들수록 손해가 나는 작업이라면서 수입산 수준으로 가격을 올리든지, 아니면 포기하든지 결정해야 한다고 하더라고."

"그래서 때렸단 말이야? 너보다 나이 많은 상사를?"

"아니. 거기까진 괜찮았는데 그분이 나더러 엄마 젖이나 더 먹고 오라기에 울컥해서. 분유 먹고 커서 분유 파는데 우리 엄마 젖은 왜 찾고 지랄이신지."

철썩!

"아야!"

갑자기 고개가 홱 돌아갔다. 그의 형은 손속도 잔인하지만 손이 빠르기도 해서 정말이지 나비처럼 날아와 벌처럼 쏘는 것 같았다. 화끈한 한쪽 뺨을 부여잡고 태하는 제 형을 노려보았다.

"안 그래도 곽 차장한테 맞아서 아파 죽겠는데 왜 때려?"

"네가 어린애야? 타당한 이유를 들어 설명할 생각은 못 하고 떼를 쓰고 우기다가 안 되면 주먹질이나 하게."

"……."

"그걸 계속 생산하고 싶으면 왜 그래야 하는지, 피해를 최소화할 수 있는 방법은 무엇인지, 적자는 어떻게 감당할 것인지를 고민하고 대안을 제시했어야지. 그것 하나 못하는 주제에 감히 유업을 욕심내?"

"그거야 당연히 내 거……."

"닥쳐! 이따위로 하는 놈에게 유업을 내줄 것 같아?"

농담이 아니다. 유업을 빼앗길지도 모른다는 생각에 정신이 번쩍 들었다.

어렸을 적부터 목장이 좋아 늘 그곳에서 살다시피 했었다. 형에겐 본사가 있으니까 유업은 당연히 제 것이려니 생각했고 그 일을 위해 철이 들기 시작할 무렵부터 목장 일과 우유 배달 일은 물론이고 할아버지를 따라다니면서 유업의 일을 차근차근 배워왔다. 그런데 그 모든 노력을 물거품으로 돌리겠단다. 억울해서 숨이 넘어갈 것 같았다.

"그러기만 해. 진짜 불 싸지르고 확 죽어 버릴 테니."

철썩!

"악! 왜 또 때려!"

"헛소리할 시간 있으면 당장 병원으로 가서 곽 차장에게 사과해. 무릎 꿇고 빌라면 빌어. 경찰에 고소하기 전에 합의를 봐야 할 것 아니야."

"무릎까지. 아니, 내가 꼭 그래야 할까?"

"그럼 내가 하리?"

그건 절대 안 된다. 그는 무릎 꿇고 빌 수 있어도 형은 그래선 절대로 안 되는 사람이었다. 누가 뭐래도 그는 집안의 후계자이며 미래니까.

"가면 될 것 아냐. 근데 나 차 없는데. 태워다 줄 거지?"

"……."

"혀엉!"

떼쓰지 말라고 했지만 떼를 썼더니 결국은 그가 고개를 끄덕였다.

그에, 맞은 것도 잊고 태하는 또 좋다고 보조석에 앉아 룰루랄라 휘파람을 불었다.

"아, 출출한데. 뭐 먹을 거 없나?"

"검사받고 나서 먹어."

"검사?"

"너도 맞았으니 검사를 해 보고 치료할 건 해야 할 것 아냐."

"에헤, 역시 나를 생각해 주는 건 형밖에 없다니까. 음? 근데 이게 뭐지?"

자리에 뭐가 있었는지 허리춤이 조금 불편했다. 그에, 손을 넣어 봤더니 아담한 사이즈의 네모반듯한 상자가 딸려 나오는 거다. 어쩐지 보자마자 정이 팍팍 가는 상자였다.

"어, 초콜릿이잖아. 오올!"

"아무거나 주워 먹지 말고 일단 검사부터 받아."

"에이, 알았어."

결국 손도 못 대 보고 태하는 초콜릿을 옆구리에 낀 채 차에서 내렸다. 홍보팀에서 나온 사람이 병원 입구에서 기다리고 있었다. 그를 따라 환자복으로 갈아입고 태하는 잠시 의사와 면담을 하는 시간을 가졌다. 그러곤 직후 어슬렁거리며 곽 차장이 누워 있다는 병실로 향했다. 같은 자리에 누워 치료를 받으라는 병원 측의 놀라운 배려였다.

"잘못했습니다."

곽 차장을 보기가 무섭게 태하는 냅다 고개를 숙였다.

속이야 말도 아니지만 어쨌거나 형이 하라니 하기는 해야 했다.

"흥! 고소할 거야, 이 자식아!"

"네네, 그러십시오. 그래도 특수 분유는 계속 생산할 거니까."

"허, 누구 맘대로? 한 번 생산할 때마다 수억씩 손해가 나는 걸 어떻게 유지할 생각인데? 유업이 네 거야?"

유업이 그의 것인 건 맞지만 어쨌거나 형의 말대로 방법을 찾는 것도 중요했다. 그래야 사람들을 설득해서 더 안정적으로 특수 분유를 생산할 수 있게 될 테니까.

"이유, 방법, 대안. 찾으면 될 것 아니에요. 그러니까 차장님도 생각을 좀 해 보세요. 어떻게 해야 생산을 계속 이어 갈 수 있을지. 솔직히, 애들한테 분유 팔아서 이만큼 컸으면 그 정도는 해 줘도 된다고 봅니다, 나는."

"기업은 이익을 내는 곳이지 자선사업을 하는 곳이 아니야, 인마. 물건 팔아 이익을 내서 직원들을 먹여 살려야 하는데 계속 손해가 나는 걸 만들면 결국 누군가의 월급을 줄여야 하고 그러다 더 나아가면 해고해야 하는 때가 찾아오는 거야."

"그러니까 적당한 방법을 좀 찾아보자고 하잖아요. 비용을 줄일 수 있는 방법이 있을지도 모르고 또 다른 대안이 나타날지도 모르니까. 아, 떠들었더니 더 배가 고프네."

잘잘 떠들어 대다 배 속에서 꼬르륵하는 소리가 울리자 태하는 다시 제가 들고 온 초콜릿에 생각이 미쳤다. 테이블로 손을 뻗어 상자를 찾아서는 성의 없이 홱홱 풀어헤쳤다. 그러자 곧 각각 다른 모양을 한 스물네 개의 초콜릿이 모습을 드러냈다.

"오, 고급스러운데?"

눈이 휘둥그레졌다. 어지간한 건 다 보면서 살아온 그이지만 이렇게 고급스럽고 하나하나 모양이 완벽하게 다른 것들은 처음이었다. 딱 봐도 들어간 정성이 보통이 아니었다.

"맛있겠다."

"치사한 새끼, 혼자 먹냐?"

"아, 진짜 말본새하고는……."

엄마 젖에 이어 이제는 치사한 새끼까지 나왔다. 그 사심 없는(?) 욕설 앞에서 태하는 아예 대거리를 해 주고 싶은 충동마저 접었다. 대신 돌을 던지듯 초콜릿의 반을 갈라 던져 줘 버렸다. 그리하여 그들은 병원 침대에 사이좋게 드러누워 초콜릿을 먹게 된 것이다.

"음, 맛있는데?"

"그러게요."

"안에 뭐가 들어 있는 것 같은데 설마 술인가?"

"음? 술 냄새는 안 나는데요?"

"시럽인가, 그럼?"

그런 대화 따위를 하면서 그들은 또 TV를 보고 초콜릿을 먹었다. 먹다 보니 점점 기분이 좋아지기 시작했다. 역시 사람은 당이 좀 돌아야 세상이 아름다워 보이고 그러는 거였나 보다.

"음?"

"아우, 근데 왜 이렇게 몸이 근질거리지?"

네 시작은 미약하였으나 네 나중은 심히 창대하리라고 누가 말했던가. 그들의 처음도 시작은 매우 미약했다. 그러나 그것은 곧 걷잡을 수 없는 거대한 불길로 번져 가기 시작하였으니⋯⋯.

"으허헉!"

"어어, 억!"

"나, 나 화장실 좀."

"안 돼에! 나, 나부터."

허리를 반쯤 구부린 채 그들은 벌건 얼굴로 화장실을 부르짖었다. 뭐가 마려운 건 아니었는데 하여간에 마음이 매우 급했다.

"차장님은 다 늙었으니까 곧 죽을 거예요. 저는 아직 젊어서⋯⋯ 시간이 더 걸린다고요. 끄어억."

"나 아직 팔팔해, 인마! 막내가 고작 열 살⋯⋯ 아아⋯⋯!"

거북이처럼 느린 속도로 엉금엉금 기던 곽 차장이 화장실 앞에 도착하기가 무섭게 문고리를 잡고 돌연 움직임을 멈추더니 눈을 하얗게 까뒤집으면서 그대로 부르르 몸을 떨었다. 앞섶이 빠르게 젖어 가고 있었다. 그 모습에 심각한 위기감을 느낀 태하가 아예 네발로 기어 쏜살같이 화장실로 굴러 들어갔다.

"우어어어!"

그리고 화장실 안에서 늑대가 울부짖었다.

"흐윽. 이게 다 저 새끼 때문이야."

화장실 앞에 모로 자빠진 채 곽 차장은 쓰디쓴 눈물을 흘렸다. 아랫도리가 말도 못 하게 찝찝했다. 그런데 더 슬픈 일이 벌어지려 하고 있었다.

"음? 허억! 또, 또?"

어쩔 새도 없이 아랫도리가 다시 불룩해졌다. 떨리는 시선으로 그는 침대 쪽을 바라보았다.

"여, 여섯 개나 먹었는데."

설마, 하나에 한 번은 아니겠지? 그의 시선이 이번엔 태하의 침대 쪽으로 향했다. 순간, 그의 눈동자가 심하게 떨렸다.

"불쌍한 새끼."

놈은 열두 개를 다 처먹었나 보다.

"넌 이제 뒈졌어."

그리하여 곽 차장은 통쾌하게 웃을 수 있었다.

그날 김 병원의 어느 병실에서는 밤새도록 늑대가 울고 흐느낌이 섞인 누군가의 다급한 숨소리가 연달아 이어졌다. 혹자는 그것이 정신병동에서 들리는 소리라고 했고 또 다른 누군가는 영안실 쪽이 아니냐고도 했지만 그 소리의 정체에 대해 명쾌한 해석을 내놓는 사람은 아무도 없었다.

그리고 마침내 아침이 밝았을 때, 제일 먼저 병실을 방문한 재경은 다크서클이 턱 끝까지 내려온 채 쓰러져 다리를 발발 떨고 있는 두 환자를 발견할 수 있었다. 그 생생한 목격 후 그는 훗날 클럽의 멤버들에게 영혼마저 하얗게 불태운 듯한 모습이었다는 눈물 젖은(?) 간증을 남겼다.

—The end

작가 후기
이 망할 남자

아는 사람은 알고 있으리라.

이 작품 전에 승후와 재아의 이야기인 봉봉 오 쇼콜라가 있었다는 사실을. 일 년 반이나 이 망할 남자를 붙잡고 있는 동안 나는 정말 지겨워서 돌아가실 뻔했다.

보고 또 보기를 반복한 덕분에 나는 내가 마치 한 얘기 또 하고 또 하는 병에 걸린 줄 알았다. 혹은 맨정신으로 주사를 하는 중이거나. 게다가 중간에 오복이까지 연재했더니 나중엔 세상의 착한 것들이 참 짜증난다는 사실도 깨달았다. 그래서 더럽고 야하고 욕설범벅에 아주 치사스런 글을 구상하기도 했다.

봉봉 오 쇼콜라는 그런 와중에 탄생했다.

더럽고 야하고 욕설범벅에 아주 치사스런 글이 오복이로 인한 반작용이라면 봉봉 오 쇼콜라는 일 년 반이나 붙잡고 있는 이야기에서의 일탈이요, 짧은 환기 같은 것이었다.

어쨌거나 그 잠시간의 일탈 후 나는 다행히 조금 신선해졌고 (음?) 마침내 이 망할 남자도 내 손에서 떠나보낼 수 있게 되었다. 이제 더럽고 야하고 욕설범벅에 아주 치사스런 글이 남아 있을 뿐이다. ……언젠가는 쓰겠지. 다시 말하지만 독촉은 받지 않는다.

—2015년 2월, 단영

그
남자

1판 1쇄 찍음 2015년 2월 11일
1판 1쇄 펴냄 2015년 2월 16일

지은이 | 단 영
펴낸이 | 정 필
펴낸곳 | 도서출판 **뿔미디어**

편집장 | 이재권
기획 · 편집 | 주종숙, 정시연

출판등록 | 2002년 9월 11일 (제1081-1-132호)
주소 | 경기도 부천시 원미구 소향로 17, 303(두성프라자)
전화 | 032)651-6513 / 팩스 032)651-6094
E-mail | scarlets2012@hanmail.net
블로그 | http://blog.naver.com/dahyangs
홈페이지 | http://bbulmedia.com

값 9,000원

ISBN 979-11-315-6267-3 03810

※파본은 구입하신 서점에서 교환하여 드립니다.

※이 책은 (도)뿔미디어를 통해 독점 계약되었습니다.
저작권법에 의해 보호를 받는 저작물이므로 무단 전재와 무단 복제를 엄금합니다.

Scarlet
스칼렛

www.bbulmedia.com

Scarlet
스칼렛

www.bbulmedia.com